PARK AVENUE

Issue d'une grande famille de la finance new-yorkaise, Cristina Alger est diplômée de l'université d'Harvard et de la faculté de droit de New York. Elle a notamment travaillé comme analyste financière pour Goldman Sachs. *Park Avenue* est son premier roman.

CRISTINA ALGER

Park Avenue

ROMAN TRADUIT DE L'ANGLAIS (ÉTATS-UNIS)
PAR NATHALIE CUNNINGTON

ALBIN MICHEL

Titre original :

THE DARLINGS
publié par Pamela Dorman Books, Penguin Group Inc., New York, 2012.

Pour maman

Introduction

C'est ici, se dit-il en mettant le clignotant. *Ici que la route se termine.*

La pancarte annonçant le pont avait surgi sans crier gare. Il avait déjà pris cette route, mais jamais à deux heures du matin. En plus, il n'aimait pas conduire la nuit. Il y avait eu quelques bouchons à la sortie de Manhattan, mais à présent il ne croisait pratiquement personne. Chaque fois qu'une voiture passait en sens inverse, il se demandait qui était le conducteur et ce qu'il faisait ici en pleine nuit. Sans doute l'autre se posait-il les mêmes questions à son sujet.

Plusieurs têtes s'étaient retournées à son passage. *Pour admirer la voiture.* Il n'aurait certainement pas dû prendre l'Aston Martin. Elle faisait toujours sensation, même dans le noir. De toutes ses voitures c'était sa préférée – une réplique presque parfaite de celle de James Bond dans *Goldfinger* et *Opération Tonnerre*. L'originale avait été vendue aux enchères deux ans auparavant pour plus de deux millions de dollars ; il l'aurait achetée sans hésiter s'il en avait eu l'occasion.

Mais la sienne n'était pas mal non plus – parfaitement restaurée et repeinte en argent métallisé. Même un professionnel aurait eu du mal à la distinguer du modèle authentique.

Au moment où il approchait de l'embranchement menant au pont, une Kia blanche arriva à son niveau. Pendant quelques secondes son regard croisa celui de l'autre conducteur. Le type lui adressa un sourire complice, comme un signe d'encouragement. Généralement, il éprouvait une sorte d'excitation à l'idée d'impressionner ce genre de mec – quelque comptable d'une banlieue lointaine qui gagnait moins en un an que lui-même en une journée. Cette fois-ci, il sentit son cœur s'emballer, mais pas dans le bon sens. Il avait fait une erreur d'appréciation – ce n'était pas le moment d'attirer l'attention.

Les erreurs d'appréciation, il détestait. Il y en avait eu beaucoup ces derniers temps, ce qui était précisément la raison pour laquelle il se retrouvait au pied du Tappan Zee Bridge à deux heures du matin ce mercredi. Pas vraiment ce qu'il avait prévu au départ. Il gara la voiture, éteignit les phares. La tête lui tournait. Le ronronnement du moteur laissa place au silence. Seuls lui parvenaient le bruit continu des voitures sur le pont et le battement de son sang contre ses tympans. Il resta assis un instant, le regard fixé sur le pont. Celui-ci lui parut différent de quand il l'avait vu la semaine passée. De jour, il ressemblait à une structure métallique suspendue au-dessus du fleuve avec un pic à chaque extrémité, un peu comme les montagnes russes d'une fête foraine. Le reflet des poutrelles supérieures illuminées dansait sur l'eau noire – un spectacle de toute beauté.

La chose s'avérait plus difficile qu'il ne s'y attendait. Impossible même. Il savait qu'il devait agir, cesser de réfléchir. Pourtant, son cœur battait si fort qu'il se sentit affaibli, comme pendant une crise d'épilepsie.

Il tendit le bras vers le flacon de Dilantin qu'il gardait toujours dans la boîte à gants. Il avait des flacons planqués partout, au cas où. Les mains tremblantes, il dévissa le capuchon. Le flacon lui échappa. Il ramassa les pilules éparpillées sur le siège passager – il n'en restait que deux – et les mit dans sa poche.

Ce pont, tu le connais.

Il fait cinq kilomètres de long, comporte sept voies.

Et il y a quatre téléphones de secours, deux de chaque côté.

La tempête faisait bouillonner le fleuve, invisible dans l'obscurité. Il imagina cette masse d'eau noire, froide et hérissée défilant sans relâche sous le ventre du pont. Le vent soufflait déjà à soixante kilomètres-heure, avec des pointes à pratiquement cent kilomètres-heure, ce qui donnait un courant plus rapide que d'habitude. Si quelqu'un sautait, le corps serait aspiré par le fleuve et avalé tout entier. On ne le retrouverait peut-être jamais. Il y aurait un *plouf* sinistre, puis plus rien.

Au cours des dix dernières années, il y a eu plus de vingt-cinq suicides à cet endroit. Les autorités ont installé les téléphones pour permettre une liaison directe avec une hotline de prévention du suicide.

Les conditions météo sont parfaites. C'est maintenant ou jamais.

En général, le fait de dérouler dans son esprit des statistiques et des scénarios, en particulier les plus improbables ou les plus marginaux, l'apaisait. Sa respiration se calma. Il put enfin sortir de la voiture. Sa chaussure se posa sur une plaque de terre meuble. Il glissa légèrement, se rattrapa et essuya la sueur qui perlait à son front. Il n'arrivait pas à distinguer le téléphone dans le noir, mais savait qu'il n'était pas loin. À quelques mètres. Pour la énième fois, il se répéta que ce n'était pas juste la meilleure stratégie de sortie : c'était la seule. Il avait fait les calculs, additionné les chiffres, analysé les risques. C'était ici, à cet endroit précis, qu'il allait prendre la porte de sortie.

Mardi, 21 heures 30

Paul entra discrètement par la porte latérale pile à la fin des applaudissements et attendit sur le seuil qu'ils cessent et que la musique reprenne. Merrill, sa femme, était devant, près de l'estrade. Elle regardait un photographe qui mitraillait sa mère, Inès – la présidente de la soirée de gala. Autour de Paul, les fêtards passaient de table en table, comme une immense masse d'amibes baignées par la lumière incandescente d'un millier de verres et de chandelles. Il se fraya un chemin jusqu'à sa femme, attirant deux ou trois regards froids. Sa main se posa instinctivement sur sa cravate pour en rajuster le nœud. C'était l'une de ses préférées, choisie dans son placard parmi celles que Merrill appelait le carrousel premier choix. D'habitude, il se sentait bien avec. Mais aujourd'hui, elle lui parut cruellement inadaptée dans cet océan de queues-de-pie. Les yeux fixés sur sa femme, il tenta vainement de se souvenir du nom de l'organisation caritative d'Inès.

La vente aux enchères était visiblement terminée. Il en fut quelque peu déçu : on lui avait dit que ça valait le coup d'œil. C'était la première année que sa belle-mère était présidente, et elle n'était pas du genre à faire les choses à moitié. Elle avait consacré des mois à rassembler les lots les plus extraordinaires : un week-end chez Richard Branson à Necker Island, des leçons particulières de piano avec Billy Joel, une balle de base-ball signée par Babe Ruth. Si Paul trouvait incroyable qu'en pleine récession on puisse signer un chèque à six chiffres pour une vente de charité, Inès, elle, semblait convaincue qu'elle récolterait plus d'argent cette année que les autres. Ce genre de confiance inébranlable faisait partie de son charme. Elle avait loué les services d'un commissaire-priseur de Sotheby's, commandé pour les enchères des petites pancartes avec, au dos, le nom de l'organisation caritative inscrit au pochoir en lettres dorées. Elle avait fait jouer son influence pour obtenir un maximum de couverture médiatique, se débrouillant pour faire publier dans un magazine une photo d'elle en compagnie de quatre ou cinq autres femmes se présentant elles aussi comme des « philanthropes ».

L'estrade semblait donner raison à Inès. Installés sur des chevalets derrière le podium, chacun des posters représentant les lots arborait un autocollant rouge vif sur lequel était écrit VENDU, comme sur les pare-brise des voitures chez le concessionnaire. Le commissaire-priseur était en train d'écrire sur un grand panneau la somme totale récoltée – un montant astronomique.

Paul se trouvait à dix mètres à peine de Merrill quand une main émergea de la foule et l'attrapa par l'épaule – Adrian. « Salut frangin ! s'exclama ce dernier. Justement, je me demandais si tu allais venir. »

Ses joues étaient rouges et la sueur perlait à son front, soit qu'il ait trop dansé, ou trop bu, soit les deux. Son nœud papillon à pois assorti à sa ceinture de smoking pendait à son cou. Adrian était le mari de Lily, la sœur de Merrill. Quoique du même âge que lui, Paul avait du mal à le considérer autrement que comme un petit frère.

Au moment où il s'apprêtait à lui serrer la main, Adrian brandit deux bouteilles de bière et lui en tendit une. « Ça te dit ?

— Non merci, répondit Paul en se retenant de lever les yeux au plafond. Je sors du boulot.

— Ah ouais ? Moi aussi », dit Adrian d'un air grave en buvant au goulot.

Paul avait du mal à le croire : ce smoking, ces espèces de chaussons en velours, ce bronzage… C'était suspect. En y réfléchissant, Paul n'avait pas vu Adrian au boulot depuis jeudi dernier.

« Quand je dis "au boulot", je ne veux pas dire au bureau, hein. J'ai passé le week-end à Miami avec des clients. Quelle course de l'aéroport jusqu'ici !

— Tu as pris le soleil, visiblement.

— On a eu un temps superbe là-bas. J'ai fait neuf trous au golf ce matin. » Adrian finit sa bouteille et sourit à pleines dents. « Un délice, cette petite bière. Tu es sûr que tu n'en veux pas ? »

Paul fit non de la tête. « Ravi de voir que tu t'es amusé », dit-il en se détournant.

Il devait tout de même reconnaître que le travail d'Adrian, c'était justement de divertir les clients. Mais ces derniers temps, le marché était survolté et la masse de travail avait quintuplé, si bien que Paul se montrait d'une patience limitée avec ceux qui ne bossaient pas au moins quatre-vingts heures par semaine pour la boîte.

En jetant un coup d'œil par-dessus l'épaule d'Adrian, il aperçut sa femme qui s'enfonçait dans la foule. « Attends, dit-il, il faut que je rattrape Merrill. Déjà que je suis en retard…

— OK, vas-y. Elle se demandait où tu étais. Tu viens à la soirée après ?

— Je ne pense pas. Je suis vanné. Il est tard. »

Adrian haussa les épaules. « Alors on se retrouve à East Hampton demain ? Lily et moi, on va partir vers l'heure du déjeuner pour éviter les bouchons.

— Je ne promets rien. Le boulot… On se disait qu'on prendrait la route jeudi matin.

— Parfait. Du moment que vous êtes là-bas avant midi et demi pour voir le début du match. C'est la tradition chez les Darling.

— Ils jouent contre qui cette année ?

— Contre le Tennessee. Pas l'air commode. Bon, à tout à l'heure, OK ? » Adrian lui adressa un signe de tête entendu et abandonna sa bouteille sur le plateau d'un serveur qui passait.

« OK, à plus. »

Paul regarda Adrian s'éloigner nonchalamment, les mains dans les poches, et rejoindre ses frères au bar. Les quatre fils Patterson étaient grands et maigres comme des allumettes, avec des cheveux noir corbeau très épais. L'aîné, Henry, racontait une histoire tandis que Griff et Fitz, les jumeaux, riaient bruyamment. De tous côtés les femmes ralentissaient instinctivement en passant près d'eux, comme des étoiles qui se feraient aspirer par un trou noir. Les Patterson étaient si beaux. Chacun exerçait une attraction magnétique particulière ; et quand ils étaient ensemble, ils devenaient le centre gravitationnel de l'univers. Henry passa le bras autour des épaules d'Adrian. Ils se saluèrent, laissant voir l'éclat de leurs dents impeccablement blanches.

Adrian n'était pas aussi guindé qu'Henry, ni aussi frivole que Griff ou Fitz. En fait, c'était plutôt un type bien, le genre que Paul ne pouvait s'empêcher d'apprécier. En le voyant rire avec ses frères, il se demanda un instant s'il ne devrait pas s'inspirer de cette indifférence totale au stress au lieu de s'en agacer. Maintenant qu'ils travaillaient ensemble, Paul essayait de se montrer plus compréhensif à l'égard d'Adrian, même si la situation du marché ne lui facilitait pas la tâche.

Il fut tiré de ses pensées par le contact d'une main légère sur son bras.

« Te voilà ! » dit Merrill, accompagnée de Lily, qui portait elle aussi du bleu. Ou peut-être était-ce Merrill qui accompagnait Lily. Cette dernière s'épanouissait lors de ce genre d'événement, déployant ses pétales comme une fleur dans une serre. Les tresses complexes de ses cheveux blonds comme les blés n'étaient pas sans rappeler les crinières des chevaux de dressage qu'elle montait. À ses oreilles pendaient deux diamants en forme de gouttes d'eau plus gros que sa bague de fiançailles. C'était son père qui les lui avait offerts le jour de son mariage, avait-on expliqué à Paul.

La beauté de Merrill était plus discrète. La simplicité de sa robe faisait ressortir le bleu de ses yeux et le modelé de ses épaules. Elle souriait, mais son visage était crispé. Paul sentit qu'il allait essuyer des reproches. Il se pencha et embrassa les deux sœurs sur la joue.

« Désolé d'être en retard, dit-il pour prendre les devants. Je sais que je suis censé être en smoking, mais je sors du bureau. Vous êtes toutes les deux resplendissantes, comme d'habitude.

— Au moins tu es là, concéda Merrill.

— En revanche, tu as loupé le discours de maman », ajouta Lily en lui adressant des clins d'œil appuyés.

« Je sais. Désolé. La fête s'est bien passée ?

— Oui, très bien », répondit Lily distraitement. Son attention était déjà ailleurs. Ses yeux exploraient la pièce. « Vous venez à la soirée tout à l'heure ? Les choses ont l'air de se calmer ici.

— Oui, bien sûr que nous venons, dit Merrill.

— Non, je ne pense pas », répondit Paul en même temps qu'elle.

Leurs regards se croisèrent. Lily partit d'un petit rire maladroit. « Bon, je vous laisse en discuter, dit-elle. Vous devriez vraiment venir. On va s'amuser. Même maman et papa y feront un saut. »

Pivotant brusquement sur elle-même, Lily les planta là, suivie de la tournure de sa robe. Celle-ci étant largement ouverte sur le dos, Paul eut le loisir de remarquer son extrême maigreur, ses vertèbres saillantes et les petits creux sous ses omoplates. Lily passait sa vie à faire des régimes. Elle avait dressé une liste interminable d'aliments auxquels elle affirmait être allergique. Parfois, Paul se demandait si elle n'avait pas carrément cessé de manger.

« Il faut vraiment qu'on aille à cette soirée, dit sèchement Merrill quand Lily fut suffisamment loin. Mes parents y attachent beaucoup d'importance. »

Paul inspira, puis ferma les yeux une fraction de seconde. « Je sais, dit-il, mais si j'y vais, je serai complètement épuisé. Je travaille vingt-quatre heures sur vingt-quatre en ce moment. Ce qui, soit dit en passant, est tout aussi important pour ton père.

— Pour lui il n'y a pas que le travail qui compte. »

Paul décida d'ignorer la hargne de sa voix. « Je fais ce que je peux. Simplement, je suis épuisé. J'aimerais rentrer à la maison et me mettre sous la couette avec toi. »

La ride qui barrait le front de Merrill disparut. « Désolée », dit-elle avec un air contrit. Elle se mit alors sur la pointe des pieds et posa tendrement les bras autour de son cou. Paul frotta son nez contre ses cheveux châtain doré. Une odeur chaude flottait autour d'elle, un peu comme celle du sirop d'érable. Elle s'écarta, les mains toujours sur ses épaules. Il glissa les doigts jusqu'au creux de ses reins et posa sur elle un regard adorateur. « Crois-moi, je comprends, dit-elle en soupirant. Moi aussi je travaille comme une dingue en ce moment. C'est à peine si j'ai eu le temps de me changer. J'ai une de ces allures ! Je ne me suis même pas coiffée.

— Ça ne t'empêche pas d'être superbe. Bravo pour la robe. »

Le regard de Merrill pétilla. « Tu es adorable », dit-elle. Ses joues rondes devinrent rouge pivoine. Elle lissa sa robe sur ses hanches. « Tu devrais voir celle de ma mère. Cela fait littéralement des mois qu'elle nous en parle. Elle l'a fait faire par un couturier italien. »

Ils se tournèrent tous les deux vers Inès, qui semblait beaucoup apprécier l'attention que lui accordait Duncan Sander, le rédacteur en chef du magazine *Press*. Les mains voletant comme les ailes d'un oiseau, ce dernier parlait pendant qu'Inès riait, l'air majestueux. L'image qu'ils offraient était de celles qu'on retrouvait dans la section Style du *Sunday Times*. L'été dernier, *Press* avait publié un article de deux pages intitulé « Les Darling de New York », sur la maison des Darling à East Hampton. Inès se faisait un plaisir de mentionner ledit article dans la conversation, parlant de Duncan Sander comme d'un vieil ami. En fait, ce n'était pas vraiment un article, mais plutôt un tout petit texte accompagné d'une jolie photo d'Inès et Lily mystérieusement vêtues de robes de cocktail blanches et batifolant sur la pelouse avec Bacall, le braque de Weimar des Darling. D'après les informations de Paul, Inès ne voyait jamais Duncan en dehors des galas comme celui-ci.

Ce soir, Inès portait une robe longue vert émeraude ourlée d'un volant plissé qui donnait l'impression qu'un boa était en train de l'avaler toute crue.

« J'apprécie vraiment que tu sois venu, dit Merrill à Paul en posant un regard détaché sur sa mère.

— C'est naturel. Il s'agit d'une bonne cause, non ? Rappelle-moi : c'est pour les chiens abandonnés ? le cancer ? les chiens abandonnés atteints du cancer ?

— Ce soir, c'est "New York pour les animaux". Bon sang, Paul, fais attention !

— Moi aussi je suis pour les animaux. Ça m'a toujours paru tellement cruel d'être contre. »

Merrill éclata de rire. « Ils ont acheté un chien sauveteur, dit-elle. Huit mille dollars. » Elle planta ses yeux dans les siens pour lui laisser le temps de digérer l'information.

« Je crois bien que je n'ai jamais rien entendu d'aussi ridicule.

— Moi, je trouve que c'est super ! s'exclama-t-elle, l'air faussement outré. C'est pour la bonne cause. Ce brave toutou, il était si mignon. C'est un retriever, je crois. En tout cas, pas un pitbull. Ils l'ont fait venir sur l'estrade. Il portait un petit nœud papillon.

— Je vois. L'un de ces retrievers qui retrouvent tout. »

Incapable de se contrôler, elle éclata à nouveau de rire. « Que veux-tu ! C'est pour la bonne cause, soupira-t-elle. Bref. Le nœud papillon, c'était du *Bacall*. »

Bacall – la ligne d'accessoires et de vêtements pour chiens créée par Lily l'année précédente. Sa façon de rassurer la famille. Sa première et unique tentative pour travailler. Merrill était convaincue que l'affaire coûtait deux fois plus à leur père qu'elle ne lui rapportait, même si elle devait bien reconnaître que Lily semblait la maintenir à flot, malgré l'effondrement du marché.

Au fond de l'estrade, l'orchestre avait commencé à jouer son chant du cygne avant que ne sonne l'heure du crime. Le chanteur se balançait devant le micro en tentant de donner à sa voix des accents à la Sinatra. Paul ne se souvenait pas d'une soirée chic à Manhattan qui ne se soit terminée par « New York, New York ».

C'était cette chanson qu'on avait jouée en dernier à leur mariage. À présent, Merrill et lui se retrouvaient côte à côte au bord de la piste, à regarder les quelques derniers couples qui dansaient avec plus ou moins de grâce.

« On fait un petit tour de piste ? » demanda Paul malgré sa fatigue. Ce qu'il lui fallait à lui, en vérité, c'était quelque chose à boire.

« Mon Dieu, non. Je crois plutôt que ce qu'il nous faudrait, c'est quelque chose à boire », répondit Merrill. Elle glissa sa main dans la sienne et l'attira vers le bar le plus proche.

Posté derrière ses trois rangées de bouteilles, le barman servait les dernières commandes. Pendant que Paul et Merrill attendaient leur tour, Carter, le père de Merrill, arriva.

« Alors, qu'est-ce que vous fabriquez devant le bar ? » leur demanda-t-il d'un ton bonhomme en leur donnant une bonne claque dans le dos. Il était si grand qu'il pouvait les prendre tous les deux sous ses ailes. « Dites donc, Paul, qui vous a laissé sortir du bureau ?

— Tu le fais trop travailler, papa, dit Merrill.

— Sans doute. Ces deux derniers mois ont été intéressants, n'est-ce pas, Paul ? Le moment opportun pour se lancer dans les investissements. »

Carter eut un petit rire discret. Bien qu'il fût comme à l'accoutumée tiré à quatre épingles, on voyait que derrière ses lunettes ses yeux étaient cernés de fatigue. Sa chevelure était également plus clairsemée, un peu plus blanche que grise. Cela lui allait bien, mais pour ceux qui le connaissaient, le changement était perceptible. L'effondrement du marché était arrivé au mauvais moment pour Carter. On disait au bureau qu'il aurait pris sa retraite à la fin de l'année si le marché était resté stable. À présent, ses horaires de travail – sept jours sur sept, et parfois seize heures d'affilée – ressemblaient davantage à ceux d'un jeune analyste qu'à ceux d'un P-DG.

« Visiblement, Lily et Adrian s'apprêtent à partir, dit Merrill en jetant un coup d'œil par-dessus l'épaule de Paul. Je vais leur dire que finalement, on n'ira peut-être pas à la soirée. Ne vous avisez pas de parler boutique pendant mon absence. » Elle leur adressa un sourire tendre, puis s'éloigna.

Beau-père et gendre se retrouvèrent face à face dans un silence gêné qui leur était habituel.

« Agréable, cette petite soirée, dit Paul.

— N'est-ce pas ? » renchérit Carter, visiblement soulagé que la conversation ait été lancée.

Pour Paul, deviser avec Carter était un exercice d'autant plus délicat maintenant qu'ils travaillaient ensemble. Parler du boulot aurait été trop sérieux, et ne pas en parler trop léger. Il sentait que Carter non plus ne savait pas vraiment comment gérer cette nouvelle configuration.

« Inès n'a pas ménagé sa peine, poursuivit Carter. Cette année, ça n'a pas été facile d'obtenir des gens qu'ils sortent leur portefeuille. En plus, les grands établissements ne sont pas venus – les années précédentes, Lehman Brothers réservait toujours une table, et c'était la même chose bien sûr pour Howary. C'est incroyable, de se dire que ces boîtes ont disparu. »

Paul hocha la tête. Il se souvint avoir vu son ancien patron, Mack Howary, au même gala l'année précédente, trônant à la table Howary LLP en compagnie de quelques clients accompagnés de leurs épouses. Mack était ridiculement gros et bruyant pour un avocat d'affaires, et son ego avait encore plus enflé depuis la publication d'un petit article dans *Barron's*, le grand magazine financier, le bombardant « personne la plus influente et la plus puissante de Wall Street ». Mack avait fait signe à Paul de le rejoindre et l'avait présenté (« l'une de nos étoiles montantes », avait-il déclaré à ses compagnons), mais uniquement après l'avoir vu en compagnie de Carter Darling et de Morty Reis, le fondateur de Reis Capital Management.

Paul se demanda où était Mack ce soir. D'après les rumeurs, il se trouvait en résidence surveillée dans son domaine de Rye, lequel était de dimensions telles que ce genre de mesure n'avait pas grand-chose de restrictif. Howary LLP avait fermé il y avait tout juste dix semaines, moins de deux mois après l'inculpation de Mack pour fraude fiscale et détournement de fonds. La fin de l'état de grâce avait été brutale. Depuis plus de dix ans, Howary LLP était la star des cabinets d'avocats d'affaires. Mack, le fondateur, faisait partie de ces rares avocats qui jouissent d'un statut quasi mythique auprès de leurs jeunes collègues et des étudiants en droit. Paul l'avait vu s'adresser à un amphithéâtre archicomplet à NYU, des étudiants venus s'entasser sur les marches uniquement pour l'entendre parler de transactions structurées. Lorsque Paul, alors en deuxième année de droit, avait sollicité un stage, les places à Howary étaient de loin les plus convoitées.

Howary avait toujours été un établissement à part. Avec seulement cent cinquante collaborateurs, c'était une petite structure, mais elle jouait dans la cour des grands. Elle s'était spécialisée dans les questions de fiscalité d'entreprise et de transactions de capitaux et conseillait ses clients sur les offres de produits dérivés et structurés, les opérations transfrontalières et la privatisation d'entreprises publiques. C'était un cabinet extrêmement lucratif qui s'occupait de questions délicates, le meilleur dans son domaine.

Malheureusement, on s'était aperçu qu'en fait, la spécialité de Mack, c'était l'évasion fiscale. Les autorités le surveillaient depuis plusieurs années, attendant qu'il fasse un faux pas. Lorsque l'un de ses plus gros clients reconnut avoir blanchi près d'un milliard de dollars d'argent des cartels colombiens à travers une banque de Montserrat, dans les Antilles, la fin fut rapide et brutale. En l'espace de quelques jours, le fisc, le ministère de la Justice et le procureur général de l'État de New York tombèrent sur les bureaux d'Howary tels des vautours, saisissant dossiers, ordinateurs, rapports de dépense et mails, bref, tout ce qui n'était pas cloué au sol. Les dossiers clients furent abandonnés. Collaborer avec les enquêteurs devint un boulot à temps plein, sept jours sur sept, vingt-quatre heures sur vingt-quatre. Paul se mit à dormir sur un canapé dans son bureau, rentrant chez lui uniquement pour se doucher et embrasser sa femme endormie. Toute terrifiante qu'elle soit, il fut soulagé de voir prononcer la mort de l'établissement. Il avait eu l'impression d'être à la barre d'un navire en train de couler.

Lorsque Howary LLP ferma ses portes, on en parla moins dans les médias qu'on l'aurait fait en temps normal. C'était à l'automne 2008. Après Freddy, Fanny, Lehman, AIG et Merrill Lynch, la fin d'un cabinet de cent cinquante avocats d'affaires était une peccadille. Il n'empêche, l'image de Mack menotté devant son pied-à-terre de Park Avenue s'étala en une de tous les journaux. Les autres avocats du cabinet se terrèrent tout bonnement dans leurs maisons du Connecticut, de Floride ou des Caraïbes en attendant que l'orage passe. Rares furent ceux qui trouvèrent un autre boulot. Personne ne voulait embaucher un ancien d'Howary. Le nom lui-même avait des relents douteux. On en faisait des gorges chaudes lors des cocktails, comme si c'était un nouveau scandale Bear Stearns ou Dreier. Les avocats avaient été congédiés sans cérémonie, par simple mail. Ne sachant pas quoi faire, Paul s'était pris une cuite et était allé au cinéma. Il lui arrivait encore d'en rêver. Il se réveillait alors trempé de sueur.

Paul passa sa première nuit de chômeur sans pouvoir fermer l'œil, avec sur sa peau le souffle de Merrill recroquevillée contre lui. Les chiffres défilèrent dans son esprit jusqu'à ce que la lumière du jour se faufile dans la pièce. Il était bien payé à Howary. Généreusement même, mais le problème, c'était que leur mode de vie, à Merrill et lui, était tout aussi généreux. Il pouvait tenir comme ça pendant six mois. C'était peu – il voyait déjà le sablier se vider. Après, il lui faudrait réduire sévèrement les dépenses, puiser dans le fonds en fidéicommis de Merrill, ou bien trouver un autre boulot. Les deux premières options le rendaient malade. La dernière s'avérerait presque impossible. Wall Street grouillait de gens au chômage. Les grands cabinets d'avocats traitaient les anciens d'Howary comme des pestiférés. Avec ses sept années d'expérience, Paul aurait pu travailler pour un fonds spéculatif, mais la plupart avaient explosé, ou bien fermé les écoutilles. La situation était désespérée.

Quelques jours après que les tabloïds se furent jetés sur la photo d'un Mack furieux et menotté, Paul reçut un coup de fil d'Eduardo Galleti, un ancien camarade d'Harvard. Eduardo avait un doctorat en droit et un master de gestion et était l'une des personnes les plus intelligentes que Paul ait jamais rencontrées. À la fac, ils suivaient les mêmes cours de finance et étaient vite devenus bons copains. Lorsque Eduardo apprit que Paul s'intéressait à Merrill, il proposa de lui apprendre le portugais. « Les Sud-Américaines, elles veulent être sûres de pouvoir te présenter à leur maman », expliqua-t-il un soir devant une bière. « Pour te faire bien voir d'une maman brésilienne, tu dois parler sa langue. » À la fin de l'année universitaire, Paul s'exprimait en brésilien avec une certaine aisance, sans pour autant être sûr de pouvoir impressionner Inès.

Eduardo avait été son témoin lors de son mariage avec Merrill. Puis ils avaient perdu contact, pris l'un et l'autre par les obligations familiales et des horaires de travail déments. Ils s'envoyaient un mail de temps en temps. Paul avait appris qu'Eduardo occupait un poste à responsabilités à Trion Capital, une société de capitaux privée de Manhattan avec de gros investissements en Amérique latine. L'établissement marchait bien, c'était même l'un des rares du secteur à se développer. Bien qu'il ne se sentît pas d'humeur particulièrement sociable, Paul prit l'appel.

« Salut mec ! dit Eduardo. Content de voir que tu réponds. Je me disais que ta vie devait être un peu mouvementée en ce moment.

— C'est une façon de dire les choses. Moi aussi ça me fait plaisir de t'entendre, mon vieux.

— J'ai appris à propos d'Howary. J'ignore ce que tu projettes de faire, mais j'ai une proposition à soumettre, un peu au débotté. On est en train de monter une succursale de Trion à São Paulo. Je descends moi-même le mois prochain avec une petite équipe. On aurait besoin d'un type qui connaît bien la fiscalité internationale et se débrouille en matière de comptabilité, et il faut que ce soit quelqu'un qui parle portugais. Quelqu'un qui sait à peu près s'exprimer, tu vois. Merrill le parle couramment, non ? Bref, si ça t'intéresse, viens me voir au bureau. »

La voix d'Eduardo avait toujours été d'un entrain communicatif, avec cet enthousiasme et ce débit rapide qui faisaient croire qu'il n'y avait pas une minute à perdre. Paul sentit son cœur s'emballer. Et s'il quittait New York pour de bon ? Il avait toujours voulu vivre à l'étranger. Ce boulot lui semblait l'occasion rêvée. *São Paulo !* L'idée le rendit euphorique. Mais l'instant d'après, il la repoussa. Eduardo avait raison – Merrill parlait portugais couramment. Il n'empêche, jamais elle n'accepterait. Il ne voulait même pas lui proposer. New York était plus qu'une ville pour Merrill : c'était une partie d'elle-même. Au moment de raccrocher, tout en disant à Eduardo qu'il réfléchirait à sa proposition, Paul avait déjà pris sa décision.

« J'ai reçu un coup de fil d'Eduardo aujourd'hui, dit-il l'air de rien à Merrill le soir même, alors qu'ils s'apprêtaient à se coucher.

— Il va bien ? demanda Merrill en se glissant sous la couette. Oh mon Dieu, comme c'est bon d'être au lit ! Je suis vannée. »

Elle ferma les yeux, le visage apaisé.

« Ça m'a l'air d'aller bien pour lui. Il travaille à Trion Capital. En fait, il m'a proposé un boulot dans sa boîte, dans leur bureau de São Paulo. Il part s'installer là-bas le mois prochain.

— Vraiment ? fit Merrill en se redressant, les yeux écarquillés. Qu'est-ce que tu as répondu ?

— Je l'ai remercié et lui ai dit que j'y réfléchirais. Je ne voulais pas être impoli. Je comptais lui téléphoner demain pour lui dire qu'on aime trop New York et qu'on n'a pas l'intention d'en bouger.

— Oh. » Elle hocha la tête, l'air pensive. Au bout d'une minute, elle s'enfonça sous la couette et ferma les yeux. « Dis-moi, tu as toujours l'intention de parler à papa ? demanda-t-elle d'une voix endormie. Il compte vraiment te proposer le poste d'avocat général. Il va embaucher quelqu'un de toute manière, et je sais qu'il est convaincu que tu serais le candidat idéal. »

Elle avait évoqué la possibilité quelques jours auparavant. Il s'était dérobé, expliquant qu'il avait besoin d'un peu de temps pour y réfléchir. Si le marché avait été différent, il n'aurait même pas envisagé la chose. Paul était fermement convaincu, ou du moins il l'avait été jusque-là, que la seule façon de faire partie d'une famille aussi puissante que les Darling, c'était de ne rien accepter d'eux. Sinon, vous leur apparteniez. Adrian travaillait pour Delphic depuis plusieurs années – il n'avait pas dû avoir beaucoup d'autres offres de boulot de la part des fonds spéculatifs new-yorkais. Carter l'employait comme vendeur, le chargeant de s'occuper des clients lors des réceptions ou sur le terrain de golf, c'est-à-dire là où il était le plus à sa place. C'était un petit arrangement discret, mais clair : Carter subvenait aux besoins d'Adrian, et Adrian à ceux de Lily. Paul, lui, n'aurait jamais accepté cela. Seulement, entre travailler pour Carter, être au chômage ou partir à São Paulo, le choix était vite fait.

« C'est très généreux de la part de ton père, dit Paul. La proposition me tente. Beaucoup. Tu es sûre que ça ne pose pas de problème ? »

Merrill lui prit la main et la serra. « Pas du tout. Je pense que tu feras parfaitement l'affaire. »

Cette année donc, Howary n'avait pas réservé de table à la vente de charité « New York pour les animaux », Lehman, Merrill Lynch, AIG non plus. Pourtant, on aurait dit que presque tout Manhattan était là. Paul devait reconnaître qu'Inès savait y faire.

« On n'a pratiquement pas de budget pour les fleurs », avait-elle déclaré lorsqu'elle avait été nommée présidente du comité d'organisation. « Alors il va falloir se montrer créatifs. Le temps de l'opulence est terminé. » Au lieu de se plaindre, elle abordait les faits déplaisants avec une sorte de courage stoïque. Mais elle avait tout à fait raison : des orchidées pour un gala de charité à cinq cents dollars l'assiette alors que le Dow Jones flottait autour de 8 400 ? Impensable !

Les tables avaient donc été parsemées de minuscules étoiles argentées qui se collaient partout, sur les cols de veste et les coudes. L'effet, loin d'être vulgaire, était festif. La nourriture était elle aussi spartiate, mais correcte : du poulet au marsala et des sortes de tubercules un peu flétris. De toute façon, personne n'était là pour manger.

En parcourant du regard la salle de bal du Waldorf Astoria, Paul se demanda combien des invités avaient, comme lui, été licenciés. Ils semblaient tous détendus, confiants, épargnés par le maelström financier. Ils riaient comme ils l'avaient toujours fait, se racontaient les histoires de leurs enfants, leurs projets pour le week-end de Thanksgiving. L'atmosphère était peut-être un peu plus lugubre que l'année précédente, mais guère. Les femmes étaient venues en robes de couturier. Peut-être de la saison dernière, mais ça, Paul n'aurait su le dire. Aux cous de ces dames étincelaient des bijoux qui passaient le reste de l'année dans un coffre-fort. Des limousines et des 4×4 avec chauffeurs patientaient en ronronnant devant l'hôtel. Bien entendu, tout cela n'était qu'une illusion. Ces gens dépendaient du secteur financier dans une ville qui elle-même dépendait du secteur financier. Qui parmi eux aurait pu affirmer qu'il n'était pas inquiet ? Personne. Cela ne les empêchait pas de danser et de boire comme ils l'avaient toujours fait. Pourtant, impossible d'ignorer que la fin était proche, toute proche. L'ambiance était la même qu'à Fort Alamo, dans les derniers instants de paix avant l'assaut final.

« Bloomberg est là, dit Carter à Paul en tendant son verre dans la direction du maire. Vous l'avez vu ? Bill

Robertson aussi, mais il est parti avant le dîner. Tout le monde dit qu'il va se présenter au poste de gouverneur cet automne.

— Je suis sûr que certaines personnes ici présentes seront ravies de le voir quitter ses fonctions de procureur général », déclara Paul d'un ton pince-sans-rire.

Au fil des années, Bill Robertson était devenu un personnage de plus en plus controversé dans le paysage politique new-yorkais. Alors même que son père et son frère avaient fait fortune dans la finance, Bill s'était construit une réputation de chien de garde de Wall Street. Il avait triplé le budget affecté à la lutte contre la criminalité en col blanc, et réussi à faire condamner plusieurs financiers très influents pour divers scandales boursiers, du délit d'initié à la fraude fiscale en passant par le market timing. Ce qui lui avait valu quelques ennemis. Wall Street le considérait comme un traître. Les avocats d'affaires et les hommes politiques le qualifiaient de mégalomane assoiffé de pouvoir. La presse se moquait régulièrement de son style très théâtral (son visage, qui avait quelque chose du rat, se prêtait particulièrement à la caricature), d'autres n'y voyant qu'une manière d'amuser la galerie et de promouvoir sa propre cause. Pourtant, son pouvoir ne faisait que croître, et quand il se trouvait dans une pièce, même des gens comme Carter Darling faisaient attention.

Le maire, Michael Bloomberg, se trouvait à cinq ou six mètres, légèrement à l'écart d'un petit groupe de gens à l'air très sérieux. Une femme en robe de soirée noire sans manches l'accompagnait. Les sourcils froncés, les bras croisés sur la poitrine, elle hochait la tête à la moindre de ses paroles. Sa mâchoire et ses pommettes anguleuses dessinaient des lignes à l'assemblage frappant.

Contrairement à la plupart des femmes présentes, elle ne portait pas de bijoux et, en dehors d'un trait de rouge à lèvres écarlate, n'était presque pas maquillée. Pourtant, elle attirait les regards. À sa gauche, quelques jeunes gens en queue-de-pie bavardaient. Ils paraissaient aux aguets, relevant régulièrement la tête comme pour vérifier que le maire ou cette femme étaient toujours là. Paul se demanda pour qui ils travaillaient : elle ou lui ?

« Cette personne avec Bloomberg, qui est-ce ? » demanda Paul. Bien qu'étant trop loin pour l'entendre, la femme, sentant qu'on l'observait, leva la tête comme une biche. L'espace de quelques secondes, elle croisa le regard de Carter. À la grande surprise de Paul, elle lui adressa un signe de tête avant de retourner à sa conversation.

« Ça alors ! Vous la connaissez ?

— C'est Jane Hewitt, expliqua Carter d'une voix sombre. Elle dirige le bureau new-yorkais de la SEC[1]. Nous nous sommes rencontrés à l'occasion d'une collecte de fonds pour Harvard.

— Je vois. Plus une adversaire qu'une amie ?

— Un peu des deux, je suppose, répondit Carter avec un petit rire. Il y avait un article dans le journal aujourd'hui expliquant qu'elle fait partie des candidats sélectionnés pour le poste de commissaire de la

---

1. SEC, Securities and Exchange Commission, créée en 1934 à la suite du krach boursier de 1929. C'est en quelque sorte le gendarme de la Bourse. (*Toutes les notes sont de la traductrice.*)

SEC. Ce qui explique pourquoi tout le monde a les yeux braqués sur elle. »

Carter lui-même la fixait du regard. Paul ressentit une gêne momentanée en entendant mentionner la SEC et se tourna pour trouver un endroit où poser son verre vide.

« À propos de la SEC, dit-il en s'éclaircissant la gorge, il y a un type de chez eux qui n'arrête pas d'appeler. Un certain David Levin. J'ai refusé de lui parler mais il se montre, disons, très insistant. »

Carter grommela, puis fit un signe à un serveur. « Certainement un sous-fifre qui cherche à impressionner son patron. Il veut savoir quoi ?

— Je ne suis pas sûr. Il m'a posé des questions sur certains de nos gestionnaires extérieurs. RCM en particulier. Ce dont je vous ai parlé la semaine dernière.

— Eh bien, rappelez ce Levin, mais ne lui en dites pas plus que nécessaire. »

Carter tendit son verre vide au serveur, qui parut comprendre ce qu'il voulait – son habituel Canada Dry versé dans un verre à vin. Carter ne buvait pratiquement jamais d'alcool, mais aimait donner l'impression qu'il s'amusait.

« Dites-lui que nous, on a une boutique à faire tourner, poursuivit-il d'un ton bourru. S'ils veulent en savoir plus, qu'ils viennent avec un ordre écrit, un point c'est tout ! On n'a pas le temps de s'amuser à ce genre de petit jeu. »

Paul, qui allait dire quelque chose, se ravisa. « Bien sûr, je vais m'en occuper. »

Carter hocha la tête. La conversation était close.

Merrill fit un signe à Paul de l'autre côté de la salle. Elle écoutait Lily, qui lui racontait une histoire. Quand Lily eut fini de gesticuler frénétiquement, Merrill applaudit des deux mains et adressa à sa sœur un sourire tout aussi encourageant qu'indulgent et amusé. Paul avait assisté à ce genre de scènes des dizaines de fois. Lily était d'une beauté classique, Merrill naturellement gracieuse, avec un charme inépuisable. Parfois, Paul se sentait tellement chanceux d'être son mari qu'il en avait le souffle coupé.

« Elle rayonne, n'est-ce pas ? dit Carter, la voix adoucie par la fierté. Toutes mes femmes rayonnent aujourd'hui.

— J'ai vraiment de la chance.

— Nous avons tous les deux de la chance. L'automne a été rude, mais nous avons de bonnes raisons d'être reconnaissants dans la famille.

— J'en suis pleinement conscient. »

Carter tapota l'épaule de Paul, façon de prendre acte de sa gratitude. Il lui avait bien dit de ne plus le remercier pour le boulot, mais Paul continuait à le faire, à sa manière discrète.

L'orchestre avait cessé de jouer. La foule commença à sortir par grappes. Désignant Inès et Merrill, Carter dit : « Alors, on emmène les filles à la fête ?

— Je crois qu'on va rentrer, dit Paul après un temps d'hésitation. C'est de ma faute : je suis un peu fatigué ce soir. Vous venez demain ?

— Inès veut que j'aille à East Hampton avec elle pour préparer la maison. Je garde mon portable, au cas où vous voudriez me joindre. Ou bien vous pouvez m'appeler à la maison. Inès râle un peu quand je réponds à des coups de fil professionnels pendant ce qu'elle considère comme "le temps pour la famille". C'est arrivé souvent ces dernières semaines, alors je ne suis pas trop en odeur de sainteté.

— Pigé. Vous partez mercredi soir ?

— Oui. »

Les deux hommes se serrèrent la main. « OK, Paul. Soyez à l'heure pour le match. Les Lions ont besoin de faire le plein de fans cette année. Le Tennessee va nous en faire voir de toutes les couleurs. Alors je compte sur vous. »

Paul attendit Merrill quelques minutes devant le Waldorf. Elle disait au revoir à un couple qu'il ne connaissait pas. À sa manière de s'attarder devant l'entrée de l'hôtel, il comprit qu'elle allait le faire poireauter.

« On rentre à pied ? » demanda-t-il quand elle vint enfin le rejoindre. Il lui offrit son bras.

« Je crois que je vais faire un saut à la fête », dit-elle. Consciente de le décevoir, elle réajusta son manteau en fourrure tout en fixant le sol. « Désolée, mais Lily m'a fait changer d'avis. Je resterai juste le temps de prendre un verre.

— OK », dit-il.

Déçu, il l'était, mais pas complètement surpris.

« On pourrait faire le chemin ensemble, non ? suggéra-t-elle. La fête a lieu juste au bout de la rue. C'est sur le chemin de la maison. Finalement, ces chaussures sont très confortables. » En riant, elle souleva l'ourlet de sa robe de soirée, exposant ses orteils recroquevillés par le froid. Les ongles de ses doigts de pied étaient rouge vermillon, ceux de ses mains courts et sans vernis. Merrill n'allait jamais chez la manucure. Elle était, disait-elle, incapable de rester immobile aussi longtemps sans utiliser ses mains.

« Confortables ? J'en doute, dit Paul en secouant la tête. Mais je peux te porter jusque là-bas si besoin est.

— On aura plus chaud en marchant », répondit Merrill gaiement.

Elle se colla tout contre lui. Le contact de sa tête contre son épaule lui redonna un peu de joie. Ils commencèrent tous deux à remonter Park Avenue aussi vite que la robe de Merrill le permettait. Ils croisèrent un homme qui se retourna sur elle. Paul en conçut une certaine fierté qui lui donna envie de la serrer contre lui.

Même de nuit, Paul aimait cette promenade. Après tant d'années passées à New York, il avait toujours l'impression que Midtown, au cœur de Manhattan, était l'épicentre du monde. Les gratte-ciel métalliques luisaient, pleins de vie. Des limousines noires aux lignes pures bordaient les trottoirs tandis que de jeunes banquiers ou avocats d'affaires attendaient qu'on les serve dans les restaurants des hôtels. Les transactions financières qui feraient les gros titres des journaux du lendemain se négociaient dans leurs bureaux ; d'énormes sommes d'argent changeaient de mains ; de la richesse était créée. Et toutes ces lumières allumées avaient quelque chose de rassurant.

Ils parcoururent en silence quelques centaines de mètres, calant l'un sur l'autre le rythme de leurs pas. « Ta mère a organisé tout ça de façon magistrale, j'ai trouvé, dit Paul au bout de quelques minutes. Il y avait du monde.

— Oui, elle a bien fait les choses. C'était vraiment difficile, cette année, avec ce qui se passe. Ça faisait bizarre, tous ces gens qui n'étaient pas là, tu n'es pas de mon avis ? »

Frissonnante, Merrill s'emmitoufla dans son manteau de fourrure.

« En tout cas, Mack n'était pas là.

— Et tu sais qui d'autre était absent ? Morty. Ça m'a étonnée. Il était censé être à la table de papa et maman.

— Je suppose qu'il a été coincé au boulot. C'est plutôt agité en ce moment. RCM a dû avoir beaucoup de demandes de retraits.

— Il passe Thanksgiving avec nous », dit Merrill. Elle s'arrêta à l'angle de la rue au moment où le signal pour les piétons passait au rouge. « Parfois je m'inquiète à son sujet. Visiblement, Julianne est partie faire du ski avec des amis à Aspen. » Elle haussa un sourcil désapprobateur. « Tu nous imagines ne pas passer Thanksgiving ensemble ? Bon sang, c'est une fête familiale, tout de même ! Elle pourrait au moins faire semblant d'apprécier la compagnie de son mari.

— Je suppose qu'un deuxième mariage, c'est différent », suggéra Paul avec toute la diplomatie dont il était capable.

Il tenta de chasser de son esprit cette image de Julianne en bikini blanc et sarong transparent – tenue dans laquelle il l'avait vue la première fois – qui s'imposait à lui chaque fois qu'on la mentionnait.

Elle avait un corps ferme mais n'en était pas moins un chouia trop vieille pour sa garde-robe. Ses cheveux étaient épais et un peu trop orange, et quand elle souriait, Paul pressentait que quelqu'un allait se faire délester.

« On est si bien ensemble, toi et moi, dit-il. Quelle chance j'ai !

— Je ne suis pas le genre d'épouse qu'on exhibe pour la galerie, ça c'est sûr, dit Merrill dans un éclat de rire.

— Tu es ma femme, la femme de ma vie. »

Elle sourit. Avant que le feu ne passe au vert, elle s'approcha de lui et, les lèvres frôlant son oreille, murmura : « C'est moi qui ai de la chance. »

Au moment où ils passaient devant le siège de Delphic, Paul leva les yeux vers la fenêtre de son bureau. Le Seagram Building était une structure en acier colossale dont les reflets de bronze luisaient même en pleine nuit. À l'époque de sa construction, c'était le gratte-ciel le plus cher au monde. Sa solidité donnait à Paul une étrange sensation de confiance, comme si le poids du bâtiment lui assurait que son boulot existerait encore le lendemain matin. *Je suis toujours là*, se dit-il en serrant sa femme contre lui.

« Bon, c'est ici que je te laisse », annonça Merrill quand ils arrivèrent à l'angle de la 62e Rue.

Paul l'attira vers lui pour échanger un baiser rapide. Leurs lèvres prolongèrent le contact doux et familier. Celles de Merrill avaient le goût du gâteau au chocolat, et une vague odeur de champagne parfumait son souffle. « Rentre vite, dit Paul. Ma petite femme va me manquer.

— Je ne tarderai pas, répondit Merrill en souriant et en déposant un deuxième baiser sur sa joue. Je prends juste un verre. »

Paul la suivit du regard. Un peu avant l'angle, elle se retourna et lui fit un petit signe. Le col de son manteau, relevé, cachait son cou mince et élégant, ce cou qu'il adorait. Elle plongea la main dans sa poche et en ressortit son BlackBerry. Le téléphone collé contre l'oreille, elle disparut dans la nuit.

À mesure que Paul remontait vers le nord, les bureaux laissèrent place à des immeubles d'appartements. Les trottoirs se vidèrent. De rares couples promenaient leur chien ou rentraient chez eux après un dîner tardif. La température était tombée. Le vent, plus fort, ébouriffait les marquises et les branches des arbres. Lorsque Paul arriva chez lui, son nez était rouge écarlate. Il parcourut les derniers mètres au pas de course, s'engouffra dans le vestibule et retira sa cravate dans l'ascenseur. Trop épuisé pour faire quoi que ce soit d'autre, il ôta sa chemise et se mit au lit sans se brosser les dents. Et lorsque Merrill vint le rejoindre quelques heures plus tard, il était plongé dans un profond sommeil sans rêves.

Mercredi, 6 heures 23

Pour une fois, le bulletin d'informations matinal parlait d'autre chose que de la tempête sur les marchés financiers : point circulation, petits reportages sur la prise de poids pendant les vacances et la nécessité d'apprendre aux enfants le vrai sens de Thanksgiving. Les chaînes locales s'intéressaient surtout à la tempête de neige approchant le nord-est du pays. Elle avait remonté la côte de la Floride et menaçait de bloquer les routes et de retarder l'atterrissage dans le New Hampshire des vols en provenance de Washington DC.

Pendant que le café passait, Paul zappa distraitement d'une chaîne à l'autre. Il s'arrêta un instant sur CNBC dans l'espoir d'avoir les toutes dernières nouvelles du marché. Les présentateurs de l'émission *Squawk Box*, en pull à col roulé décontracté, discutaient des débuts de Grand-Père Schtroumpf, le nouveau ballon géant de la parade de Thanksgiving. Après le reportage sur les ballons, l'un d'eux déclara avec un sourire falot : « On a tous bien besoin de vacances en ce moment, pas vrai ? Wall Street en tout cas, c'est sûr. » Paul leva sa tasse. *Trinquons à ça !* songea-t-il. Après les excès de la veille, il avait une petite gueule de bois et mal au crâne. Ces temps-ci, même un whisky ou deux suffisaient à le soûler, et il n'était pas habitué à rentrer tard le mardi. Les autres présentateurs hochèrent la tête. Paul éteignit le poste et l'écran devint noir.

« Il commence à faire frisquet, Mr Ross », dit Raymond, qui avait enfilé un manteau bleu marine par-dessus son uniforme de portier et des gants noirs en cuir. Raymond était un Irlandais bien en chair, avec des yeux bleu clair et des petits boudins en guise de doigts. Le genre d'homme à prospérer dans des contrées glaciales. Alors si Raymond portait un manteau, c'est qu'il faisait vraiment froid.

Les joues rouges de Raymond luisaient. Le portier adorait commenter le temps. « Vous n'allez pas avoir chaud, avec ce manteau-là, dit-il en désignant d'un coup de menton la veste Barbour de Paul.

— Ne vous en faites pas, Raymond », dit Paul. Il s'arrêta juste avant de sortir et remonta sa fermeture Éclair. « Il est encore tôt. Espérons que ça va se réchauffer.

— Vous partez pour le week-end, vous et Mrs Ross ?

— Oui. Demain à la première heure, direction East Hampton. Et vous, vous travaillez demain ?

— Non, monsieur. Même si on m'offrait une fortune, Thanksgiving, c'est sacré. Ils nous payent deux fois plus. Alors il y en a qui aiment travailler pendant les jours fériés. Mais la famille, monsieur, c'est le plus important pour moi.

— Vous avez tout à fait raison, Raymond. La famille, c'est le plus important. »

Paul releva son col et sortit dans Park Avenue, le *Wall Street Journal* coincé sous le bras. Ses yeux se mirent à larmoyer. Le froid lui tomba dessus comme un coup de poing. Il n'était pas encore sept heures et demie. Le soleil se cachait derrière les immeubles. L'espace d'un instant, il hésita à retourner chez lui prendre une écharpe. Il vérifia l'heure : pas le temps.

« Bon week-end », lança-t-il à Raymond, son souffle formant un nuage compact dans l'air glacial.

Cela faisait deux mois presque jour pour jour que Paul travaillait à Delphic. Il commençait tout juste à trouver son rythme. Difficile de se sentir bien installé : les marchés fluctuaient tellement que même les professionnels aguerris étaient déstabilisés. Chaque journée commençait par un temps de silence, comme avant le départ d'une course, quand les chevaux piaffent sur la ligne en soulevant la poussière. Certes, tout le monde était poli et s'excusait d'être trop occupé, mais personne à Delphic n'avait trouvé le temps de montrer à Paul autre chose que les toilettes hommes. Il n'avait jamais occupé les fonctions d'avocat général et il n'y en avait jamais eu à Delphic, si bien que le boulot était en grande partie à inventer.

Paul avait dû se contenter des indications qui lui avaient été données au moment de son entretien d'embauche. Lorsque Carter l'avait fait venir dans son bureau, les portes d'Howary étaient fermées depuis moins de deux semaines. Par la fenêtre derrière le bureau de Carter, Paul avait contemplé le pèlerinage des costumes sombres descendant Park Avenue. Pendant des années, il avait travaillé à deux cents mètres de là ; quelque chose en lui ne pouvait se résoudre à ce que cela soit fini. Le fait d'être assis dans l'un des fauteuils en cuir du bureau de son beau-père, CV en main, à quémander implicitement un emploi, rendait la situation presque insupportable.

Carter avait commencé l'entretien avec courtoisie, s'excusant presque, comme si Paul lui faisait un honneur en se présentant devant lui. Il lui avait fait signe de s'asseoir, puis avait appuyé sur l'intercom pour demander du café. « Je vous remercie beaucoup d'être venu, Paul. Vous voulez du café ?

— Non merci.

— J'étais ravi quand Merrill m'a téléphoné. Le trimestre a été une pure folie. Nous avons cruellement besoin d'une personne de plus sur le pont.

— Je vous remercie de penser à moi, monsieur Darling. »

La porte s'ouvrit sur une jeune femme poussant un chariot argenté. Ils se servirent en café, puis Carter la remercia et elle disparut sans un mot. Une fois la porte fermée, Carter dit : « Je vous explique. Autrefois, sur dix procès, il y en avait huit où c'était moi qui attaquais, et deux où on m'attaquait. Aujourd'hui, c'est l'inverse. J'ai à peine le temps de travailler pour mes clients, encore moins d'en chercher des nouveaux. Tout le monde veut retirer son argent. Ou y songe. C'est de ça que les clients veulent parler. Le département investissements est devenu une gare de triage. »

Paul hocha gravement la tête. « Il emploie combien de personnes ?

— Deux ou trois gestionnaires. Mais ce n'est pas ça le plus important. Je connais la plupart de mes clients depuis des années. Certains sont avec moi depuis JPMorgan. Pour eux, il est hors de question qu'une jolie conseillère en petit tailleur s'occupe de leur portefeuille. C'est à moi qu'ils veulent parler affaires, ou à Alain, ou du moins à quelqu'un qui est en relation directe avec Alain ou moi.

— Vous fonctionnez comment ? » demanda Paul.

Carter commença à nettoyer ses lunettes. Paul se dit qu'il n'était peut-être pas censé poser des questions.

« Bonne question, répondit Carter sans interrompre son geste. Ça varie selon les fonds. Nous en avons cinq gros, chacun avec une orientation particulière. Chez nous à Delphic, il y a un gestionnaire en interne pour chaque fonds. Et Alain manage tous ces gestionnaires. Comme vous le savez, nous sommes un fonds lui-même composé de plusieurs autres fonds. Si bien que nos gestionnaires internes ne gèrent pas directement les avoirs sous leur responsabilité : ils sont confiés à des gestionnaires extérieurs. Un seul de nos fonds, le Frederick, est à stratégie unique. Ce qui veut dire qu'un seul gestionnaire extérieur en détient les avoirs. Dans ce cas précis, c'est RCM, le fonds de Morty Reis. Nos autres fonds sont généralement répartis entre plusieurs gestionnaires extérieurs, de trois à dix selon le fonds et le timing. Certains de nos gestionnaires extérieurs se débrouillent bien, d'autres très mal, et il y en a un dont je vais me débarrasser dans… – Carter s'arrêta pour consulter sa montre Patek Philippe – exactement vingt-cinq minutes. »

Il remit ses lunettes, de toute évidence aussi mal à l'aise que Paul.

« Nous parlerons des détails plus tard. Je n'emploie pas beaucoup de monde ici à Delphic. Nous nous sommes refusés pendant des années à embaucher un avocat général. Nous avions un directeur financier qui avait une licence de droit, donc pour ainsi dire deux casquettes. Mais il est parti il y a un an, et depuis, nous sommes en pilotage automatique et faisons appel à un gestionnaire extérieur quand le besoin s'en fait ressentir. Mais vu l'état des marchés, il est trop dangereux pour nous de ne pas avoir quelqu'un en interne. Soyons francs : ce que je veux, c'est une personne qui me remplace devant mes clients. Ça ne serait pas moi qu'ils verraient, ça serait mon gendre. Vous comprenez ?

— Je ne suis pas une jolie conseillère en petit tailleur.

— Ne vous sous-estimez pas, Paul, répondit Carter avec un léger rire. Ce poste, vous le méritez. En plus, vous avez un très bon relationnel, et en ce moment, il y a beaucoup de gens qui ont besoin qu'on leur parle. Quand les choses se calmeront, on vous confiera un poste qui se rapprochera davantage de celui d'avocat général, si c'est ça que vous voulez. Mais pour l'instant, j'aimerais que vous me donniez un coup de main avec mes clients. Vous skiez ?

— Non. L'année dernière à Vail, c'était la première fois.

— Vraiment ? » Carter releva le sourcil gauche, l'air légèrement amusé. « On n'aurait pas cru. »

Impossible de dire si Carter était sérieux. À Vail, Paul avait passé ses journées en chasse-neige à prier le ciel pour ne pas foncer dans sa femme. Les Darling étaient tous d'excellents skieurs. Chaque week-end de Presidents' Day[1], la famille passait quatre jours à Vail, Gstaad ou Whistler. Les années précédentes, Paul avait réussi à échapper au petit voyage, prétextant des obligations professionnelles, mais l'année dernière, Merrill avait insisté. Découvrant qu'il n'avait jamais posé les pieds sur une piste de ski, elle lui avait à sa grande surprise attaché les services d'une monitrice – une jolie jeune femme énergique du nom de Linda – qui s'était occupée de lui pendant tout le week-end. L'un de ces cadeaux malheureux, partis d'un bon sentiment mais complètement inappropriés. Généreux et désespérément castrateurs.

« J'ai commencé le ski alpin à l'âge de six ans », annonça Carter. Il l'avait déjà dit à Paul, ce qui n'empêcha pas ce dernier de lui adresser un sourire complaisant. Carter semblait toujours se détendre quand il évoquait l'une de ses activités sportives. « J'adore, mais mon véritable amour, c'est le télémark. Vous savez ce que c'est, Paul ?

— Non, monsieur Darling.

— Je dirais que c'est un croisement entre le ski de randonnée et le ski alpin. La chaussure n'est fixée qu'à l'avant, si bien que le talon peut se décoller du ski. On a le plaisir de la descente, avec la souplesse de la randonnée. Le beurre, et l'argent du beurre.

---

1. Aux États-Unis, le troisième lundi du mois de février est férié, en l'honneur des présidents.

Les chaussures permettent de sentir la montagne, de l'épouser. » Le regard de Carter s'adoucit, et les coins de sa bouche esquissèrent un sourire. « Mon avis, c'est que les bons investisseurs sont généralement de bons skieurs, dit-il en se penchant en avant, comme pour échanger un tuyau sur un placement. Ils tâtent le terrain du bout du pied. Ils savent réagir rapidement. Quitte à virer au dernier moment. »

Paul changea de position en s'efforçant de garder sa contenance. « Étant donné ma piètre performance à Vail, je ne suis pas certain que cela soit de bon augure pour moi.

— Ah, nous avons encore le temps de faire de vous un bon skieur, Paul, déclara Carter d'un ton solennel. Ce que je veux dire, c'est que les marchés exigent de notre part de la réactivité. Si nous voulons survivre, nous devons rester réactifs.

— En effet », dit Paul en comprenant qu'il s'était fait embaucher sans s'en rendre compte.

L'affaire était conclue. Depuis longtemps, mais seul Paul ne l'avait pas vu tout de suite.

« Ça va être mouvementé pendant quelque temps. Il faudra que vous vous mettiez immédiatement dans le bain.

— Je comprends.

— Prenez un ou deux jours pour y réfléchir, si vous voulez. Revenez me voir quand vous serez prêt et nous parlerons de votre rémunération. Au fait, Paul…

— Oui monsieur Darling ? demanda Paul en se levant brusquement.

— Appelez-moi Carter, pour l'amour de Dieu. J'allais vous dire : pensez à la manière dont vous voulez qu'on vous désigne. Avocat général, vice-président; peu m'importe, tant que ça n'est pas trop pompeux. »

Dès les premières semaines, Paul constata avec surprise que Delphic était vraiment une machine gigantesque. Il eut l'impression de découvrir les mécanismes d'une horloge géante : les ordinateurs du bureau paysager ronronnaient, les salles de réunion étincelaient, les secrétaires circulaient dans les couloirs avec la fluidité de rouages bien huilés. Même en cette veille de Thanksgiving, l'endroit bourdonnait comme une machine. En passant les grandes portes vitrées, Paul se sentit saisi par une bouffée d'air filtré et d'énergie cinétique. Tout était allumé. Quelques collaborateurs passèrent devant lui. Paul fut surpris du nombre de personnes présentes. Il adressa un signe de tête à Ida, la secrétaire de Carter, qui parlait dans son casque. Elle lui fit signe de s'approcher, à la manière d'un contrôleur aérien indiquant à un avion qu'il peut se poser. Il attendit devant son bureau pendant qu'elle expédiait sa communication. La mascotte de l'établissement, un lion en bronze rutilant, lui adressa un regard indifférent. La statue, un cadeau de Sol Penzell, l'avocat de Carter, montait éternellement la garde devant le bureau de ce dernier.

« Terry n'est pas là aujourd'hui, indiqua Ida sèchement en raccrochant et en adressant à Paul le sourire de la secrétaire efficace. Je la remplace. Si vous avez besoin de quelque chose, criez.

— Merci, Ida. C'est gentil. » Il se tourna vers son bureau, qui se trouvait juste à côté de celui de Carter.

Encore aujourd'hui, Paul était vaguement troublé par cette proximité.

« Au fait, Paul, dit Ida, quelqu'un de la SEC a appelé pour vous. Une certaine Alexa Mason. Elle a dit que c'était urgent.

— Alexa Mason ? répéta Paul en faisant demi-tour, la main sur la poignée de la porte. Si tôt ? Elle a dit pourquoi elle appelait ?

— Elle a laissé un message. Elle a dit qu'elle travaillait pour David Levin. Elle m'a demandé de vous dire ça.

— Merci, Ida. Je vais la rappeler.

— Vous voulez le numéro ? »

Mais Paul avait déjà fermé la porte.

Une fois en sécurité dans son bureau, il ferma les yeux et inspira, les omoplates plaquées contre le mur. Le répondeur clignotait d'une manière insistante. La simple vue de cette lumière rouge fit accélérer son rythme cardiaque.

Je ne me sens pas prêt à parler à un membre de la SEC, songea-t-il. *Même si c'est Alexa.*

Il s'assit devant son bureau. Au bout d'une minute, il tourna le téléphone vers le mur pour ne pas le voir clignoter.

À midi, Paul avait eu raison d'une pile de documents qui attendaient sa signature. La plupart des responsables étant absents, il avait retiré ses mocassins et s'était installé en tailleur sur son fauteuil. Il avait oublié le coup de fil d'Alexa, ou du moins l'avait relégué dans un recoin de son esprit.

Par la fenêtre, il vit que le ciel de novembre avait pris des teintes argentées. Les rares passants étaient emmitouflés dans leur manteau, le visage dissimulé derrière les plis de leur écharpe. Paul regretta de ne pas avoir pris la sienne. La météo avait prédit que la neige tomberait plus tôt que prévu. Un frisson de joie lui parcourut l'échine tandis qu'il consultait le bulletin sur Internet. L'une des choses qu'il aimait à New York, c'était le fait que les saisons étaient bien marquées. L'arrivée de l'hiver y avait quelque chose d'électrique. Malgré le froid et les trottoirs sablés, la saison était d'une beauté époustouflante. Les rangées d'arbres sombres et martiaux bordant Park Avenue s'animaient de lumières la nuit ; les vitrines de la 5ᵉ Avenue étaient tapageuses et superbes, comme les foules d'acheteurs obstruant les trottoirs. À New York, la neige devenait rapidement de la gadoue noire, mais pendant quelques heures, elle saupoudrait les trottoirs de sucre glace et transformait les gratte-ciel en luxueuses pièces montées.

Paul fut pris d'un besoin urgent de quitter le bureau. Plaçant ses écouteurs sur ses oreilles, il appela Ida.

« Ida ? Paul à l'appareil. Écoutez, rentrez chez vous. Il n'y a personne ici et à mon avis, il n'y aura pas d'appel. Vous pouvez transférer la ligne de Carter sur la mienne si vous voulez.

— Vous êtes sûr ? dit Ida avec un certain soulagement. Il est à peine midi. Ça ne me dérange pas de rester. »

Au moment où Paul allait lui souhaiter un bon Thanksgiving, elle dit :

« Justement, il y a un appel. C'est Merrill. Vous la prenez ?

— Bien sûr. Passez-la-moi. Et filez. »

Il prit la ligne et brancha le haut-parleur.

« Salut, dit-il tendrement en se renfonçant dans son fauteuil. Tu as fini ? » Merrill avait prévu de prendre son après-midi pour avoir le temps de faire les valises. « Est-ce que par hasard tu vas passer devant la pharmacie en rentrant ? »

Il y eut un temps de silence. Quand enfin elle parla, sa voix était creuse, comme si quelque chose lui avait vidé les poumons. « Qui est à l'appareil ? demanda-t-elle.

— Merrill, c'est Paul », dit-il en agrippant le combiné. Instinctivement, son taux d'adrénaline fit un bond. Quelque chose n'allait pas. « Ida a transféré les appels de ton père sur mon poste.

— Il faut que je lui parle. J'ai appelé sur son portable, mais il est éteint. Il est où ?

— Sur la route, je pense. Qu'est-ce qui se passe ? Dis-moi. »

Merrill resta muette. Il entendit le son de la télévision dans la pièce où elle était, un bourdonnement, comme un bruit continu à cause de la réverbération causée par le téléphone.

« Allume la télé, dit-elle d'une voix faible. C'est sur toutes les chaînes.

— Quoi ?

— Morty est mort.

— Je te rappelle depuis la salle de réunion, dit Paul en cherchant à tâtons ses chaussures.

— Je dois te quitter. Je suis au bureau. Ils vont vouloir recueillir des témoignages.

— Ne te sens pas obligée de leur répondre, dit-il en essayant de ne pas hausser la voix. Pas si tu es bouleversée.

— Non, non, c'est impossible. Désolée, je suis un peu dépassée. Je t'appellerai plus tard. Je t'aime. »

Elle raccrocha avant qu'il ait eu le temps de lui dire « Moi aussi ». Avant qu'il ait eu le temps de dire quoi que ce soit.

Mercredi, 11 heures 20

La journée commençait mal pour Lily, avec les signes incontestables d'une gueule de bois. Elle se réveilla prise d'une migraine épouvantable et se rendit compte, effarée, qu'elle ne s'était pas démaquillée la veille. Elle entrouvrit les yeux, puis les referma immédiatement, éblouie par la lumière baignant la chambre. Pendant une ou deux minutes, elle resta immobile à compter les verres qu'elle avait bus comme on compte les moutons, en regrettant de s'être réveillée. La gueule de bois était disproportionnée par rapport au plaisir que lui avait procuré la soirée.

Lily buvait toujours trop quand elle était avec Daria. Daria : peut-être sa meilleure amie – en tout cas, la personne avec laquelle elle passait le plus de temps, après Adrian et sa mère. Inès n'aimait pas Daria. Elle disait d'elle en relevant les sourcils qu'elle avait « des intentions cachées ». Inès se méfiait des jeunes femmes dont elle pensait qu'elles ne venaient pas d'une famille comme il faut – des jeunes femmes qui s'introduisaient dans la bonne société new-yorkaise en nouant des amitiés opportunes avec les bonnes personnes. Les Femmes avec des Intentions Cachées : Lily ne devait jamais se lier d'amitié avec l'une d'elles. Elles étaient, de l'avis d'Inès, plus dangereuses que des chercheurs d'or parce qu'elles étaient intelligentes et convoitaient des choses que des personnes comme Lily pouvaient leur fournir.

À en croire Inès, le monde était peuplé de gens qui cherchaient à profiter de Lily. Les jeunes hommes pauvres étaient intéressés par son argent. Les riches aussi, car les enfants des familles aisées n'avaient pas le goût de l'effort et recherchaient une épouse leur garantissant que leur cotisation au club serait toujours payée, que leurs enfants seraient admis dans les bonnes écoles et qu'il y aurait toujours des dîners agréables et des galas de charité le soir. Quant aux femmes, elles convoitaient toujours quelque chose. Inès était fermement persuadée qu'une femme se liait rarement d'amitié avec une autre si elle ne pouvait pas en tirer un quelconque bénéfice. Les amitiés féminines tenaient de l'alliance stratégique : chaque partie devait mettre quelque chose sur la table afin de maintenir l'équilibre. Mais sur le fond, Lily n'avait besoin de rien. L'argent, les relations, la beauté, le style, la maison dans les Hamptons, tout cela, elle l'avait. Si bien qu'elle se retrouverait inévitablement perdante dans une relation d'amitié. Par conséquent, elle avait du mal à trouver des personnes avec lesquelles passer du temps.

Lily n'était pas complètement en désaccord avec l'opinion qu'Inès se faisait de Daria. Daria était diabolique, mais amusante et vive. Lily appréciait sa compagnie. Contrairement à la plupart des amies qu'elle avait rencontrées à Spence[1], Daria travaillait : elle était responsable des relations clients pour un important fonds d'actions privé, travail qui correspondait parfaitement à son physique, à sa personnalité dominante et à sa persistance à s'entourer d'hommes hautement solvables. Daria connaissait le Tout-New York. Cela faisait partie de son travail. Et son énergie inépuisable était contagieuse : il était pratiquement impossible de se sentir à plat en sa présence. Vous ne saviez pas quoi faire un mardi soir ? Daria avait un ticket pour un vernissage et viendrait vous chercher dans une heure. Vous étiez célibataire ? Daria connaissait un manager de fonds spéculatifs très mignon qui justement venait de rompre avec sa petite amie. Vous aviez des problèmes de couple ? Daria vous accompagnait à la soirée de gala de New York pour les animaux, après vous avoir au préalable payé quelques cocktails.

Simplement, il fallait que vous l'invitiez dans votre maison d'East Hampton chaque été et que vous la présentiez à un directeur de chez Goldman Sachs. Comme par hasard, Lily avait fait les deux.

Lorsque Adrian avait téléphoné pour dire qu'il la rejoindrait à la soirée, le premier réflexe de Lily avait été de téléphoner à Daria. Elles s'étaient alors retrouvées pour prendre un verre au Regency Hotel, dans un bar à mi-distance entre leurs appartements respectifs sur Park Avenue. La clientèle était surtout composée

---

1. Spence, école privée (cycle primaire et secondaire) pour filles située à Manhattan et fondée en 1892 par Clara Spence.

d'habitants du quartier : des douairières aux cheveux laqués et aux sourcils épilés, des banquiers qui avaient besoin d'un petit scotch avant de rentrer chez eux retrouver leurs enfants. Le genre d'endroit où la présence de deux jeunes femmes en tenue de soirée n'aurait rien d'incongru.

« Alors, dis-moi, fit Daria quand Lily arriva, qu'est-ce qui se passe avec Adrian ? » Elle s'était attribué une table dans un coin avec des banquettes en cuir, emplacement idéal pour admirer la clientèle et se faire admirer soi-même. Daria adorait se faire admirer. Sa robe-bustier couleur prune lui donnait une allure très classe (sa peau éternellement bronzée conférant à la couleur prune, le must de cette saison, des tons décadents). Un boléro en fourrure de renard lui couvrait élégamment les épaules. Elle avait planté une plume noire dans son chignon. Lily trouva que cela lui donnait une allure formidable. Elle-même n'aurait jamais osé. Le bras nonchalamment posé sur le dossier de la banquette, Daria étouffa un bâillement, comme si elle était tellement habituée à porter une robe de soirée que cela faisait de ce mardi un jour ordinaire.

Lily lui fit la bise et s'assit au bord de la banquette d'en face en prenant soin de ne pas froisser sa tenue.

« Oh, rien de particulier », répondit-elle en détournant le regard. Rien qu'en le disant, elle sut que c'était vrai. « Il est coincé au boulot, c'est tout.

— Alors il ne vient pas ? » insista Daria pour essayer de sonder le problème.

Même resplendissante – elle était toujours resplendissante – Lily ne paraissait pas dans son assiette.

Elle lui avait paru inquiète au téléphone. Ce qui était souvent arrivé ces derniers temps. Daria ne savait pas trop quoi en penser.

« Si, si, il vient. Simplement, il arrivera un peu en retard. Mais comme je ne voulais pas débarquer là-bas toute seule… »

Daria fronça les sourcils et fit signe au serveur. Lily sentit les larmes lui monter aux yeux. Elle voyait bien que Daria commençait à s'agacer, ou du moins à se lasser. Elle-même se trouvait lassante. En ce moment, sans savoir pourquoi, elle était hantée par l'impression vague que quelque chose n'allait pas. Cette impression la suivait partout, telle une ombre, pesant sur ses paupières le matin au réveil, l'accompagnant l'après-midi, lui rongeant les entrailles quand elle consultait ses mails, prenait son déjeuner ou courait sur son tapis de jogging. Elle était en train de devenir un boulet.

« Excuse-moi, je suis une idiote, dit-elle.

— Mais non. Il t'adore. Tu en es consciente, au moins ? »

Le serveur arriva avec leurs boissons.

« Oui, oui. Ce n'est pas grave. Ce n'est pas de sa faute. Simplement, il est un peu – comment dire – un peu distant ces derniers temps. Mon père aussi. C'est difficile pour eux au boulot en ce moment. Et Adrian est souvent en déplacement avec des clients. Alors je me retrouve toute seule. Et je déteste. J'ai l'impression d'être abandonnée, tu comprends ? Je n'étais pas comme ça avant. »

Assis à la table voisine, deux hommes d'âge mûr portant cravates rouges et costumes à fines rayures regardaient Daria avec des airs de prédateurs. L'un d'eux se pencha pour chuchoter quelque chose à l'autre. Croisant ses longues jambes, Daria les ignora.

« Tout le monde est stressé en ce moment, dit-elle. Jim se comporte comme un dingue, vraiment. Il prend des appels d'Asie en pleine nuit. Il gueule sur les serveuses, soi-disant qu'elles mettent trop de temps à apporter les plats. La semaine dernière, il m'a rembarrée parce que je m'étais fait livrer trop de San Pellegrino. De la San Pellegrino, franchement ! Monsieur a un 4×4 de luxe avec chauffeur à sa disposition, et il me prend la tête pour de la San Pellegrino ! Au fait, j'adore ton bracelet. Il est nouveau ? »

Lily esquissa un petit sourire et tendit le poignet. Le bracelet était en effet nouveau. Elle savait que cela n'avait rien de logique, mais toutes ces difficultés lui donnaient envie non pas de restreindre ses achats, mais de faire des folies. Ces derniers temps, elle avait beaucoup acheté, mue par quelque chose qui ressemblait à de l'inconscience. Elle entrait dans un magasin « juste pour regarder » et en ressortait avec une machine à espresso ou une paire d'espadrilles. Elle achetait des cadeaux d'anniversaire sans savoir exactement pour qui, des robes sans savoir exactement pour quelle occasion. Si ses achats étaient suffisamment petits (une paire de boucles d'oreilles, de la lingerie), elle les fourrait dans son sac et se débarrassait des étiquettes et des factures dans une poubelle dans la rue. Ses placards étaient bourrés à craquer de choses nouvelles. Non pas qu'elle les cache à Adrian. Simplement, le fait de les voir avec leurs étiquettes la mettait mal à l'aise.

Le bonheur d'avoir de nouvelles chaussures ou boucles d'oreilles lui donnait sur le coup le sentiment d'être comblée. Mais quelques heures plus tard, une vague de culpabilité la submergeait. Ça suffira pour ce mois-ci, se répétait-elle avec entêtement. Puis un lundi particulièrement morne venait la mettre au défi ; Adrian parti, ses amies occupées, son agenda restait désespérément vide. Alors elle se retrouvait de nouveau à déambuler dans les rayons de magasins luxueux tels Bergdorf Goodman ou Williams-Sonoma, voire chez Duane Reade, à se jeter sur des objets dont elle ignorait jusque-là avoir besoin.

« C'est peut-être tout simplement que tu t'ennuies, suggéra Daria en haussant les épaules. Tu as été occupée ces derniers temps par le boulot ?

— Un peu. Barney's va prendre notre collection de laisses de vacances. Ça va être chouette. »

En vérité, *Bacall* marchait couci-couça, et Carter n'avait guère envie d'y investir plus d'argent tant que l'économie ne repartait pas. Il y avait bien de temps en temps une commande par Internet, et maintenant le contrat avec Barney's, mais au bout du compte, *Bacall* perdait de l'argent. C'était plus un alibi de jeune femme riche qu'un vrai boulot. Lily s'y consacrait de moins en moins, son temps de travail effectif se réduisant peu à peu à quelques heures ici ou là, pas plus que pour le ménage ou un passe-temps.

Lily fit tourner le verre dans sa main en regardant la glace fondre et les gouttes se former sur la paroi extérieure. « Tu ne te poses jamais de questions à propos de Jim ? » demanda-t-elle d'un air détaché.

Daria la regarda, les yeux écarquillés.

« Me poser des questions ? fit-elle en posant son verre. Pourquoi ? Tu as appris quelque chose ? »

Surprenant l'inquiétude dans le regard de son amie, Lily s'empressa de répondre, « Pas du tout ! Désolée, il n'y avait aucune allusion là-dedans. Jim est très amoureux, c'est évident. »

Daria prit un air gêné et détourna les yeux. L'un des hommes assis à la table voisine croisa son regard. Des traders, se dit-elle. Ou bien des patrons de fonds spéculatifs. Ils sont un peu trop lisses pour des banquiers d'affaires. Ajustant son boléro, elle rendit à l'homme son sourire.

« En fait, c'était plutôt de moi que je parlais, ajouta Lily qui avait surpris les regards entre Daria et le trader. Je sais que c'est idiot, mais parfois j'ai peur quand Adrian sort avec des clients. Les femmes n'ont aucune vergogne à New York. La semaine dernière, on était à une fête, et deux filles sont venues droit vers lui, comme si je n'étais pas là. Des filles superbes. Plus jeunes que moi. Et en tout cas, plus jolies. Tu trouves que je suis parano ?

— Oui, répondit Daria. Ou plutôt non. En fait, je ne sais pas. Adrian est un bel homme qui réussit dans la vie. Quant à New York, ça grouille de prédatrices. Il y aura toujours des filles qui lui tourneront autour. Nous, on va vieillir, et elles, elles auront toujours le même âge. Il va falloir t'habituer à cette idée. » L'un des traders prit son portable qui sonnait, se leva brusquement et sortit du bar. Daria le suivit du regard, puis se retourna vers Lily. « Écoute, reprit-elle d'un ton sévère, la main sur l'épaule de son amie pour appuyer son propos, la seule chose que tu puisses faire, c'est être belle et ne pas avoir peur. Les mecs, c'est comme les chiens : ils sentent la peur. Bon sang, tu es Lily Darling ! Adrian a de la chance d'être ton mari. Si tu gardes bien ça en tête, lui non plus ne l'oubliera pas. »

Lily hocha la tête, les yeux baissés. En fondant, la glace avait formé un rond sur la table autour duquel la serviette s'enroulait comme un immense pansement. « Merci, dit-elle d'une voix timide. En fait, je n'ai pas trop le moral en ce moment.

— Sois raisonnable », déclara Daria d'un ton brusque. Elle se redressa et fit signe qu'on lui apporte l'addition. « Allons, tu sais ce que te dirait Inès, non ? De te ressaisir et de profiter de la fête.

— Je sais. Ma mère excelle dans l'art des apparences.

— Elle vous a donné de bonnes leçons », déclara Daria en se levant. Puis, tapotant sa montre, « Allons-y », dit-elle.

Et elle offrit son bras à Lily.

Inès avait en effet appris des choses très utiles à ses filles. La plupart entraient dans la catégorie « Étiquette et style ». (*Ne jamais sortir le visage non maquillé ; on ne sait jamais sur qui on va tomber. Les jeunes filles comme il faut portent des sous-vêtements comme il faut. Ignorer la dernière mode si elle ne flatte pas votre anatomie. Ne jamais oublier d'envoyer un petit mot de remerciements écrit à la main.*) Mais elle leur dispensait également de grands axiomes de sagesse dont Merrill ne tenait en général aucun compte et que Lily accueillait comme parole d'évangile. À l'exception d'un désaccord de longue date sur la question de savoir si oui ou non le bleu marine pouvait se porter avec du noir, Lily trouvait qu'Inès avait pratiquement toujours raison.

Elle avait donc accepté le décret selon lequel Merrill était intelligente et elle-même jolie. La répartition avait été faite si tôt qu'elle ne se souvenait pas que quiconque dans la famille ait pensé autrement. Bien sûr, Inès n'avait jamais dit la chose aussi crûment. Mais elle l'avait exprimée maintes fois, à travers mille et un petits gestes qui laissaient une marque bien distincte, comme des pas creusant des marches en pierre. Dans les chaussettes qu'elles pendaient à Noël près du sapin, Merrill découvrait des livres, et Lily des boîtes de maquillage et d'autobronzant Clarins. On avait fait donner des cours de français à Merrill, et de danse classique à Lily. Une fois par semaine, Inès emmenait Lily à l'institut Elizabeth Arden, pour déjeuner et se faire faire une manucure. Bien sûr, Merrill était trop occupée par ses activités intellectuelles pour se joindre à elles, si bien qu'elle n'était jamais invitée ; et de toute façon, elle n'avait jamais demandé à venir.

Lily comprenait suffisamment sa mère pour ne pas se vexer. Le fait que Merrill était intelligente et Lily jolie n'avait rien d'un jugement de valeur. C'était plutôt une façon de reconnaître un ordre naturel. Merrill et Lily étaient deux sous-espèces, deux branches bien distinctes mais égales d'un même arbre généalogique. Pour tout dire, Lily soupçonnait Inès d'accorder un prix légèrement plus élevé à la beauté qu'à l'intelligence. Et elle-même était suffisamment vive pour faire rire sa mère et susciter son intérêt quand elles se trouvaient ensemble. « Être suffisamment fine, c'est ça qui compte », aimait à répéter Inès.

Dans tous les cas, Inès était fermement convaincue que ni l'intelligence ni la beauté ne servait à grand-chose si on ne savait pas quoi en faire. « La plus grande force, c'est de connaître ses points forts », décréta-t-elle lorsque Lily se vit refuser l'entrée à Tisch, l'université qu'elle avait mise en premier choix. « Il faut découvrir ce qu'on sait bien faire et l'exploiter au maximum. »

Lily n'avait pas oublié la leçon. Elle avait exploité sa beauté, son sens esthétique, sa capacité à distraire les autres. La vie était simple, au fond, si on était conscient de ce que l'on savait bien faire.

Lily avait toujours pensé que le talon d'Achille de Merrill, c'était qu'elle réussissait dans trop de domaines. Elle excellait dans tous les sports qu'elle avait essayés, collectionnait les bonnes notes et les copines, toutes les filles la voulant dans leur bande. Elle s'entendait bien avec tout le monde, tout en conservant un cercle d'amies très proches : des filles qui s'appelaient Whitney ou Lindsey ou Kate, des filles dotées de petits nez snobs parsemés de taches de rousseur, de queues de cheval et de la peau lumineuse des enfants dont on s'occupe avec le plus grand soin. Elles portaient toutes des boucles d'oreilles en perle, des vestes Patagonia et des pulls irlandais aux couleurs acidulées. C'étaient les « filles comme il faut » : appréciées de tous, pas trop délurées au goût des parents, mais pas trop potiches non plus pour les garçons. Pour la plupart, elles avaient fait leurs études dans des universités de la Nouvelle-

Angleterre, Middlebury, Dartmouth ou Trinity, joué à la crosse, et étaient sorties avec des garçons du Connecticut. Elles avaient reçu des prix d'excellence, été sacrées « étudiante la plus accomplie ». Les dossiers d'admission de Spence étaient illustrés de photos d'elles en classe ou à la bibliothèque, le visage radieux, bras dessus, bras dessous comme de bonnes camarades enthousiastes. Par contre, Spence traitait les filles comme Lily avec une indifférence négligente, comme un film de série B directement sorti en DVD.

Dès qu'elle eut six ans, tout le monde comprit que Lily n'avait pas grand-chose à faire dans une école de catégorie supérieure. On la garderait, bien sûr, par respect pour son père et parce qu'elle était la sœur de Merrill Darling, tout en sachant qu'elle accumulerait les résultats médiocres et serait discrètement orientée vers une université quelconque à la fin du lycée. Il n'y aurait pas de fanfare pour son diplôme, comme cela avait été le cas avec Merrill. Pas de prix, pas de professeur en larmes, pas de déjeuner de famille au 21 Club pour fêter l'événement. Simplement, tout le monde serait soulagé qu'elle soit allée jusqu'au bout.

Ayant échoué dans sa vie de lycéenne et d'étudiante, Lily fit de son mieux pour réussir sa vie d'adulte. À vingt-quatre ans, elle devint la première de son cercle d'amies à se marier. Adrian était, pensait-elle, le gendre idéal pour ses parents : il avait étudié à Buckley et vivait dans les quartiers chics de l'Upper East Side. Il travaillait dans la finance, était membre du Racquet Club. Quand il portait le costume, il ressemblait de façon étonnante à Carter : même silhouette longiligne et même sourire conquérant. Adrian était le plus extraverti de ces frères Patterson à la beauté si célèbre. Inès détestait tous les garçons avec lesquels Lily était sortie, mais Adrian un peu moins que les autres.

Toutes les filles de l'Upper East Side entre vingt-deux et trente-cinq ans connaissaient les quatre frères Patterson, leur éternel bronzage, leur grand gabarit, leurs dents impeccables et leurs cheveux noir corbeau. Leur père, Tripp Patterson, était d'une beauté patricienne terrifiante et se mouvait avec l'assurance d'un chien de race. Après tout, n'était-il pas le président du Racquet Club, un excellent joueur de tennis et non moins excellent joueur de backgammon ? Il n'avait jamais réellement travaillé et gérait à présent la fortune de la famille. Ce qui lui prenait peu de temps vu que, au bout de plusieurs générations de Patterson oisifs, il ne restait plus grand-chose à gérer. Ce détail malheureux ne pouvait être deviné que par les observateurs les plus perspicaces, la femme de Tripp, CeCe, déployant des trésors d'ingéniosité pour dissimuler la chose. Elle-même travaillait dans l'immobilier et ses commissions maintenaient la famille à flot. Elle s'assurait que tous les Patterson vêtus de leurs plus beaux atours figuraient dans les circuits sociaux de New York, Palm Beach et Southampton, ne serait-ce qu'en tant qu'invités. Il arrivait qu'Inès fasse un commentaire acerbe sur leur mode de vie, qu'elle soupçonnait d'être financé par des ressources inexistantes. Ce qui ne l'empêchait pas de considérer CeCe Patterson comme une alliée incontournable en société et d'entretenir avec elle une amitié forgée bien avant que sa propre fille ne s'intéresse à Adrian.

Les cartes de vœux des Patterson étaient légendaires. Chaque année, la famille souhaitait de bonnes fêtes à leurs amis depuis les pistes d'Aspen, les plages de Lyford Cay ou le green de St. Andrews. Et chaque année, les filles des amis de la famille dérobaient la carte et la cachaient au fond de leur sac ou de leur tiroir, afin de pouvoir s'extasier sur le visage d'Henry, de Griffin, de Fitz ou d'Adrian pendant toute l'année. Une fille qui sortait au collège avec l'un des Patterson se trouvait immédiatement hissée au rang de princesse. Quant à épouser l'un des frères, c'était comme se faire passer la bague au doigt par un Kennedy.

Les fiançailles de Lily et Adrian s'étaient déroulées comme dans les romans, depuis leur rencontre sur un court de tennis au Meadow Club de Southampton jusqu'à leur mariage au Maidstone Club d'East Hampton (deux cent cinquante invités). Lily venait de terminer ses études à Parsons et vivait chez ses parents lorsque Adrian s'intéressa à elle. Plus tard, Lily finirait par accepter le fait qu'Adrian ne ferait aucun héritage et ne gagnerait jamais beaucoup d'argent. Mais en attendant, il la poursuivit de ses ardeurs avec une générosité dont peu des garçons qu'elle connaissait avaient les moyens. Pour une jeune femme de vingt-deux ans, sortir avec un homme de trente ans avait quelque chose de délicieusement sophistiqué et excitant. Lily fut conquise. Au terme d'une année passée à se pomponner pour ses rendez-vous avec Adrian, à sortir avec Adrian et à parler d'Adrian à ses copines, Lily prononça une première fois le mot « oui ». Et au terme d'une deuxième année passée à préparer ce que le magazine *Quest* appela le « mariage chic de l'été », Lily le prononça une deuxième fois. Puis, les photos de la lune de miel téléchargées, le service en porcelaine livré et les mots de remerciements rédigés, elle commença à se demander ce qui allait se passer ensuite.

En entendant la douche cesser de couler, Lily se rendit compte qu'Adrian était encore à la maison. Elle roula sur elle-même et vérifia l'heure. Mon Dieu ! Il était bien plus tard que ce qu'elle croyait ! Elle grogna et enfouit le visage dans son oreiller. Elle était toujours dans cette position lorsque Adrian ouvrit brutalement la porte de la chambre et apparut, une serviette nouée autour de la taille comme un kilt. Sans même le regarder, Lily sut qu'il était furieux. Elle se redressa.

« Tu as mis le réveil pour sept heures trente du soir au lieu de sept heures trente du matin », dit-il. Les muscles de ses épaules roulèrent. « J'ai loupé un appel en provenance d'Asie. » Le dos tourné vers elle, il fit défiler des pantalons posés sur des cintres comme s'il lisait les pages d'un magazine sans aucun intérêt. La chaleur humide de la douche s'élevait en fumée de son corps, et sa nuque était raide, comme tendue par des câbles électriques.

Une fois son choix fait, il laissa la serviette glisser par terre. Elle s'étala en flaque bleue et humide à ses pieds. Lily la regarda en réprimant son agacement. Une semaine auparavant, emporté par une campagne acharnée de réduction des dépenses du ménage, Adrian avait renvoyé la bonne, Marta. En fait, Marta avait eu l'air soulagée d'être libérée, ce que Lily avait trouvé profondément gênant. Adrian et elle étaient, elle le savait bien, très bordéliques. Elle-même se trouvait toujours là où il ne fallait pas, à déambuler dans la maison en robe de chambre pile au moment où Marta passait l'aspirateur, à lui dire de se presser pour pouvoir partir avant que leurs amis n'arrivent à 18 heures pour le cocktail. Quant à Adrian, il laissait toujours traîner derrière lui des chaussettes de sport sales, des pièces de monnaie et des bols de céréales avec une croûte de flocons d'avoine collée sur le bord. Marta savait immanquablement quand Adrian et Lily étaient à la maison. Il lui suffisait de suivre la piste – un attaché-case dans le vestibule, des chaussures abandonnées dans le salon, un veston jeté sur une chaise dans la salle à manger, une canette de soda à moitié pleine dans la cuisine – et elle tombait sur Adrian en train de regarder le sport à la télé, les pieds sur la table basse, ou sur Lily choisissant sa tenue pour la soirée et jetant ses robes sur le lit.

« Désolée, dit Lily le cœur battant, j'ai, disons, un peu trop bu hier soir.

— C'est ce que j'ai constaté.

— Ah. Ça se voyait autant ? Quelle horreur ! Tu as eu honte de moi ? »

Elle s'affala sur le dos, la tête sur l'oreiller. Ses cheveux blonds s'étalèrent autour de sa tête comme un halo. La couette glissa de ses épaules, révélant son torse nu. Lily dormait toujours toute nue. Le matin, elle paraissait aussi fraîche et propre qu'un nouveau-né. Sa peau, d'un blanc laiteux, était pratiquement de la même couleur que les draps. Elle avait conservé la taille et la douceur de ses seize ans. À chaque fois qu'il la regardait, Adrian la désirait.

Il soupira, posa ses chaussures près du lit et s'assit à côté d'elle. Au lieu de la sermonner comme elle s'y attendait, il se pencha vers elle et l'embrassa tendrement sur la tempe.

« Mais non. Tu étais superbe. Simplement, je voudrais que tu y ailles plus mollo, tu vois, si vraiment on veut essayer. Ou du moins ne rien faire contre.

— Tu veux bien t'allonger une minute avec moi ? lui demanda-t-elle les yeux fermés. J'ai une de ces migraines. Juste une minute, je te promets. J'ai l'impression qu'on ne se voit plus du tout en ce moment. »

Il allongea ses jambes sur le lit, puis enlaça Lily. Elle se colla contre lui, le nez sur sa poitrine.

Elle enroula les jambes autour des siennes, mais il ne bougea pas. Puis elle pressa les lèvres sur celles d'Adrian. Peut-être était-ce son imagination, mais elle eut l'impression qu'il se raidissait. Découragée, elle se demanda ce qu'il pensait. Était-il agacé parce qu'elle le retardait ? Était-il en train de compter les secondes pour savoir quand il pouvait décemment la relâcher ? Ce n'était pas bien, d'essayer de faire l'amour avec lui le matin alors qu'il était déjà en retard pour le travail. Cela, elle le savait pertinemment, mais ces derniers temps, plus il s'éloignait, plus elle avait envie de lui.

Lily ne s'était jamais jusque-là posé de questions sur leur vie amoureuse. Quand elle arrivait à penser rationnellement, elle reconnaissait qu'il n'y avait aucune raison de s'inquiéter. Ils faisaient l'amour régulièrement (du moins, si elle se basait sur les vies conjugales des deux amies avec lesquelles elle se sentait suffisamment à l'aise pour confier ce genre de chose) ; ils faisaient des trucs osés (aussi osés qu'on pouvait s'y attendre de la part de personnes issues de bonnes familles) ; et, ainsi qu'ils venaient de l'évoquer, ils avaient cessé d'utiliser la contraception à leur troisième anniversaire de mariage. Jusqu'à présent, rien n'avait changé.

Ils n'essayaient pas vraiment, mais ne faisaient rien contre. *Ne rien faire contre.* C'était l'expression préférée d'Adrian, qu'il répétait comme une bonne blague à leurs familles et à leurs amis qui se montraient de plus en plus impatients. Il disait cela avec un grand sourire, et suscitait des hochements de tête approbateurs. Et à chaque fois, Lily examinait cette phrase sous toutes ses coutures, y cherchant des signes d'indifférence ou de nonchalance. *Ne rien faire contre.* Non, elle n'y trouvait rien qui puisse la heurter. En même temps, elle n'y trouvait rien non plus qui ne la heurte pas.

À en croire Adrian, ils parlaient d'avoir un bébé jusqu'à saturation. D'après Lily, ils étaient loin d'en parler assez. Sans qu'elle sache pourquoi, la conversation lui semblait inachevée, comme un projet qui, sans être rejeté, n'avait pas pour autant été approuvé totalement. Elle ne pensait à rien d'autre. C'était comme *Bacall* : une idée bien vivante, mais momentanément suspendue dans le vide et qui attendait un avis favorable et des moyens.

« Je déteste quand tu dis ça », reprit-elle.

Son mal de crâne était lancinant. *Jamais plus je ne boirai autant*, se promit-elle.

71

« Quand je dis quoi ?

— Ne rien faire contre. C'est juste ta façon de le dire. C'est tellement… passif. »

Adrian plaça le doigt sous son menton et lui souleva la tête jusqu'à ce qu'elle ouvre ses grands yeux bleus. Il étudia tendrement son visage, avec un froncement de sourcils presque paternel. Le nez de Lily était parsemé de taches de rousseur, comme des mouchetures de chocolat. Elle était tellement frustrante quand elle était comme ça : enfantine, impertinente, et désespérément attirante. « D'accord, dit-il. Alors on fait tout pour. Ça te va ?

— Non », dit-elle, butée, en fermant les yeux.

Pourtant, elle savait bien qu'il disait ce qu'il fallait dire. Malgré tous ses points faibles – son manque d'ordre, ses retards perpétuels et sa tendance à se resservir à boire – elle savait qu'Adrian était un bon mari, dévoué et désirant sincèrement des enfants, ne serait-ce que parce que c'était ce qui se faisait.

Le monde d'Adrian était parfaitement ordonné. C'était un monde que Lily connaissait bien, et dans lequel elle serait contente de vivre jusqu'à la fin de ses jours sans se préoccuper de savoir s'il y avait d'autres possibilités. Certes, il était arrivé à Adrian d'enfreindre une règle ou deux – une expulsion temporaire au lycée pour avoir fumé du shit et deux ou trois amendes pour ivresse au volant – mais cela faisait partie du jeu. C'était le genre de choses que Tripp Patterson et, avant lui, Henry Patterson Jr., avaient faites. De manière générale, Adrian avait suivi le manuel à la lettre.

S'il s'habillait de cette façon – Nantucket Reds[1], nœuds papillon et vestes de chasse, c'était sans aucune ironie. Il avait passé ses années d'université sur les terrains de crosse ou dans les bars et les fêtes, sans douter une seconde qu'un poste à la Morgan Stanley Investment Bank lui serait offert après son diplôme (ce qui fut en effet le cas), et qu'après cela l'attendait un boulot au fonds spéculatif du père de son épouse. C'était ainsi que les choses se passaient, depuis toujours. L'exemple de ses frères, tous mariés, tous employés par un fonds spéculatif ou une grande banque d'affaires, qui passaient leurs vacances à Nantucket ou dans les Hamptons, validait les espoirs d'Adrian. Tant qu'il resterait aux commandes, Lily était sûre que le monde demeurerait tel qu'elle l'avait connu sous le règne de Carter. Ce qui était profondément rassurant.

« J'ai simplement besoin de savoir quand nous serons prêts. »

Adrian était bien là, à ses côtés, son corps creusant le matelas, sa tête occultant en partie la lumière de la lampe de chevet. Leurs épaules, leurs coudes se frôlaient, et le genou de Lily était délicatement posé sur celui d'Adrian. Elle sentit la fermeté de son bras musclé sous sa tête et se sentit provisoirement rassurée. Elle aurait voulu qu'il reste avec elle toute la journée, pour qu'ils puissent s'enfouir sous leur couette bien épaisse et que, le front collé au sien, Adrian lui dise que la journée leur appartenait. L'horloge cesse-

---

1. Pantalons d'homme en coton, de couleur rose saumon, qui deviennent rose pâle en vieillissant et sont fabriqués à Nantucket (Massachusetts).

rait son tic-tac et ils se retrouveraient suspendus dans l'instant, ensemble, comme dans cette seconde à la fin d'une pièce de théâtre, avant que les applaudissements ne commencent.

« J'ai trente-quatre ans, dit Adrian simplement. C'est le moment. Je ne sais pas quoi te dire de plus. » Tendant le bras, il lui massa les tempes. Il sentait le papier parfumé au cèdre dont ils tapissaient l'intérieur de leurs tiroirs. Il sentait la maison.

C'est alors que le téléphone retentit, brisant l'instant. Personne n'appelait sur leur fixe, sauf le portier et les vendeurs. Ils échangèrent un regard bref en se demandant qui ça pouvait bien être.

Adrian retira son bras de sous la tête de Lily pour décrocher, l'obligeant à se redresser. Elle ouvrit les yeux à la lumière du jour.

« Ce n'est pas possible ! Vous plaisantez ! » s'exclama Adrian. Lily entendit dans le combiné la voix hachée et rapide d'un homme à l'autre bout du fil, mais pas assez fort pour pouvoir comprendre ce qu'il disait. Complètement réveillée à présent, elle se sentit envahie par le courant d'énergie nerveuse transmis à travers les fils du téléphone.

« Allume la télé ! » lui siffla Adrian en posant la main sur le combiné. Brusquement alarmée, et légèrement vexée par le ton autoritaire de son mari, elle attrapa la télécommande et pressa sur le bouton. Adrian se montrait rarement brusque avec elle. Le drap glissa de ses épaules. La pointe de ses seins se durcit et, frissonnante, elle se rendit brusquement compte qu'elle était nue.

Tout en passant d'une chaîne à l'autre, Lily sentit ses entrailles se tordre sous l'effet d'un sentiment de culpabilité qui lui était familier. Elle passa en revue les événements des derniers jours. Avait-elle fait quelque chose de mal ? Oublié de payer les charges de copropriété ? Mis le compte du ménage à découvert ?

L'estomac noué, elle murmura : « Qu'est-ce qui se passe ? »

Adrian secoua la tête en lui faisant signe de se taire. « Vous avez appris ça quand ? » demanda-t-il à son correspondant, le front barré d'un V. Puis : « Carter sait ? »

Lily écarquilla les yeux. « Sait quoi ? » insista-t-elle, d'une voix plus forte. Comme il ne répondait pas, elle se tourna vers les images muettes qui sautillaient sur l'écran du téléviseur.

La maison d'Oncle Morty. Pourquoi est-ce qu'on la montrait à la télé ?

Elle monta le son.

« Bon sang, Lily ! » siffla Adrian en lui prenant la télécommande des mains. Il coupa le son et, une oreille collée contre le combiné, se boucha l'autre. « D'accord, dit-il. Oui, c'est une nouvelle affreuse… Oui, oui, je comprends. Je cours au bureau. Je suis avec Lily… Non, je ne lui ai pas encore parlé… Vous avez essayé son portable ?… D'accord, Sol… Oui, et merci d'avoir appelé. À plus tard. »

Adrian raccrocha et s'appuya contre la tête de lit.

« Putain de merde ! » dit-il.

Lily se tourna vers lui, incertaine de la façon dont elle devait interpréter les images vues à la télévision. Son corps entier avait la chair de poule. Le visage parfait d'Adrian avait pris une teinte verdâtre. Exactement comme le jour où elle l'avait retrouvé allongé par terre en position fœtale, et qu'il avait été emmené à l'hôpital de Lenox Hill pour ce qui finalement était une simple appendicite.

« C'était Sol ? Qu'est-ce qu'il voulait ? » demanda-t-elle d'une voix timide, presque inaudible. Elle aurait voulu le toucher, mais elle se sentait paralysée, comme un lapin au beau milieu d'une route. *Nous y voilà*, songea-t-elle, *je savais qu'il y avait quelque chose qui n'allait pas.*

« Lily, dit-il en prenant ses mains dans les siennes, Sol est en train d'essayer de joindre ton père. Pour lui dire – pour nous dire – que Morty Reis… Oncle Morty… est décédé. » Les yeux d'Adrian, déterminés, en alerte, brillants sous l'effet de l'adrénaline, plongèrent dans les siens. « Je suis désolé, ma chérie. Vraiment désolé. »

Incrédule, incapable de croiser son regard, elle secoua la tête, serra sa main. Les larmes emplirent ses yeux.

« Comment est-ce possible ? dit-elle dans un souffle. Il est encore… Il était jeune. »

Adrian la serra contre lui. La tête de Lily se lova dans le creux de son cou.

« Il s'est suicidé. En sautant d'un pont. C'est affreux, je sais. »

Elle fondit en larmes et, le visage tordu de douleur, s'exclama : « Oh mon Dieu ! Et maman ? Elle sait ? Il faut l'appeler. Je veux parler à maman.

— Bien sûr, dit Adrian en attrapant le téléphone, bien sûr. »

La conversation avec Inès fut courte et tendre. Après quelques paroles rassurantes à sa fille, Inès lui demanda de lui passer Adrian.

« Bonjour, dit-il d'un ton solennel. Oui, je comprends tout à fait… Non, ça va bien… Je ne lui ai pas parlé, non… Je m'occupe d'elle… Oui… Appelez si vous avez besoin de moi… Non, non, bien sûr, je reste avec elle. »

Pendant ce temps, Lily était passée à la salle de bains. Elle en ressortit le visage brillant, humide et rose d'avoir été frotté.

« Dis-lui de venir », dit-elle d'une voix entrecoupée de sanglots.

« Lily aimerait que vous veniez, si c'est possible pour vous… Oui, je comprends. Appelez-nous quand vous l'aurez eu. »

Il raccrocha, ouvrit les bras et elle vint le rejoindre au lit. Il la tint pressée contre lui pendant un long moment de silence. Elle ne lui demanda pas ce que l'événement aurait comme conséquence pour la boîte, et il ne lui dit rien à ce sujet.

Enfin, leurs corps se mêlèrent et ils s'embrassèrent avec fougue, au milieu des larmes de Lily. Son visage était gonflé, enlaidi par le chagrin. Leurs corps luisaient de sueur. Adrian la pénétra sans ménagements, et ils explosèrent de plaisir, avec la passion de deux amants douloureusement conscients d'être vivants. Ils n'avaient pas fait l'amour comme cela depuis leur lune de miel, avec cette pureté et cette simplicité.

« Je t'aime, je t'aime », dit-il tendrement. Il l'embrassa sur le front et vit qu'elle pleurait à nouveau. « Allons, dit-il en pressant son front sur sa joue, ne pleure plus. »

Elle ferma les yeux et secoua la tête… Comment avaient-ils pu faire l'amour en un moment pareil ?

Quel égoïsme, quel manque de contrôle ! Quelle inconscience ! Ne rien faire contre ! Ce n'était vraiment pas le moment pour elle de tomber enceinte ! Pourtant, elle voulait tellement se sentir proche de son mari. Cela faisait très longtemps qu'elle n'avait pas senti une telle proximité entre eux.

« Tu crois qu'on est prêts pour ça ? demanda-t-elle d'une toute petite voix. Quoi qu'il advienne ?

— Mais oui », répondit-il en l'attirant vers lui. Il caressa la peau douce de son dos, fit courir ses doigts jusqu'à la courbe de sa taille avec tant de délicatesse qu'elle frissonna. « Bien sûr que nous sommes prêts. Tu verras, tout ira bien. »

Mercredi, 12 heures 56

Cela faisait des années que Toby, le chien des voisins, causait des problèmes. Toby : un de ces clébards de banlieue, pitbull ou bull-terrier, avec un corps trapu, explosif, et une sale gueule carrée. Il avait les oreilles taillées et couchées en arrière de sorte qu'on avait toujours l'impression qu'il allait vous sauter à la gorge. Rien qu'en le regardant, on devinait l'histoire de Toby. Ramassé quelque part dans une cité par la fourrière, sauvé par un groupe d'amis des animaux quand il n'était encore qu'un adorable petit chiot, il s'était pour une raison inconnue retrouvé dans le jardin des Dunn à Staten Island. Pas le paradis, certes, mais un purgatoire pépère où, libéré de la menace d'une euthanasie imminente, il pourrait passer les dernières années de sa vie de chien à faire les cent pas et à terroriser les gosses du quartier.

Chris avait peur de Toby, mais il est vrai que Chris avait peur de tout. Jeudi dernier, il était rentré de l'étude tout tremblant, le visage souillé par les larmes. Au début, Yvonne n'avait pas pu en tirer un mot, mais elle avait fini par avoir raison de ses résistances, à grand renfort de biscuits Oreo et de Coca-Cola. C'était Toby, expliqua-t-il lorsque ses larmes mêlées de morve cessèrent de couler. Toby lui avait fait peur. Il s'était jeté sur la barrière des Dunn au moment où Chris passait; le petit garçon avait senti le souffle du chien sur son bras. C'est dire qu'il était près. Yvonne soupçonna les larmes d'être dues à autre chose – les gamins de l'école sans doute – mais elle n'insista pas. Chris n'aimait pas parler des brutalités qu'il subissait. Surtout en face de son grand frère, Pat Jr. Cela ne faisait que rendre Pat Jr. furieux, et alors Chris devenait encore plus bouleversé, et rien de bon n'en sortait.

« Ce chien, ils devraient le faire abattre », fulmina Pat Jr. en passant un bras protecteur autour des épaules de son petit frère. Pat Jr. portait encore son maillot de foot, alors qu'Yvonne lui avait dit de se changer avant le dîner. « J'te jure, il fout les jetons !

— Surveille ton langage, dit Yvonne.

— Pardon. Mais c'est vrai, il déteste Chris.

— Ce chien déteste tout le monde. C'est un chien très agressif, voilà tout.

— En tout cas, Joe Dunn est un connard de le détacher.

— Qu'est-ce que j'ai dit à propos du langage ? » reprit Yvonne d'un ton plus sévère.

Pourtant, difficile de réprimander Pat Jr. quand il défendait ainsi son petit frère. Yvonne sentit son cœur s'attendrir en regardant ses fils s'installer ensemble sur le canapé. Leurs peaux pâles et semées de taches de rousseur avaient la même teinte, si bien que quand ils étaient côte à côte, il devenait difficile de dire où finissait l'un et où commençait l'autre.

Sans un mot, Pat Jr. mit Discovery Channel, la chaîne préférée de Chris. Les deux garçons avaient une relation tranquille, comme un vieux couple marié. Pat Jr. avait beau être pratiquement deux fois plus grand que Chris, on voyait bien qu'ils étaient frères. Ils avaient tous les deux les yeux bleus perçants de leur père. Des yeux d'un bleu vif au point d'en être aveuglant, comme le bleu d'un ciel d'été. Des yeux irlandais, disait la mère d'Yvonne. Chris aurait pu devenir athlétique, mais toutes ces complications à la naissance en avaient fait un gamin déformé et chétif, avec une cage thoracique creuse et des jambes comme des échasses. Aux yeux du monde, Chris aurait toujours un air maladif. Pour Yvonne, il était simplement le plus petit de ses garçons. Elle s'efforçait de le traiter de la même manière que Pat Jr. – la pire chose au monde pour lui, elle le savait, aurait été d'être traité par sa mère comme un infirme. Mais parfois son cœur prenait le dessus. Alors elle le serrait dans ses bras un peu plus longtemps, lui demandait comment il allait deux ou trois fois dans la même conversation, le laissait prendre en douce un gâteau avant le dîner. Les placards étaient bourrés de ses en-cas préférés : Oreos, Roll-Ups aux fruits et mini-pizzas.

Yvonne tendit le bras pour caresser les cheveux de Chris, mais il broncha au contact de ses doigts. Il devenait grand, songea-t-elle. Les garçons de son âge n'aimaient pas se faire dorloter par leur mère. Il regardait l'écran, le regard aussi fixe que celui d'un pilote de course. Yvonne eut un pincement au cœur.

Elle retourna dans la cuisine, où elle avait coupé des oignons pour accompagner les pâtes. L'odeur lui piqua les yeux. Elle essuya une larme du revers de la manche.

« Va changer de chemise, Pat Jr., dit-elle par-dessus son épaule. Et allez tous les deux vous laver les mains.

— Mais je me les suis déjà lavées !

— Change de chemise alors. Pas de maillot de sport à table. »

Les garçons montèrent les escaliers quatre à quatre. Avant qu'ils n'arrivent au deuxième palier, elle crut entendre Chris dire : « Joe est un connard. » À cause de son bégaiement, il avait buté sur le *c*, comme un disque rayé. Chris ne disait jamais de gros mots.

Yvonne s'immobilisa, le couteau en l'air au-dessus de la planche à découper. « Joe Dunn ? » demanda-t-elle. Mais ils étaient partis. Étouffé par la moquette et la porte de leur chambre, le bruit de leurs tennis avait laissé place au silence. Elle entendit au-dessus de sa tête l'eau ruisselant dans les tuyaux – l'un des garçons avait ouvert un robinet.

Yvonne se pencha lentement vers son oignon et perça la chair avec la pointe de son couteau. « On surveille son langage ! » dit-elle, même s'il n'y avait personne pour l'entendre.

Pat Jr. avait raison : Toby semblait avoir une dent contre Chris. Yvonne l'avait constaté elle-même. Le chien sentait la peur de son fils. Il lui aboyait dessus sans relâche à chaque fois qu'il passait devant lui.

Avec les gamins de l'école, c'était la même chose. Depuis le début Chris faisait l'objet de brimades à cause de sa petite taille ou de son bégaiement. Or cette année, les choses avaient empiré. Yvonne ne comprenait pas pourquoi. Chris avait toujours été un peu différent, mais le fossé entre lui et les autres gamins s'était transformé en gouffre. Ses notes étaient devenues médiocres, alors que les tests montraient des capacités supérieures à la moyenne dans tous les domaines. Il n'avait pas de copain, à part son frère. Il avait jusque-là suivi son petit bonhomme de chemin, inconscient semblait-il de sa différence. Puis il avait fêté ses douze ans, et tout avait changé. Quand cela avait-il commencé ? L'année dernière ? L'été dernier, peut-être ? En vérité, c'était une détérioration progressive, un burnout à retardement.

Au début, elle s'était dit que cela avait à voir avec les filles de sa classe. Elles étaient revenues des vacances d'été grandes comme des asperges et très intéressées par les garçons. Elles arboraient des coiffures cool, avec des grandes mèches de cheveux sur le côté, portaient des petits piercings – en forme de cœur, de signe de la paix ou d'étoile – sur le pourtour de l'oreille. *Alli Shapiro*, avait rapporté un Chris estomaqué, *s'est fait mettre un anneau dans le nez*. Ces filles, Yvonne les voyait agglutinées sur les trottoirs et devant l'école, surprenait leurs fous rires et les murmures circulant entre elles comme le vent dans les roseaux. Elles s'habillaient toutes de la même manière, et c'était cela qui l'inquiétait le plus. On voyait où chacune se situait dans la hiérarchie à la façon dont elle adhérait au diktat établissant la mode du moment. Douze ans : l'âge du conformisme. Celui ou celle qui était différent n'avait aucune chance. Le manque d'intérêt des filles pour Chris le marginalisait de plus en plus, l'abandonnant sur un petit radeau qui, craignait-elle, ne résisterait pas aux eaux tumultueuses du lycée.

Lorsqu'il avait sept ans, Yvonne avait trouvé Pat Jr. sur le trottoir devant la maison, avec dans ses mains tendues en coupe devant lui un bébé moineau. Le petit garçon l'avait trouvé dans le caniveau, à quelques centimètres de la roue d'une voiture. Il avait une aile cassée et était tellement crasseux qu'il ne ressemblait plus à grand-chose. Pat Jr. l'avait installé dans une cage dénichée dans le sous-sol et nourri trois fois par jour de bananes écrasées jusqu'à ce qu'il atteigne une taille normale. L'après-midi, il l'emmenait dans le jardin. Et puis un jour, l'oiseau s'était envolé. Pat Jr. avait la fibre protectrice ; il le fallait bien, avec un petit frère comme Chris. Yvonne s'en faisait la réflexion de plus en plus souvent, surtout depuis qu'il se bagarrait.

La première fois que l'école avait appelé pour dire que Pat Jr. s'était battu, son père lui avait dit : « J'espère que ça n'a rien à voir avec ton frère. Tu ne peux pas continuer à te battre à sa place. »

La deuxième fois, Pat Jr. était rentré à la maison avec un œil au beurre noir et un jour d'exclusion. Yvonne avait été convoquée par la conseillère d'orientation, Teresa Frankel, une femme d'âge mûr qui avait l'air de vivre dans un état d'ennui et d'indifférence permanent. Sans laisser Yvonne en placer une, elle lui annonça que si le problème recommençait, il y aurait « des conséquences graves ».

Cela, c'était il y a trois semaines, et depuis, Pat Jr. se montrait maussade. Yvonne avait le pressentiment que le problème, quel qu'il soit, était loin d'être terminé et même qu'il venait probablement tout juste de commencer.

Elle avait passé la semaine l'estomac noué, et pas simplement à cause des garçons. Peut-être était-ce la perspective des vacances : elle n'en avait pas pris depuis quatre ans et demi. Sol racontait partout qu'elle prenait « deux semaines de congé », alors qu'avec les jours fériés, elle ne s'absentait en fait du travail que six jours. Toujours était-il que Sol n'était pas habitué à se débrouiller tout seul, et l'idée les inquiétait tous les deux.

Il l'avait rendue folle toute la semaine avec ces petites choses à faire avant qu'elle ne parte et ces questions dont il connaissait déjà la réponse : *Comment on imprime des documents sur l'imprimante couleur ?* Ou encore : *C'est quoi, mon mot de passe pour ma messagerie ?* Quelque chose en elle le soupçonnait de faire exprès, de la surcharger de travail pour lui gâcher le plaisir de ses vacances. Heureusement, aujourd'hui il était à Westchester avec un client et ne rentrerait que lundi.

Le personnel administratif de la boîte avait reçu l'autorisation de partir à midi, mais les avocats étaient presque tous restés. De toute façon, ils étaient toujours là, si bien qu'Yvonne ne pouvait pas espérer une journée plus tranquille que celle-ci.

Sol ayant fait basculer ses appels professionnels sur son portable, le bureau avait été étrangement calme ce matin. Lorsque le téléphone d'Yvonne sonna, elle faillit sursauter. Pratiquement personne n'utilisait sa ligne.

« Mrs Reilly, fit la voix nasale et lasse de Teresa Frankel, je vous appelle à propos de votre fils Patrick. » Yvonne sentit le sol se dérober sous ses pieds, comme si elle se trouvait dans un avion en décrochage.

« Mais il n'y a pas cours cet après-midi, répondit-elle, son sandwich à la main. Il est encore à l'école ?

— Il s'est battu avec Joseph Dunn juste devant le portail, donc encore dans l'enceinte de l'établissement. Il va falloir que quelqu'un vienne récupérer votre fils immédiatement.

— Il est blessé ?

— Non, il n'a rien, à part quelques égratignures sur le genou. L'infirmière les a désinfectées. Mais Joseph a un œil au beurre noir.

— Il est plus âgé que Patrick, non ? » demanda Yvonne d'un ton soupçonneux.

Posant son sandwich, elle se prit la tête dans les mains.

Bien qu'il n'y ait personne avec elle, elle avait baissé la voix. Son bureau était ouvert sur trois côtés, si bien que n'importe qui pouvait l'entendre à son insu. Les couloirs de Penzell & Rubicam étaient d'un calme caractéristique. Les avocats restaient généralement confinés derrière les portes de leur bureau privé. Les secrétaires étaient formées à parler peu et tout bas. Pour des raisons de confidentialité, aucun visiteur ne pouvait pénétrer aux étages où se trouvaient les bureaux des avocats. Penzell & Rubicam employait ses propres équipes de nettoyage, de sécurité et d'expédition, lesquelles étaient encore plus contrôlées que celles fournies par la société gérant l'immeuble. Les clients montaient directement du vestibule à une salle de conférences située à l'un des étages de réception. Les avocats rejoignaient ces étages par des escaliers aux entrées sécurisées, tandis que les clients utilisaient des ascenseurs spéciaux, un pour chaque étage. L'établissement suivait des règles de confidentialité telles que les horaires des ascenseurs étaient réglés de façon à éviter tout contact, aussi bref soit-il, entre deux clients.

« Joe Dunn est encore en quatrième, rétorqua sèchement Teresa Frankel. Le problème, voyez-vous, c'est que votre fils l'a frappé dans l'enceinte de l'établissement. Franchement, Mrs Reilly, d'après ce que j'ai compris, il n'avait pas été provoqué. Alors vous ou votre mari, vous avez intérêt à venir le plus vite possible. Je ne peux pas le laisser sortir sans la présence de l'un de ses parents.

— Où est Chris ? demanda Yvonne, d'un ton irrité.

— Christopher attend dans mon bureau. Il est bouleversé. Il n'arrête pas de parler d'un chien.

— Toby.

— Pardon ?

— Rien. C'est le nom du chien. Du chien des Dunn – du chien de Joe Dunn. Ce sont nos voisins. Bref. Je quitte le boulot tout de suite.

— L'établissement a fermé il y a vingt minutes, Mrs Reilly, déclara Teresa d'une voix qui crissait comme une feuille tout juste sortie de l'imprimante. À votre place, je me dépêcherais. »

Yvonne avait enfilé une manche de sa veste quand le téléphone se remit à sonner. Elle se figea. *Quoi encore ?* se dit-elle en voyant le numéro s'afficher.

« Allô ? répondit-elle d'une voix aussi neutre que possible.

— Prenez un stylo et notez ce que je vais vous dire. Vous êtes prête ?

— J'allais partir. C'est vraiment important ? »

Stupéfait, Sol resta un moment silencieux. Les yeux d'Yvonne clignèrent instinctivement. Elle lui avait rarement refusé quoi que ce soit, et jamais en cas d'urgence, si bien que ni elle ni lui ne sut comment réagir.

« Pardon ? » demanda-t-il bêtement.

Yvonne réfléchit à ce qu'elle allait faire. *Mieux vaut maintenir ma position plutôt que de m'excuser. Sinon, il pensera qu'il a raison d'être furieux, et alors il sera encore plus difficile que d'habitude.*

« Vous avez dit que je pouvais quitter le bureau à midi », dit-elle. Sa voix était forte, un peu trop agressive. « Tous les autres sont partis. Il faut que j'aille à l'école de mes fils. Alors, sauf si c'est vraiment important, je ne peux rien faire pour vous pour l'instant. » Regrettant immédiatement sa dernière phrase, elle fit la grimace.

« Important, ça l'est, en effet, dit Sol d'un ton quelque peu triomphal. C'est une urgence. Prenez un stylo. »

Merde, se dit-elle. Ne jamais contredire un avocat.

Yvonne entendit en arrière-fond le bruit d'ascenseurs qui s'ouvraient et se fermaient, et un murmure de voix autour de Sol, comme s'il se trouvait dans un aquarium rempli d'eau.

Il est dans un vestibule quelque part. Il doit vraiment être aux abois.

Sol n'appelait jamais depuis des espaces non sécurisés, à moins qu'il ne s'agisse d'un détail dans son organisation quotidienne, d'un rendez-vous chez le dentiste ou d'une salle de réunion à réserver, ce genre de choses. La peur qu'une personne étrangère à l'établissement (un chauffeur de taxi, un hacker adolescent, la cousine d'Yvonne venue la voir de Boston) puisse tomber sur une bribe d'information confidentielle le rendait parano, ou plutôt l'obsédait. Il en parlait tout le temps.

Yvonne avait retiré ses écouteurs et coincé le combiné entre son oreille et son épaule. Une douleur sourde lui parcourut l'échine. Elle changea d'oreille et se rassit. Elle aurait bien voulu le mettre sur haut-parleur, mais il détestait.

Le tissu de son manteau faisait des plis dans son dos, la forçant à se redresser comme si elle était aux aguets. Elle prit un stylo dans le tiroir du haut et le coinça entre son index et son pouce, la pointe à quelques millimètres du petit carnet qu'elle avait toujours sur elle. Elle était à la dernière page ; pourvu que Sol ne soit pas trop long.

« C'est bon, dit-elle une fois prête, allez-y. »

Mercredi, 13 heures 25

Les chaînes diffusaient des images du même coin de rue. Il lui fallut un moment pour reconnaître l'endroit, mais à présent, il en était sûr : c'était l'angle de la 77e Rue et de Park Avenue.

Seul dans la salle de conférences, Paul regardait l'écran plat fixé au mur. Il avait croisé les bras et ses doigts pianotaient sur ses biceps.

Ce qu'ils disent, ce n'est pas arrivé à une personne que je connais. Pas possible que ça nous arrive à nous.

Il s'arrêta sur la cinquième chaîne, qui passait les mêmes images que les autres. Des piétons traversaient l'écran : la scène était filmée en direct. Les caméras zoomèrent sur une maison dont la porte rouge vif était ponctuée par un heurtoir en forme de tête de cerf. De part et d'autre de l'entrée se trouvaient deux buis ronds aussi impeccablement tondus que des caniches et placés dans des urnes en pierre.

Cette maison, il la connaissait. C'était celle de Morty et Julianne Reis. Sur l'écran, elle lui parut à la fois familière et lointaine.

Morty Reis était depuis sa création l'un des gestionnaires extérieurs de Delphic. Avant de commencer à travailler pour Delphic, Paul ignorait à quel point le fonds était contrôlé par Morty. Les actifs du Frederick Fund, l'unique fonds à stratégie unique de Delphic, étaient à quatre-vingt-dix-huit pour cent gérés par Reis Capital Management, le pourcentage étant bien plus bas pour les autres fonds Delphic. Sans être vraiment sûr des chiffres, Paul estimait qu'environ trente pour cent des actifs de Delphic étaient détenus par RCM.

Morty était un investisseur exceptionnel. Chaque année, RCM dégageait des profits consistants. La réussite de Delphic était largement liée à RCM. Les clients jouaient des coudes pour être « admis » dans RCM comme s'il s'agissait d'un club de golf ultra-sélectif et que le roi des fonds de Carter leur fournissait le sésame convoité. Certains trimestres, Delphic avait carrément refusé des capitaux. Cet âge d'or semblait à présent révolu.

Au fil des ans, Morty et Carter étaient devenus des amis proches. Sur le bureau de Carter se trouvait une photo de Morty portant un toast à Inès pour son anniversaire, et une autre avec les deux hommes en cuissardes et casquettes de base-ball en train de pêcher à la mouche dans la lumière scintillante d'un week-end automnal à Jackson Hole. Ils dînaient ensemble, passaient les vacances ensemble, fêtaient les grands événements de leur vie ensemble. Les Reis étaient régulièrement invités dans la maison d'East Hampton. Paul avait vu Morty quelques semaines auparavant, lors d'une fête d'anniversaire-surprise organisée pour Julianne.

La fête avait eu lieu dans la maison new-yorkaise des Reis, dont l'image le fixait à présent sur l'écran de télévision de cette salle de conférences. Paul se souvint avoir fait en entrant une réflexion sur le heurtoir. D'habitude, Merrill, sa complice en matière de plaisanterie, détestait l'ostentation encore plus que lui, surtout dans le domaine de la décoration intérieure. Mais là, elle avait tout d'abord ricané, puis murmuré, « Julianne vient de refaire la décoration de la maison » sur le ton qu'elle adoptait quand il se montrait impoli. « Dis-leur que tu aimes. » Merrill et Lily s'étaient toujours montrées discrètement respectueuses à l'égard de Morty, peut-être parce qu'il faisait partie des rares personnes devant lesquelles leur père s'inclinait.

Le titre de décoratrice que Julianne s'était attribué faisait l'objet de controverses parmi les amis proches de Morty. Paul croyait savoir que Julianne n'avait jamais décoré une maison qui n'appartenait pas à Morty, ce qui au demeurant lui fournissait largement de quoi exercer ses talents. La maison new-yorkaise avait été son premier chantier ambitieux. Auparavant, Morty l'avait confinée à des projets plus réduits avec des budgets raisonnables : un pool house ou une chambre d'amis par exemple. Le goût de Julianne la portait vers un style très ostentatoire, avec beaucoup de dorures et de marbre, ce qui contrastait nettement avec l'esthétisme fade de Morty. Elle l'avait supplié pendant des années de lui confier la rénovation de la maison new-yorkaise. Le chantier avait dû s'étaler sur plusieurs mois, et engloutir des sommes que Paul n'osait même pas imaginer.

Les Reis ressemblaient à beaucoup de couples new-yorkais. Morty avait rencontré Julianne à un gala de charité, peu après que sa première femme l'avait quitté. Avec ses grands yeux écartés et ses pommettes hautes, Julianne avait une beauté superficielle, de celles qui se voient mieux quand on est à l'autre bout de la pièce ; ses cheveux châtains soulignés par un balayage formaient une crinière dont elle drapait ses épaules. Elle avait un corps impressionnant, bronzé et sculpté par une pratique impitoyable du cross-training. Elle était plus grande que Morty, et sa minceur lui donnait l'allure d'une actrice de séries B ou d'un mannequin. Elle faisait partie de ces femmes que la mère de Paul qualifiait de phénomènes, des femmes comme il s'en trouvait à la pelle à Manhattan.

De prime abord, Morty et Julianne paraissaient mal assortis. Morty était un ermite toujours mal attifé. Il adorait gagner de l'argent, mais n'avait pas particulièrement envie de le dépenser ; sans être radin, il ne semblait pas vraiment prendre plaisir à acquérir des biens personnels. Parmi tout ce qu'il possédait, seule sa collection de voitures lui tenait à cœur. Le matin, il enfilait un costume bon marché de chez Bloomingdale et une chemise achetée sur Internet. En dehors de sa collection de voitures, il n'avait aucun hobby et ne voyageait que pour affaires ou pour se rendre dans l'une de ses quatre maisons. Celles-ci étaient construites comme des forteresses, avec des systèmes de sécurité ultra-modernes. Il en ouvrait rarement les portes à des invités, et uniquement lorsque Julianne insistait. Carter ne connaissait qu'une personne qui pouvait le dominer : Sophie, son ex-femme, qu'il avait profondément aimée. Quand elle l'avait quitté, il avait sombré pendant plusieurs mois dans une grave dépression. Il n'était pas du genre à se consoler en prenant une épouse juste pour l'exhiber devant la galerie, et Julianne lui donnait des maux de tête plus qu'autre chose. Après le départ de Sophie, Morty avait visiblement perdu goût à tout, sauf au travail et à la solitude.

Paul essaya de se souvenir où était Julianne en ce moment. Les Reis étaient si rarement ensemble qu'il les voyait comme des entités nettement distinctes aux liens distendus.

À Aspen ? La neige arrivait plus tôt là-bas. Elle était partie skier.

Savait-elle que Morty était mort ?

Quelqu'un devrait le lui dire ; de préférence quelqu'un dont elle est proche. N'importe qui, avant qu'elle l'apprenne à la télé.

La porte de la maison des Reis restait fermée. En bas de l'écran était affichée l'adresse : 23e Rue-Est – 77e Rue –, domicile de Morton Reis. Paul écouta d'une oreille la journaliste évoquer les activités professionnelles de Morty : « Créé en 1967, Reis Capital Management s'occupait surtout de vente et d'achat de petites actions sur le marché hors-cote… La société faisait partie de ces établissements qui tirent leurs profits de ce l'on appelle le "spread", l'écart entre l'offre et la demande… Ce n'est qu'en 1967, avec la modification des règles du jeu, que Reis a pu s'emparer de parts de marché sur la Bourse new-yorkaise et se lancer dans l'achat et la vente d'actions de grands groupes… »

Les cheveux ébouriffés par le vent, la journaliste hochait la tête et agrippait le micro en fronçant les sourcils, histoire de signaler la gravité du sujet. On aurait dit une conférence sur l'histoire des règles des marchés financiers ; aucun élément nouveau de ce côté-là.

Paul changea de chaîne. Cette fois-ci, il entendit : « Sa femme, Julianne, serait en villégiature dans le chalet du couple à Aspen… On ne sait pas encore exactement combien de temps s'est écoulé entre le moment où sa voiture a été découverte et celui où il s'est donné la mort… »

Paul sentait un frisson glacial lui parcourir le corps, comme un souffle d'air venu de l'océan. En jetant un coup d'œil par la porte vitrée de la salle de conférences, il constata qu'il était seul.

Morty Reis s'est suicidé ;
Morty Reis s'est suicidé.
Putain de merde.

Il aurait voulu pouvoir balancer ça à quelqu'un, rien que pour s'entendre prononcer ces mots. Dans sa tête, la chose paraissait impossible.

Il changea de chaîne, mais on y parlait du même sujet.

« Morton Reis gérait plus de quatorze milliards de dollars… Il permettait à un bon nombre d'institutions importantes, de familles, d'organisations caritatives, de faire d'excellents bénéfices… Né à Kew Gardens, fils de Jacob et de Riva Reis… sorti de Queens College en 1966 avec un diplôme de comptabilité… Son père, célèbre professeur de mathématiques à Queens College, a succombé à un lymphome en

1980… Morton Reis n'avait pas d'enfant et était marié à Julianne Reis, qui partageait son temps entre New York et Aspen… Sa voiture a été découverte près du Tappan Zee Bridge tôt ce matin. Un flacon de médicaments y aurait été retrouvé… Reis Capital Management n'a souhaité faire aucun commentaire… »

La chaîne passa à un autre sujet : l'exploration du sous-sol en Alaska. L'écran fut envahi par le violet pâle et le bleu intense du ciel arctique et la lente migration d'un troupeau de caribous. Paul resta pétrifié quelques minutes à regarder les caribous traverser une rivière prise par les glaces. Les petits étaient placés au centre du troupeau. Une fois les bêtes sur la rive, il éteignit le poste, puis composa le numéro du bureau de Merrill. Pas de réponse. Tout en écoutant la tonalité, il regarda son reflet dans les vitres de la salle de conférences. Il avait l'air fatigué, plus maigre que dans son souvenir. Le combiné plaqué sur l'oreille, il sentit son corps se vider de toute énergie. Le répondeur de Merrill s'enclencha.

Il ne laissa pas de message. Il n'aurait pas su quoi dire.

Carter non plus ne répondait pas au téléphone. Paul en fut momentanément soulagé. Il ne tenait pas à être celui qui lui apprendrait la nouvelle. La mort de Morty le bouleverserait. Carter connaissait beaucoup de monde, mais avait peu d'amis. Et Morty était sans doute le plus proche. Il fallait ajouter à cela le fait, malheureux mais indéniable, que RCM maintenait à flot les résultats de Delphic. Alors que la plupart des gestionnaires perdaient de l'argent tous les jours, les résultats de RCM n'avaient que très légèrement baissé cette année. Le cœur tambourinant, Paul se demanda si Delphic survivrait sans RCM.

En retournant à son bureau, Paul tenta de se souvenir de tout ce qu'il savait sur RCM. *La boîte risquait-elle la faillite ?* Il ne le pensait pas. Deux des gestionnaires extérieurs de Delphic – Lanworth Capital Management et Parkview Partners – étaient considérés comme les maillons faibles du portefeuille Delphic. Ils avaient gelé les retraits après avoir subi des pertes sévères. On disait même que Lanworth allait peut-être carrément fermer ses portes. Les deux fonds faisaient l'objet de mails quotidiens au niveau de la direction. Paul n'avait pas eu vent de ce genre de problèmes à propos de RCM. En fait, il savait très peu de chose sur RCM.

D'après ce que Paul avait vu, Alain s'occupait lui-même des relations avec RCM. C'était lui qui avait fait venir RCM chez Delphic il y a plusieurs années, et il ne se privait pas de rappeler que c'était son domaine réservé. « RCM est sa poule aux œufs d'or », avait expliqué l'un des autres gestionnaires à Paul, sur un ton où perçait l'irritation. « Personne ne s'occupe de RCM, à part lui. RCM joue hors limites. En plus, il paraît que Reis a un caractère de chien. Alors, si ça amuse Alain de traiter avec lui, ça ne me dérange pas. Tant que ça continue à nous rapporter du fric. »

À la réflexion, il y avait quand même eu des échanges de mails à propos de RCM ces dernières semaines.

André Markus, un haut responsable du département ventes, s'était inquiété des questions de plus en plus pressantes des investisseurs au sujet du risque de contrepartie de RCM. Plus précisément, quelques-uns des clients de Markus avaient voulu en savoir plus sur la solvabilité des contreparties qui achetaient et vendaient avec RCM – un souci légitime étant donné l'importance de certaines de ces institutions financières. Toujours est-il qu'Alain avait refusé de donner des noms à Markus. Ce dernier avait protesté : comment ses investisseurs pouvaient-ils être rassurés s'ils ne savaient pas qui se trouvait derrière les opérations de RCM ? À mesure qu'il insistait, l'agressivité des mails échangés avait monté d'un cran.

Comme il n'obtenait pas les réponses qu'il souhaitait, André en avait référé à Paul et Sol, l'avocat extérieur de Delphic. Paul aurait été incapable de dire si Alain savait qui étaient les contreparties et se braquait simplement, ou s'il ne le savait pas, auquel cas son attitude frisait l'irresponsabilité. Sol s'occupait de la gestion des risques chez Delphic depuis plus longtemps que lui. Il s'était donc dit que s'il y avait un souci, Sol le dirait. Lorsque André demanda à Paul d'intervenir – après tout, c'était lui l'avocat général, il se sentit obligé de dire quelque chose. Il décida donc d'évoquer le problème avec Carter en premier, avant d'arbitrer ce qui lui semblait être une lutte de pouvoir au sein de la boîte.

« Alain et André s'affrontent souvent, lui expliqua Carter. À votre place, je ne m'en mêlerais pas. André mange dans la main de ses clients.

— Soit. Mais le nom des contreparties… Vous ne croyez pas qu'Alain devrait au moins dire avec qui RCM fait ses opérations ? Même s'il ne souhaite pas donner les noms directement aux clients, nous devrions au moins savoir, pour avoir l'esprit tranquille. »

Carter se frotta les tempes, comme lorsque l'une de ses migraines s'annonçait. « Écoutez, finit-il par répondre, Alain travaille avec Morty depuis longtemps, et Morty est du genre cachotier. Il a eu une vie difficile à bien des égards, et il n'aime vraiment pas révéler des informations, même à nous. Il faut savoir comment le prendre. À votre place, je dirais à André de mettre la sourdine. La situation est un peu tendue en ce moment, pour tout le monde. Alain finira bien par donner les noms des contreparties. En attendant, que nos services clients informent les investisseurs que nous ne pouvons pas leur donner les noms des contreparties, mais qu'il s'agit d'institutions financières solides notées A, voire plus. Bref, quelque chose dans ce goût-là. Ils s'en contenteront. »

Paul se demanda si Carter ne se comportait pas de façon un peu légère mais, trop fatigué et incapable de proposer autre chose, il laissa tomber. De leur côté, André et Alain accueillirent sa réponse par un silence radio. Paul en fut soulagé. Il était en train de comprendre que son rôle d'avocat général consistait en grande partie à faire de la médiation et à manœuvrer, souvent à propos de problèmes qu'il ne connaissait que partiellement. Il ne tarda pas à oublier cette question des contreparties et la classa sous une pile d'autres dossiers qui requéraient son attention immédiate.

À présent, cette question retrouvait toute son actualité. Et si l'une des contreparties de RCM s'apprêtait à faire défaut ? Peut-être même cela s'était-il déjà produit ? La chute de Lehman Brothers avait cruellement démontré que même une contrepartie importante n'était pas à l'abri. Certains fonds avaient pressenti le problème et réduit leurs liens avec Lehman avant la chute. D'autres, non. Ceux qui n'avaient pas eu à traiter une avalanche de demandes de retraits pour de l'argent qui s'était volatilisé.

Comment être sûr que RCM ne faisait pas partie de ce genre de fonds ? Si Morty jouait aussi serré que certains le prétendaient, Dieu seul savait ce qu'il dissimulait à ses investisseurs. Peut-être étaient-ils déjà tous morts sans le savoir, comme un avion dont le moteur s'arrête en plein vol et qui continue à planer silencieusement, par la seule vertu de sa propre dynamique.

Pratiquement un tiers des avoirs de Delphic étaient investis chez RCM. Si RCM disparaissait, il était fort probable que ces avoirs se réduiraient à un tas de cendres. Paul frémit en repensant à cette sensation de chute libre qu'il avait eue lorsque les agents de la SEC avaient débarqué pour la première fois dans les bureaux d'Howary. La chose était déjà arrivée. Elle se produisait partout à Wall Street en ce moment. La lumière de l'halogène du couloir lui fit tourner la tête. Il fut pris de vertige.

Lorsqu'il ouvrit la porte de son bureau, le téléphone sonnait, retentissant dans ses oreilles comme un signal d'alarme.

« C'est toi Merrill ? » dit-il en décrochant.

Un silence lui répondit. Puis une voix dit froidement : « C'est Alexa. » Paul entendit la circulation en bruit de fond : elle était dans la rue et appelait depuis son portable. « Inutile de te demander comment ça va, je suppose.

— Désolé, fit-il, tout confus. Je suis en plein dans… dans des problèmes de famille. Je devais te rappeler.

— Ce n'est pas grave. Je sais que je t'embête. Alors tu as appris, pour Morty Reis.

— Oui. C'est affreux. Pour Merrill, c'était comme un oncle. Comment tu l'as… ?

— C'est pour ça que je t'appelle si tôt le matin. Écoute, il faut que je te parle. En privé. Je sais que tu es très occupé mais c'est important. Je suis près de ton bureau. On peut se retrouver quelque part ?

— Alexa, de quoi s'agit-il ? dit-il, légèrement agacé. Si c'est juste un coup de fil entre amis, il faudra que ça attende. »

Il prit une profonde inspiration. Il se comportait comme un malotru, sans aucune raison, mais l'idée qu'elle puisse utiliser son poste à la SEC comme un prétexte pour le voir le gênait. Depuis leur dernière rencontre, le fait même de penser à Alexa l'énervait. La chose s'était passée un an auparavant ; depuis, ils ne s'étaient parlé que deux fois. Il se sentait coupable, de lui battre froid de la sorte. Mais il fallait bien qu'elle comprenne qu'à présent il était marié et qu'une relation amicale avec elle ne serait tout simplement pas possible. Pas de la même manière.

« Il ne s'agit pas d'un coup de fil entre amis, dit-elle d'un ton irrité. Jamais je ne t'ai demandé quoi que ce soit. Fais-moi confiance, c'est important. »

Il coinça l'écouteur entre son oreille et son épaule et ferma les yeux. Elle avait raison : jamais elle ne lui avait rien demandé. Pas même une explication quand il avait cessé de répondre à ses appels, alors qu'elle ne méritait pas ça. Il regretta la sévérité de sa voix et cet orgueil qui lui faisait supposer qu'elle avait toujours pour lui des sentiments qui étaient plus que ceux d'une vieille copine.

Ces derniers temps, il démarrait au quart de tour. Il avait hurlé sur un chauffeur de taxi le week-end passé, et ne s'en était rendu compte qu'en sentant la main apaisante de Merrill sur son bras. Puis Katie, sa sœur, avait appelé pour lui demander de l'aider avec le remboursement de son emprunt immobilier. Normalement, il aurait fait n'importe quoi pour elle, mais là, il l'avait pour ainsi dire rembarrée en lui disant qu'elle l'interrompait au travail. Ensuite, il l'avait rappelée pour s'excuser, mais elle avait répondu avec une voix si honteuse qu'il avait eu l'impression d'être un ogre. Et voilà qu'à présent, il parlait sèchement à Alexa. L'adorable Alexa, sa fidèle amie depuis la classe de troisième. L'adorable Alexa, qui semblait toujours heureuse de lui parler, même après qu'il lui avait dit qu'il n'y avait plus de place pour elle dans sa vie.

Il s'enfonça dans son fauteuil. Il avait cru que les choses iraient mieux une fois qu'il commencerait à travailler à Delphic. Il avait cru que rien ne pourrait être plus stressant que ce qu'il avait vécu à Howary, surtout après la mise en cause de la boîte. Pourtant, jamais il n'avait aussi mal dormi. Il refusait de prendre des somnifères, qui le ralentissaient. Alors il passait des nuits d'enfer, le sommeil haché par ses pensées. Cette lutte mentale ininterrompue le rendait irritable. Il n'avait jamais été du genre colérique, mais maintenant, il avait parfois l'impression que ses nerfs étaient à vif et leurs membranes sensibles au moindre affront.

« Écoute, Alexa, je suis désolé, dit-il. C'est une mauvaise journée pour moi. Je peux te retrouver quelque part, mais pas pour longtemps. Tu es où exactement ? »

Il entendit la plainte lancinante d'une ambulance dans le combiné, et se rendit compte qu'il la percevait lui aussi depuis son bureau.

« Je suis à deux ou trois cents mètres de ton bureau, dit-elle. Près du MoMa. On peut se retrouver là-bas, si tu veux.

— J'arrive. Je te retrouve juste à l'entrée. »

Mercredi, 15 heures 06

Debout sur le seuil, Marina Tourneau observait son patron. Duncan était penché sur le caisson à lumière dans un coin de la pièce. L'appareil avait été fait sur mesure pour être assorti à son bureau, et la lumière qu'il projetait illuminait les cheveux argentés de Duncan. Le regard de Marina fut instantanément attiré par les chaussettes à losanges. Duncan n'aimait pas porter de chaussures au travail. Il les ôtait avant d'entrer et les laissait dans le couloir, sous le portemanteau. Personne ne savait s'il agissait ainsi pour des questions de confort, ou pour préserver la blancheur immaculée de la moquette qu'il avait fait poser, là aussi sur mesure, ou bien s'il fallait voir là tout simplement l'une de ses nombreuses excentricités. Les chaussettes de Duncan étaient comme les cravates des autres hommes : une tache de couleur, une ponctuation. Celles à losanges étaient ses préférées.

La question des chaussures avait valu la porte à sa dernière assistante, Corinne. Du moins, c'était ce qui se disait autour de la machine à café. Après la pose de la moquette, Duncan avait suggéré à Corinne de se déchausser avant d'entrer dans son bureau. Pour elle, ce fut la dernière goutte. Un échange verbal violent s'ensuivit. Corinne menaça d'engager des poursuites contre lui pour harcèlement sexuel (ce qui fit beaucoup rire au bureau). Duncan la mit à la porte, ou du moins menaça de le faire. Elle s'en alla, et c'est ainsi que Marina fut engagée. Elle travaillait pour *Press* depuis une semaine à peine quand quelqu'un lui raconta l'histoire. Sous le choc, elle acheta un énorme pot de crème glacée en sortant du bureau et le mangea en sanglotant devant la télévision. Quelle honte si on exigeait d'elle qu'elle se balade pieds nus dans le bureau de son patron comme une espèce de geisha ! *Elle avait étudié à Princeton, quand même... Faudrait-il qu'elle s'achète de nouvelles chaussettes ?* Elle n'en avait pas les moyens, vu ce que *Press* la payait.

Au bout de dix-huit mois au poste d'assistante de Duncan, l'histoire avait perdu de son sel. Marina s'était habituée aux petites manies de son patron, à ses exigences extravagantes et parfois contestables, et aux crises qu'il piquait quand l'ordre de son petit monde était modifié. Elle était devenue, pensait-elle, une personne remarquablement patiente.

Le visage de Duncan était si proche de la surface du caisson à lumière, et ses bras écartés d'une telle manière qu'elle crut l'espace d'une seconde qu'il était mort. Elle s'approcha. Il examinait des photos avec une loupe. Quand il travaillait, Duncan était mystérieusement capable de rester immobile plusieurs minutes d'affilée, plus longtemps qu'une personne ordinaire. Il semblait complètement absorbé. Parfois, Marina trouvait cela stimulant. Mais les jours où elle comptait partir à une heure raisonnable, c'était profondément frustrant. Le pire, c'était au moment des jours fériés. On aurait dit que Duncan ne savait pas que ça existait, les fêtes. Peut-être parce qu'il n'avait personne avec qui les passer, se disait souvent Marina. C'était triste, mais pas assez pour qu'elle ressente autre chose que de l'irritation à son égard.

Le bruit de l'aspirateur retentit dans le couloir. Marina soupira.

Elle avait dit au revoir au dernier journaliste il y avait une heure de cela, et commençait à perdre espoir de quitter le bureau à temps pour passer chez le coiffeur. Le traditionnel repas de Thanksgiving des parents de son petit ami commençait à dix-sept heures pétantes, et elle se sentirait beaucoup mieux avec des cheveux plus ou moins domptés. Le repas des Morgenson, ça n'était pas n'importe quoi. Leur appartement, qui se situait à l'angle de la 81e Rue et de Central Park-West, offrait un poste d'observation idéal pour admirer les ballons géants de la parade de Thanksgiving au moment où on les gonflait. Depuis 1927, New-Yorkais et touristes se rassemblaient malgré le froid pour voir ça, se pressant derrière les barrières de sécurité, le visage de plus en plus rougi par l'air glacial. Certains réservaient des petites portions de trottoir pour leurs gosses, lesquels avaient toujours soit envie de faire pipi, soit oublié leur bonnet dans la voiture. Là où ça valait vraiment le coup, c'était quand les ballons prenaient vie au-dessus des têtes, gonflés comme des cumulus géants. Les invités des Morgenson, eux, profitaient de la vue seize étages plus haut, près d'un bon feu de cheminée et d'une tour de crevettes amuse-gueule. Une nuit par an, le Beresford devenait l'immeuble le plus intéressant de Manhattan, et on pouvait compter sur Grace Morgenson pour en tirer parti au maximum. Elle invitait tout le monde. Les amis, les cousins, les associés en affaire. Mais aussi tout New-Yorkais éminent qu'elle connaissait ne serait-ce que vaguement : un chroniqueur du *Times*, la mezzo-soprano du Metropolitan Opera, une première danseuse du New York City Ballet, un sénateur, un présentateur de talk-show, le président d'un syndicat enseignant, une créatrice de robes de mariée, un propriétaire d'hôtel ayant récemment fait la une des journaux après avoir quitté sa femme pour une vague petite-nièce de la reine d'Angleterre.

Tanner avait demandé deux fois à Marina ce qu'elle comptait mettre. Timidement, elle avait essayé trois tenues devant lui ; il paraissait avoir particulièrement apprécié l'ensemble jupe en tweed et pull irlandais de la collection Ralph Lauren qui se trouvait maintenant dans le vestiaire du bureau. Elle l'avait apporté en prenant soin de ne pas le froisser, et avait prévu de se changer dans les toilettes femmes. Il était clair que les Morgenson et leurs amis l'inspecteraient pour voir si elle ferait une bonne épouse. Elle n'avait pas réussi à se concentrer de toute la journée, obsédée par les modifications de dernière minute qui pourraient améliorer son image d'ici le soir. Le moment de se lancer dans l'arène approchait. Chaque minute comptait.

« Duncan, dit Marina en s'efforçant de ne pas avoir l'air inquiète, vous allez bien ? »

Il se releva et la regarda en fronçant les sourcils, comme s'il ne la reconnaissait pas. « Ces photos sont affreuses.

— Quelles photos ?

— La double page sur les Ingénues de la Fashion Week ! s'exclama-t-il en lui faisant signe de le rejoindre. Ces femmes, elles ressemblent à des pouffes ! Des pouffes ou des putes. »

Marina soupira, de façon audible cette fois-ci, et entra dans son bureau. *Pouffe* était le nouveau mot préféré de Duncan. Il s'en lasserait dans quelques semaines, mais en attendant, toutes les femmes étaient des pouffes. Paris Hilton était une pouffe ; la réceptionniste de nuit était une pouffe. Les jumelles Bush – et sans doute leur mère – étaient des pouffes, Duncan en était certain. Pour ce qu'elle en savait, dès qu'elle avait le dos tourné, elle-même était une pouffe. Aujourd'hui, il avait cette inflexion dans la voix qui signalait que rien ne lui donnerait satisfaction. Elle prit place à côté de lui près du caisson-lumière, mais refusa d'utiliser la loupe. Elle avait vu les photos un nombre incalculable de fois – comme tout le monde. Mais c'était la première fois qu'elle entendait Duncan les critiquer.

« Regardez-moi celle-là ! dit-il en tendant le cou vers la photo comme une tortue cherchant à attraper un poisson. Elle est bien trop maigre. On dirait une junkie ! On voit quasiment les traces de piqûres sur ses bras.

— Avons-nous le temps et le budget suffisant pour les refaire ? demanda Marina, tout en connaissant la réponse.

— Bien sûr que non ! répondit Duncan sèchement. C'est pour le numéro de janvier, figurez-vous. On est déjà en retard. Et bien au-delà du budget. Non, il va bien falloir les publier. Du moins, certaines. On ne peut pas faire autrement. Mais ça me fout en l'air, de sortir ce genre de merde. »

Il ferma les yeux et regarda le plafond, comme pour invoquer l'aide de Dieu.

Tout en Marina lui souffla de ne pas lever les yeux au ciel, de ne pas ouvrir la bouche. Si elle levait les yeux au ciel, il la renverrait. Si elle ouvrait la bouche, elle risquait de déverser tout ce qu'elle avait sur le cœur, ses griefs contre lui, contre le magazine, contre son petit ami, contre ces Morgenson snobinards, contre le fait qu'elle gagnait moins de trente mille dollars, travaillait quatre-vingts heures par semaine et se faisait traiter comme une esclave même la veille de Thanksgiving. Non, si elle commençait, elle serait incapable de s'arrêter.

Alors elle prit une voix timide pour dire : « Certes, on va garder l'article, mais on pourrait rajouter celui sur la finance dont vous me parliez hier, pour créer une sorte d'équilibre. »

Duncan la regarda quelques secondes, puis éteignit le caisson et alla s'asseoir à son bureau sans lui répondre. Marina se rendit compte qu'en ouvrant la bouche, elle avait au mieux retardé son départ, au pire rendu Duncan furieux en supposant qu'il tiendrait compte de ce qu'elle pensait du contenu du magazine.

« Rappelez-moi ce que j'ai dit hier », ordonna-t-il en pianotant sur le bureau.

Elle prit une profonde inspiration et tenta de se souvenir mot pour mot de ses paroles. Duncan adorait l'entendre répéter ce qu'il avait dit. Par contre, elle avait intérêt à être précise. « Hier, vous avez dit que nous ne devions surtout pas donner l'impression d'ignorer la crise financière. Que si nous publiions trop d'articles sur les fashionistas et les mondaines, nous paraîtrions hors du coup, frivoles, et de nombreux magazines perdent leurs lecteurs justement à cause de cela. Ensuite, vous avez dit que l'idée de Rachel de faire un article sur Lily Darling et sa nouvelle ligne d'accessoires pour chiens était exactement ce dont vous ne vouliez pas entendre parler. » Marina se tut un instant avant de reprendre. « Je dois dire que je suis d'accord avec ça. Je ne vois pas comment quiconque pourrait acheter un pull de grand couturier à son chien en ce moment, et Lily Darling est trop jeune et trop ridicule pour diriger une entreprise. Mais là, c'est mon point de vue. » Elle se tut à nouveau, regrettant d'avoir fait son petit commentaire. L'horloge fit entendre son tic-tac. Bien qu'elle en meure d'envie, elle refusa de regarder Duncan. Si jamais il s'apercevait qu'elle voulait partir, il y aurait du grabuge.

« Poursuivez.

— Vous avez dit que nous devrions plutôt faire un article sur son père, Carter Darling, une personnalité riche et intéressante qui dirige une véritable entreprise et sur laquelle les gens aimeraient en savoir plus. Ensuite, vous avez dit que consacrer quatre pages du numéro de janvier à un reportage photo sur des mannequins de vingt ans était une idée stupide et inutile. »

Elle leva les yeux – elle avait tendance à regarder par terre quand elle parlait. Elle sentit son visage s'empourprer et se demanda combien de temps elle avait parlé. Elle n'avait jamais pris la parole aussi longtemps dans le bureau de Duncan.

À son grand soulagement, il ne la foudroyait pas du regard, bien au contraire. Ses yeux étaient fermés derrière ses lunettes à monture en écaille.

« J'avais raison à propos de l'article sur les ingénues », dit-il. Il ouvrit les yeux et hocha gravement la tête, comme pour saluer quelqu'un. « C'est exactement ça, le problème. La pertinence. En ce moment, à New York, tout le monde n'a qu'une seule chose en tête – la Bourse. Les gens se contrefoutent des jeunes mannequins anorexiques de la Fashion Week. On n'a tout simplement pas le temps d'être frivole à l'heure actuelle. On ne peut pas se le permettre.

— Je…

— D'accord. C'est trop tard pour supprimer l'article sur les ingénues. Mais si on le publie dans le numéro de janvier à côté d'un article sur le conseil d'administration de Goldman Sachs, ou sur un patron de fonds spéculatif qui a fait un sale coup, je crois qu'on sera dans la ligne. J'aime beaucoup cette idée. Du frivole et du sérieux. C'est l'essence même de ce magazine. Simplement, il faut qu'on développe ça, et vite. »

Marina hocha la tête, encore un peu abasourdie par le fait qu'il s'adressait à elle comme à un membre de l'équipe de rédaction.

« Et si on faisait quelque chose sur les Darling ? dit-elle avec une hardiesse inaccoutumée qui les surprit tous les deux. Vous vous souvenez, l'été dernier, quand on a fait cet article sur leur maison à East Hampton ? Vous avez dit qu'il y avait des tensions dans la famille. Qu'ils se sont disputés dans la cuisine, croyant que personne ne les entendrait. Et qu'Inès Darling s'était comportée comme une vraie peste avec tout le monde, qu'elle jouait les chefs, qu'elle avait voulu tout décider pour la photo. »

Duncan se redressa, hocha la tête, l'encourageant à poursuivre.

Marina se tut un instant. Ils restèrent là à se regarder silencieusement, chacun attendant que l'autre prenne la parole.

Elle finit par dire d'une voix timide : « C'est tout ce que j'ai. Mon idée, c'est que vous pourriez écrire quelque chose sur le couple puissant qu'ils forment. Je ne sais pas. Peut-être est-ce stupide, comme idée. Je viens d'y penser. Je crois que les gens aiment en savoir plus sur la vie privée des milliardaires. Surtout s'ils ont quelques points faibles. »

Duncan se renfonça dans son siège en souriant. « Oui, il y a une sorte de joie malsaine à voir les malheurs de ces grands de la finance, n'est-ce pas ? » Il fut brusquement pris de magnanimité. Marina n'était-elle pas là pour se nourrir de son expérience de journaliste ? « Ce que je veux dire, c'est qu'on les déteste secrètement depuis des années. Je suis rédacteur en chef de ce magazine et je gagne moins que ce que dépense Carter Darling en engrais pour son gazon d'East Hampton. Mais c'est fini pour eux visiblement… Bon, voyons voir… Je ne suis pas sûr que Carter Darling soit la personne qui convienne pour ce genre d'article. Il est sans doute un peu trop irréprochable, si vous voyez ce que je veux dire. Je les ai vus hier soir au gala de charité « New York pour les animaux ». Inès portait une robe hideuse. Du Lorenzo Sanchez je crois. Vous savez, ce couturier sud-américain qui met des frous-frous partout. Elle, c'est une pouffe, mais Carter, il a l'air d'un WASP de la vieille école, et je ne pense pas qu'ils soient du genre à organiser des fêtes en Sardaigne aux frais de la princesse, si vous voyez ce que je veux dire. Il faut que je cogite. »

C'est ça, se dit Marina, rentrez chez vous et réfléchissez à tout ça, ou cogitez si vous préférez. Comme ça, je pourrai enfin me tirer.

Elle fit demi-tour et se dirigea vers la sortie. « Marina, dit Duncan de cette voix qui la faisait piler, vous voudrez bien rester disponible ce week-end si jamais j'ai besoin de vous. » Sa phrase se termina sur un ton qui tenait plus de l'affirmation que de la question.

Marina ferma les yeux et ravala sa frustration. Elle attendit une seconde afin qu'il ne la voie pas hésiter. Lorsqu'elle se retourna, un sourire enthousiasme était plaqué sur ses lèvres. « Bien sûr, dit-elle. Avec plaisir. »

Duncan lui fit un signe bref de la tête. « C'est bon, dit-il en se tournant vers son ordinateur, vous pouvez y aller. Bonne soirée.

— Bonne soirée à vous aussi. Je vous souhaite un joyeux Thanksgiving avec votre famille ! »

Elle marcha d'un pas si rapide vers la porte qu'elle ne vit pas l'éclair de tristesse qui envahissait le regard de Duncan. Quand elle fut partie, il resta assis un bon moment dans son bureau vide où résonnait l'écho de ses derniers mots.

Mercredi, 15 heures 45

Paul repéra Alexa dans l'océan d'hommes d'affaires japonais comme un paon au milieu d'une colonie de pingouins. Vêtue du même manteau bleu vif qu'elle portait la dernière fois qu'il l'avait vue, elle se tenait sous un mobile en fil de fer exposé dans le cadre de la rétrospective Calder. Elle ne le remarqua pas tout de suite. Elle regardait le mobile au-dessus d'elle, une constellation d'oiseaux ou d'étoiles rouges en plein vol. La masse de ses boucles brunes était coincée derrière ses oreilles. Elle lui parut plus petite que dans son souvenir, plus proche de l'Alexa du lycée que de celle qu'il avait récemment fréquentée. Il se souvint de ce jour où ils avaient déambulé dans les galeries de l'UNC Ackland Art Museum au cours d'une sortie scolaire. Ils avaient à l'époque seize ans, et bien qu'il fût fou amoureux d'elle, ils n'étaient encore qu'amis. Un an plus tard, ils couchèrent ensemble, et tout devint plus compliqué.

Leur relation amoureuse fut de celles qui s'épanouissent dans une petite ville mais s'étiolent lorsqu'elles sont exposées aux éléments du vaste monde. Adolescents, ils étaient liés par leur désir de foutre le camp de la Caroline du Nord. Alexa, la plus volontaire des deux, partit la première. Elle avait toujours maintenu une certaine distance avec les gens de son âge, se comportant avec la suffisance tranquille de celle qui sait qu'elle est vouée à un destin supérieur. Paul l'imaginait bien professeur d'université, peut-être, ou conservatrice de musée. Il ne fut pas surpris en apprenant qu'on lui avait accordé une bourse pour étudier à Harvard. « Pas mal, avait-elle commenté, pour une fille qui vient de Charlotte. »

Resté sur place, Paul obtint une bourse pour l'université du coin. Leur séparation fut tendre et larmoyante. Ils jurèrent de rester ensemble malgré la distance. Pendant quelques mois, ils tinrent bon, accumulant les heures passées dans les trains et les avions. Mais à mesure que les températures chutaient et que leurs agendas respectifs se remplissaient de fêtes, d'examens et de matches de foot, leurs retrouvailles s'espacèrent, et leurs conversations téléphoniques devinrent plus courtes et plus superficielles. Quand Alexa rentra pour les vacances, ils surent tous les deux que c'était fini. Ils demeurèrent amis, tout en maintenant une bonne distance, surtout au sujet de leurs amours du moment.

Alexa n'était pas jolie au sens strict du terme, mais elle avait un visage agréable à regarder, avec un sourire radieux et une expression maternelle qui donnait chaud au cœur. Ses formes généreuses étaient de celles qui passent mieux dans le Sud qu'à Manhattan. Elle avait failli se marier, avec un type qui était allé à la même école qu'eux et que Paul connaissait vaguement. Mais, comme elle disait, « l'admission au barreau les avait séparés ». En d'autres termes, elle avait refusé d'abandonner sa carrière pour une vie de femme au foyer dans une banlieue de Charlotte. Paul la comprenait tout à fait.

« Elle est passionnée, déclara platement Merrill après avoir fait sa connaissance. Je veux dire par là, ce truc qu'elle portait, c'était une manière d'afficher ses opinions ou quoi ? »

Paul ne se souvenait pas de ce qu'Alexa portait ce jour-là, mais effectivement elle avait tendance à s'habiller avec une certaine fantaisie. « C'est Alexa, c'est tout », répondit-il. Il n'avait pas prévu à quel point le fait de rencontrer son ex-petite amie allait affecter Merrill. Il se rendit alors compte qu'ils avaient passé la majeure partie du dîner à parler de leur ville, sujet auquel Merrill était rarement exposée. Alexa était venue seule, contrairement à ce qu'elle avait annoncé, si bien que les deux femmes s'étaient retrouvées assises côte à côte en face de lui, comme des examinatrices, sans vraiment échanger de regards. « Elle ne s'intéresse pas à son apparence », poursuivit Paul.

Elle ne vient pas de New York, ajouta-t-il *in petto*. Il fut brusquement pris d'un accès de culpabilité : il ne devrait pas défendre son ex devant sa femme, même si ça n'était que dans sa tête.

Après un temps de silence, Merrill ajouta : « Je parie qu'elle me prend pour une enfant gâtée. »

C'était le point faible de Merrill. Ses yeux aux reflets chaleureux prirent une expression sérieuse et inquiète. Peu habituée à ne pas être appréciée, cette simple pensée la troublait toujours profondément.

« Je t'assure que non, répondit Paul, tout en se demandant s'il n'y avait pas du vrai là-dedans. Tout ce qui l'intéresse, c'est son boulot. Elle ne pense à rien d'autre.

— Elle pense à toi.

— Oui, mais en amie. C'est tout, je te promets. »

Il l'embrassa sur le front, et le sujet fut clos, du moins pour la soirée. Il savait qu'il émergerait plus tard, peut-être sous la forme d'un sourcil levé ou d'un léger mouvement de la tête lorsqu'il mentionnerait le nom d'Alexa. Si bien qu'il fut plus facile de ne pas parler du tout d'Alexa. Sa relation avec elle n'avait été qu'un détour dans sa trajectoire. Un petit détour pittoresque et agréable, mais au bout du compte une simple distraction.

À présent, Paul espérait qu'avec le temps et un peu de distance, les complications du passé s'effaceraient. Mais dès qu'il vit Alexa, il eut le sentiment déplaisant que c'était exactement l'inverse qui allait se produire.

« Salut, bel inconnu », dit-elle en le serrant avec fougue dans les bras. Elle paraissait heureuse de le voir, mais son regard était inquiet et ses mâchoires serrées. « Merci d'être venu.

— C'est normal », répondit-il en la pressant rapidement contre sa poitrine avant de reculer brusquement, comme tiré par un élastique. Il n'aimait pas ce plaisir qu'il ressentait à la voir. « Écoute, je n'ai pas beaucoup de temps, alors…

— Je sais, moi non plus. On fait quelques pas ? Il y a une nouvelle exposition Rothko à l'étage.

— Allons-y. »

Elle prit une profonde inspiration, puis s'avança vers l'escalator. Pendant qu'ils montaient vers la collection permanente du troisième, elle jeta un coup d'œil derrière elle. Personne ne pourrait les entendre. Elle paraissait nerveuse, comme une personne qui sait qu'elle est suivie. « Je vais parler, dit-elle à voix basse, et toi, tu vas juste m'écouter, d'accord ? Quand j'aurai fini, alors seulement tu pourras me poser des questions. Compris ?

— C'est toi le chef. »

Il lui tendit le bras pour l'aider au moment où ils sortaient de l'escalator. « Bon, je t'explique la situation, dit-elle. Tu as déjà parlé à David Levin. En théorie, c'est mon chef à la SEC ; je travaille sous son autorité, et lui sous l'autorité de Jane Hewitt. En dehors de ça… » Alexa donna quelques signes de gêne. « … On sort ensemble. Depuis un certain temps maintenant. On vit ensemble. »

Paul resta muet, à contempler le tableau devant lui – une toile brun sombre ponctuée de bandes épaisses de noir et de bleu. En haut, une ligne blanche toute fine était suspendue comme un nuage solitaire dans un ciel maussade et tourmenté. Il sentit qu'Alexa le regardait, guettant sa réaction.

« Ce n'est pas vraiment un secret, poursuivit-elle sur un ton légèrement irrité.

— Holà ! Tout doux. Je n'ai rien dit.

— Passons. Il y a deux ou trois mois, David a commencé à rester de plus en plus tard au bureau. Il semblait complètement absorbé par quelque chose mais refusait d'en parler. Il avait perdu le sommeil.

Et puis, un samedi soir où nous avions des invités, il n'est pas rentré. Aucun appel, rien. Je me suis dit qu'il voyait quelqu'un d'autre. C'était – je ne sais plus trop – début septembre, avant Lehman je crois. Je n'ai rien dit, mais il a continué à se montrer de plus en plus distant.

— Humm », fit Paul d'un ton évasif.

Il lui parut qu'Alexa était une personne trop pragmatique pour l'obliger à quitter son bureau rien que pour avoir son avis sur ses problèmes de couple. Mais avec les femmes, on ne savait jamais.

Alexa s'arrêta de marcher. D'une voix basse, elle ajouta : « Tout ceci est confidentiel, compris ? Je sais que tu le sais, mais j'ai besoin de le dire clairement. Je me ferais renvoyer si quelqu'un était au courant de notre conversation.

— Pigé, dit Paul, sans pour autant être sûr de bien saisir.

— Merci. » Ils s'avancèrent vers la galerie suivante. Il fut conscient du frôlement de la manche du manteau d'Alexa sur son bras. « Enfin ce week-end, David m'apprend qu'il se passe quelque chose au boulot. Rien qu'à en parler avec moi il flippait. Et honnêtement, moi aussi j'ai peur maintenant. C'est pour ça que je suis venue. J'ai besoin de ton aide. »

Depuis le début de la conversation, Paul sentait son rythme cardiaque s'accélérer. D'ordinaire si calme, Alexa paraissait sur les nerfs, le regard égaré, presque paranoïaque. Loin de la fille qu'il connaissait, tout en étant celle qu'il connaissait plus que toute autre. Il résista au besoin de la prendre dans ses bras.

« OK. Raconte-moi.

— Ça a commencé quand David a reçu un coup de fil d'une certaine Claire Schultz, qui était avec lui à l'université de Georgetown. Elle travaille comme juriste chez Hogan & Hartson. Un jour, Claire apprend que sa mère a confié une partie non négligeable de sa retraite à un cabinet d'experts-comptables complètement inconnu de Great Neck. La boîte s'appelle Fogel & Moritz. Deux types et un bureau, rien de plus. Impossible que tu en aies entendu parler, crois-moi. Bref, non content de s'occuper des impôts d'Harriet, Gary Fogel lui propose d'investir une partie de ses économies, en affirmant qu'il peut lui garantir un rendement de douze pour cent. Harriet ne roule pas sur l'or et elle n'est pas particulièrement informée en matière d'investissements. Mais elle fait confiance à Fogel parce que cela fait des années qu'il s'occupe de ses impôts. Alors, elle lui confie quatre-vingt mille dollars sans lui poser beaucoup de questions et un an plus tard, figure-toi qu'elle empoche des bénéfices d'un peu plus de douze pour cent ! La même chose se produisant l'année suivante, elle appelle sa fille, Claire, et se vante de ses petits placements malins. Le hic, c'est que Claire est spécialiste des questions de finance. Alors elle dresse l'oreille quand sa mère lui parle des bénéfices « garantis » que lui promet Fogel & Moritz. Elle demande à Harriet de lui envoyer les notices d'offre. En attendant, elle fait quelques recherches de son côté et découvre que Fogel & Moritz n'est pas répertorié comme conseiller en placements. En fait, ce n'est rien de plus que deux pékins dans une galerie marchande au bord de l'auto-route.

— Oh oh…

— Comme tu dis. C'est louche. Alors elle appelle David, le seul membre de la SEC qu'elle connaisse personnellement. David va rendre visite à Harriet à Great Neck – rien d'officiel. Bien entendu, Harriet n'aime pas entendre qu'elle s'est peut-être fait avoir. Pour se justifier, elle explique à David qu'un bon nombre de ses amis du quartier confient leur argent à Gary depuis des années. Ce fameux Gary a des "tuyaux" grâce à un gros patron de fonds spéculatif qui se trouve être son beau-frère. Pour faire court, le beau-frère en question, c'est Morty Reis.

— Merde !

— Harriet montre à David un document qui en fait provient de RCM. Visiblement, l'argent serait bel et bien investi quelque part. Ce n'est pas une arnaque toute bête. Mais les rendements sont d'une constance étrange. Alors il commence à parler avec les amis de la mère de Claire qui sont clients de Fogel.

— À ce stade-là, personne n'a encore perdu d'argent à cause de Fogel, n'est-ce pas ?

— Personne. Ils se font tous douze pour cent de bénéfices annuels. Pour certains, depuis sept ou huit ans. À noter : ils utilisent les mêmes termes quand ils parlent de Fogel – "garantis", "sans risques" – des termes qu'un conseiller en placements devrait s'interdire de prononcer devant un client.

— Harriet et ses amis n'ont pas dû trop apprécier que David leur suggère de lâcher la poule aux œufs d'or.

— Tu penses bien. La plupart venaient justement de réinvestir leur argent, ou attendaient d'engranger les rendements de leurs premiers investissements. Mais quelques-uns ont demandé à récupérer leur argent et ont été plutôt contents de leurs gains. »

Paul commençait à s'impatienter et à tripoter ses clés dans sa poche, petite manie qui rendait Merrill folle. « Bref, pour résumer, douze pour cent tous les ans, c'est trop beau pour être vrai.

— C'est ce que Claire pensait. Oh, regarde celui-là… » Les mots d'Alexa se perdirent et elle s'absorba quelques instants dans la contemplation d'un tableau. Fixés sur la toile, ses yeux brillaient. Son front se détendit comme si ses soucis se trouvaient momentanément effacés.

Paul regarda le tableau, mais n'y vit qu'une masse tournoyante de couleurs et de lumière. « Délit d'initié, suggéra-t-il. C'est à ça que tu penses ? Que Fogel en bénéficie, ou que du moins il en tire profit.

— Un truc dans ce genre, oui, acquiesça-t-elle en détournant les yeux du tableau. Or Fogel n'a pas suffisamment de contacts pour élaborer un tel système, poursuivit-elle. Du moins un système qui serait efficace. Alors David a commencé à s'intéresser à RCM. Et c'est là qu'il a commencé à flipper.

— À flipper ? Qu'est-ce qu'il a trouvé ?

— Rien. C'est ça le problème. On ne dispose d'aucune information sur ces gens-là. À en croire David, RCM n'existe pas.

— Ça ne… Ça n'a aucun sens. RCM est l'un des plus gros fonds spéculatifs au monde. On en parle tous les jours dans les journaux.

— Peut-être, mais il n'y a aucune information tangible. Depuis quatorze ans, RCM occupe la position de plus grand fonds spéculatif au monde, alors que la boîte n'est même pas répertoriée. On n'a rien sur eux. Aux yeux de la SEC, RCM n'existe pas. »

Paul sentit ses genoux fléchir. Il cessa de tripoter ses clés. « Non. Il doit y avoir une erreur. Quelqu'un se serait plaint. RCM travaille avec des investisseurs chevronnés. Nous, par exemple.

— En fait, quelqu'un s'est plaint. Un type qui s'appelle Sergei Sidorov, un gestionnaire financier de Waltham, dans le Massachusetts. Il a fallu un an à David pour retrouver sa trace. Il vit reclus à présent. Sidorov lui-même a fait des investissements avec RCM pendant quelque temps. Puis il a commencé à trouver louche l'absence de transparence. Alors il a fait sortir ses clients du fonds. Beaucoup ont râlé. Mais RCM refusait de laisser Sidorov consulter leurs comptes sur Internet, si bien qu'il n'a jamais eu l'impression de savoir exactement ce qu'ils faisaient. RCM est une boîte noire – ce sont ses propres termes.

— Je ne sais pas quoi te dire. Alain Duvalier, le chef de notre équipe d'investisseurs, a toujours traité directement avec RCM, si bien que c'est lui qui surveille leurs activités. J'ai toujours supposé qu'il pouvait consulter leurs comptes en ligne. J'en suis sûr, même.

— Paul ! » s'écria Alexa, suffisamment fort pour que deux mères accompagnées de leurs marmots se retournent. Gênée, elle baissa le regard et poursuivit en chuchotant : « Écoute, tu comprends ce que ça implique, tout ça ? Il s'agit d'un fonds de plusieurs milliards de dollars. Un fonds auquel Delphic a confié des sommes énormes. Et leur avocat général, c'est toi, bon sang ! Si jamais il y a un vrai problème, tu ne peux pas te contenter de dire à tes investisseurs : "Désolé, je ne savais pas." »

Ils s'étaient arrêtés de marcher et se retrouvaient seuls dans une galerie latérale. Alexa alla s'asseoir sur un banc en face d'un immense triptyque. Elle lui fit signe de venir la rejoindre.

« Désolée, poursuivit-elle d'une voix adoucie, mais il fallait que je te le dise. Avec la mort de Morty, RCM se retrouve sous les projecteurs. Tu en es conscient. La presse, les autorités – tout le monde va vouloir savoir ce qui a poussé le patron d'un fonds spéculatif aussi important, marié à une femme magnifique et propriétaire de quatre maisons, à se jeter de ce pont la veille de Thanksgiving. Et il ne leur faudra pas longtemps pour comprendre. »

Paul se sentit pris de malaise ; sa gorge se serra. Il eut l'impression que l'air était devenu lourd, lourd comme l'eau. Il ouvrit son col. Le vacarme d'un groupe scolaire visitant la galerie voisine résonna, renvoyé par le plafond. C'était comme s'il se retrouvait dans un aquarium géant, noyé par ce bruit. « Le fait de se suicider n'est pas un aveu de culpabilité, dit-il d'une voix rauque. D'autres raisons ont pu le pousser à ce geste : des problèmes de santé, des problèmes avec le fisc.

— Non, répondit-elle, Reis savait que David n'était pas loin de l'attraper. Ils se sont parlé il y a deux jours. Il a dû voir la fin venir et a paniqué. » Sa main s'était posée sur le genou de Paul. « Ça va ? lui demandat-elle. On dirait que non. »

Il s'éloigna d'elle. « Pourquoi est-ce que tu me dis ça, Alexa ? C'est ça, ta petite conversation entre amis : "Salut, mon petit copain s'apprête à t'inculper" ? Je suis censé réagir comment, moi ?

— Honnêtement, je n'en sais rien. Ce que je sais, c'est que la mort de Reis oblige David à accélérer le rythme de son enquête. Il a évoqué avec le bureau du procureur général de New York la mise en accusation de RCM et de ses trois plus gros fonds nourriciers : Weiss Partners, Anthem Capital et vous. Ils vont essayer de mettre en cause la hiérarchie, en gros les gens qui auraient dû savoir. Mais ce n'est pas moi qui m'occupe de ce dossier. Je ne connais pas bien les détails. Ni le calendrier.

— *Les gens qui auraient dû savoir ?* Mais je te l'ai dit, je ne savais pas ! Je travaille dans la boîte depuis deux mois ! Je ne sais toujours rien, en dehors de ce que tu viens de m'apprendre ! »

La voix de Paul avait pris des accents hystériques.

« C'est pour ça que je voudrais que tu parles à David. Maintenant, avant que toute cette histoire sorte au grand jour. Si tu collabores avec lui, peut-être que vous arriverez à trouver une solution.

— *Si je collabore avec lui ?* Qu'est-ce que tu veux dire par là ?

— Le problème, c'est qu'il est difficile de comprendre exactement ce qui se passait à RCM, sans l'aide de quelqu'un qui est dans la place. Les enquêteurs ont besoin de mails, de notes internes. Ce que je veux dire, c'est que David et toi vous pourriez vous aider mutuellement.

— Tu as conscience de ce que tu es en train de me demander, n'est-ce pas ?

— Rencontre-le, Paul. Il te montrera ce qu'il a dans son dossier. S'il n'arrive pas à te prouver qu'il y avait abus de confiance à RCM et que les gens de Delphic le savaient, alors, bien sûr, refuse de l'aider. Mais si ses soupçons sont fondés, sauve ta peau. Je ne suis pas en train de te dire quoi faire. Je suis en train de te signaler que tu es en danger. En plus, ajouta-t-elle après un court silence, d'après David, vous aviez parlé ensemble. Tu lui as menti à propos de certaines choses, pas vrai ?

— Dis donc, qu'est-ce que tu suggères ? »

Il savait qu'il aurait dû la regarder, mais son corps réagissait de manière viscérale à la conversation et il avait l'impression que tout dans ses gestes – sa façon de tripoter ses clés ou de remonter son col – trahissait son inquiétude.

« David affirme qu'il t'a demandé les noms des contreparties de RCM. Tu ne t'en souviens pas ? Et tu lui as répondu que ce n'était pas dans les habitudes de la maison de fournir ce genre d'information. La vérité, c'est que tu ne savais pas avec qui RCM traitait. Leurs transactions, ce n'est rien d'autre que de la poudre aux yeux, des opérations fictives qui n'existent que sur le papier. Si tu t'étais donné la peine d'appeler Goldman Sachs ou Lehman ou toute autre boîte avec laquelle RCM prétend faire des opérations, tu aurais découvert qu'aucune n'est en relation commerciale avec RCM. RCM ne fait aucune opération commerciale.

— Il faut que j'y aille.

« — OK », fit Alexa en soupirant. Elle se leva, reprit son manteau, puis lui tendit une enveloppe kraft. « Prends ça, tu veux bien ? »

Avec un léger signe de tête, Paul obtempéra. Il s'apprêta à ouvrir l'enveloppe, puis se ravisant, la plia en deux et la mit dans sa poche. Il avait reçu tellement d'informations – son cerveau était plein à craquer – qu'il n'était pas sûr de pouvoir lire quoi que ce soit. Il embrassa rapidement Alexa sur la joue.

« Pour moi, ce n'est pas qu'une question de boulot, dit-il.

— Je sais.

— Je te recontacte bientôt. »

Puis il s'éloigna, la laissant seule dans la galerie.

Dehors, le ciel s'était assombri. Il regretta d'avoir laissé Alexa là-bas. Elle n'avait pas de parapluie, et son manteau était trop fin pour cette fin de saison. Il se demanda ce qu'elle allait faire maintenant. Peut-être déambuler dans le MoMa, aussi perdue dans ses pensées que lui-même l'était.

Il fallait absolument qu'il trouve Alain. Il n'avait pas besoin d'Alexa pour savoir que la mort de Morty allait attirer tous les regards sur RCM, et sur Delphic par la même occasion. S'il y avait un problème avec l'un des gestionnaires extérieurs de Delphic, c'était maintenant qu'Alain devait en parler. En sortant de l'ascenseur, Paul se dirigea droit vers le bureau d'Alain en réfléchissant, les tempes battantes, à la meilleure façon d'entamer la discussion.

Alain occupait le plus grand bureau de Delphic, plus grand encore que celui de Carter. Il avait insisté sur ce point quand ils étaient venus s'installer dans le Seagram Building. Sur le plan stylistique, la pièce se démarquait totalement des autres. En règle générale, Carter tenait à ce que les bureaux de Delphic soient discrets et qu'on remplace uniquement ce qui devait vraiment l'être. Les salles de réunion étaient dominées par des tons sobres beige et olive. Une collection de photos de paysages se reflétait sur les tables aux surfaces polies. Que la boîte donne l'impression d'être solide, c'était une chose. Que les clients s'inquiètent de la manière dont leur argent était dépensé, c'en était une autre. Carter avait insisté pour qu'Alain fasse mettre une porte en verre dépoli à son bureau, ce qui permettait au moins de dissimuler aux regards l'intérieur opulent.

Paul avait rencontré Alain lors d'un dîner chez les Darling, et l'opinion qu'il s'était faite de lui ce soir-là ne l'avait jamais quitté. Alain était arrivé en retard, juste au moment où les convives s'installaient à table, et les regards convergèrent immédiatement vers lui. Il présenta la jeune femme blonde qui l'accompagnait, Beate (tout court, sans autre précision), puis la laissa se débrouiller toute seule. Très contrariée, Inès fut donc contrainte d'abréger une conversation visiblement passionnante avec un marchand d'art pour s'occuper de la jeune femme et faire installer pour elle une chaise supplémentaire.

« Je suis vraiment désolée, dit-elle à Beate avec l'air de quelqu'un qui ne l'est pas, j'ignorais totalement qu'il serait accompagné. » Elle glissa un regard en biais à Alain, qui montrait sa nouvelle montre à Carter. Il leva la tête et lui adressa son sourire de canaille. Puis il haussa les épaules, remonta légèrement les manches de son pull en cachemire et, dans un grand geste théâtral, tira une chaise pour la femme qui se trouvait à côté de lui. Celle-ci tomba visiblement sous le charme. Bien malgré elle, Inès sentit sa froideur céder un peu.

« Merci, c'est un plaisir d'être ici », murmura Beate sans grande conviction.

Inès l'installa en bout de table, à côté de Paul. Beate était d'une beauté placide et glaciale. Paul ne sut dire si elle s'ennuyait ou ne comprenait pas bien l'anglais. Toujours est-il qu'il lui fut pratiquement impossible d'engager la conversation avec elle. Alain était visiblement revenu de ses vacances à Genève avec elle. Leur relation s'inscrivait-elle dans la durée ? Ce n'était pas clair, mais à la façon dont Beate regardait Alain, Paul vit qu'elle était très amoureuse. La seule fois où elle parut s'animer pendant le repas fut quand Alain raconta une histoire. Il utilisait ses mains avec habileté, capturant l'attention de son public comme on ramène des poissons dans un filet. Difficile de ne pas tomber sous le charme. Même les hommes semblaient captivés. Alain pouvait parler de tout – de la Bourse, du whisky, de la Coupe du monde, des femmes, des enfants des convives, de la politique de santé du gouvernement, de la formule 1, du prix des matières premières, des risques d'inflation dans les pays émergents. « Il me fait penser à James Bond, avait dit un jour Carter à son propos, à un mélange de James Bond et de Gordon Gekko[1]. » Carter adoptait toujours à propos d'Alain

---

1. Gordon Gekko : personnage principal du film *Wall Street*, d'Oliver Stone, sorti en 1987, joué par Michael Douglas, et archétype de l'investisseur sans scrupules.

le ton sévère d'un grand frère, essayant de faire croire qu'il n'approuvait pas totalement son style flamboyant. Mais tout le monde voyait qu'il était secrètement fier d'être associé à lui. Au fond, c'était sur Alain que tout reposait. Alain, l'un des meilleurs investisseurs de Wall Street. En dépit de tout ce cinéma qu'il faisait, il avait de bonnes raisons d'être sûr de lui.

Paul ne revit jamais Beate. Quelques jours plus tard, il tomba sur Alain dans un restaurant de Manhattan en compagnie d'une autre femme, une créature voluptueuse aux cheveux noir corbeau et d'une beauté fort différente de celle de Beate. Lorsque Paul la questionna à ce propos, Merrill répondit d'un désinvolte « Oh, je ne sais pas », ajoutant : « Il a été fiancé plus d'une fois, je crois. Papa dit qu'il ne se mariera jamais. Qu'il est sur le fond un célibataire endurci. » Paul se demanda si Beate était restée à New York pour essayer d'y faire sa place toute seule. L'idée était grisante. Combien de Beate y avait-il dans le monde ? Comment Alain trouvait-il le temps de les rencontrer, de les courtiser et de s'en débarrasser, tout en gérant un portefeuille boursier de plusieurs milliards de dollars ? Certes, Alain représentait tout ce que Paul trouvait répugnant à New York. Mais il fallait bien le reconnaître : il faisait les choses avec un style incroyable.

La porte du bureau d'Alain était fermée et les lumières éteintes. Il était parti. À travers le verre dépoli, Paul aperçut les contours flous des piles de documents dressées tels des gratte-ciel.

Alain avait fait retirer les étagères standard se trouvant en face de son bureau et accroché sur le mur trois photos représentant des bâtiments industriels de Milan. Ses dossiers étaient rangés dans des placards noirs très encombrants installés dans le couloir. Alain avait un côté vieux jeu : il imprimait tout, même les mails, et les classait tous méticuleusement.

Debout devant les placards noirs, Paul réfléchit. Cinq grands tiroirs portaient l'étiquette « RCM ». Il essaya d'ouvrir le premier. Il était verrouillé. Ce qui se comprenait, si Alain considérait ces dossiers comme confidentiels.

Que faire ? Paul regarda autour de lui. La plupart des portes étaient fermées. Dans les box des analystes, l'insigne de Delphic – un lion – luisait sur les écrans des ordinateurs en veille. Ici ou là, la position d'un fauteuil laissait imaginer que son occupant s'était enfui du bureau en toute hâte. Paul eut l'impression d'être le dernier homme à Pompéi.

C'est alors qu'une voix le fit sursauter.

« Bonjour, Paul. »

C'était Jean Dupont, le jeune juriste qui travaillait sous les ordres d'Alain. Debout dans le couloir, une petite valise à roulettes à côté de lui, il portait un manteau d'hiver élégant au col relevé et tenait à la main une casquette en cachemire. « Si c'est Alain que vous cherchez, il est déjà parti. Je pensais être le dernier.

— Moi aussi », dit Paul avec un sourire forcé.

Il n'avait jamais apprécié Jean. Ce dernier était le fils d'un homme d'affaires suisse, vague ami d'Alain et client de Delphic depuis de longues années. Les autres juristes disaient en maugréant qu'Alain l'avait engagé pour faire une faveur à la famille Dupont. Il était indéniablement moins qualifié que d'autres au même niveau que lui. C'était un jeune homme attirant, avec un côté surfait et sûr de lui. Son comportement au travail avait quelque chose d'artificiel, comme si, au fond, il savait que les règles ne s'appliquaient pas vraiment à lui, mais il voulait bien faire semblant pour le moment. Peut-être attendait-il d'avoir trente ans pour toucher sa part d'héritage. Peut-être son père pensait-il que travailler pendant un ou deux ans lui forgerait le caractère. Toujours est-il que cela ne suffisait pas aux yeux de Paul.

Étonnant que Jean soit encore au bureau à cette heure-ci, songea Paul, *surtout quand tout le monde était parti.*

« Alors comme ça, Alain est parti à Genève ?

— Oui. Il a pris l'avion ce matin. Il doit être à mi-vol à l'heure qu'il est. Je peux faire quelque chose pour vous ? »

Paul hésita. Il détestait l'idée de demander de l'aide à Jean. Mais un sentiment d'urgence eut raison de ses réticences.

« En fait, oui. Vous pourriez m'ouvrir les dossiers RCM ? J'aimerais en regarder quelques-uns avant de partir. »

Jean inspira brusquement, comme s'il se retenait de dire quelque chose. « Vous avez besoin de quelque chose en particulier ?

— Je vais me débrouiller. »

Jean le regarda avec méfiance.

« Autant vous le dire, dit Paul en soupirant, puisque vous allez certainement l'apprendre bientôt à la télé : Morty Reis s'est suicidé. » Le visage de Jean prit une teinte livide. « J'ai juste besoin de quelques documents que je veux apporter à Carter à East Hampton. Il va y avoir des retombées, forcément.

— Nom de Dieu ! fit Jean en sifflant. Waouh ! C'est dingue. Il a fait ça comment ?

— En sautant du Tappan Zee Bridge, je crois. Tôt ce matin. Ou tard la nuit dernière.

— Putain de merde ! Pile avant Thanksgiving…

— Ouais. Pas de pot.

— Comme vous dites. »

Leurs regards se croisèrent. Jean posa sa casquette sur sa valise et commença à ouvrir les placards.

« OK, vous voyez ces tiroirs ? C'est organisé par date. Les avis de confirmation récents se trouvent dans les deux premiers. Alain fait scanner ceux qui remontent à plus de six mois pour ne pas qu'ils prennent trop de place.

— Les avis de confirmation ? On vous les envoie sous forme papier ? »

Paul n'avait jamais vu ça. Le papier, c'était fini. Depuis des années, les fonds tel RCM fournissaient à leurs investisseurs un accès en ligne à leurs comptes. Ces derniers exigeaient des informations en temps réel. Se fier à la poste était devenu complètement archaïque ; des millions de dollars, des milliards même, pouvaient être perdus en quelques minutes, sans compter le temps qu'il aurait fallu pour imprimer un avis de confirmation à RCM, l'envoyer et le faire relire par quelqu'un à Delphic. Qu'est-ce qui pouvait pousser Alain à accepter d'investir dans un fonds qui ne lui fournissait pas des informations en temps réel ?

Paul se souvint en frissonnant de ce qu'Alexa avait dit à propos de ce manager qui s'était retiré de RCM à cause du manque d'accès aux informations. *Sidorov? Sergerov? Merde.*

« Ouais, à RCM, ils ne laissent personne accéder à leurs comptes. Ils envoient les avis par courrier. C'est un peu bizarre, parce qu'on les reçoit avec un délai de cinq jours, mais ils refusent de faire plus.

— *Un délai de cinq jours?* Ils ne peuvent donc pas les faxer? Jamais je n'ai entendu une chose pareille! C'est dingue!

— Tout le monde sait que Reis est parano, répondit Jean en haussant les épaules. Ou qu'il l'était, devrais-je dire. Il disait qu'il se méfiait des fax. Que la confidentialité n'était pas assurée à cent pour cent. Bref. C'est un peu fou. Travailler pour RCM, c'est comme travailler pour Blackwater ou une société militaire privée du genre. Leurs informations, ils les gardent pour eux. Qui sait, peut-être qu'ils sont de mèche avec les Russes. » Il esquissa un sourire acerbe, conscient qu'une plaisanterie sur Reis était peut-être malvenue étant donné les circonstances. « C'est pourquoi je ne suis pas sûr qu'Alain aimerait ce que je suis en train de faire. Mais bon, voilà! »

Il désigna les placards noirs d'un geste qui signifiait, *Puisque vous insistez.*

« Merci, dit Paul. C'est important. Si vous devez partir, allez-y. Je fermerai.

— Oui, j'ai un avion à prendre. Bon week-end. Quelqu'un se charge d'apprendre la nouvelle à Alain au sujet de Reis?

— Je lui enverrai un mail. Je suppose que de toute façon on va en parler sur toutes les chaînes. Mais je m'assurerai qu'il est bien au courant. Vérifiez vos mails ce week-end. Ça va pas mal secouer ici.

— Ouais, c'est sûr. Ce type, il gérait trente pour cent de notre fric, dit Jean en secouant la tête. Quand vous aurez terminé avec les dossiers, soyez sympa, refermez bien tout à clé. »

Paul fit signe que oui. Il avait déjà commencé à fouiller dans le premier tiroir quand il entendit le *ding* des portes de l'ascenseur se refermant sur Jean.

Paul n'avait aucune idée de ce qu'il cherchait. La plupart des documents étaient dépourvus d'en-tête, en dehors de la date. Un peu perdu, il décida de prendre ce qu'il pouvait emporter, et d'essayer de démêler tout ça plus tard, à tête reposée. Les dossiers étaient classés chronologiquement. Il sortit les six derniers mois, un agglomérat d'avis de confirmation, de mails et de comptes rendus. Puis il ferma les placards à clé et retourna dans son bureau.

Il lâcha les dossiers RCM sur la table et posa l'enveloppe que lui avait donnée Alexa sur le haut de la pile. Il la contempla pendant une minute, puis le silence du bureau eut raison de ses réticences. Ouvrant l'enveloppe, il en sortit une fine liasse de documents attachés avec un trombone. Sur la première page, un graphique coloré fait par ordinateur qui paraissait sorti d'un manuel. Pas de titre. Il fallut un moment à Paul pour comprendre de quoi il s'agissait. L'axe des y représentait les trimestres Q1 à Q4 des années 1998 à 2008, et l'axe des x la valeur nette des actifs. Une courbe rouge était tracée, grimpant régulièrement pour former une ellipse à 45 degrés.

Le regard de Paul fut attiré par de minuscules lettres tracées par la main d'Alexa en haut à droite de la feuille.

Performance parfaite, avait-elle écrit, en soulignant deux fois.

En dessous :

1. Rendements anormalement élevés et réguliers (moins de 5 mois de baisse en sept ans)

2. Le S&P 500 performance n'a aucun impact sur la performance de RCM. Si la stratégie de RCM est de type split-strike conversion basée sur le S&P 500, tout cela est incompréhensible. Les deux courbes paraîtraient corrélées. En théorie, RCM pourrait faire mieux que l'index, mais il continuerait à descendre quand l'indice est à la baisse, et à monter quand l'indice est à la hausse (p. 91). Ici, la courbe de RCM ne paraît liée à rien du tout. Elle est statistiquement parfaite.

Paul sentit son ventre se nouer.

Il s'éloigna du bureau, comme si cela lui permettait de s'écarter de ce qu'il venait de lire. Mais même à un mètre de distance, tout ce qu'il voyait, c'était cette courbe parfaite. Il cessa de lire. Il n'avait pas besoin d'en savoir plus.

Il savait ce que cela voulait dire : RCM était une imposture.

L'idée s'était peu à peu imposée au cours de cette journée. Ou peut-être depuis plus longtemps encore.

Paul eut l'impression de se trouver sur une barque au milieu d'un lac et de regarder le niveau de l'eau monter lentement. Il avait fallu attendre que quelqu'un lui lance un gilet de sauvetage pour qu'il se rende compte que ce n'était pas l'eau qui montait : c'était la barque qui coulait. Et s'il ne se sauvait pas maintenant, il coulerait avec.

Il retourna la feuille avec le graphique et passa quelques appels. Le premier fut pour Merrill. Il tomba sur son répondeur.

« C'est Paul, dit-il. Rappelle-moi dès que tu recevras ce message. » Il raccrocha, et laissa la main sur le combiné.

C'était comme si plusieurs jours s'étaient écoulés depuis leur dernière conversation. Paul imagina sa femme dans une salle de réunion froide, assise en face de son client, un trader peut-être, ou un patron de fonds spéculatif, en train de prendre tranquillement quelques notes pendant qu'un collègue posait des questions. Aux yeux du client et du collègue, Merrill serait telle qu'elle était d'ordinaire : imperturbable. Mais si Paul avait été là, il aurait immédiatement relevé sa façon d'appuyer sur son crayon, presque jusqu'à en casser la mine, et les larmes quasiment invisibles se formant au coin de ses yeux.

Le deuxième appel était plus difficile. En composant le numéro, Paul sentit son rythme cardiaque s'accélérer. Il ferma les yeux et tenta de le ralentir en inspirant profondément. Lorsque David Levin décrocha – après une seule sonnerie – Paul se rendit brusquement compte qu'il ignorait totalement par quoi commencer.

Mercredi, 16 heures 47

Elle avait téléphoné deux fois, une fois la veille au soir, et une autre fois le matin, avant même qu'il ait quitté la maison. La première fois qu'elle était tombée sur le répondeur, elle avait raccroché. La deuxième fois, laissé un message. Ce n'était pas dans ses habitudes. Le message était court et vague, mais sa voix exprimait l'urgence.

Les appels auxquels il n'avait pas répondu s'accumulaient sur son BlackBerry comme des petites tapes impatientes sur l'épaule, faisant monter sa pression sanguine. Il résolut de l'appeler le lendemain, et de l'oublier jusque-là. Ce qui, bien sûr, s'avéra impossible. Il ne cessa de penser à elle : au bureau, pendant son jogging à Central Park, pendant les réunions avec les clients. Et même chez lui, avec Inès.

Carter s'était toujours enorgueilli de sa capacité à compartimenter sa vie. Mais ces derniers temps, il ne pouvait empêcher ses pensées de se tourner vers elle, et son image de remonter à la surface de sa conscience de manière imprévisible, l'empêchant de travailler. Il dormait mal, passait plusieurs jours d'affilée avec tout juste une ou deux heures de sommeil. Craignant que les somnifères n'émoussent ses facultés intellectuelles, il refusait d'en prendre. Le docteur Stein lui avait donc prescrit du Xanax contre les angoisses. Tout d'abord réticent, il en prenait maintenant régulièrement. Il n'aurait pas pu imaginer vivre sans. Il avala un cachet en attendant sur le trottoir que l'employé du parking remonte son break du sous-sol.

C'est alors qu'il sentit son BlackBerry vibrer dans la poche de son manteau. Il le sortit à contrecœur. Si ça n'était pas important, résolut-il, il laisserait le répondeur s'enclencher. Si c'était elle, il répondrait, mais uniquement pour lui dire qu'il ne pouvait pas lui parler pendant le week-end de Thanksgiving.

L'appel provenait de Sol. Carter s'empressa de répondre.

« Tu es assis ? » demanda Sol d'une voix agitée. Mais Sol avait toujours l'air agité.

« Non, répondit Carter, je suis devant la sortie du parking. On est en train de m'amener ma voiture. Qu'est-ce qu'il y a ? »

Un silence se fit. Carter se demanda si le contact avait été coupé. Il éloigna le BlackBerry de son oreille pour vérifier le signal. Lorsqu'il le rapprocha, il entendit la voix de Sol qui disait : « Je suppose que tu n'as pas regardé la télévision récemment.

— Pourquoi ? J'espère que ce n'est pas des mauvaises nouvelles à propos de Lanworth.

— Non, pas du tout. Écoute, quelque chose est arrivé… Morty… Morty est mort. »

Carter sentit ses jambes se dérober sous lui. Sans réfléchir, il posa sa valise à plat par terre et s'assit dessus, les genoux remontés sous les coudes comme un adulte installé à une table d'enfant. Il avait du mal à respirer. Il inspira plusieurs fois par la bouche, mais cela ne suffit pas. Une chaleur suffocante provenait du parking. Carter vit que l'employé le regardait fixement, mais peu lui importait.

« Désolé de t'apprendre la nouvelle. C'est juste qu'on en parle sur toutes les chaînes. On a trouvé sa voiture ce matin près du Tappan Zee Bridge. Un suicide, paraît-il. Il y avait un message. Et un flacon de pilules. » La voix de Sol sonnait creux, comme s'il appelait d'un aéroport. Carter ne disant toujours rien, Sol ajouta : « Je suis vraiment désolé. Je comprends que c'est difficile pour toi d'apprendre ça. »

L'espace d'un instant, Carter se demanda si c'était vrai, si ce n'était pas une blague, une blague qui, tout aussi cruelle, étrange et vaine qu'elle était, serait plus crédible que l'idée que Morty Reis, le Morty Reis qu'il connaissait si bien, ait pris sa voiture pour sortir de New York avant l'aube, se soit garé, ait avalé quelques cachets, puis sauté d'un putain de pont.

Le Morty qu'il connaissait ne prenait jamais lui-même le volant. Il conduisait très mal. Carter ignorait même si Morty avait effectivement une voiture à New York. C'était ce qui rendait sa collection de voitures tellement ironique. Carter le taquinait souvent à ce propos : *Tu les collectionnes, mais serais-tu capable de les conduire ? Une voiture comme ça, tu ne trouves pas qu'il lui faudrait quelqu'un qui s'y connaît au volant ?* Morty se foutait royalement de ce que les gens pensaient de lui. Il adorait ses voitures – avec une préférence pour l'Aston Martin DB5 de 1963 – et le simple fait de savoir qu'elles lui appartenaient le rendait heureux. Il les gardait dans son garage d'East Hampton, endormies sous leurs bâches. Sauf peut-être une.

« C'était quelle voiture ?

— Comment ça ?

— Tu disais qu'on a trouvé sa voiture. C'était laquelle ?

— Je ne sais pas. On me l'a peut-être dit, mais j'ai oublié. »

Cette façon de mourir parut à Carter plus logique que d'autres. Morty était trop peureux pour se tailler les veines. Il avait une peur bleue du sang. Et il ne savait pas se servir d'une arme. Carter l'avait emmené un jour à la chasse au faisan avec des clients, et il s'était débrouillé pour se blesser l'épaule avec le recul de la Remington. Il avait passé le reste de l'après-midi au club à passer des coups de fil, à boire du Diet Coke et à se goinfrer de bonbons. Non, Morty n'était pas du genre à avoir une arme chez lui.

Au bout d'une minute, ou peut-être trente secondes, le nez du break Mercedes noir de Carter apparut. L'employé sortit du véhicule, laissant la portière côté conducteur ouverte. Il s'avança vers Carter en lui tendant la clé. Il était tout jeune, et son pantalon porté très bas laissait voir la ceinture de son caleçon. Carter remarqua avec irritation qu'il avait laissé la radio allumée sur une station de rap. En temps ordinaire, il aurait fait une remarque déplaisante.

« Désolé, dit-il à Sol. Je voudrais être sûr de bien comprendre. » Il se tut, fusilla du regard l'employé du parking. *Fous le camp.*

Comme le type ne bougeait toujours pas, Carter posa la main sur le combiné et lui lança d'une voix sifflante : « Une minute. » Puis, lui tournant le dos, il dit à Sol d'une voix basse : « Tu es en train de me dire que Morty s'est suicidé. Là. Aujourd'hui. C'est bien ça ?

— Oui, toutes les télés en parlent, Carter. Tu n'as qu'à allumer une chaîne au hasard. J'ai parlé à Julianne il y a à peu près une heure. On va essayer de la mettre dans un avion à Aspen pour qu'elle rentre, mais ça n'est pas simple.

— Bon sang ! Je n'y crois pas.

— Je sais. Moi aussi, ça m'a fait pareil. Morty ! Qui l'aurait dit ?

— Putain de merde ! Il devait passer Thanksgiving avec nous. Je t'avais dit qu'il venait ? Je suis sur le point de partir pour East Hampton. »

Carter ne s'était pas rendu compte qu'il avait haussé la voix et était en train de perdre les pédales. Les deux employés du parking le regardaient en chuchotant en espagnol et en faisant des gestes. Sa voiture bloquait l'entrée du parking.

« Tu es sûr que tu veux partir ? Il va y avoir, disons, des retombées.

— Je dois y aller. Pas le choix. C'est Thanksgiving, putain ! Inès va piquer une crise si on gâche la fête. »

Raccrocher, il fallait qu'il raccroche. Qu'il s'en aille d'ici. Il hurlait, trempé de sueur. Il éponge a son front avec le revers de sa manche.

« Carter, écoute, je sais que tu es bouleversé. On va faire comme tu veux toi – comme ça te convient le mieux. Je t'envoie Tony. Il te conduira à East Hampton. Je ne pense pas que ça soit une bonne idée pour toi de prendre le volant. D'accord ? »

Carter secouait la tête, le téléphone collé à l'oreille. *Non, non, putain, c'est pas possible. J'y crois pas.* Hors de question qu'il réponde aux coups de fil maintenant. Du moins, tant qu'il n'avait pas parlé à Inès. « Non, dit-il, il faut que j'y aille. Je dois aller chercher Inès. Donne-moi trois heures et je t'appellerai d'East Hampton. Essaie de contacter Julianne. Dis-lui qu'on va tâcher de la faire rentrer dès que possible. Appelle les Marshall, ou les Peterson. Même s'ils ne sont pas à Aspen, ils connaîtront quelqu'un là-bas. Dis-leur qu'il nous faut un avion pour Julianne, que c'est urgent.

— Bon. Sois prudent sur la route, répondit Sol. Et ne t'inquiète pas pour Julianne. Je m'occupe d'elle.

— Si je ne m'inquiète pas pour Julianne, qui d'autre le fera ?

— Oui, je sais. Je connais ta générosité. Écoute, on part pour East Hampton ce soir. Je garderai mon portable allumé. Ce sera Marion qui conduira, comme ça je pourrai prendre des appels pendant tout le trajet. OK ? Au fait, Carter, ajouta Sol avec une douceur que Carter avait peu l'habitude d'entendre chez son avocat, toutes mes condoléances. Je sais à quel point vous étiez proches, tous les deux. Je pense bien fort à toi.

— Merci. Ça me touche », répondit Carter, la voix brisée. Il se rendit compte que son visage était mouillé. Il ne pleurait pas vraiment, mais ses larmes coulaient. Il sentit dans sa poitrine un étrange mélange de colère et d'affection profonde pour Sol. Il s'éclaircit la gorge : « Retourne auprès de Marion. Laisse-moi trois heures. Ensuite, on décidera de ce qu'il faut faire. À plus tard.

— Fais attention à toi », dit Sol. Mais Carter avait déjà raccroché.

Carter avança la voiture jusqu'au carrefour suivant, puis se gara. Il coupa le contact et jeta un coup d'œil à l'horloge qui clignotait sur le tableau de bord : 16 heures 59. Il avait deux heures de retard. Inès serait mécontente. Elle détestait tomber dans les embouteillages. S'ils se retrouvaient coincés sur la voie express menant à Long Island, ça lui serait mis sur le dos. Ce qui était injuste, vu que c'était Thanksgiving et qu'il y avait toujours beaucoup de circulation sur cette voie express. Et puis, son associé venait de faire le saut de l'ange du haut du Tappan Zee Bridge sans même lui passer un coup de fil pour le prévenir. Cela étant dit, il était généralement vain de demander à Inès de se montrer juste. Et tout particulièrement ces derniers temps.

Par contre, il n'arriverait pas à conduire tant que ses mains tremblaient. C'était la première chose à régler. Carter fouilla dans sa poche et en sortit le flacon de Xanax. Il avala le cachet directement, ferma les yeux une seconde et les bouts des doigts joints, attendit que la vague apaisante l'envahisse. Il vérifia le flacon – vide.

En s'installant au volant, il fit défiler pêle-mêle dans son esprit les événements des derniers jours. Il avait parlé avec Morty vendredi dernier. Ou bien jeudi. Morty l'avait appelé à propos de demandes de retraits, ce qui ne lui ressemblait pas. Il semblait stressé – *mais qui ne l'était pas ces jours-ci ?* Ils finirent la conversation en évoquant le repas de Thanksgiving dans les Hamptons.

Ensuite, il y avait eu ce dîner au Café Boulud – samedi soir – avec Leonard Rosen, un gros investisseur. Aucun appel de Morty. La réunion du Frederick Fund vendredi, à l'heure du petit déjeuner. On avait parlé des demandes de retrait auxquelles faisait face RCM. Ensuite, le rendez-vous avec le psy. Puis un verre le dimanche soir chez Robert Sinclair. C'était tout. Il ne se souvenait de rien d'autre. Qu'est-ce qui s'était passé jeudi dernier ? Pourquoi Morty ne l'avait-il pas appelé ? Ils auraient pu trouver une solution ensemble. Une solution !

De toutes les manières de quitter ce monde, choisir de mourir avait quelque chose de tellement étrange, de tellement inconvenant. Ce choix, le père de Carter l'avait fait, ne serait-ce que de façon indirecte. Charles Darling Jr. avait succombé à son alcoolisme à l'âge de quarante-cinq ans. On l'avait retrouvé mort dans son lit, vêtu d'une robe de chambre, ses lunettes sur le nez, avec sur sa table de nuit un verre de whisky posé sur une lettre. La lettre était adressée à un certain Mr Sheldon demeurant à Manhattan au 1, Christopher Street, dans le West Village. Et qui, comme on se chargea de l'expliquer plus tard à Carter, avait été l'amant de son père pendant plus de dix ans.

Carter ne lui avait jamais pardonné. Pendant des années, il dissimula la vérité, racontant à ses professeurs, à ses amis et à ses collègues que son père était mort d'un cancer de l'estomac. La famille Darling était d'une bonne souche de la Nouvelle-Angleterre, des gens cultivés, bien éduqués, pas des péquenots irlandais réduits par la boisson à une fin indigne. Jamais il ne vint à l'esprit de Carter que sa mère, Eleanor, aurait dit le contraire, ou que l'alcoolisme et l'homosexualité de Charlie Darling étaient connus de tous. Du moins, de tous ceux dont l'opinion comptait. Carter évoqua ce cancer de l'estomac pendant si longtemps, et avec tellement de conviction, que lorsqu'il rencontra Inès, il y croyait encore. Si bien qu'Inès savait simplement que Charles Darling avait passé les dernières années de sa vie malade, incapable de travailler à cause de sa maladie, et que c'était cela qui avait fait perdre aux Darling ce qui restait de la fortune familiale. Carter était un self-made man. Inès évoquait toujours la chose sous un angle attirant, par des phrases du genre : « Oh, avec lui, on se rend compte à quel point il faut vivre sa vie à fond », se montrant là dans toute sa splendeur, avec son optimisme entêté et sa capacité à imprimer sur le monde sa propre vision.

Charles Darling était mort en plein hiver, quatre jours avant Noël. Les cadeaux restèrent sous le sapin, ensevelis sous leurs emballages dorés. Carter était trop timide pour demander qu'on les ouvre. Ses sœurs, Hilary et Cathy, descendirent du Massachusetts pour les funérailles et restèrent dans l'appartement pendant ce qui lui parut une éternité. On avait demandé à Carter de leur laisser sa chambre. Plus exactement, on ne lui avait pas laissé le choix : on ne demandait jamais quoi que ce soit à Carter. Il dormit dans le petit bureau sur un lit pliant, celui avec les coussins brodés, carrés et tout durs. Plus tard, on lui expliqua qu'il n'irait plus à la Buckley School de Manhattan, mais poursuivrait ses études à Eaglebrook, un internat pour garçons à Deerfield, dans le Massachusetts.

Cathy l'emmena à Eaglebrook, leur mère, expliqua-t-elle, étant trop fatiguée pour faire elle-même le trajet. Les autres élèves étaient encore en vacances, si bien que les dortoirs étaient vides, mis à part quelques garçons étrangers que leurs parents n'aimaient pas suffisamment pour les faire venir auprès d'eux. Avant de partir, Cathy expliqua à Carter qu'il avait de la chance d'être pris au milieu de l'année. On avait fait une exception pour lui parce que c'était un Darling. Cathy le serra dans ses bras en jetant un coup d'œil à sa montre. Carter comprit que ses sœurs avaient dû tirer au sort et que la perdante avait été désignée pour l'accompagner. Elles avaient toutes les deux des cheveux blonds et ondulées, mais Hilary était plus jolie, plus extravertie, plus autoritaire. Cathy était du genre à perdre au tirage au sort.

Le maître d'internat arriva enfin et les aida à porter ses valises. Carter n'était pas convaincu d'avoir de la chance. Lorsque Cathy s'en alla, il se sentit envahi par un sentiment de solitude douloureux.

Dehors, le ciel s'assombrissait. La nuit tombait. À l'exception de quelques voitures qui passaient sur sa droite, la circulation était fluide, et Manhattan semblait déserte. Carter redémarra. Il irait chercher Inès. Il irait à Long Island. Là-bas, il trouverait une solution. Chaque chose en son temps, comme disait son entraîneur d'aviron. Ne pas aller plus vite que la musique.

Carter atteignit la 64ᵉ Rue sans incident. Il y avait une place libre pile devant son immeuble. Normalement, il aurait vu là un signe favorable. Lorsque le portier s'avança pour lui ouvrir la portière, Carter descendit sa vitre et dit : « Prévenez Mrs Darling que je suis là. »

Le portier lui adressa un signe de tête. « Elle vous attend », dit-il sur le ton neutre de celui qui énonce un fait. Malgré tout, Carter fut pris du besoin de se défendre : quel genre de mari faisait attendre sa femme dans le vestibule la veille de Thanksgiving ? Au moment où il coupait le moteur, Inès émergea avec deux valises. Bacall trottinait derrière elle, vêtu d'un pull irlandais gris charbon. Sa laisse était enroulée autour du bras d'Inès, elle-même emmitouflée dans un manteau en peau retournée et vêtue d'un caleçon rentré dans des bottes Hermès à boucles argentées.

Inès avait beau être toute pimpante, comme d'habitude, Carter vit qu'elle avait appris la nouvelle. Ses traits étaient tirés. Quand elle était inquiète, Inès vieillissait de dix ans ; son front se creusait de rides que même le Botox n'aurait pas pu effacer. *Bon sang, il faudrait vraiment qu'elle mange*, songea-t-il tandis qu'elle s'approchait de la voiture. Son foulard dissimulait les tendons saillants de son cou, mais la maigreur de ses cuisses sautait aux yeux. Elle avança d'un pas décidé, sans un geste, sans un sourire.

À ce moment précis, Carter eut le sentiment étouffant que tout finissait. Il coinça ses mains sous ses cuisses et inspira profondément pendant qu'Inès et le portier mettaient les valises dans le coffre. Puis Inès se glissa sur le siège passager. Il ne l'aida pas, contrairement à son habitude. Il était incapable de bouger. Sans dire un mot, Inès se pencha vers lui et l'embrassa sur la joue. La tension entre eux était palpable. Ils restèrent pratiquement une heure dans la voiture immobile, avec le chauffage allumé et un CD d'opéra en boucle, à parler tandis que le pare-brise s'embuait. Puis Carter démarra et ils commencèrent leur long périple vers la campagne.

Ce soir-là, il rêva de la première nuit où il lui avait fait l'amour. Il la sentait sous sa cage thoracique, la poitrine soulevée contre la sienne, les jambes enroulées autour de lui comme s'ils ne seraient jamais suffisamment collés l'un à l'autre. La jupe de son tailleur en tweed était remontée autour de ses hanches. Il glissait les mains sur son corps, de bas en haut, encore et encore, sans pouvoir y déceler la moindre imperfection. Elle plaquait la main sur sa bouche, étouffait un cri de plaisir.

Mon Dieu, c'était incroyable.

Il avait toujours eu du plaisir avec elle – *ça, on pouvait le dire* – mais aucune nuit n'avait été comparable à la première. Plusieurs années de flirt, tout d'abord innocent, puis avoué, et enfin intense, les avaient menés à un point d'ébullition. Ils s'étaient « loupés » à plusieurs reprises. Un jour qu'il était un peu saoul, il s'était penché vers elle pour l'embrasser, mais elle avait tourné la tête au dernier moment, si bien que ses lèvres n'avaient fait qu'effleurer sa joue. Un autre jour, ils étaient convenus de se retrouver dans un bar d'hôtel (rien ne l'obligeait à accepter son invitation si elle ne s'intéressait pas à lui, il le savait bien ; mais elle l'intimidait tellement qu'il était taraudé par le doute). Au bout de dix minutes, quelqu'un qu'elle

connaissait était entré et, paniquée, elle avait pré-
texté un coup de fil et l'avait planté là, avec le sentiment qu'il s'était vraiment comporté comme un
malotru. Mais c'était plus fort que lui. Avec elle, il
avait l'impression d'être compris. Elle s'intéressait
sincèrement à son travail, à ses opinions. Elle lui
donnait le sentiment d'être aussi important, puissant, intéressant et énergique qu'il l'était au bureau.
Quand il rentrait chez lui, il retrouvait Inès, qui se
tracassait pour des choses tellement ineptes et tri-
viales que c'en était presque risible. Alors, lorsque
enfin, haletant, ruisselant de sueur, il lui fit l'amour,
lorsque enfin, à moitié dévêtue telle était leur hâte,
elle lui dit dans un gémissement sensuel qu'elle le
désirait, qu'elle avait envie de lui depuis toujours, la
jouissance fut inimaginable.

Cela s'était passé neuf ans auparavant, mais il en
rêvait toujours. Il ne l'avait dit à personne, pas même
à elle, mais c'était la raison pour laquelle il conservait ce cendrier d'hôtel sur son bureau. Il l'avait pris
dans la chambre, non comme un stupide trophée,
mais comme souvenir tangible de cette nuit de plaisir
brut.

« Eh bien, avait-elle dit après l'amour, ça, c'est ce
qu'on appelle "baiser". » Elle partit d'un rire rauque.

« C'est plus que ça.

— C'est quoi, alors ? » demanda-t-elle d'un ton
taquin. Mais il n'était pas d'humeur joueuse. Elle se
retourna pour voir son visage. « Mon Dieu, tu ne
pleures tout de même pas ?

— Je crois que je t'aime.

— Ne commence pas.

— Je suis sérieux. Tu es intelligente, belle, drôle, sûre de toi... Mais il y a autre chose. Jamais je n'avais ressenti ça. Putain, je viens de tromper ma femme, quand même ! Ce n'est pas rien pour moi, tu comprends. Je te jure que...

— Tu n'es pas obligé de dire ce genre de chose.

— Je sais, mais c'est important pour moi que tu comprennes. » Il se redressa et s'essuya les yeux avec le dos de la main. C'était humiliant, de dire ces choses, humiliant mais aussi étonnamment purifiant, libérateur, extraordinaire. Il eut l'impression qu'il ne pourrait plus s'arrêter. « Je te jure, je crois que je pourrais faire n'importe quoi pour toi. »

Elle hocha gravement la tête. Il fut saisi par la crainte qu'elle éclate de rire – ce serait tellement facile. Elle se contenta de poser la tête sur sa cuisse.

« Je ne te demande rien, dit-elle.

— Je sais. Mais je suis sérieux. J'ai juste besoin que tu le saches.

— Donne-moi un peu de ton temps. Quand tu peux. Ne rendons pas les choses plus compliquées qu'elles ne le sont. »

Chaque fois qu'elle disait ça, le rêve se terminait. Et Carter restait éveillé avec ses pensées. C'était en pleine nuit qu'il avait le plus de mal à supporter le poids de son mariage raté. Parfois, il avait l'impression que ça le tuerait. Mais ses regrets s'envolaient toujours au lever du soleil, et une nouvelle journée commençait. Avec le temps, il avait appris à attendre ce moment, immobile dans son lit.

Mercredi, 17 heures 03

Ce qu'il y avait de remarquable à propos de Champion & Gilmore, le très respectable cabinet juridique où Merrill travaillait, c'était l'ordre qui y régnait. Fondé en 1884 par Lorillard Champion et Harrison Gilmore I, C&G, comme on l'appelait à Wall Street, s'était taillé la réputation d'une boîte WASP qui représentait d'autres boîtes WASP, les JP Morgan, Lazard Frères et Rothschild, et employaient surtout des juristes WASP, lesquels, à l'instar de Merrill Darling, étaient diplômés des plus grandes universités et dotés de noms de famille prestigieux.

Bien que travailler à C&G soit – comme dans tout cabinet juridique – stressant, intense et angoissant, il y régnait un silence impressionnant. Les clients passaient directement de l'ascenseur à un salon baigné de soleil avec une moquette et des murs blancs. Les salles de réunion immaculées offraient une vue majestueuse sur Manhattan. Quand elle était assise face à l'une des fenêtres, Merrill avait du mal à se concentrer, surtout s'il faisait beau. La ville s'étalait à ses pieds, incroyablement dense, silencieuse et gigantesque. Seul le flux des voitures tout en bas et le mouvement des nuages là-haut lui rappelaient la réalité de ce qu'elle regardait.

En ce moment, Merrill passait beaucoup de temps dans la salle de réunion C, transformée temporairement en salle de travail pour les avocats qui s'occupaient de l'affaire Gerard. Elsa Gerard, la cliente, gérait un portefeuille à Vonn Capital. Elle était devenue une sorte de célébrité dans le petit monde des fonds spéculatifs. À l'âge de vingt-deux ans, fraîchement émoulue de St. John's University à Queens, elle avait été embauchée chez Vonn en 1985 comme secrétaire de Mark Vonn, le P-DG. Elle avait suivi des cours du soir et persuadé Vonn de la prendre comme analyste financière. Elle avait grimpé les échelons et obtenu la gestion de l'un des portefeuilles les plus importants chez Vonn. Malgré sa réussite, Elsa n'avait jamais tenté de faire oublier ses débuts modestes, pas plus qu'elle n'avait essayé de se faire accepter par l'aristocratie du monde de la finance. En fait, elle semblait prendre plaisir à se distinguer. Si elle portait à présent des tailleurs de grands couturiers (Versace et Dolce & Gabbana étant ses préférés), elle choisissait des jupes toujours aussi moulantes et courtes, dans des couleurs aussi criardes qu'à ses débuts. Elle était toujours aussi faussement blonde (« blonde pétasse », avait écrit l'un de ses rivaux dans un mail tombé « par inadvertance » entre les mains des journalistes). Elsa avait incontestablement été une vraie beauté. À quarante-sept ans, elle avait certes quelques heures de vol, mais conservait un sex-appeal indéniable.

Comme on pouvait s'y attendre, Elsa Gerard suscitait des avis très partagés. Partout où elle allait, elle inspirait admiration ou haine (parfois les deux en même temps) ; elle laissait rarement indifférent. Les qualificatifs ordinaires ne suffisaient pas avec elle ; ces derniers temps, Merrill l'avait entendue qualifiée de génie, de pute, de rock star, d'étoile montante, de prima donna, de modèle, de menteuse, d'ambitieuse et d'avenir de Wall Street. Mais également, hélas, d'escroc. Elsa était soupçonnée de faire partie de ce que la presse appelait « le Cercle » – un groupe de patrons de fonds spéculatifs, de consultants, d'avocats d'affaires et de grands responsables de groupes pharmaceutiques soupçonnés d'échanger et de vendre des informations confidentielles. Six chefs d'accusation avaient été lancés, et tout le monde savait que d'autres suivraient. Elsa, qui n'avait pas encore été inculpée, niait avec véhémence tout lien avec le Cercle, tout en refusant d'en dire davantage pour se défendre.

Elle joua cartes sur table avec ses avocats. Bien qu'il fût marié, Mark et elle étaient amants. Parfois, il lui demandait d'acheter ou de vendre certaines actions, ce qu'elle faisait sans lui en demander plus, à la fois parce qu'il était son patron et parce qu'elle l'aimait. Jamais elle n'aurait imaginé que Mark prenait ces décisions sur la base d'informations obtenues illégalement. Jamais elle n'aurait imaginé qu'au moment critique il la lâcherait.

Coupable ou victime ? Même les avocats d'Elsa étaient divisés. Un débat interne faisait à présent rage au sein de C&G : la version d'Elsa tenait-elle la route ?

La moitié de l'équipe jugeait qu'elle devrait plaider coupable et conclure un marché avec l'accusation ; elle était tout bonnement trop intelligente pour avoir été abusée par Mark Vonn, quelles qu'aient été leurs relations. L'autre moitié la croyait, ou du moins pensait qu'un jury pourrait la croire. Jusqu'à présent, personne n'avait mis à jour la moindre preuve d'un lien entre Elsa et le Cercle. Par contre, Mark Vonn avait des liens personnels avec une personne haut placée chez OctMedical, dont Elsa avait acheté des actions quelques jours avant que l'entreprise ne dévoile un nouveau traitement révolutionnaire contre le diabète.

Merrill s'était vu confier l'examen de toutes les pièces ayant trait à l'affaire. C'était un processus éreintant mais indispensable qui consistait à examiner tous les mails reçus sur une période de sept ans par un groupe spécifique d'employés d'un fonds spéculatif avant de remettre lesdits mails à la SEC, l'une de ces procédures préliminaires qu'on appelle « communication préalable ». Bien entendu, avant de transmettre quoi que ce soit à la SEC, C&G faisait ses propres vérifications minutieuses. Douze heures par jour, sept jours sur sept, ses collaborateurs se succédaient pour examiner des CD sur lesquels étaient conservés des mails. Ces derniers étaient classés en quatre catégories : les « pertinents » tombaient sous le coup de l'assignation de la SEC et devaient donc lui être remis, les « privilégiés » contenaient des informations pouvant ne pas être livrées à la SEC au titre du droit de privilège du client, les « délicats » contenaient des informations risquant de nuire au client si elles étaient transmises, et ceux « à réexaminer » n'avaient pas pu être placés dans une catégorie. Merrill devait prêter une attention toute particulière aux mails « délicats » et « à réexaminer » – travail incroyablement monotone mais extrêmement important. Si un mail compromettant (ou disculpant) glissait entre les mailles du filet, il pouvait faire perdre le procès à C&G.

En l'occurrence, il y avait tellement de mails à relire qu'une équipe de contractuels avait été embauchée pour prêter main-forte, des personnes extérieures à C&G et payées à l'heure pour travailler sur des dossiers ou des transactions spécifiques. Les avocats du cabinet les considéraient comme des bouche-trous bon marché, un peu comme des réservistes de l'armée. Certains avaient pas mal d'expérience, mais avaient reçu pour instruction de soumettre immédiatement aux avocats du cabinet tout mail sur lequel ils auraient ne serait-ce que l'ombre d'un doute. Les avocats de C&G avaient déjà du pain sur la planche, et n'appréciaient généralement pas beaucoup d'être dérangés à tout bout de champ par les contractuels. Merrill, elle, se montrait toujours disposée à les aider. Contrairement à ses collègues, qui traitaient les contractuels avec une certaine dérision, voire une franche hostilité, elle leur témoignait toujours une grande politesse, appréciait leur travail et le temps qu'ils y consacraient. Elle restait souvent un peu plus tard pour leur donner un coup de main quand ils avaient du retard, alors que ses minutes étaient précieuses. Tous ceux qui travaillaient sur le dossier Gerard étaient surmenés et dépassés. Les stagiaires dormaient à peine et les avocats s'emportaient pour un rien. Derrière tout cela se lisait un désespoir muet qui se creusait à mesure que l'affaire progressait.

En fait, Merrill aimait bien Elsa et s'était jetée à corps perdu dans le dossier avec un zèle qui avait quelque chose de fanatique. Elsa était vulgaire, certes. Inès l'aurait à coup sûr détestée. Mais elle avait grimpé les échelons à la force du poignet, sans aucune aide. Et elle paraissait honnête – peut-être un peu trop. Le genre de femme qui n'a « rien à cacher ». Merrill trouvait que les gars de l'équipe la jugeaient trop vite sur son apparence, et cela l'énervait prodigieusement. Elsa Gerard ne devait-elle pas, comme tout le monde, être considérée comme innocente jusqu'à preuve du contraire ? Ne méritait-elle pas d'être crue, surtout par ses propres avocats ?

Aujourd'hui, c'était un jour important pour ceux qui travaillaient sur le dossier Gerard. L'ancienne assistante d'Elsa avait fait une déposition très favorable, et l'équipe semblait investie d'une énergie renouvelée. Merrill tenta de se joindre à l'enthousiasme, mais au fond d'elle-même elle ne ressentait rien. Tout ce qui s'était passé depuis qu'elle avait appris le décès de Morty se fondait dans une espèce de brouillard. À seize heures, elle décida de rentrer chez elle. Elle enfila son manteau, mais ne put se résoudre à partir.

C'est alors qu'une voix timide la tira de ses pensées. « Merrill, vous pourriez jeter un coup d'œil à ça ? » Assise face à la fenêtre, elle contemplait le ciel qui s'assombrissait. Depuis quand était-elle dans cette position ? « Oh, désolée, poursuivit la voix. Vous alliez partir, peut-être. »

Merrill fit pivoter son fauteuil. Sur le seuil de son bureau se trouvait Amy, une petite rouquine qui avait toujours l'air intimidée quand elle parlait. Amy était l'une des contractuelles qui travaillaient le plus, et Merrill faisait tout son possible pour l'aider et l'encourager.

Elle se força à sourire. « Ah, c'est vous, Amy. Entrez. »

Amy hésita. « C'est juste que… Vous êtes sûre que vous ne sortiez pas ? Parce que je peux demander à John ou à Mike sinon.

— Je vous assure. Je ne partais pas. Enfin, je vais bien finir par partir, mais ce que vous m'apportez est plus important. » Elle fit signe à Amy d'entrer. « Alors, qu'est-ce que vous avez déniché ?

— Je crois… Je crois que j'ai trouvé quelque chose dans la poubelle d'Elsa.

— Dans sa poubelle ?

— Là où elle met les mails qu'elle a supprimés. On les a récupérés chez le serveur. Je suis en train de les relire depuis hier. »

Merrill sentit son estomac se contracter. « Je vois. Alors, c'est grave ? » Elle sut au regard d'Amy que la réponse était oui.

« Montrez-moi ça. »

Amy lui tendit une petite liasse de documents attachés avec un clip. Il s'agissait d'une longue série de mails échangés entre Elsa et Mark Vonn. « Si vous commencez au début… J'ai surligné les parties qui, je pense, nous intéresseront. » Merrill avait déjà commencé à lire. À mesure que ses yeux parcouraient les documents, le nœud dans son ventre grossit, au point qu'elle eut l'impression d'étouffer. Un instant elle crut qu'elle allait vomir. Elle ferma les yeux et posa les mains à plat sur la surface froide de son bureau. Ses paumes étaient moites, malgré la température de tout juste 18 degrés maintenue dans les bureaux.

« Ça va ? » La voix d'Amy lui parut lointaine. Merrill eut l'impression de se trouver au fond d'une piscine avec Amy qui lui criait quelque chose depuis le bord du bassin. Les mots semblaient déformés.

« Merrill ? » Cette fois-ci, la voix était claire. Merrill leva les yeux. Amy, debout devant son bureau, se penchait vers elle, ses yeux bleus emplis d'inquiétude.

Merrill se redressa brusquement. « Désolée, dit-elle, le visage rouge de gêne, je suis juste… En fait, je ne me sens pas très bien aujourd'hui. » En passant la main sur son front elle se rendit compte qu'elle transpirait.

« En effet, vous avez mauvaise mine. Vous devriez peut-être rentrer. »

Merrill se mordit la lèvre inférieure. Jamais elle ne s'était absentée ne serait-ce qu'un jour pour maladie. Et aujourd'hui, ça n'était vraiment pas le moment. « En effet, je devrais rentrer. » Elle rendit à Amy la liasse de mails. « Écoutez, vous avez raison au sujet de ces documents. Il faut les montrer à quelqu'un tout de suite. Allez voir Phil. S'il n'est pas là ou qu'il vous dit d'attendre, expliquez-lui que c'est urgent. Je vais lui envoyer un mail. Mieux, je vais envoyer un mail à tous les avocats pour leur dire ce que vous avez trouvé. »

Amy hocha la tête frénétiquement. Ses boucles rousses rebondirent sur ses épaules. « OK, ne vous en faites pas, Merrill. Je m'occupe de tout. Je vous assure, rentrez chez vous. Vous n'avez pas l'air d'aller bien. Ne vous en faites pas, on s'occupe de tout. »

Merrill lui adressa un sourire timide. « Merci, Amy. Vous avez fait du bon boulot.

— Oh, du bon boulot... Je ne sais pas. Je ne suis pas sûre que tout le monde sera content de voir ces mails.

— Ne vous préoccupez pas de cela. Montrez-les à Phil, c'est tout. »

Amy était déjà presque sortie. Avant de fermer la porte, elle pivota, hésita une seconde

« C'est un peu décevant, non ? dit-elle.

— Comment ça ?

— Ben... Je l'aimais bien, moi, Elsa. J'avais envie de croire en elle. »

Amy haussa les épaules, et son visage se crispa en un sourire gêné.

« Je sais, dit Merrill d'une voix compréhensive. Moi aussi.

— Vous pensez qu'elle sera obligée de plaider coupable ?

— Je ne sais pas. Honnêtement, je ne sais pas.

— Elle n'aurait pas dû mettre ça dans un mail, poursuivit Amy d'un ton incrédule. On ne peut jamais se fier à personne, hein ?

— Ne vous laissez pas abattre si vite, dit Merrill avec un sourire peu convaincu. Attendez de voir ce que Phil en pense.

— OK. Rentrez chez vous et mettez-vous au lit. Je vous tiens au courant. »

Une fois qu'Amy eut fermé la porte, Merrill se leva, prise d'une sorte d'urgence. Elle fourra quelques dossiers dans son sac et se dirigea vers la porte. Elle voulut prendre son manteau, mais la patère était vide. De sa main libre, elle tapota sa cuisse. Oui, c'était ça : son manteau, elle ne l'avait même pas enlevé.

Mercredi, 17 heures 27

Lorsque Yvonne rentra, Patrick était dans la cuisine, en train de mettre les sets de table. Le pain à l'ail qui cuisait dans le four embaumait. Les informations de dix-sept heures avaient commencé depuis belle lurette. Elle ne s'était pas rendu compte qu'il était si tard.

« Désolée », dit-elle avant d'enlever sa veste. Elle avait les joues rouges d'excitation et de froid. « Les garçons sont où ? »

Patrick eut un sourire las. Il posa le dernier set et la prit dans ses bras. Elle se sentit encore plus coupable en constatant qu'il n'était pas en colère.

« Je les ai envoyés dans leurs chambres. Pat s'est fait exclure.

— Mon Dieu !

— Oui, c'est du sérieux. Mais franchement, je ne peux pas m'empêcher de l'approuver. Je ne sais pas quoi faire. »

Yvonne s'effondra sur une chaise en laissant tomber son sac. « Qu'est-ce qui s'est passé ?

— Pat et Chris étaient censés se retrouver après les cours pour rentrer ensemble, mais Pat était en retard. Quand il est arrivé, le gamin qui habite un peu plus bas, Joe Dunn, était en train d'embêter Chris. C'est une histoire qui dure depuis un bon bout de temps. Joe a traité Chris de trouillard. Alors Pat l'a foutu par terre. Les profs étaient en train de sortir à ce moment-là vu que les cours étaient finis, si bien que beaucoup de gens ont vu la scène.

— Combien de jours ? demanda Yvonne dans un soupir.

— Trois. À partir de lundi. C'est stupide, comme punition. Ça va lui faire sept jours de vacances, c'est tout. »

Patrick s'assit près d'elle devant la petite table ronde dressée pour quatre personnes. Il s'installait toujours à côté d'elle, jamais en face, même au restaurant, et elle aimait ça chez lui. C'était ce qu'il avait fait à leur premier rendez-vous (parce qu'il y avait beaucoup de bruit, avait-il expliqué), et l'habitude ne l'avait pas quitté.

Pat avait enfilé ce qui était devenu son uniforme de tous les jours : des rangers et un pantalon style treillis. Un an auparavant, il portait un pantalon en toile et une chemise, comme l'exigeait sa fonction de directeur du département des opérations de Bear Stearns. C'était un boulot stable, avec une bonne assurance santé et des stock-options qui, bien entendu, ne valaient plus rien à présent. Pendant les six mois qui suivirent la fermeture de la banque, Pat se mit en quête d'un poste comparable dans un autre établissement financier. Tout le monde s'accordait à dire qu'il était qualifié, mais personne n'embauchait en ce moment. En août, perdant espoir, il se fit engager comme agent de sécurité dans une banque du quartier, « jusqu'à ce qu'il trouve quelque chose de mieux ». Il disait encore que c'était provisoire, mais avec moins de conviction. Yvonne croyait savoir qu'il avait cessé de chercher dans le secteur financier. La banque lui donnait des heures supplémentaires – le faisant travailler quatre jours au lieu de trois – mais ça ne suffisait toujours pas. Yvonne avait beau travailler comme une brute, leur petite barque prenait l'eau de toute part, plus vite qu'elle ne l'aurait imaginé.

« Et Chris, ça va ?

— Ça va », répondit Patrick en détournant le regard et en se grattant la tête. Le sujet les mettait mal à l'aise. Chaque fois qu'ils l'abordaient, ils évitaient de se regarder, comme des inconnus dans un ascenseur. « Je ne sais pas. Je crois qu'il est gêné. Il tremblait comme une feuille quand je suis arrivé.

— Il faut faire quelque chose. »

Ça, elle l'avait souvent dit, et en général, Patrick demandait : « Quelque chose ? Quoi par exemple ? » Question à laquelle elle ne pouvait pas répondre, si bien que la conversation s'arrêtait là. Mais cette fois-ci, il dit « Je sais », et leurs regards se croisèrent.

« Merci d'être allé chercher les garçons. J'allais le faire moi-même mais…

— Ce n'est rien. J'étais au courant. Je me suis dit que ça devait être la panique au bureau.

— Non, pas vraiment, répondit Yvonne l'air perplexe. Sol voulait juste me faire faire deux ou trois transferts. Simplement, c'est venu au mauvais moment : il a appelé juste après que j'ai eu l'école au téléphone. »

Assis au fond de sa chaise, Patrick étendit les jambes sous la table. « Je me suis dit, avec cette affaire Morton Reis… Ils vont être occupés. Vraiment, ça ne me dérangeait pas d'aller chercher les gosses. »

Yvonne resta muette quelques instants. « L'affaire Morton Reis ? » dit-elle, interloquée.

Surpris, il haussa les sourcils. « La… La… Tu sais bien. J'ai vu ça à la télé. C'est pour ça que je t'ai appelée : je m'inquiétais pour toi. » Il jeta un coup d'œil à l'écran de télévision par-dessus l'épaule d'Yvonne. « Tiens, justement ! dit-il en reconnaissant le reportage. Ils repassent les images. Regarde, le voilà, Morton Reis. »

Yvonne pivota sur elle-même en suivant la direction de son doigt. L'image était neigeuse, mais elle reconnut Morty en smoking, à côté de Carter Darling.

« Et là, près de lui, c'est…

— Carter Darling. »

Yvonne avait la manie de finir les phrases des autres. C'était nerveux. Elle se tut un instant.

« Oh mon Dieu », fit-elle quand la nouvelle s'imposa à elle. « Tu as appris ça quand ?

— Juste avant de t'appeler. Vers midi. Mais les télés n'ont parlé que de ça pendant toute la journée.

— Il n'y a pas de télé dans mon bureau », dit-elle, l'air hébété.

Elle avait l'impression qu'on lui avait versé de l'eau glaciale dans le dos. *Morty est mort ?* Elle fixa l'écran. *Et Sol n'en a rien dit ?*

« Sol ne t'a rien dit ?

— Il voulait juste que j'exécute deux ou trois transferts.

— Tu as l'air… Ça va ? »

Il éteignit le poste.

Le silence de la pièce leur parut presque insupportable. Un gros *boum* provoqué par le contact d'un pied de chaise avec le plancher du premier leur rappela que les garçons étaient à la maison, confinés dans leur chambre.

« Je crois que… » Elle s'interrompit, réenfila son manteau, le boutonna. Il faisait nuit à présent, et l'idée de marcher jusqu'au métro la fit frissonner. Elle allait se retrouver dans un wagon vide qui prendrait la mauvaise direction, celle du centre-ville, s'éloignant des salles à manger pour rejoindre des immeubles de bureau plongés dans l'obscurité. « Je crois qu'il faut que je retourne au bureau. »

Patrick écarquilla les yeux. « Maintenant ? Yvonne, il est dix-huit heures. C'est l'heure de dîner.

— Je sais. Mais il y a quelque chose qui cloche avec ces transferts. »

Elle se leva, attrapa son sac. « Fais dîner les garçons, d'accord ? Je ne serai pas longue. »

Patrick laissa échapper un soupir, le prolongeant le temps de compter jusqu'à cinq. Elle crut qu'il allait se fâcher – il avait de bonnes raisons de le faire – mais elle n'avait pas de temps à perdre.

« Fais attention, dit Patrick d'un ton résigné en l'embrassant sur la joue. Il fait nuit. »

Dans le métro qui roulait bruyamment vers Manhattan, Yvonne ferma les yeux. Des chiffres défilèrent par vagues dans son esprit. Il y avait tellement de choses qu'elle savait – des choses qu'elle ne devrait pas savoir, des choses qu'elle était censée avoir oubliées, des choses qu'elle n'était, croyait-on, pas suffisamment intelligente pour deviner toute seule. Cela faisait d'elle une menace. Pourtant, les choses les plus dangereuses, c'étaient celles qu'elle ne savait pas.

Lorsqu'elle émergea à l'air libre, le froid se plaqua sur son visage. Elle accéléra l'allure, passa à petits pas pressés devant les portes luisantes des immeubles de bureau, devant un café fermé, des rideaux de fer baissés pour la nuit. Lorsqu'elle atteignit l'immeuble où se trouvaient les bureaux de Penzell & Rubicam, elle décocha un grand sourire au veilleur de nuit et lui montra le badge plastifié pendant à la chaînette passée autour de son cou. Elle crut déceler le soupçon dans son regard, mais il se contenta de bâiller. *Je suis un peu nerveuse, c'est tout*, se dit-elle. *Il ne sait rien.*

Ses inquiétudes au sujet du veilleur de nuit laissèrent rapidement place aux deux questions qui la tourmentaient depuis l'après-midi. À cause d'elles, Yvonne allait passer quelques heures au bureau.

Quel était l'objet de ces transferts ?
Pourquoi Sol lui avait-il demandé de les antidater ?

Mercredi, 20 heures 03

Après avoir libéré Marina, Duncan s'attarda à son bureau. Il savait qu'il aurait dû rentrer chez lui ; les courses l'attendaient devant l'entrée de service – et la glace devait déjà être en train de fondre. Mais certains soirs, il détestait le vide de l'appartement. Il s'était juré de ne plus boire seul, mais il savait que cette fois, il ferait une exception. Les veilles de vacances étaient toujours les pires moments. Leurs valises sous leur bureau, ses jeunes collègues paraissaient gonflés à bloc, pleins d'une énergie renouvelée. Ils partaient discrètement les uns après les autres. Où allaient-ils ? Avait-on préparé pour eux un repas de fête ? Avec des oncles, des tantes et plein d'enfants assis autour d'une immense table ? Est-ce que cela existait ? Même enfant, Duncan n'avait jamais vécu ça. Il avait connu les Thanksgiving bien arrosés avec papa et maman, puis les Thanksgiving avec maman saoule. L'université ? Il ne s'en souvenait pas. À l'âge adulte, il était passé de table en table, se faisant nourrir comme un parasite. Et ces trois dernières années, il avait passé

Thanksgiving seul, complètement imbibé de whisky dès seize heures.

Par contre, demain, les choses seraient différentes. Une semaine auparavant, il avait reçu un coup de fil de sa nièce préférée, qui habitait à New York et avait trop de travail pour aller passer le week-end chez sa mère. Son petit ami avait des trucs à faire, elle ne savait pas s'il serait là pour Thanksgiving. « Viens chez moi, lui avait dit Duncan, on fait la fête. » Elle avait la voix de quelqu'un qui aurait bien besoin de s'amuser.

Le lendemain, Duncan avait également invité six amis pour qu'elle n'ait pas l'impression que ce repas de Thanksgiving était organisé rien que pour elle. Il avait demandé à chacun d'apporter quelque chose, du vin, un plat ou une tarte aux pommes. *Comme pour un repas traditionnel*. Sa nièce apprécierait.

La télévision était inondée d'images de la parade de Thanksgiving, de recettes pour farcir la dinde et de prévisions de neige. Une nouvelle attira l'attention de Duncan : le suicide du milliardaire Morty Reis. Duncan avait rencontré Reis une fois, à une fête organisée par le magazine *Vanity Fair* dans les Hamptons. Il lui avait donné l'impression d'un vieux con bien gentil mais pas du tout à sa place, mal fagoté, avec un pantalon en toile qui ne lui allait pas et une montre en plastique. Il formait un couple improbable avec sa superbe épouse, laquelle l'avait déposé au bar avant de se mêler elle-même aux invités. Duncan avait été intrigué par Reis. Son expérience lui avait enseigné que dans une réception, les gens les plus intéressants, c'étaient généralement les plus discrets. Une petite enquête lui apprit que Reis était milliardaire, qu'il vivait comme un reclus, se passionnait pour les voitures et que Julianne, comme il s'y attendait, était sa seconde épouse.

C'est peut-être elle qui l'a tué, se dit Duncan en faisant défiler des photos de Reis mises en ligne sur CNN.com. Elle l'a abattu, a jeté son corps par-dessus le pont pour faire croire qu'il avait sauté. Ça ne serait pas la première fois que ça arriverait. C'est toujours l'épouse, paraît-il.

Une seule photo montrait Reis avec sa femme, à un gala de charité pour le Metropolitan Opera. Ils se tournaient le dos et parlaient avec d'autres personnes. À droite de Reis se trouvait le sémillant Carter Darling. Carter était penché en avant, comme pour murmurer quelque chose dans l'oreille de Reis. Les deux hommes avaient une coupe de champagne à la main. *Carter Darling ressemble à Cary Grant*, songea Duncan. *Quel dommage qu'il ne soit pas gay.*

En rentrant chez lui à pied, Duncan tenta de rassembler les informations qu'il avait sur Morton Reis et Carter Darling. Il y avait quelque chose là-dessous, il le sentait. Au bout de vingt-cinq ans de métier, il flairait les bonnes histoires. S'il lui était arrivé de tomber sur des impasses, il avait tout de même débusqué des petits scandales bien croustillants. Généralement, ça commençait par une remarque désinvolte que son intuition de journaliste lui disait de ne pas ignorer. Il accéléra le pas, trouva sans surprise un taxi à l'angle de la rue. Quelque chose d'important allait arriver, et vite. Il devait se blinder pour être prêt.

Mercredi, 20 heures 45

Le froid était polaire. Le vent s'engouffrait par rafales dans Park Avenue. Paul se recroquevilla derrière le col de son manteau et fourra les mains au fond de ses poches. Entre deux frissons incontrôlables, il se maudit d'avoir choisi de mettre la veste Barbour. Quand il arriva devant chez lui, les larmes gelées lui faisaient mal aux yeux. Merrill ouvrit la porte, tomba dans ses bras et, toute chaude, se blottit contre lui. Il comprit qu'elle l'attendait. Elle avait enfilé un bas de jogging et ses chaussettes en cachemire rouge, celles qui étaient trop épaisses pour être portées avec des chaussures. Derrière son sourire timide, ses traits étaient tendus.

Ils s'enlacèrent. « Ça va ? demanda Paul d'une voix douce.

— Je suis triste, répondit-elle d'une voix enfantine étouffée par le col de son veston. Je n'arrive pas à y croire. Je le connaissais depuis que j'étais toute petite.

— Je sais. »

Ils s'approchèrent du canapé. Les coussins portaient l'empreinte de son corps. Elle avait dû rester allongée là un bon bout de temps. Ils se couchèrent l'un contre l'autre, la tête de Merrill posée sur la poitrine de Paul. Il laissa ses chaussures tomber bruyamment par terre. Il se sentait recru de fatigue.

« Et tes parents ?

— Maman est dans tous ses états. C'est bizarre, elle semble surtout furieuse. Sans la moindre compassion pour Julianne. Je ne sais pas. Je suppose qu'ils ne s'entendaient pas vraiment bien, Morty et elle.

— Tout de même, ça doit être terrible pour elle.

— C'est bien ce que je lui disais. Tu as parlé à papa ?

— Non. Je l'ai appelé sur son portable mais il ne répondait pas.

— Il essaie de faire rentrer Julianne. Comme c'est Thanksgiving, bien sûr, il n'y a aucun vol. D'après ce que j'ai compris, il a demandé à un ami de la ramener ici en avion privé, mais maintenant elle dit qu'elle veut rester à Aspen, au moins pour le week-end. Les obsèques devraient avoir lieu en début de semaine prochaine. Papa pense qu'il faudrait que ça se fasse plus tôt, mais il y a beaucoup de gens qui sont partis pour le week-end. »

Se rendant compte que la fatigue lui faisait dire n'importe quoi, elle soupira.

« On y sera, de toute façon.

— Bien sûr.

— Paul, demanda Merrill en redressant la tête, qu'est-ce qui va se passer à RCM ? »

Paul fixa le plafond. Cet espace blanc et muet apaisait le regard, contrairement aux murs, encombrés de tableaux et de photos, dont la couleur vert foncé rappelait celle des voitures de course anglaises. La richesse de la pièce, l'amoncellement de tant de choses accrochées lui paraissaient majestueux, parfois même étouffants. Le mur du fond était dominé par deux cartes anciennes, cadeau de Carter et d'Inès pour leurs fiançailles. L'une représentait New York à l'époque où l'Upper East Side n'était rien d'autre que des champs. L'autre, une carte nautique du cap Lookout, en Caroline du Nord, datait de 1866. Le cap Lookout n'était pas vraiment proche de sa ville natale, mais Inès lui avait expliqué que c'était la seule carte ancienne de Caroline du Nord qu'elle avait trouvée.

Une petite table en acajou choisie par Elena et Ramon, les décorateurs des Darling, « complétait » les cartes. Merrill n'avait pas dit à Paul combien elle avait coûté, et bien qu'il se posât la question chaque fois qu'il entrait chez lui, il ne voulait pas savoir. Ce mercredi faisait partie de ces jours où l'appartement lui paraissait tellement bien décoré, comme ceux qu'on voyait dans les magazines, que c'en était déroutant.

Paul regarda sa femme. Elle s'était fait une espèce de chignon. Son visage, non maquillé, était légèrement blafard. Mais elle restait belle, avec ses yeux bleus lumineux et pailletés d'or. Il reconnut l'odeur de ses cheveux, le contact de son corps contre le sien. Elle était la seule raison pour laquelle il vivait ici. Parfois, il se demandait si, sans elle, il serait resté à New York.

« Papa va être obligé de fermer la boîte ? »

Elle lui adressa l'un de ses regards tendres et inquiets. Il se sentit envahi de tristesse. Il aurait tellement voulu tout arranger.

« Viens », lui dit-il en l'enveloppant dans ses bras. Il commençait tout juste à se réchauffer. « Ton père n'a rien à craindre. On va trouver une solution.

— Je t'aime, dit-elle simplement. Ce sont des moments comme celui-ci qui me font comprendre l'intensité de mon amour. »

Paul décida d'évoquer sa conversation avec Alexa plus tard. Peut-être quand ils seraient dans la voiture. C'était surtout par lâcheté, mais il est vrai que dans la voiture ils ne seraient distraits par rien. En outre, pendant deux ou trois heures, elle ne pourrait pas se lever et le planter là comme elle le faisait parfois quand elle était en colère, contrariée ou frustrée. Ce qui risquait d'être le cas aujourd'hui, Paul le pressentait. Pas par hostilité contre lui, même si ça n'était pas exclu.

Mais pour le moment, il la serrait dans ses bras. Il la laissa parler. C'était cela qu'il lui fallait, parler et être écoutée. Ce qu'elle disait n'avait pas vraiment d'importance, et elle était si fatiguée que ses paroles étaient un peu décousues. Mais Paul sentit que c'était une façon de se soulager. Elle raconta comment Morty avait été pour elle et Lily une sorte d'oncle, qu'après quelques verres il leur parlait de ce que leur père faisait quand il était jeune – des choses qu'elles n'étaient pas censées savoir, qu'il les avait emmenées toutes les deux se faire percer les oreilles un jour après les cours alors qu'Inès était contre. Qu'il ne s'achetait jamais de vêtements neufs mais que, en revanche, il inondait de cadeaux les petites Darling. Que pour elle, aujourd'hui, c'était comme si le monde se défaisait lentement.

Elle se mit à pleurer – une bonne crise de larmes avec le nez qui coule. Paul la tint contre lui, toute tremblante. Quand elle fut calmée, ils commandèrent à manger au traiteur chinois.

« Je n'ai rien pris depuis ce matin », dit-elle au livreur pendant qu'il lui rendait silencieusement la monnaie. Comme si elle devait s'excuser tout le temps, même auprès de lui.

Elle se jeta sur la nourriture, à même l'emballage. D'habitude, il aimait ces moments détendus et douillets qu'il passait avec elle. Mais aujourd'hui elle semblait si pâle, si maigre dans cet immense tee-shirt qu'elle lui avait emprunté. Elle travaillait tellement, se croyait toujours inférieure aux autres – à ses collègues, à sa famille. Ces derniers temps, cela commençait à avoir des conséquences sur sa santé. Elle perdait du poids, dormait mal, n'arrivait pas à se débarrasser de cette mauvaise toux.

« Tu veux jouer au Scrabble ? » demanda-t-elle quand elle eut fini de manger. Ils jouaient toujours au Scrabble après avoir mangé chinois – c'était une habitude.

« Je pense que tu devrais plutôt essayer de dormir.

— Tu gagnes toujours, toi, répliqua-t-elle avec un sourire.

— Parce que tu me laisses gagner. Allez, va te brosser les dents. »

Il la borda. Elle disparut sous la couette. Ses yeux se fermèrent à peine sa tête posée sur l'oreiller. Il éteignit la lumière, resta quelques instants à la regarder dans la pénombre orange et crépusculaire de la chambre, jusqu'à ce que sa respiration devienne légère et régulière. Il l'embrassa. Elle bougea un peu, le front plissé comme si elle était plongée dans un rêve.

Il mit les restes dans le frigo, sortit la poubelle, se passa de l'eau sur le visage, puis entra dans son bureau pour jeter un coup d'œil à ses vieux mails. Il y en avait un en particulier qu'il voulait relire. Ce qu'il fit à plusieurs reprises, jusqu'à ce que les mots deviennent une masse confuse et qu'il en récite le contenu par cœur. Puis il imprima le message et le rangea dans un dossier. Malgré sa fatigue, les morceaux de cette journée fracassée commençaient à s'assembler comme un puzzle.

Enfin le monde caché par le store translucide de la fenêtre reprit vie avec la lumière rose de l'aube. Thanksgiving. Cela faisait des semaines qu'il attendait ce jour. Pourtant, maintenant qu'il y était, il n'avait pas l'impression d'être en vacances. Il entendit Merrill bouger dans la chambre. Il alla dans la cuisine préparer le petit déjeuner.

Le café chauffait tranquillement, emplissant la cuisine de son odeur familière et riche. Paul ouvrit le placard. Il lui fallut passer la main entre les tasses en porcelaine qu'ils avaient eues pour leur mariage pour attraper le grand mug d'Harvard ébréché, celui qu'il préférait. Si Merrill était réveillée, elle essayerait de le lui piquer. C'était le plus grand de leurs mugs, et elle était encore plus accro à la caféine que lui. Il sourit, posa le mug sur la table pour Merrill, et sortit le Dean & DeLuca pour lui.

Il lui arrivait de se demander ce qu'ils emporteraient s'ils devaient quitter l'appartement. Avaient-ils vraiment besoin de seize tasses à café extra-fines avec leurs soucoupes assorties ? De tentures assorties aux oreillers qu'Inès avait choisis avec tant de soin et que Merrill détestait secrètement ? De ce vase en porcelaine, de ce seau à glace en cristal taillé et de ce service en argent stockés dans la cave ? Ils ne les utilisaient jamais. Si un jour tout cela disparaissait, Merrill le remarquerait-elle ?

Ce qu'il leur fallait, c'était un plan. Quand ils arriveraient à East Hampton, ils l'auraient. Les problèmes ne feraient certes que commencer. Mais au moins, ils les affronteraient ensemble.

Jeudi, 5 heures 06

Levé aux aurores, Carter enfila discrètement un pantalon de jogging, un sweatshirt Harvard et emporta ses chaussures de sport dans la salle de bains afin de ne pas réveiller Inès. Tout en se brossant les dents, il caressa son menton. Les poils étaient plus argentés que noirs maintenant. Sous ses doigts, il sentit le cou flasque d'un vieil homme. Quand donc ses bajoues avaient-elles perdu leur bataille contre la loi de la gravité ? Il décida de se raser plus tard. Après tout, c'était un jour férié.

Il entra dans la cuisine. Dans sa joie de voir quelqu'un debout, Bacall donna des coups sourds sur le carrelage avec sa queue. Carter sentit le froid du sol à travers ses chaussettes : la température était descendue en dessous de zéro pendant la nuit. Il but une tasse de café, puis versa des croquettes à Bacall avant de sortir. La neige n'était pas encore tombée, mais ne semblait pas loin à en juger l'humidité et le froid. La maison d'East Hampton était vide depuis plus d'un mois, et les gardiens avaient enveloppé les plantes dans des voiles d'hivernage pour les protéger du gel.

Le jogging était l'un des grands plaisirs de Carter. Généralement, il prenait Apaquogue Road jusqu'à la plage, puis rentrait par Lily Pond Lane. Il avait beau avoir fait le trajet un nombre incalculable de fois, la beauté des lieux le mettait toujours de bonne humeur. Apaquogue Road était une rue charmante bordée de haies soignées et de maisons traditionnelles en bardeaux. Grâce à l'espace préservé devant la plage, les résidents bénéficiaient d'une vue dégagée. À East Hampton, les couleurs étaient sobres – vert olive, brun, bleu – mais étrangement plus profondes que celles de Manhattan. L'automne, les arbres explosaient dans une symphonie de rouge vif et d'orange roussi. L'air devenait plus vif, ce qui était appréciable après le brouillard new-yorkais.

Lily Pond Lane était le clou de son circuit. C'était là qu'habitaient certains des résidents les plus fortunés d'East Hampton ; les maisons comptaient parmi les plus chères de ce qui n'était déjà pas une ville bon marché. Pour la plupart, elles se nichaient discrètement derrière de hautes haies. Ici ou là, un portail métallique permettait aux passants d'apercevoir d'immenses pelouses et de grandes demeures. Carter ralentissait toujours pour profiter de la vue. S'il se permettait rarement de penser qu'il avait réussi dans la vie, son petit jogging sur Lily Pond Lane l'en aurait presque convaincu. Plus même que son appartement sur la 64ᵉ Rue, sa maison d'East Hampton lui procurait un plaisir infini, et le sentiment que ses années de dur labeur étaient ainsi récompensées.

La maison des Darling se trouvait sur le côté nord de Lily Pond Lane. Le moins prestigieux, car il n'offrait pas de vue sur l'océan ou d'accès à la mer. Malgré l'éloignement du rivage, Inès avait tenu à appeler la maison « Beech House », et était très fière de ce petit jeu de mots sur *beech*, le hêtre, arbre typique de la région, et *beach*, la plage.

Jeune homme, Carter Darling avait fini par admettre qu'il y aurait toujours une maison plus grande, un voisin plus riche. Les Darling étaient certes une famille vénérable de la Nouvelle-Angleterre, mais plusieurs générations d'irresponsabilité avaient réduit la fortune familiale à une peau de chagrin. Ce qui n'avait pas empêché le père de Carter de maintenir un somptueux train de vie dépassant de loin leurs moyens financiers. Fils unique, Carter avait grandi dans un appartement luxueux de Park Avenue. La famille avait une bonne d'enfant (Gloria), une cuisinière (Mary), et toute une série de gouvernantes et autres domestiques. Les plus vieux souvenirs de Carter remontaient aux étés qu'il passait dans une maison à pignons de Quogue, un village très « Vieille Garde » à quelques kilomètres d'East Hampton.

« Quand j'étais petit, expliqua un jour Carter à Paul, je pensais que tout le monde passait l'été sur la côte sud de Long Island. Je croyais même que Noël ne se produisait qu'à Palm Beach. Pas simplement qu'on ne le fêtait que là-bas, mais que c'était à Palm Beach que ça se passait. Juste avant que Père ne meure, on m'a expliqué qu'il était trop malade pour voyager jusqu'en Floride. Et c'est ça qui m'a rendu si triste : je croyais qu'il n'y aurait pas de Noël cette année-là. »

Sur le fond, Carter avait raison. Après la mort de son père, tout changea.

Eleanor resta dans l'appartement de Park Avenue aussi longtemps que possible, mais fut finalement contrainte de s'installer dans un condominium dénué de tout charme sur la 2e Avenue. La maison de Quogue fut vendue sans tambour ni trompette. Eleanor et Carter se retrouvèrent alors à la merci d'amis plus fortunés. Leurs étés devinrent un patchwork d'invitations – chez des cousins de Nantucket, à Sag Harbor dans une maison louée, à Newport sur le voilier d'un bon ami d'Eleanor. Carter appréciait rarement ces virées estivales. Généralement, on le faisait dormir dans une chambre d'ami avec des petits lits jumeaux, une vieille corbeille à papier et des rideaux à fleurs aux couleurs passées. Le pire, c'était quand il devait partager la chambre avec l'enfant de la famille, lequel n'appréciait généralement guère cette intrusion.

Chaque été, ils passaient au moins un week-end chez les Salm à Southamtpon. Eleanor et Lydia Salm avaient été camarades de chambrée à Vassar[1]. Lydia avait abandonné ses études très tôt pour épouser l'associé de son père, qui avait à l'époque trente-sept ans et était, à en croire Eleanor, « très fringant ». Quelque chose de malheureux devait s'être passé entre-temps, parce que Carter se souvenait de Russell Salm comme d'un monsieur très gros qui toussait tout le temps, comme s'il avait la gorge éternellement encombrée. Il

---

1. Vassar, université privée fondée en 1861 et située à Poughkeepsie, dans l'État de New York. Elle figure parmi les meilleures universités américaines.

fumait des cigares au bord de la piscine et portait un anneau à l'auriculaire avec les armoiries de la famille Salm. Les Salm n'avaient eu qu'un enfant, ce dont se félicitait Carter.

Russell Salm Jr. avait trois ans de plus que lui et était incroyablement grand et gros pour son âge. L'après-midi, il invitait des copains pour manger des frites et fumer en douce derrière le pool house. La petite bande se faisait des armes avec des serviettes mouillées qui, lorsqu'on les utilisait avec la vigueur adéquate, laissaient d'impressionnantes marques rouges. La nuit, Carter devait dormir dans un lit gigogne qu'on tirait comme un tiroir de sous le lit de Russell.

À la fin du week-end, Mrs Salm préparait un sac en papier rempli des vieux vêtements de Russell et obligeait Carter à fouiller dedans devant elle. C'était là, Carter s'en rendit compte plus tard, la pire des humiliations de son enfance. Russell passait cette petite cérémonie à bouder, planqué derrière sa mère, sortant de son mutisme de temps en temps pour protester que tel vêtement lui « allait encore ». Une fois rentré à la maison, Carter écrivait à Mrs Salm un petit mot de remerciement sur son papier à lettres avec les voiliers. Il prenait soin de l'adresser à elle seule, et surtout pas à Russell, lequel ne méritait aucun remerciement.

S'il détestait les garçons comme Russell, Carter réservait sa haine la plus féroce à leurs mères. Plus que la cruauté ou le dédain, il détestait la pitié, cette pitié qui le poursuivit tout au long de sa jeunesse. On lui donnait souvent le rôle du garçon d'origine modeste, mais sérieux. Si les Darling n'étaient pas pauvres au sens conventionnel du terme, ils l'étaient dans le milieu qu'ils fréquentaient. Carter soupçonnait Eleanor d'être convaincue que sa place était parmi les très riches. Les Darling n'étaient pas une famille comme les autres, et ils le resteraient quel qu'en soit le coût.

Cela expliquait ces étés passés à droite et à gauche, cette interminable succession de week-ends chez les gens comme il faut. Et bien entendu, les études. Carter n'eut jamais à demander une bourse. Il ne sut jamais comment sa mère se débrouillait pour payer ses études, et en fut réduit à imaginer ce dont elle s'était privée. La question était toujours présente à son esprit, mais il ne posa des questions qu'une seule fois, quand il fut accepté à Harvard en 1966, sans aide financière ni bourse. Eleanor se contenta d'expliquer : « Chez les Darling, les hommes font leurs études à Eaglebrook, à Groton. Mais tous ne sont pas suffisamment malins pour aller à Harvard. Si tu savais comme je suis fière de toi.

— Mère, est-ce que nous pouvons nous le permettre ? » demanda Carter. Il venait d'avoir dix-huit ans et prenait de l'assurance. Après tout, n'était-il pas l'homme de la famille ? « Si c'est trop cher, je peux bénéficier d'une bourse pour Williams ou Bowdoin. J'ai eu des propositions des deux, et dans un cas comme dans l'autre, je serais ravi de faire partie de leur équipe d'aviron. »

Le visage d'Eleanor se ferma. « Carter, rétorqua-t-elle d'une voix parfaitement lisse, Harvard, ça ne se refuse pas. Tu feras ce que tu veux après, mais laisse-moi décider moi-même pour les quatre années à venir.

Je serai très ferme là-dessus. » Carter comprit qu'il avait été momentanément vaincu, mais en fut profondément soulagé.

Bien entendu, Eleanor avait raison. Harvard était l'endroit parfait pour Carter, l'université qu'il méritait. N'était-il pas un Darling ? Et travailleur, avec ça. Alors que son père avait étudié la littérature à Cambridge et écumé les soirées en attendant que le temps passe, Carter se consacra à l'économie et, décidé à être premier de sa promotion, fréquenta assidûment la bibliothèque. Quand il sortait, c'était pour se constituer un réseau. Contrairement à son père, Carter choisit de ne pas devenir membre du Porcellian Club, dont la plupart de ses camarades de Groton faisaient partie. Non, il s'inscrit au Delphic Club, un club certes moins sélectif, mais très distingué.

Même à l'âge de dix-huit ans, Carter savait que les anciens de Groton ne seraient jamais ses amis. Ils l'avaient toujours maintenu à l'écart en prep school. Ils le toléraient, par égard pour sa famille, tout en montrant, de manière plus ou moins polie, qu'il n'avait pas les moyens de faire partie de leur cercle intérieur. Comme il ne possédait pas de maison à Palm Beach, il n'était pas invité à leurs réveillons new-yorkais. Il ne pouvait pas prendre l'avion pour aller faire du ski au printemps à Gstaad. « Être jaloux de ceux qui ont de l'argent, c'est médiocre, disait Eleanor avec un petit geste méprisant de la main. On ne peut être jaloux que de quelque chose qu'on ne pourra jamais avoir. Le style, par exemple. Ou l'esprit. L'argent, ça se gagne facilement. »

L'un de ces anciens de Groton était à présent voisin de Carter sur Lily Pond Lane. Nikos Kasper (Kas pour les intimes) vivait pile en face de la maison des Darling dans une propriété de trois hectares portant le nom discret, et sans doute un peu trompeur, d'« Endicott Farms ». Que la généalogie de Nikos remonte au révérend Endicott Peabody, le fondateur de Groton, laissait Carter dubitatif. On murmurait que le grand-père de Nikos, à qui la famille devait sa fortune, était en réalité un chef d'entreprise d'origine grecque orthodoxe qui avait grandi dans une famille ouvrière au fin fond du Bronx. Nikos et sa redoutable sœur jumelle, Althea, dirigeaient à présent la société immobilière familiale, dont le chiffre d'affaires se comptait en milliards de dollars. Nikos était tout particulièrement fier des investissements que le groupe avait faits en Californie et en Floride, même si leurs activités se concentraient sur le développement de lotissements modestes au Mexique. En privé, Inès appelait Nikos et Althea « le duc et la duchesse De Bidonville ».

Comme la plupart des sociétés immobilières ces derniers temps, le groupe Kasper avait été ouvertement attaqué. Le week-end du Labour Day[1], le *Wall Street Journal* avait publié en première page un article intitulé : « Kasper à court d'argent. Le groupe en quête de financement ». L'article avait déclenché dans la presse une campagne de dénigrement qui avait elle-même fait chuter l'action. Nikos en pâtissait sans le dire. La majeure partie de ses capitaux étaient liés à

---

1. Jour du travail, fêté le premier lundi de septembre aux États-Unis.

l'entreprise familiale, et en 2007 il avait pris la regrettable décision de se porter personnellement garant d'un projet immobilier à haut risque à Mexico. Les rumeurs de faillite à son sujet n'étaient pas nouvelles, mais cette fois-ci, Carter savait que la menace était réelle. Pour compléter le tableau, Medora, la femme de Nikos, avait entamé une procédure de divorce.

Pourtant, Endicott Farms respirait l'ordre. Les jardinières accrochées aux fenêtres débordaient de géraniums blancs. Carter ralentit l'allure en arrivant à la limite de la propriété de Nikos et s'arrêta devant le portail. Il n'avait couru que huit kilomètres, mais peinait à reprendre son souffle.

Je vieillis, se dit-il en vérifiant l'heure sur sa montre. *C'est ridicule.*

Il avança jusqu'au montant du portail des Kasper et s'appuya dessus pour étirer ses quadriceps. Au-delà des grilles s'étendait une vaste pelouse. Même en novembre, le gazon était impeccable, comme sur un terrain de golf. Le seul élément un tant soit peu agricole dans la propriété était un petit verger de pommiers méticuleusement entretenu.

Endicott était en fait une collection de maisons. Nikos et Medora avaient acheté deux saloirs du dix-huitième siècle dans le Vermont, une grange dans le New Hampshire et une école en pierre dans le nord de l'État de New York. Puis ils avaient démonté le tout, poutre après poutre, et fait reconstruire les bâtiments sur ce terrain à l'angle de Lily Pond Lane et Ocean Avenue, constituant un ensemble informe où on ne retrouvait pas grand-chose des structures d'origine. Carter disait que ça ressemblait plus aux bâtiments d'un internat qu'à une maison. De fait, Endicott Farms faisait penser à un campus : on y trouvait un court de squash intérieur et un court de tennis extérieur, une piscine et un terrain de croquet ; et en plus des huit chambres de la maison de maîtres, il y avait deux maisons d'amis indépendantes. « Pour le personnel… et pour les parents de Medora », disait Nikos à ses invités en plaisantant.

Carter ne pouvait pas la voir, mais derrière les bâtiments se trouvait une immense terrasse en ardoise qui dominait l'océan. L'été, c'était là qu'avait lieu le cocktail qu'organisaient les Kasper le 4-Juillet pour trois cents de leurs intimes. Chaque année, Carter et Inès étaient de la partie. Les Kasper donnaient beaucoup de réceptions, mais c'était celle-ci qu'on appelait « la soirée des Kasper ». Inès affirmait que c'était l'un des temps forts de l'été. Carter, lui, la détestait secrètement. Bien que les deux hommes se connaissent depuis cinquante ans, Nikos persistait à présenter Carter comme « son » banquier, ajoutant généralement une petite remarque flatteuse. Laquelle n'empêchait pas Carter de détester cette façon de parler – elle laissait entendre que sa place était derrière le bar avec les extras qui préparaient les martinis.

Sur le fond, aussi bien Nikos que Carter savait qu'un bon banquier était plus précieux qu'un bon ami. Si Nikos n'avait pas encore fait faillite, c'était grâce à Carter. Ce dernier gérait sa fortune depuis l'époque où il travaillait chez JPMorgan. Au début de cette relation professionnelle, ils avaient été aussi mal à l'aise l'un avec l'autre qu'à Harvard. Le fait que l'on confie à Carter, à l'époque jeune employé de JPMorgan, la gestion du compte Kasper avait été une désagréable coïncidence. Mais le compte était trop important, et Carter trop jeune pour regimber. Alors il avait fait ce qu'il savait faire le mieux : ravaler sa fierté et retrousser ses manches.

Carter avait vite compris qu'il n'était que temporairement admis dans le monde des très riches et que, contrairement aux hommes tel Nikos, il devrait gagner son gîte et son couvert s'il voulait rester. Tout avait changé quand il s'était associé à Alain Duvalier. Alain était un investisseur hors pair, mais avec son caractère emporté et sa conviction d'avoir toujours raison, il était difficile de travailler avec lui. Ses goûts le portaient vers des voitures trop rapides et des femmes trop jeunes, « too much » comme disait Inès, pour un établissement aussi respectable que JPMorgan Private Banking. Il comptait plus d'un ennemi dans les hautes sphères de la finance.

En apprenant qu'il s'était fait piquer le poste de gestionnaire des actifs – tout le monde en faisait des gorges chaudes – Carter lui sauta dessus. Il savait exactement quelles cartes jouer. Alain avait des goûts de luxe et un ego bien développé. Il serait plus efficace dans un environnement où il pouvait être son propre patron. À Delphic, il aurait tout ce qu'il voulait : un bureau à Genève, de gros dividendes, et surtout, la liberté de mener ses affaires comme il l'entendait. Carter lui fournirait les clients et lui laisserait la bride sur le cou. Ils formeraient une équipe formidable.

Alain était cher, mais valait amplement ce qu'il lui coûtait. En particulier, il était la raison pour laquelle Delphic faisait affaire avec Morty Reis. Carter n'avait jamais su exactement quelle était la nature des relations entre Morty et Alain, mais visiblement leurs sœurs étaient amies. Toujours est-il que Carter n'avait qu'à s'en féliciter. Le fait qu'Alain l'ait fait entrer en relation avec Morty lui suffisait. Depuis cinq ans qu'ils travaillaient ensemble, RCM battait des records. Le fonds rapportait en moyenne quatorze pour cent par an, un chiffre jamais atteint jusque-là. Les journalistes venaient aux renseignements. Les clients affluaient. Beaucoup de ceux qui avaient confié leur argent à Carter quand il travaillait chez JPMorgan et avaient toujours affirmé ne vouloir prendre aucun risque lui faisaient à présent des courbettes.

Ce n'était pas le cas de Nikos et Althea Kasper. Pourtant, un jour, ils acceptèrent son invitation à déjeuner au Four Seasons. À l'époque, Carter pouvait tout juste se payer ce genre de restaurant, et il était loin d'imaginer que le siège de Delphic serait installé dans les bureaux sophistiqués qui se trouvaient juste au-dessus. Carter se souvenait parfaitement à quel point Nikos s'était montré froid lors de ce premier déjeuner. Alors qu'Althea s'extasiait sur les résultats du fonds (la seule chose qui l'animait étant la perspective de gagner encore plus d'argent), Nikos alla passer un coup de fil dans le vestibule. Quand il revint, ce fut pour féliciter tièdement Carter, comme on félicite un élève de primaire troisième prix de calcul mental. Puis il chipota sa viande comme si manger l'ennuyait. Son assiette était encore à moitié pleine lorsque Carter paya l'addition.

Peu importait. Quand Carter sortit du restaurant, il avait gagné deux millions de dollars. Au cours des dix ans qui suivirent, Nikos et Althea confièrent soixante pour cent de leurs capitaux à Delphic. Ils amenèrent leur père, ainsi que plusieurs de leurs amis. À présent, ils invitaient Carter à des réceptions, à des parties de golf, à leur fête du 4-Juillet.

Alors qu'il s'étirait, appuyé contre le portail des Kasper, Carter sentit une douleur irradier son flanc gauche. Impossible d'identifier l'endroit d'où elle venait. Au début, il crut que c'était une crampe, mais alors qu'il continuait à s'étirer, une vague de douleur remonta et lui emplit la poitrine, l'empêchant de respirer. Le manque d'air lui donna le vertige, et il sentit ses yeux s'emplir de larmes.

Je suis en train de faire une crise cardiaque, se dit-il. Il s'allongea sur l'herbe du bas-côté.

Il ferma les yeux, sentit le picotement des brins d'herbe sur sa nuque. La terre était humide et dure. Il se demanda combien de temps il devrait attendre qu'une voiture passe. Le conducteur s'arrêterait en le voyant dans cet état.

Un avion traversa le ciel. Carter se demanda où était Julianne, si les autres avaient réussi à lui faire quitter Aspen. Il allait falloir appeler Sol pour vérifier. La veille, Inès n'avait pas mâché ses mots à propos de Julianne. Le souvenir de la conversation fit grimacer Carter. Inès était d'une franchise désarmante. Elle disait tout haut ce que les autres pensaient tout bas sans oser l'exprimer (comme récemment, quand elle avait dit : « Althea Kasper, une dévoreuse d'hommes ? Tu veux rire ! C'est une gouine aux allures de camionneur ! » Ou encore : « Tu crois que je serais arrivée là où je suis si je m'étais montrée gentille ? »). Inès pouvait être dure, cruelle même, mais elle tapait pratiquement toujours dans le mille.

À propos de Julianne, elle lui avait dit : « Avoue que tu as tout de suite pensé que c'était elle. »

Elle avait raison. Carter avait tout de suite pensé que Julianne avait tué Morty, avant d'écarter l'idée en se reprochant d'avoir imaginé une chose pareille. Julianne n'en était pas capable, et à sa manière à elle, elle aimait Morty. Carter ne pouvait pas s'autoriser à penser autre chose. Malgré tout, même s'il ne le dirait jamais ouvertement, la chose lui aurait paru logique.

« À supposer qu'il se soit vraiment suicidé, c'est elle qui l'y a poussé, avait dit Inès. Ils n'avaient pratiquement pas de vie de couple, tu le sais bien. »

Là encore, Inès avait raison.

La douleur dans sa poitrine finit par disparaître, et Carter ne ressentit plus rien d'autre qu'un froid engourdissant. En entendant un crissement de pneus sur les graviers, il se releva d'un bond et passa la main sur sa jambe pour retirer la poussière. À trente mètres de lui, une voiture sortait d'une allée. Le conducteur tourna à gauche et disparut dans Lily Pond Lane sans avoir vu l'homme qui venait de passer dix minutes allongé au bord de la route. Gêné, Carter regagna sa maison au pas de course, ne s'arrêtant qu'une fois atteint son propre portail.

Posé sur le plan de travail dans la cuisine, son BlackBerry se mit à vibrer au moment où il passait la porte. Bacall jappa et se précipita vers ses genoux en faisant cliqueter ses ongles sur le carrelage. Carter le calma et lui caressa la tête, juste derrière les oreilles, tout en faisant défiler les mails reçus.

« Tout le monde dort, mon bébé, sauf toi et moi », dit-il d'une voix affectueuse. Ce chien, il l'adorait. Ils étaient liés par une fidélité absolue. Jamais Inès n'aimerait Bacall de la même manière ; au fond, elle n'aimait pas les chiens. Et Bacall savait de quel côté était beurrée sa tartine. Sa patte frappa follement le sol quand Carter trouva l'endroit précis derrière son oreille qui lui faisait connaître l'extase canine.

Carter se retira dans son bureau, autorisant le chien à le suivre. Puis il ferma la porte. Bacall se nicha dans son panier à carreaux écossais tandis que Carter allumait son ordinateur et branchait son BlackBerry. Il jeta un coup d'œil à l'heure : sept heures trente précises. Il lui restait environ vingt-neuf minutes avant qu'Inès commence à faire exprès du bruit dans la cuisine. Elle détestait qu'il ferme la porte de son bureau.

Elle décrocha.

« J'appelle trop tôt ? demanda-t-il.

— Putain ! T'étais où ? J'ai essayé de te joindre ! » Puis, se reprenant dans un gloussement, elle ajouta : « Désolée, pardonne-moi. Il est tôt, en effet. »

Il avait bien l'intention de se montrer froid avec elle. Elle ne devrait pas s'en étonner : il détestait qu'elle l'appelle en rafales. Quel cirque ça avait été, hier ! Si elle avait réfléchi ne serait-ce que deux secondes, elle aurait trouvé tout un tas de bonnes raisons de ne pas l'appeler. Il pouvait être avec Inès. Avec ses enfants. Sur la route. En train de boucler ses dossiers avant le long week-end. Tout le monde essayerait de le joindre : Sol, les journalistes, les gestionnaires de portefeuilles, Merrill, Lily, Inès, les clients, les femmes des clients, sa secrétaire, celle de Sol, celle de Morty. Il pouvait avoir des coups de fil urgents à passer, des vols à déplacer, des transferts de fonds à opérer. Il pouvait être seul dans la salle de bains à pleurer son ami disparu.

Mais il venait d'entendre sa voix, et sa colère s'évapora comme la brume. Elle lui faisait toujours cet effet-là, ce qui expliquait pourquoi à chaque fois il revenait vers elle.

« Ça va ? » lui demanda-t-elle. C'était la première personne qui s'inquiétait sincèrement de lui. Tous les autres, y compris sa femme, se préoccupaient surtout du fonds.

« Pas trop. Je ne sais pas vraiment quoi te répondre. Et toi, ça va ?

— C'est la cata ! Comme tu peux t'y attendre. Le plus dur, c'est de savoir que je ne peux pas être à tes côtés.

— Je sais. Moi aussi, ça me tue.

— Écoute, on va essayer d'éviter les platitudes. Je me doute que tu es encore un peu dans le brouillard, mais qu'est-ce qu'on fait ? »

Carter s'enfonça dans sa chaise et soupira. Les yeux fermés, il retint sa respiration. Un instant, le monde disparut. Il se demanda s'il ne pouvait pas causer sa propre mort rien qu'en y pensant très fort.

C'est alors que Bacall se mit à hurler. Carter ouvrit les yeux. *Non*, se dit-il, *je suis toujours à peu près vivant.*

« On ne sait toujours pas pourquoi il s'est suicidé, dit-il. Ce que je ne comprends pas, c'est pourquoi il m'a fait ça, à moi. Pas à lui – à moi ! Merde ! Je sais, je suis un sale petit égoïste.

— Comme tout le monde. Mais – que Dieu me pardonne – Morty plus que les autres. Le suicide, c'est vraiment le truc le plus égoïste qui soit. »

Tout d'un coup, Carter se rendit compte qu'il était furieux. Il n'avait pas pu l'identifier jusque-là, mais cette énergie qui lui traversait le corps depuis hier, c'était la colère. Pas contre ce qui était arrivé, mais contre Morty lui-même. Comment Morty avait-il pu commettre un tel acte ? Morty ne faisait jamais rien sans en évaluer les risques. Il aurait calculé ce que sa décision allait provoquer comme dégâts collatéraux. Pour Julianne, pour Carter et Alain, pour ces personnes trop nombreuses pour que Carter en fasse la liste. Il aurait comparé ces risques à ces démons qui le poussaient au suicide. C'est alors que Carter comprit : Morty ne se plaçait pas sur le même plan que les autres. Il avait tranché en sa faveur à lui. *Sale petit égoïste. Moi, j'étais ton ami.*

Il se redressa, pris d'une brusque impatience. « Écoute, dit-il, j'ai l'impression que le monde s'écroule autour de moi. Je sais que c'est le cas pour toi aussi, mais je vais devoir prendre les choses les unes après les autres, éviter les décisions hâtives, pour ne pas faire de bêtise. Ça va être chaud. Pendant combien de temps ? Je ne sais pas. Disons pendant quelque temps. Et je crois qu'il vaut mieux qu'on ne se parle pas pendant cette période. Encore moins qu'on se voie. C'est hors de question. »

Il se tut et inspira. Il y eut un temps de silence. Ses mots lui étaient sortis de la bouche, chargés d'émotion, incontrôlés. C'était l'effet qu'elle lui faisait. Il lui parlait librement, comme il ne le faisait avec personne d'autre. Parfois, il s'en émerveillait. Il adorait ce sentiment de libération, cette ivresse d'être avec elle. Mais à présent, toute relation avec elle serait dangereusement stupide.

« Qu'est-ce qu'Inès sait ? demanda-t-elle d'une voix neutre.

— Rien. En fait, je l'ignore. Je crois qu'elle soupçonne quelque chose. Mais elle n'a rien appris de ma bouche. Et ça ne changera pas. En toute franchise, j'ai besoin de son soutien en ce moment. Morty vient de braquer les projecteurs sur moi et sur le fonds. Merde, tout le monde, du *Wall Street Journal* au bureau du procureur général, veut me poser des questions, en plein week-end de Thanksgiving ! Je ne peux pas me permettre la moindre imprudence.

— Elle te soutiendrait peut-être plus si tu lui disais la vérité. Certes, c'est mieux de ne rien lui dire en ce moment. Mais si elle commence à te faire des scènes et à poser des questions, tu ferais peut-être bien de jouer cartes sur table avec elle. C'est une femme rationnelle. »

Comme toujours, elle se comportait avec une tranquille élégance. Malgré les circonstances, il sentit le désir monter.

« Les journalistes ont tenté de te joindre ?

— Oui, répondit-elle, mais je n'ai rien dit à personne. Qu'ils aillent se faire foutre ! Je ferai une déclaration quand je serai prête.

— Parles-en à Sol avant, d'accord ? Qu'il t'aide à gérer tout ça. Il sait comment faire face à l'attention du public.

196

— Je sais. Je ne suis pas bête. Mais pour l'instant, rien ne m'oblige à dire quoi que ce soit. Alors je pense que la meilleure stratégie pour moi, c'est de me taire.

— Tu as raison. Je suis parano. Désolé. J'aimerais tellement être avec toi. Je sais qu'il ne faut pas, mais je n'y peux rien. »

Elle ne réagit pas tout de suite. Il se demanda où elle se trouvait. Quand ils se parlaient, c'était toujours sur le portable, si bien qu'il ne savait jamais. C'était difficile de ne pas pouvoir se l'imaginer. Il n'aimait pas l'idée qu'elle passe Thanksgiving seule. Ça lui faisait si mal qu'il n'osa pas lui poser de questions à ce sujet. *Je suis un sale petit égoïste*, se dit-il.

« Je ne sais pas, dit-elle enfin. Je sais simplement que ce qui est moral, c'est ce qui fait qu'on se sent bien après, et ce qui est immoral, c'est ce qui fait qu'on se sent mal après.

— Fitzgerald ? demanda-t-il en souriant.

— Non, Hemingway.

— Tu es une fille intelligente. Ne laisse jamais les gens te sous-estimer.

— Ne t'en fais pas.

— Intelligente et belle.

— Il faut que je raccroche, Carter.

— Je sais. Je t'aime », dit-il.

Puis il raccrocha. C'était l'une des rares paroles sincères qu'il avait prononcées depuis longtemps. Depuis des années. Il tourna la tête vers Bacall, endormi sur le lit. Au-dessus de lui, une vieille horloge égrenait ses tic-tac avec une efficacité toute maritime. La maison s'éveillait. Les filles ne tarderaient pas.

Le numéro qu'il composa ensuite fut celui de Sol.

Jeudi, 7 heures 50

Elle raccrocha et posa le front sur sa paume de main. *Dieu fasse qu'il ne sonne pas à nouveau*, songea-t-elle.

Pendant quelques minutes, le téléphone resta silencieux. Le bureau était d'un calme désarmant. Elle resta assise le plus longtemps possible, les yeux fermés, le visage immobile, les pieds délicatement croisés sous le bureau. Elle portait ses vieux mocassins, ceux qui étaient couleur poil de chameau et tout abîmés aux talons. Ils étaient en daim, aussi doux que des chaussettes, et les bords des semelles partaient en miettes. Elle ne les portait qu'avec un jean, pour promener les chiens le matin ou sortir prendre un café, mais jamais au bureau.

Ce matin, elle était trop bouleversée pour se changer. Qu'est-ce que ça faisait, de toute manière ? Personne ne serait là. C'était Thanksgiving. Le garde aux yeux larmoyants avait paru surpris de la voir. Il avait posé son café à contrecœur pour allumer l'appareil à contrôler les sacs, en lui lançant un regard qui voulait dire *C'est à cause de vous que je travaille à*

198

Thanksgiving. Jane l'avait remercié d'un rapide signe de tête, les yeux emplis de larmes à cause du froid.

Tout l'étage était plongé dans la pénombre. Les imprimantes en veille ronronnaient. Elle alluma la lumière. Les néons du plafond clignotèrent, emplirent le couloir de leur bourdonnement, puis projetèrent leur hideuse lumière jaune.

Son bureau était tel qu'elle l'avait laissé, avec ses piles de documents débordant du panier où elle les mettait à gauche. Des Post-it avaient été collés pêle-mêle sur le pourtour de l'écran de son ordinateur. Chacun lui donnait un ordre : rappeler Untel, relire les divisions budgets, acheter telle nourriture pour chien recommandée par le véto. Elle se sentit incapable de les regarder. Elle resta le front posé sur une main et le portable dans l'autre, comme si le moindre petit mouvement pouvait briser le silence et redonner brusquement vie à l'étage. La seule chose qui bougeait, c'était son cœur, saturé d'adrénaline et de caféine et battant la chamade.

Lorsque le téléphone sonna, une petite vague de soulagement l'envahit.

Pire que de se trouver au bureau le jour de Thanksgiving, c'était de se trouver au bureau sans rien à faire. Elle était habituée à travailler en marchant sur la corde raide – à poser prudemment un pied devant l'autre, à calculer, à mesurer tous ses mouvements en période de stress. La seule chose, c'est qu'il ne fallait pas regarder en bas. Parce que sinon, elle verrait le vide qui s'ouvrait sous elle – le vide et la solitude – et menaçait de l'engloutir. Mieux valait continuer à avancer.

« C'est la merde ! hurla une voix à l'autre bout du fil.

— Merci. Joyeux Thanksgiving à vous aussi, Ellis, rétorqua-t-elle.

— Foutez-moi la paix, Jane. OK. Joyeux Thanksgiving. »

Ellis Stuart. Son homologue à Washington. Théoriquement son supérieur, mais la plupart du temps, ils travaillaient ensemble. Entre eux, l'équilibre des pouvoirs, depuis toujours incertain, était devenu plus fragile que jamais. En janvier, un nouveau chef serait nommé à la SEC, et Jane était la favorite. Ellis devait prendre sa retraite. Comme cela garantissait son impartialité, il avait été pressenti pour conseiller le président en titre sur la nomination.

Il s'agissait pour Ellis du chant du cygne. Il avait passé toute sa carrière à la SEC, depuis la fac de droit jusqu'à la retraite, du berceau à la tombe, comme il se plaisait à dire. Il devait sa position au sommet de la hiérarchie à son ancienneté, mais était depuis des années considéré comme un dinosaure par ses collègues. Plus il restait, plus les autres en avaient assez de lui. Les jeunes collaborateurs le considéraient comme un vieux croûton, tout juste bon pour accompagner la soupe. Il n'avait jamais vraiment compris comment utiliser la messagerie électronique et envoyait des mails bourrés de fautes ou écrits entièrement en capitales. Ses blagues étaient souvent limite. Cela faisait des années qu'il n'avait pas suivi un seul dossier, si bien qu'il n'était pas au courant des affaires au quotidien. Autrefois, Ellis avait été considéré comme une étoile montante, un avocat ambitieux et affûté qui détenait le record des procès gagnés à la SEC. Mais cette époque était révolue depuis longtemps. Seuls les avocats les plus âgés s'en souvenaient vaguement, comme on se souvient des prouesses d'une vedette de l'équipe de foot de la fac.

Maintenant, Ellis se retrouvait investi de la confiance du président et de la capacité à modeler l'avenir de la SEC. Tous ceux qui espéraient même vaguement être promus courbaient l'échine devant lui, et les autres lui témoignaient leur respect. Ce changement ne lui avait pas échappé. Il le savourait, parlant plus fort, exigeant des réponses au plus vite, faisant entendre sa voix lors des réunions. Il parcourait les couloirs avec un petit air fanfaron, prenait un ton dictatorial, en particulier avec Jane. Il saisissait toutes les occasions pour lui rappeler qu'il l'évaluait, et qu'il serait là tant que le nouveau chef n'était pas nommé. Et que rien n'était sûr.

Ces derniers temps, Ellis était devenu le roi de la mise au point. « J'appelle pour faire une mise au point », annonçait-il, ou alors, plus agaçant encore : « J'appelle pour un petit point ! »

« Je fais de mon mieux, répondait Jane. Qu'est-ce que vous voulez que je vous dise ?

— Ce qui se passe. Faites-moi un point. »

Jane prit une longue inspiration et réprima l'envie de fracasser le téléphone contre le bureau.

« Ellis, répondit-elle, il est huit heures trente. Et c'est Thanksgiving.

— Vous m'avez demandé de vous appeler. Vous avez laissé un message hier soir. Je me trompe ou quoi ? »

Elle soupira. Elle l'avait bien appelé, mais ne lui avait pas demandé de la contacter. Il s'agissait d'un message qui visait juste à l'informer suffisamment de la situation pour qu'il ne se sente pas mis à l'écart. Elle avait espéré que cela suffirait à le rassasier, du moins pour le week-end.

Mais il n'allait pas la laisser s'en tirer à si bon compte.

« OK, dit-elle, voici ce que nous savons. Nous pensons que Reis avait mis en place une sorte de chaîne de Ponzi. Nous ne savons pas exactement depuis quand, ni si RCM a une quelconque réalité. Nous nous sommes penchés brièvement sur la question en 2006, mais rien n'en est sorti. David Levin a entamé une enquête informelle il y a quelques mois, mais les choses n'ont pas été faites comme elles auraient dû l'être. Tout le monde était pris par le scandale des fonds mutuels, si bien que l'enquête a été abandonnée. Et maintenant, en effet, on a un problème. » Elle répétait ce qu'elle avait déjà dit dans le message, mais elle serait amenée à souvent se répéter dans les jours à venir. Tout le monde – les journalistes, le procureur général, ses supérieurs, ses collègues, ses amis – voudrait entendre sa version de l'enquête sur RCM. Si elle devait y penser à chaque fois qu'elle le disait, elle en sortirait épuisée. Elle répéterait ces phrases tant et si bien que les mots perdraient tout sens. Alors, autant avoir déjà des formules toutes prêtes.

« L'enquête a été abandonnée, dites-vous. Par qui ? Par Levin ?

— Je ne pense pas qu'il ait géré les choses correctement, en effet, dit-elle prudemment. Il n'a pas expliqué l'urgence de cette enquête, du moins pas à moi. Si bien que je me suis dit qu'il valait mieux le faire travailler sur les fonds mutuels. Ce qu'il faisait de son côté par rapport à RCM n'entrait pas dans sa feuille de route, et de plus, l'info n'a pas été convenablement transmise à la hiérarchie. »

Elle espéra que ses explications ne paraissaient pas trop contrites.

« Vous diriez qu'il n'a pas été à la hauteur ?

— Pardon ?

— David Levin. Si je lui posais la question, vous pensez qu'il conviendrait ne pas avoir été à la hauteur ? »

Jane ferma les yeux. Elle avait mal à la tête. Chaque fois qu'elle s'imaginait Ellis, il portait encore cette ridicule moustache blanche qu'il avait rasée il y avait plus d'un an. Quelque part, elle avait pitié de lui. Leurs chemins s'étaient croisés dans le ciel un instant, puis son étoile à elle avait poursuivi son ascension fulgurante tandis que la sienne s'enfonçait dans une obscurité cosmique. Il lui faisait penser à une supernova et à cette explosion brève et monstrueuse qui se produit peu avant que l'étoile elle-même ne se fonde dans la nuit.

Il n'en restait pas moins que son soutien était capital pour sa promotion, et ils le savaient tous les deux. Pour le moment, elle était à sa merci.

« J'ignore ce qu'il dirait. Je sais pas pourquoi il n'a pas poussé plus loin. J'ai l'impression qu'il avait fait de cette enquête son territoire privé. C'est un tort, mais ça arrive, surtout avec des dossiers comme celui-ci qui peuvent faire ou défaire une carrière. Peut-être a-t-il tout simplement mal évalué l'ampleur de cette affaire. Il a pas mal de pain sur la planche en ce moment.

— On dirait bien que vous tournez à plein régime.

— En effet, répondit-elle sèchement. On fait au mieux. »

Ellis émit un grognement. Jane entendit quelque chose – ses pieds sans doute – se poser sur un bureau. Elle l'avait déjà vu dans cette position, les pieds sur le bureau, les écouteurs sur les oreilles, les mains croisées derrière la nuque – comme quelqu'un qui fait du télémarketing.

« Il me semble, dit-il, qu'on aurait vraiment l'air couillon, d'avoir eu quelqu'un sur le dossier et de laisser celui-ci se perdre dans les méandres de l'administration. »

Elle sut où cela les mènerait.

Son regard parcourut son bureau : les étagères noires avec leurs rangées de classeurs ; le ficus maigrichon dans un cache-pot en osier placé dans un angle ; son diplôme de Harvard accroché légèrement de travers, avec à droite sa licence et à gauche une photo d'elle toute jeune et innocente en compagnie du juge O'Connor, dont elle avait été la stagiaire en 1986. Le haut des cadres était tout poussiéreux, comme le reste de la pièce. Son ordinateur ronronnait. Outlook était en train de rassembler des mails non lus. Le voyant lumineux de son répondeur s'était allumé deux fois. Elle sentit dans son ventre les gargouillements féroces de son petit déjeuner habituel – une grande tasse de café noir et une viennoiserie achetée à la boulangerie ouverte vingt-quatre heures sur vingt-quatre.

« Je sais que vous êtes submergée, poursuivit Ellis. Je ne dis pas que tout ça est de votre faute. Je dis simplement que c'est l'impression qu'on pourrait avoir.

— Donc, vous dites que ça semble être de ma faute. »

Ellis émit une espèce de claquement de lèvres, comme le bruit d'un pot d'échappement. « Ça donne l'impression que quelqu'un n'a pas fait son boulot. Je pense qu'on doit être clair sur ce qui s'est passé avant que les journalistes ne viennent fourrer leur nez là-dedans.

— C'est ce qu'ils font déjà. À mon avis, on n'a pas besoin de faire de déclaration avant lundi. Je pensais que c'était entendu. J'en aurai une de prête d'ici samedi.

— Parfait. Je pense… Je pense que tout le monde va chercher un coupable. J'ai une haute opinion de vous, Jane, depuis toujours. Je n'aimerais pas vous voir tomber pour une histoire comme celle-ci.

— Pourquoi ne pas dire ce que vous avez en tête, Ellis ? rétorqua-t-elle, le poil hérissé.

— Doucement, Jane ! Tout ce que je dis, c'est que vous devez vous protéger. Ce que vous ferez dans les jours qui viennent – ce que vous direz, comment vous réagirez à ce problème – sera capital. Il y a beaucoup de gens qui aimeraient vous voir réussir. Nous avons besoin d'un leader, un vrai. De quelqu'un qui redonnera confiance à la SEC. Je pense que vous êtes la personne qu'il nous faut. Mais vous devez montrer clairement que ce qui s'est passé avec l'enquête sur RCM ne vous est pas imputable. »

Après avoir raccroché, Jane alla aux toilettes et passa ses poignets sous le robinet. Les yeux fermés, les paumes au ciel, elle regarda ses veines bleues sous l'eau glaciale.

Allons, reprends-toi, s'exhorta-t-elle.

Elle était plus affectée par cette histoire avec David Levin qu'elle le pensait. Elle n'avait jamais beaucoup apprécié David. Il sortait avec une collaboratrice et cela la dérangeait. Certes, ils se montraient discrets, mais ça n'en restait pas moins une imprudence, pour eux et pour tout le monde. De plus, il s'habillait de manière trop désinvolte. Jane l'avait vu déambuler dans les couloirs en jean et vieilles Converse, pas simplement le week-end, mais au beau milieu de la semaine. Cela n'avait pas l'air de le déranger. Jane trouvait qu'il avait passé l'âge de se faire gronder pour sa tenue ou ses fréquentations. Il était suffisamment intelligent pour comprendre sa désapprobation tacite et agir en conséquence.

Elle pensait à ses Converse au moment où le froid commença à lui paralyser les mains. À ça, à sa relation avec Alexa Mason, et à ce jour où elle les avait vus main dans la main au cinéma dans l'Upper West Side. Une rencontre gênante, délicate, surtout pour Jane, qui était seule.

Puis elle se dit : *Il ne s'agit pas de cela. David est un excellent juriste, l'un de nos meilleurs.*

Nul besoin de l'aimer ou de le détester pour le renvoyer.

Tu vas le renvoyer parce qu'il le faut.

Elle avait déjà tellement sacrifié pour sa carrière. Une scolarité sans fautes, des semaines de quatre-vingt-dix heures, des rendez-vous amoureux loupés, des dîners annulés. Des années passées à devoir répondre à ceux qui lui demandaient quand elle allait se marier, avoir des enfants. Pire, des années à ne plus avoir à le faire parce que les gens se lassaient de la réponse, toujours la même. Ce poste de directrice, elle le méritait. Il était enfin à sa portée. Ce qui devait être fait serait fait.

David Levin agirait de la même façon, se dit-elle, si les rôles étaient inversés. N'importe qui agirait de la même façon. David Levin n'aurait pas hésité à la poignarder dans le dos pour sauver sa peau.

Elle se dit qu'il essaierait, s'il ne l'avait pas déjà fait. Mais c'était trop tard pour lui.

Elle ferma le robinet, égoutta ses mains et se redressa. Elle surprit son reflet dans le miroir. Ses cheveux noirs dessinaient une ligne bien nette juste en dessous de ses oreilles. Ses joues, autrefois d'un modelé élégant, étaient à présent creusées.

Tu le mérites, se dit-elle.

Elle se força à sourire à son reflet et pensa à l'appel qu'elle recevrait du président quand tout serait décidé.

S'armant de courage, elle retourna dans son bureau pour préparer le renvoi de David Levin.

Jeudi, 9 heures 30

« Tu penses à quoi ? » lui demanda Merrill en fermant le coffre de la voiture, qui fit un petit clic rassurant annonciateur de week-end à la campagne. Les mains au fond des poches de sa parka, elle leva un regard interrogateur vers Paul. Le garage était glacial, presque aussi froid que l'air dehors.

Il la laissa charger les bagages sans vraiment l'aider. Cela ne lui ressemblait pas. « Désolé, dit-il, troublé, en faisant un geste vers les sacs à l'arrière de la voiture. J'étais distrait. Le café ne m'a pas encore réveillé. »

Elle lui adressa l'ombre d'un sourire. Elle aussi était fatiguée. « Ça ne fait rien. Tu veux que je conduise ?

— Non, répondit-il en ouvrant la portière côté passager. Allons-y. C'est passé. »

En se glissant derrière le volant, il remarqua que sa main gauche tremblait. Il régla le rétroviseur, vérifia, deux fois comme d'habitude, que la voie était libre avant de sortir du garage et de s'engager dans la rue. « Il faut qu'on parle », dit-il en mettant le clignotant. Il prit la 3ᵉ Avenue. La chaussée large était vide.

« Il y a quelque chose qui se passe dans la boîte de ton père. »

Merrill, qui s'était confortablement installée, les pieds sous les fesses, à l'indienne, cherchait une station sur l'autoradio. En l'entendant, elle se figea. Percevant le changement d'ambiance, King dressa les oreilles.

« Viens, bébé », dit-elle en attrapant le chien sur la banquette arrière et en le posant sur ses genoux.

Paul prit une longue inspiration. « J'ai découvert hier, dit-il, que Morty faisait l'objet d'une enquête de la SEC. Il était sur le point d'être inculpé quand il est mort. Visiblement, tout le monde – du moins, tous ceux qui ont des responsabilités dans la boîte – est concerné. »

Merrill écarquilla les yeux. Se penchant vers Paul, elle posa sa main sur la sienne, et ses doigts prirent leur position habituelle entre les siens.

« Vas-y. Dis-moi tout. »

Pendant qu'il parlait, la ville déroula son paysage sur le fond blanc du ciel hivernal. À mesure que, dépassant la 96e Rue, ils se dirigeaient vers le nord, les immeubles luxueux avec portiers laissèrent place aux épiceries portoricaines, aux stations-service, puis aux grands ensembles. Ils s'arrêtèrent à un feu. Trois adolescents passèrent devant la voiture. Paul se tut. Tout le monde avait entendu parler de cette récente vague d'agressions d'automobilistes ou de piétons dans les quartiers périphériques. La criminalité augmentait. L'un des jeunes – le plus costaud des trois – tenait une batte de base-ball sous le bras. Son regard croisa celui de Paul. Il laissa sa main traîner sur le capot. Le tout dura une seconde, mais Merrill retira discrètement sa main du genou de Paul pour vérifier que sa portière était bien verrouillée.

Quand le feu passa au vert, Paul appuya sur le champignon, ce qui lui permit d'avoir tous les feux verts jusqu'à la voie express FD Roosevelt. Là, reprenant la discussion, il raconta sa conversation avec Alexa, puis l'entretien téléphonique qu'il avait eu avec David Levin. Le contact avec la main de Merrill lui manquait, mais il devait avancer s'il voulait tout lui expliquer avant d'avoir perdu le fil. Ils oublièrent le jeune homme avec sa batte. Enfin, le bruit des pneus se fit plus aigu, indiquant que la voiture quittait la voie express pour passer sur le pont suspendu au-dessus du fleuve.

Ils passèrent devant la pancarte indiquant Long Island. D'habitude, elle annonçait un week-end à se dorer sur la plage, à cueillir des pommes ou à jouer au golf. Paul parla pendant ce qui lui parut une éternité. Merrill l'écouta. Il s'exprimait avec calme et précision, en s'efforçant de rester neutre. Après tout, elle était juriste de formation. Elle voulait des faits, point final. Pourtant, lorsqu'il en vint à évoquer sa conversation avec David Levin, Paul hésita. Il ressentait le besoin de se justifier.

« Je ne voulais pas lui mentir, dit-il en se mordillant la lèvre inférieure. Je voulais juste qu'il arrête de me poser des questions. Pas parce que je pensais qu'on avait des choses à cacher. Mais on était tous submergés de travail… » Sa voix se perdit dans un murmure.

Merrill se couvrit la bouche avec la main et se mit à pleurer. Posant les pattes sur ses épaules, King essaya de lécher ses larmes.

« Arrête, King », dit-elle, la voix brisée. D'un geste ferme, elle repoussa le chien sur la banquette arrière. « Stop ! »

Elle défit sa ceinture et ramena ses jambes sous elle. La voiture passa sur un nid-de-poule. Ses chaussures, qui étaient sous le siège, s'entrechoquèrent.

« Pose-moi ce que tu veux comme question. Je t'en prie.

— Tu as vu Alexa hier et tu ne m'as rien dit ! lança-t-elle en se raclant furieusement la gorge.

— Je sais. Je sais que c'est compliqué. Mais elle veut aider. »

Paul tendit le bras vers elle, mais ne trouva pas sa main.

« Aider qui ? » rétorqua Merrill en haussant le ton. Paul tressaillit. King, qui détestait quand ils se disputaient, se mit à aboyer. « T'aider toi ? Elle vient te fourguer cette histoire de délit d'initié dont – soit dit en passant – elle n'est même pas sûre parce que ce n'est pas elle qui mène cette putain d'enquête, et qu'est-ce qu'elle veut te faire croire ? Que mon père est un escroc et que tu devrais jouer les balances pour la SEC ? Que c'est eux qui vont te sauver ? C'est ça, t'aider ? »

King, qui s'agitait sur la banquette arrière, fit crisser ses griffes sur le cuir en essayant de sauter devant tout seul. Comme Merrill l'ignorait, le chien se mit à aboyer. L'espace d'un instant, Paul crut qu'il allait devoir se rabattre sur le bas-côté et s'arrêter. Cette conversation dans la voiture était finalement une très mauvaise idée. Il ne pouvait même pas regarder Merrill dans les yeux. Il leur restait une heure de route. Mais les voitures défilaient sur la voie de droite et il n'y avait pas vraiment de bande d'arrêt d'urgence. Il ne lui restait plus qu'à poursuivre son chemin en roulant le plus vite possible.

« Je suis conscient que ça fait beaucoup d'un seul coup pour toi, reprit-il en s'efforçant de conserver son calme. Pour moi aussi.

— Ça, on peut le dire. » Merrill se tut et se tourna vers la fenêtre. Les larmes coulaient toujours sur ses joues. Elle les essuya, renifla, puis fouilla dans son sac. « Merde ! Je n'ai plus de mouchoir ! OK. Oublions ce qu'Alexa t'a dit. Qu'est-ce qui te laisserait penser que Morty faisait quelque chose d'illégal ? »

Paul hésita. « C'est à n'y rien comprendre. La performance du fonds est statistiquement parfaite. Et il y a d'autres choses, des trucs qui ne sont pas logiques. Par exemple, ils refusent de nous laisser consulter leurs comptes en ligne. Ils envoient les confirmations d'ordre par mail. Des impressions qui pourraient être n'importe quoi.

— Comment ça, des impressions ?

— Des listes de leurs opérations. Qui viennent directement d'eux. Et ils n'ont pas de courtier extérieur, si bien qu'il n'y a aucun moyen de comparer leurs opérations aux relevés d'une partie extérieure. Sur le fond, on dépend entièrement des informations qu'ils fournissent. Ce qui fait peu.

— Je ne savais pas.

— Moi non plus. Personne ne savait. Franchement, je ne crois pas que nous laisserions qui que ce soit agir ainsi. Mais RCM a toujours bénéficié d'une sorte de traitement de faveur à Delphic.

— Alors vous ignorez totalement la nature de leurs opérations, comment ils procèdent et avec qui ils travaillent ?

— Ça m'en a tout l'air. »

Elle ferma les yeux et secoua la tête. « C'est le genre de choses que la juriste que je suis n'aime pas du tout.

— Crois-moi, le juriste que je suis n'est pas particulièrement heureux non plus. Bon sang, c'est notre boulot de surveiller ces fonds avant d'y investir l'argent de nos clients ! On devrait tout savoir des gens avec lesquels on travaille. »

Si la conversation mettait Paul mal à l'aise, Merrill paraissait plus calme maintenant qu'ils en venaient aux faits. Il y puisa un certain réconfort. Elle gardait toujours la tête froide en temps de crise, se concentrant sur le problème à résoudre sans jamais se laisser déborder par ses émotions. En fac de droit, Paul avait acquis la certitude qu'elle deviendrait une excellente avocate. Elle pourrait même diriger un cabinet si elle le voulait.

« Tu disais que la performance du fonds est statistiquement parfaite ? Qu'est-ce que tu entends par là ? »

Paul désigna la banquette arrière sans quitter la route des yeux. « Tu vois ces dossiers ? Ouvre celui en haut de la pile – ça te donne la performance. Tu comprendras ce que je veux dire. C'est une courbe parfaite. »

Le silence se fit. Les sorties d'autoroute s'espaçaient. Ils n'étaient plus dans la banlieue. Glen Cove,

Jericho, Syosset et Huntington défilèrent comme du linge mis à sécher sur une corde. La circulation se fluidifiait. Ils n'étaient plus loin de l'aire où d'habitude ils prenaient de l'essence et des boissons à la supérette. Les mains crispées sur le volant, Paul appuya sur l'accélérateur.

Merrill parcourut attentivement les documents, le front plissé. Il résista à l'envie de lui poser des questions. Seuls lui parvenaient aux oreilles le chuintement des roues sur le bitume et le ronronnement du moteur.

Elle leva enfin les yeux. « Dis-moi, il ne s'agit pas de délit d'initié… »

Fine mouche, songea-t-il. « Non, je ne crois pas.

— Un délit d'initié garantit des performances meilleures, mais les résultats resteraient variables. Impossible d'engranger les mêmes rendements d'un trimestre sur l'autre. » Elle secoua la tête en pensant à Elsa Gerard.

« Je ne comprends pas comment ils s'y sont pris pour avoir ces chiffres.

— Je crois qu'en fait de chiffres, ils n'ont rien. Tout ça, c'est une illusion. Tu ne vois pas ? Il ne peut pas en être autrement. L'argent qu'on leur confiait, ils ne l'investissaient pas, tout simplement. Et je pense pouvoir le prouver. La SEC n'a pas complètement pigé le truc, mais c'est parce qu'ils n'ont pas accès aux informations que je détiens.

— À ton avis, c'est une chaîne de Ponzi ?

— Ça paraît fou, je sais. Il s'agit d'un fonds de plusieurs milliards de dollars. Une escroquerie de cette ampleur, ça semble inimaginable. C'est ce que je n'arrêtais pas de me dire hier.

— Et les avis de confirmation ? Tu m'expliquais qu'Alain en a des tiroirs pleins. Ne me dis pas qu'ils les fabriquent de toutes pièces !

— Regarde dans le deuxième dossier. Tu y trouveras un avis de confirmation, tout au fond. Sors-le. Tu y es ?

— Oui. OK. C'est la première fois que je vois ce genre de document. Je ne sais pas à quoi tout ça correspond. C'est juste une liste d'opérations… Tiens ! Le 21 mars ! Mon anniversaire.

— En effet, c'était au printemps dernier. Le jour du vendredi saint. Tu te souviens ? On est allés passer le week-end dans cette petite auberge du Connecticut pour fêter ça. On avait pris notre vendredi parce que les marchés étaient fermés, et on s'était dit que tout marcherait au ralenti. Je me souviens parfaitement, je travaillais encore à Howary. On est partis le vendredi matin, j'en suis sûr.

— Soit. Et alors ? » fit-elle. À ce moment-là, elle vit où il voulait en venir. « Mon Dieu, mais c'est vrai ! La Bourse était fermée !

— Eh oui ! Donc ces opérations n'ont pas pu avoir lieu ce jour-là.

— Ça pourrait être une erreur, non ? Une erreur de date ?

— Tu crois ça possible ?

— Non, répondit Merrill après un temps de silence. À la réflexion, non. »

Ils restèrent silencieux quelques instants. Quand elle reprit la parole, ce fut d'une voix mal assurée. « Ils sont persuadés que papa savait. Ou qu'il était impliqué, d'une manière ou d'une autre.

— Je pense qu'en effet, c'est ce qu'ils vont dire. À mon propos aussi.

— Tu crois qu'il savait ? Je parle de papa. Alain, lui, devait savoir.

— Non, je ne crois pas », répondit Paul en se félicitant de pouvoir répondre en toute honnêteté.

Il y avait pensé, bien sûr. Carter et Morty étaient tellement proches et travaillaient ensemble depuis tant d'années ! Quelque chose lui soufflait que Carter ne pouvait pas ne pas savoir. Mais Paul connaissait Carter. Le père de Merrill avait passé des années à travailler pour subvenir aux besoins de sa famille. Les manœuvres de Morty étaient tellement périlleuses qu'aucun investisseur un tant soit peu raisonnable n'y aurait pris part. Les risques dépassaient les rendements. Pourquoi Carter aurait-il consacré sa vie entière à l'édification d'un système basé sur du vent ? Ça n'avait aucun sens.

« Ton père est un commercial, Merrill. Ça fait longtemps qu'il ne s'occupe plus de la branche investissements de la boîte. Celui qui aurait dû voir quelque chose, c'est Alain. La seule chose que l'on puisse reprocher à ton père, c'est d'avoir fait confiance aux mauvaises personnes.

— Ce n'est pas dans sa nature. Tu le leur as dit, n'est-ce pas ? Papa est tellement soucieux d'éthique. S'il continue à travailler, c'est parce qu'il aime, pas parce qu'il le faut. Jamais il ne tremperait dans ce genre de magouille.

— Je sais. Mais ils ne verront peut-être pas les choses ainsi. Mais peut-être que ça ne fait rien. Si jamais il y a eu quelque chose de louche à RCM, on aurait dû s'en apercevoir à Delphic. C'est notre devoir envers nos clients. S'il s'agit d'une chaîne de Ponzi, alors on a perdu des millions de dollars, de l'argent qui appartenait à d'autres. » En disant cela, Paul serra instinctivement les mâchoires. « Des millions de dollars. Merde.

— Et si tu coopères avec eux, qu'est-ce qui se passera ? » demanda Merrill – ce qui ne voulait pas dire, il en était bien conscient, qu'elle admettrait cette option.

« Je ne sais pas trop. Ça implique sans doute que je leur transmettrai des dossiers internes – des notes de service, des mails, des messages vocaux. Ce genre de choses. Pour leur fournir des armes contre RCM, mais aussi contre Alain et d'autres membres de l'équipe Delphic. Pour prouver qu'ils ont manqué de vigilance. »

Paul se tut un instant. Comment Merrill réagirait-elle à l'idée que des micros cachés puissent être utilisés ? S'il le lui en parlait, rien de bon n'en sortirait. De toute façon, il n'était pas censé lui dire. Levin l'en avait dissuadé. Merrill risquait d'en parler à son père par souci de le protéger.

C'était cette partie de l'accord qui mettait Paul le plus mal à l'aise. Remettre à David des mails et divers documents relevait de la coopération passive. Mais porter un micro caché sur soi, c'était une trahison. Ça avait quelque chose de sournois, comme d'aider des malfaiteurs à préparer un hold-up quand on était employé de banque. Paul n'était pas sûr d'être prêt à cela, même contre Alain, lequel – il en aurait mis sa main au feu – avait trahi la boîte tout entière. En plus, il frémissait à l'idée que quelqu'un d'autre qu'Alain puisse être pris dans les mailles du filet. Sorti de son contexte, un commentaire un peu désinvolte pouvait s'avérer fatal. « S'ils n'ont rien à se reprocher, ils n'ont rien à cacher », avait dit Levin. Mais ils savaient tous les deux que c'était plus compliqué que cela.

« Il est fort possible qu'ils poursuivent au pénal. Ils en ont l'intention. »

Le visage de Merrill se chiffonna comme un mouchoir en papier. « Sur quelle base ? Comment peuvent-ils nous faire ça ?

— Je ne sais pas. Je ne sais vraiment pas.

— Tu ne peux pas coopérer avec eux ! C'est impossible ! Ils utiliseront ce que tu leur donneras contre papa. Tu ne vois donc pas qu'ils veulent sa peau ? C'est lui qu'ils visent. »

Paul fut pris de pitié en sentant la petite main de Merrill prendre la sienne et l'attirer vers sa bouche. Ses lèvres douces se posèrent au creux de sa paume. Elle l'embrassa. « Tu dois résister, dit-elle d'une voix dure et déterminée. Ne pas les aider. Nous combattrons ensemble, comme une vraie famille. Si tu leur donnes quoi que ce soit, ça nous détruira. »

Il savait qu'elle avait raison. S'il coopérait, cela détruirait les Darling, sans aucun doute. La question, atroce et confuse, c'était ce qu'il se passerait s'il ne coopérait pas.

Jeudi, 9 heures 57

Certains jours, Duncan était à deux doigts d'appeler son copain qui travaillait chez Sotheby's pour lui dire : « C'est bon, j'en ai assez. Mets mon appartement sur le marché et trouve-moi un petit cottage dans le Connecticut où j'aurai enfin la paix. » Ces derniers temps, même de toutes petites choses déclenchaient ce genre d'humeur : un trajet en taxi un peu pénible, un martini à quatorze dollars. Ce qui autrefois l'emplissait d'énergie l'épuisait à présent. Les enseignes publicitaires dans le quartier où se trouvait son bureau étaient trop lumineuses et les autres clients des restaurants trop bruyants. La 5e Avenue était bondée de touristes venus du fin fond de l'Iowa. En plus, depuis l'été dernier, New York était submergé de nouvelles économiques déprimantes. Les amis perdaient leur emploi, les restaurants fermaient, et tout, absolument tout, était à vendre.

Duncan était fidèle à ce tas de béton de trente-huit kilomètres carrés depuis vingt-sept ans. Il jurait à ses amis de Londres, de L.A. et même de Brooklyn qu'il quitterait Manhattan les pieds devant, dans son cercueil. Pourtant, depuis peu, il ne pouvait se débarrasser du sentiment que sa petite île de béton était tranquillement en train de sombrer.

Depuis lundi, il se sentait encore plus mal que d'habitude. Il s'était réveillé le cœur serré par un pressentiment, pour se souvenir tout d'un coup que Thanksgiving allait lui tomber dessus. Il n'avait rien préparé, certainement parce que inconsciemment, il espérait que cette journée n'arriverait tout bonnement pas. Bien sûr, c'était une réaction puérile et irresponsable, et maintenant Thanksgiving était là.

Il avait appelé Marcus parce qu'il ne trouvait rien d'autre à faire. Duncan réagissait souvent ainsi ces derniers temps, appelant Marcus pour des détails tels la place des convives autour de la table ou l'achat d'un iPhone. En ce moment, Marcus était son ami le plus stable – par défaut, son ami le plus stable étant normalement Daniel. Mais Daniel et sa femme Marcia avaient tous les deux perdu leur emploi au cours des six derniers mois, et Marcia était tombée enceinte par accident en juillet. Si bien que Duncan considérait qu'il valait mieux pour l'instant se reposer sur Marcus.

« Tu as la voix de Chicken Little, Duncan », avait hurlé Marcus pour couvrir le rugissement d'une perceuse. Duncan l'imagina debout au milieu de son loft de TriBeCa, le BlackBerry collé sur une oreille et une main sur l'autre afin de comprendre ce qu'il lui disait. « Même ta chronique commence à prendre un ton alarmiste. Si je ne te connaissais pas, je dirais que tu parles comme un de ces putains de spécialiste du surendettement.

— On en aurait bien besoin », marmonna Duncan.

Il allait au boulot à pied parce qu'il s'était promis de ne prendre le taxi que s'il était en retard ou s'il faisait mauvais temps.

« Pardon ? cria Marcus. Désolé, mais les ouvriers sont en train de finir la salle de bains. On a déjà deux semaines de retard. Rénover un appartement, c'est un vrai cauchemar, tu ne trouves pas ?

— Je n'en sais rien.

— Je ne t'entends pas.

— Ça ne fait rien. »

La perceuse s'arrêta. « Écoute, ne t'inquiète pas pour Thanksgiving, reprit Marcus. Commande quelque chose chez Citarella. Pieter et moi, on s'occupera du vin. Et puis merde, Leonard est chef pâtissier, quand même ! Je l'appelle pour lui rappeler qu'on compte sur lui pour le dessert. On arrivera tous en avance pour t'aider à mettre la table. D'accord ? Il n'y aura pas de problème, je t'assure. Ça sera comme un repas de famille, sauf qu'il n'y aura que des hommes très bien habillés.

— Bien habillés, comme tu dis. Thanksgiving chez les bobos. » À l'angle de la 23e Rue et de la 8e Avenue, il vit un jeune couple enlacé d'une manière qui lui parut un peu excessive si tôt le matin. La bouche de l'un enveloppa celle de l'autre jusqu'à ce que le feu passe au rouge. Duncan les fusilla du regard, puis tourna la tête. Il avait un mauvais goût sur la langue, un mélange d'acrimonie et de solitude. « Je voudrais que Marcia et Daniel viennent, dit-il. Tu leur as parlé ?

— Ils vont peut-être devoir passer Thanksgiving avec la famille de Daniel, mon chou. »

Duncan soupira. Pourquoi l'idée que tous ses amis étaient gays le gênait-elle brusquement ? « Je ne veux pas que ma nièce soit la seule femme présente, qu'elle se sente mal à l'aise.

— Elle sait que tu es gay, Duncan. On n'est pas en train de jouer *La Cage aux folles*.

— Je sais qu'elle sait.

— Alors qu'est-ce que ça peut te faire qu'elle soit la seule femme ? Elle n'y verra aucun inconvénient. Elle sera le centre de toutes nos attentions.

— Je sais. J'ai hâte que vous la rencontriez, Pieter et toi. Elle est adorable, tu verras. Pas comme sa tarée de mère.

— Je te rappelle que sa mère, c'est ta sœur.

— C'est vrai. Tu la plains, n'est-ce pas ?

— Elle est avec quelqu'un ?

— Je ne sais pas. Je crois qu'elle a rompu récemment ; elle semblait un peu déprimée quand je l'ai eue au téléphone. Les Sander sont voués au célibat.

— Arrête de penser à Henry.

— Je ne peux pas m'en empêcher.

— On va bien s'amuser jeudi. Pieter et moi, on arrivera vers onze heures avec la gnôle.

— Tu l'as vu récemment ?

— Qui ça ? Pieter ? Ou Henry ? Bien sûr que non. Toi non plus, j'espère.

— Non. Je ne sais même pas où il habite.

— C'est mieux comme ça. Bon, je raccroche. Appelle Citarella pour leur commander une dinde. »

Jeudi matin, 9 heures 57. Pile à l'heure, songea Duncan quand la sonnette de l'entrée de service vint l'interrompre dans sa lecture du journal. Il était difficile de se sentir en vacances à Manhattan, mais au moins, tout pouvait être commandé à l'extérieur. Il était encore en pantoufles et avait à peine levé le petit doigt, sauf pour mettre la cafetière en route.

Il y avait eu une période de sa vie, quand il approchait de la quarantaine, où Duncan cuisinait plutôt bien. À l'époque, il recevait beaucoup et s'était aperçu qu'il était bien moins cher de cuisiner que de faire appel à un traiteur. Il avait pris des cours de haute cuisine à l'Institut d'éducation culinaire sur la 23ᵉ Rue. Ça lui avait tellement plu qu'il avait envisagé un temps de s'inscrire pour préparer l'un des diplômes de l'école. Mais il s'était finalement contenté de suivre des cours le week-end ou en soirée : Bases de la cuisine toscane, Art de la découpe I et II, Cuisine de bistro français, Fabrication du pain à l'ancienne. Ce fut dans ce dernier cours qu'il rencontra Leonard, un chef pâtissier qui donnait des cours à l'institut et lui fit connaître Henry.

Henry était banquier d'investissements chez Morgan Stanley, fils de bonne famille et ancien des prestigieuses universités d'Exeter et de Princeton. Pâle, mince, il portait des costumes sur mesure et des petites lunettes rondes. Il s'intéressait surtout au marché des devises étrangères et à un sport quelque peu obscur qu'on appelle la courte-paume. Bref, pas du tout le genre de Duncan. Leur premier rendez-vous s'était mal déroulé. Henry, arrivé avec vingt minutes de retard, avait passé son temps à consulter son BlackBerry. Duncan, quant à lui, se remettait d'une réaction allergique qui avait fait enfler ses joues comme des ballons. Ils s'étaient séparés après un dîner rapide sans dessert. Sur le chemin de la station de métro, Duncan avait appelé Leonard pour se lamenter sur ses joues enflées et lui dire qu'il n'avait pas du tout l'intention de revoir Henry. Leonard aurait dû au moins expliquer à Henry que Duncan avait fait une réaction allergique et qu'en fait, il était très bel homme.

« Je lui dirai. Mais qu'est-ce que ça peut bien te faire ? répliqua Leonard. Il ne t'intéresse pas. Vous ne fréquentez pas le même milieu. Il y a peu de chances que vous vous revoyez. »

Trois semaines plus tard, Duncan et Henry se croisèrent par hasard alors qu'ils tentaient tous les deux d'attraper un bocal de confiture aux figues dans les rayons de Murray's Cheese, le plus vieux fromager de New York, à Greenwich Village. Quelques minutes d'une conversation un peu guindée leur apprirent qu'ils étaient tous les deux invités par les mêmes personnes, qui leur avaient demandé d'apporter autre chose que du vin. La coïncidence fit fondre la glace. Tout d'un coup, leur échange prit un ton plus chaleureux, et même un peu badin. Ils décidèrent de partager le coût du manchego, de la confiture de figues et des amandes de Marcona. Henry remarqua à quel point Duncan était séduisant maintenant que ses joues avaient repris une dimension normale, et Duncan se dit qu'Henry n'était pas si cul pincé qu'il l'avait cru au départ.

Un an plus tard, ils quittèrent le une pièce de Duncan à London Terrace Gardens pour s'installer dans un deux pièces à l'étage juste au-dessus. Duncan devint directeur de la rédaction de *Press* et Henry directeur général à Morgan Stanley. En août, ils louèrent une maison à Sag Harbor. Ils adoptèrent deux Jack Russell qu'ils baptisèrent Jack et Russell. À Noël, ils signèrent leurs cartes de vœux « famille Sander-Smith ». Dans les années qui suivirent, ils prirent plusieurs cours à l'Institut d'éducation culinaire (Sushi pour deux, Dîner en amoureux, Le couple vin-fromage) et firent un petit voyage gastronomique en Toscane pour les quarante-cinq ans de Duncan. Puis, juste après avoir fêté les quarante-sept ans de Duncan, Henry partit s'installer à Londres. Seul.

C'était le troisième Thanksgiving que Duncan passait sans Henry, et son premier en tant que célibataire. Après le départ d'Henry, il y avait eu une succession d'hommes de plus en plus jeunes, de plus en plus beaux et de moins en moins intéressants. Aucun ne pouvait remplacer Henry, et à vrai dire Duncan n'y tenait pas. Simplement, ils l'aidèrent à garder la tête hors de l'eau tout au long de cette période où ses amis commençaient à craindre qu'il ne coule sous le poids de ses propres souffrances. Et pendant longtemps, cela lui suffit.

Duncan constata rapidement qu'il ne manquait pas de jeunes auteurs, artistes ou créateurs mourant d'envie de parader au bras du directeur de la rédaction de *Press*. Il pouvait remplacer l'un par l'autre, s'amuser avec plusieurs en même temps, et se comporter comme un mufle sans que ça lui retombe dessus : ces jeunes gens l'utilisaient tout autant que lui-même les utilisait. Il se rendit compte que ces relations n'étaient pas sans rappeler celle qu'il avait eue avec la cocaïne, son vice de jeunesse. Elles lui donnaient tout d'abord un sentiment d'euphorie et de puissance, avant de le rendre parano, puis horriblement vide. Si bien que, comme avec la cocaïne, tout cela finit par un sevrage radical.

Tout en dressant la table pour sept, Duncan se souvint de la formule qu'il avait utilisée lors de son cinquantième anniversaire : « On n'est jamais seul quand on est entouré d'amis. » À l'époque, il y avait plus ou moins cru. Les cinquante personnes invitées pour fêter ses cinquante ans (il avait trouvé le synchronisme élégant) lui avaient toutes porté un toast en souriant. C'était au Bilboquet, un minuscule bistro français dans l'Upper East Side réservé pour l'occasion. L'établissement était tout juste assez grand pour accueillir ses amis, qui s'étaient retrouvés collés les uns aux autres dans une intimité des plus agréables. Le plaisir d'être ensemble et le vin avaient réchauffé la salle. Ce jour-là, Duncan s'était couché en se disant que la soirée avait été une réussite.

Le matin, il s'était réveillé seul. En regardant les photos prises la veille, il avait senti une profonde tristesse l'envahir : pratiquement tous ses invités étaient des collègues de travail, et quand il ne travaillait pas directement avec eux, leurs vies professionnelles étaient liées à la sienne d'une manière ou d'une autre. Le boulot de Duncan consistait à connaître le plus de personnes possible. Mondaines, grands couturiers, entrepreneurs sociaux et hommes politiques faisaient d'excellents convives, qui venaient à son anniversaire et l'invitaient parfois aux leurs. Il n'empêche, au milieu des brumes alcoolisées de ce dimanche matin ensoleillé, il vit clairement qu'il ne comptait pratiquement aucun ami parmi eux.

Daniel et Marcia lui étaient sincèrement attachés, mais maintenant qu'elle était enceinte (un vrai miracle, à quarante et un ans) et lui au chômage (une vraie tuile, à quarante-six ans), ils s'isolaient peu à peu du monde. Il y avait Marcus, son camarade de chambrée à l'université de Duke, et Pieter, son compagnon de longue date – des amis fidèles tous les deux. Et Leonard, bien entendu, qui avait pris fait et cause pour Duncan au départ d'Henry et était le genre d'ami à payer sa caution pour le faire sortir de taule à quatre heures du matin sans poser de questions. Duncan appelait sa mère une fois par an à Noël, et sa sœur le moins souvent possible. Sans doute avait-il quelques cousins, tantes ou oncles en Caroline du Nord, mais il ne les connaissait pas. Son père était mort, ce dont il n'était pas loin de se féliciter.

Duncan n'aimait pas beaucoup les enfants. En fait, ils le mettaient mal à l'aise. Son peu d'instinct paternel était rapidement étouffé par son aversion maniaque pour le désordre, et son peu de patience pour l'agitation et l'imprévisible. Duncan avait toujours été un grand angoissé et s'était rendu compte que ce qui lui convenait le mieux, c'étaient les environnements immaculés et baignés de lumière. Son appartement était, comme son bureau, dominé par les tons beiges. L'ameublement était minimal – avec des lignes claires et affûtées – et les portes-fenêtres donnaient sur une splendide terrasse surplombant l'Hudson. Pas du tout prévu pour les gamins.

Quand il faisait beau, la lumière inondait son appartement et il mettait la musique – Nina Simone, ou bien Ella Fitzgerald – en sourdine. Quiconque vivait avec Duncan, ou passait quelques jours chez lui, devait ôter ses chaussures à la porte, baisser la voix, remettre le livre qu'il avait emprunté à son emplacement précis. Les chiens étaient remarquablement sages. Henry les avait emmenés avec lui, bien sûr, de même qu'il avait pris les chaises Barcelona, la lithographie de Frank Stella et, pire encore, la batterie de cuisine Le Creuset qu'ils avaient achetée ensemble au terme de leur périple gastronomique en Italie.

Les gens qui avaient des enfants étaient rarement invités, voire jamais. Par conséquent, Duncan n'eut l'occasion de vraiment connaître sa nièce qu'une fois celle-ci devenue adulte. Cela s'expliquait par d'autres raisons plus pertinentes, mais moins reluisantes. D'un caractère difficile, Roxanne, la sœur de Duncan, avait très tôt désapprouvé son orientation sexuelle. Duncan avait quitté la Caroline du Nord le lendemain de son dix-huitième anniversaire sans un regard en arrière. À New York, il lui arrivait de recevoir un coup de fil ou une carte postale de sa sœur, et de lui écrire ou de lui téléphoner, à elle, ou bien à sa fille.

Tout le monde se satisfaisait de la situation jusqu'à un certain mardi cristallin du mois de septembre. Duncan avait étrenné son nouveau percolateur français et savourait sa tasse de café sur la terrasse. Henry était allé sortir les chiens. Duncan aurait dû être au boulot, mais il avait décidé de se faire un petit plaisir. L'air était pur et le ciel d'un bleu azur étincelant. Comme il était plongé dans son bouquin – c'était, il s'en souvenait, *La Quatrième Main*, de John Irving, qu'il n'aimait pas vraiment mais qui était un best-seller à l'époque – il ne vit pas l'avion s'écraser sur la tour nord du World Trade Center. L'onde sonore lui secoua le cerveau et ricocha dans sa poitrine comme une mine dont les galeries s'écrouleraient. Se levant, il vit un mur de poussière noire s'élever en tournoyant. Il lui fallut attendre dix-neuf minutes et l'arrivée en trombe d'Henry avec les chiens hystériques coincés entre ses bras comme des serviettes pour comprendre qu'ils connaissaient certainement quelqu'un qui était mort.

Alexa était devenue adulte. Tout juste diplômée de Harvard, elle voyageait en Europe quand son père fut tué. Quelques heures plus tard, une fois les lignes de téléphone remises en fonction, Roxanne appela Duncan. Michael, son mari, se trouvait sur un vol American Airlines faisant le trajet Boston-Los Angeles. Il voyageait pour affaires et avait pris son billet au tout dernier moment. Il avait ajouté L.A. à son programme uniquement la veille. Il y avait une petite chance qu'il ne se trouve pas dans l'avion. Dans l'incapacité d'évoquer ce qui avait pu se passer, ils se concentrèrent sur les moyens de faire revenir Alexa aux États-Unis. Il leur fallut plusieurs heures pour pouvoir la joindre parce que toutes les communications étaient saturées et qu'Alexa, qui se trouvait à Prague, ne pouvait être jointe par portable. Henry parvint finalement à établir la communication en demandant à sa secrétaire de passer son appel depuis une ligne ouverte à Morgan Stanley. Alexa répondit d'une voix enjouée, étrangement inconsciente du fait que le monde, et plus précisément son monde à elle, avait changé.

La mère de la jeune femme étant incapable de parler, c'était Duncan qui lui avait appris la nouvelle.

« Ton père… euh… il s'est passé quelque chose », commença-t-il. Il n'avait du reste de la conversation aucun souvenir distinct.

Duncan se revoyait debout dans sa cuisine à verser ce qui restait de café dans l'évier en se disant : *Au moment où je préparais ce café, le monde était encore intact.*

Les premières fois où Duncan et Roxanne eurent Alexa au bout du fil, ils lui dirent que son père se trouvait peut-être dans le sous-sol de la tour. D'ailleurs, c'était ce qu'ils se racontaient à eux-mêmes. Ce mythe, les gens s'autorisèrent à le répéter, comme une légende ou un conte de fées, pendant presque une semaine, sans que personne ne sache d'où il provenait. Dans les tout premiers jours, l'information circula par le biais de la télévision, d'Internet et des voisins et progressa par ricochets, comme une boule de billard, en perdant peu à peu sa force à chaque fois qu'on la racontait. Pourtant, toute contradiction aurait été perçue comme un sacrilège.

Par la suite, Duncan essaya d'être plus présent pour Alexa. Il l'emmena plusieurs fois prendre un verre, prit le petit déjeuner avec elle dans une cafétéria près du cabinet où elle travaillait. Il se rendit compte qu'il l'appréciait, pas en tant que nièce, mais en tant que personne. Très vite, il constata qu'il attendait leurs rendez-vous avec le même genre d'impatience qu'il éprouvait à l'idée de dîner avec ses amis les plus proches. Elle avait une intelligence peu commune et une verve implacable. Elle aimait le chocolat noir, possédait une vivacité d'esprit qu'il n'avait jamais vue chez les gens du Sud, lisait le *New Yorker* religieusement, traînait ses amis dans les restaurants grecs d'Astoria et les cabarets russes de Brighton Beach. Pire, elle ressemblait à Duncan, avec les mêmes yeux ronds et brillants comme des boutons et des cheveux tellement noirs qu'ils avaient des reflets bleutés. Dans les restaurants, on la prenait pour sa fille.

« Oh, épargne-moi ton narcissisme ! gémissait Henry quand Duncan, après l'un de ses rendez-vous avec Alexa, chantait les louanges de sa nièce. Tu l'aimes parce qu'elle te ressemble trait pour trait ! » Il comprit enfin à peu près ce que ça pouvait être que d'avoir des enfants.

Où, mais où donc, allait-il la placer ?

Au terme d'un débat intérieur et de plusieurs rotations des cartons à bordure argentée qu'il avait achetés pour indiquer les places des convives, Duncan installa Alexa entre Daniel et Marcus. Il ne voulait pas qu'elle s'imagine qu'il voulait la fourguer à Leonard, lequel passait souvent pour un hétéro, mais il ne voulait pas non plus la monopoliser en la mettant à côté de lui.

231

Marcus pourrait lui parler de droit. Quant à Daniel, il était hétéro et comme il avait beaucoup d'amis du même bord qui travaillaient dans la finance, il connaîtrait peut-être quelqu'un qu'il pourrait lui faire rencontrer. Duncan se plaça en tête de table. Ce faisant, il se sentit empli d'une certaine majesté, comme s'il était le roi de son petit fief.

Quand il eut fini, il se recula et examina la table d'un œil critique. Cela faisait longtemps qu'il n'avait invité personne. Il avait dû exhumer les ronds de serviette en argent et la porcelaine fine des cartons où ils reposaient en haut du placard et les dépoussiérer. À la dernière minute, il avait englouti une petite fortune dans des orchidées blanches – celles qui étaient si chères et qu'on trouvait à L'Olivier, plantées dans des pots rectangulaires remplis de galets noirs. Il plaça les fleurs au milieu de la table. Autrefois, Henry et lui emplissaient la maison d'orchidées, même quand ils n'avaient pas d'invités. « Elles sont pour nous, disait Henry. Pourquoi devraient-elles être réservées aux invités ? » Mais, c'était une ère révolue, une époque bénie avec deux revenus et un marché des actions enthousiaste.

Même si Duncan trouvait les tables rondes visuellement peu convaincantes, il n'aima pas le grand rectangle qui s'offrait à son regard. Les tables rectangulaires étaient franchement inhospitalières quand il n'y avait pas dix, ou huit ou deux convives. Elles avaient toujours deux bouts. Ainsi, en face de sa place, se trouvait un espace béant et une chaise vide qui lui rappelèrent dans leur gaucherie un enfant qui a perdu une dent. Il songea un instant à retirer la chaise, puis se dit que la chose passerait davantage inaperçue s'il la laissait là où elle était. C'est alors que la sonnette retentit. Il alla ouvrir, et la pensée s'envola.

Alexa était la première. Il perçut immédiatement sa nervosité.

« J'arrive trop tôt ? » demanda-t-elle sur le palier, en tendant le cou comme une oie pour inspecter l'appartement. Aucune trace d'autres invités.

Duncan s'approcha pour l'aider à retirer son manteau, qu'elle lui tendit avec une légère réticence. Elle avait maigri. D'un geste nerveux, elle passa les doigts dans la masse de ses boucles pour les faire bouffer. « Je sais, j'arrive un peu tôt, dit-elle. Je ne te dérange pas ?

— Bien sûr que non. Quel bonheur de t'avoir rien qu'à moi pendant quelques heures ! »

En effet, elle arrivait un peu tôt : il était dix heures. Personne ne débarquerait avant midi. Duncan s'en réjouit en silence. Il n'avait pas vu sa nièce depuis plusieurs mois, et même s'il lui avait répondu gaiement « Ça arrive ! » ou bien « Moi aussi, je suis débordé ! » chaque fois qu'elle s'excusait et annulait un rendez-vous, il se désolait de cet éloignement progressif.

Il prépara du café et mit un disque de jazz pour qu'elle n'ait pas l'impression de débarquer dans une maison qui n'était pas prête à recevoir. Pendant qu'il s'affairait dans la cuisine, elle ouvrit la porte coulissante et sortit sur la terrasse. Il l'aperçut par la fenêtre de la cuisine, en train de regarder l'autre rive de l'Hudson, sa main lisse et blanche posée sur la balustrade.

« Quelle belle journée ! s'exclama-t-elle. Froide, mais magnifique ! »

Il la rejoignit et lui tendit une tasse de café. Il y avait ajouté une goutte de lait de soja et une dose d'édulcorant Splenda achetés spécialement pour elle. Quant à lui, il prenait son café noir. « Tu ne trouves pas que le ciel est un peu gris ? répondit-il. On dirait qu'il va neiger.

— En effet. Mais j'aime bien ce genre de temps. L'atmosphère est si paisible avant la neige. Comme si le ciel était vide. »

Une bourrasque s'abattit sur la terrasse. Debout côte à côte, ils se penchèrent légèrement en avant pour lutter contre le froid. La chemise de Duncan ne le protégeait guère. Le vent hérissant la surface du fleuve formait de minuscules vagues, comme les crêtes d'un gâteau meringué. Un voilier solitaire vira vers l'ouest, sa proue dans la direction de Ground Zero.

« Allez, on rentre, dit Duncan. Il fait trop froid pour rester dehors. »

La porte coulissante se referma sur eux hermétiquement, avec un petit clic réconfortant. L'appartement leur parut chaud par comparaison.

« Ça me fait encore bizarre, cet espace vide », dit-elle en traçant un cercle au-dessus de la table. Pas la moindre trace de mélancolie dans sa voix. Il crut un instant qu'elle parlait de la chaise inoccupée. Elle laissa ses doigts minces s'attarder sur les dossiers des chaises comme s'il s'agissait des touches d'un piano.

Duncan hocha la tête. Il avait compris. « Tu as toujours l'impression de les voir dans le paysage, c'est ça ? Les membres fantômes de New York…

— Il te manque ?

— Qui ça, ton père ?

— Non. Henry. Désolée, je sais que c'est une question maladroite. Tu n'as sans doute même plus envie de penser à lui. Je ne voulais pas raviver la plaie.

— Ne t'en fais pas. Oui, je n'en ai plus envie, et non, tu ne ravives aucune plaie. »

Elle examina les noms sur les petits cartons. Elle trouva le sien, s'assit sur la chaise en s'affalant, les pieds ouverts devant elle en première position, comme une danseuse. « J'ai vraiment essayé de ne pas penser à papa pendant les vacances. Ça revient tous les ans. Hier, je n'ai pas fermé l'œil de la nuit. J'ai fini par allumer la télé et me suis retrouvée à regarder – ne te moque pas, je sais que tu vas rire quand je te dirai quoi – je me suis retrouvé à regarder *Nuits blanches à Seattle* à deux heures du matin, et là, ça a été plus fort que moi. » Le souvenir la fit rire. Duncan surprit les larmes dans ses yeux. « Ça coulait, ça coulait… C'était trop pour moi, ce sentiment de solitude, d'échec, cette tristesse, cette douleur. J'avais l'impression qu'une vague m'avait frappée en pleine poitrine et emportée vers le large. Je n'arrivais plus à respirer. »

Le minuteur sonna : le four avait atteint les deux cents degrés. Tout en allant mettre la dinde à cuire, Duncan se demanda ce qu'il allait bien pouvoir lui dire.

« Ce film, il devrait être interdit d'antenne, cria-t-il depuis la cuisine. En fait, tous les films où Meg Ryan joue devraient être interdits. Au moins pendant les vacances. *Vous avez un mess@ge… Quand Harry ren-*

contre Sally… De grâce ! N'en jetez plus ! Trop, c'est trop !

— Désolée si je t'ai parue un peu mélancolique », dit Alexa, les épaules secouées par un éclat de rire. Elle le rejoignit dans la cuisine. En silence, ils commencèrent à sortir les fromages de leurs emballages et à les disposer sur l'assiette.

« Sinon, ça va ?

— C'est dur en ce moment au boulot, répondit-elle en mettant de la confiture de figue dans un petit bol. C'est payé des clopinettes, mais ça je le savais dès le départ. Le problème est ailleurs. Je me demande si je ne vais pas démissionner. »

Duncan se figea, posa le couteau sur l'assiette à fromages. « Raconte-moi.

— Je ne sais pas si je peux.

— Démissionner, c'est une décision super-importante, surtout pour toi. »

Abandonnant ce qu'elle faisait, elle s'affala sur un tabouret, les yeux fixés sur le plan de travail pour ne pas croiser son regard.

« Promets-moi de ne pas me regarder comme si j'étais folle, même si tu n'en penses pas moins. »

Duncan éteignit la musique avec la télécommande. Le silence s'abattit sur l'appartement. « Je serai toujours là pour toi, dit-il. Quel que soit ton problème. En dehors du boulot, je sais parfaitement garder un secret. Et donner des conseils. »

Alexa réfléchit, le front plissé. Elle faisait instinctivement confiance à Duncan, peut-être plus qu'à quiconque, mais son cœur battait la chamade. Elle n'avait pas le droit de parler de ça, même à Duncan. Elle n'en avait pas le droit parce que ce n'était pas bien, parce que parler d'une enquête avec quelqu'un d'extérieur au cabinet, c'était violer le secret professionnel. Même sans nommer les personnes impliquées, elle se retrouvait au bord du précipice, avec l'impression que la terre allait se dérober sous ses pieds.

Ils s'assirent à la table de la cuisine en abandonnant l'assiette de fromages. L'odeur de la dinde en train de rôtir et des bougies parfumées épaississait l'air.

Au bout d'un moment, elle commença. « David – c'est la personne avec qui je sors, mais c'est aussi mon… mon patron. Bref, David enquête depuis plusieurs mois sur un fonds spéculatif. Je t'épargne les détails, mais il a assemblé un certain nombre d'éléments qui corroborent la thèse d'une fraude. Chez nous, à ce stade, on est censés transmettre une note de service pour demander que l'enquête devienne officielle. Ce qui permet d'assigner des témoins etc. … Donc, David transmet sa note de service, et là, plus rien. Au début, il pense que c'est à cause des lourdeurs bureaucratiques. Tu sais, la sempiternelle plainte dans l'administration. Mais les semaines passent. Cette histoire finit par l'obséder. Il passe son temps au boulot, réclame avec véhémence le soutien de la hiérarchie. J'ai cru qu'il devenait fou, honnêtement. Enfin, il finit par me raconter tout. Et là, je comprends que c'est énorme. Qu'il s'agit de milliards de dollars. Ces gens ont littéralement volé des milliards de dollars à leurs investisseurs.

— Mon Dieu ! Mais alors, pourquoi est-ce que David n'arrivait pas à obtenir le soutien de sa hiérarchie ? Ne me dis pas qu'ils ont d'autres chats à fouetter !

— Au contraire. Les chiffres sont effarants. Pour te donner un ordre d'idée, c'est la plus grande escroquerie financière dont j'ai entendu parler de toute ma carrière. David a fini par aller voir Jane Hewitt la semaine dernière, dans l'espoir qu'elle accélère la procédure administrative afin qu'il puisse lancer les inculpations.

— Laisse-moi deviner : elle n'en a rien fait.

— Pire ! Elle était furieuse. Il a eu l'impression de l'offusquer quelque part. Elle lui a servi un petit discours sur le fait que le lancement d'une enquête nécessitait des moyens importants, qu'il y avait des problèmes de budget, etc. Elle a déclaré ne pas aimer son "attitude rebelle". Il est sorti de son bureau convaincu de s'être fait renvoyer. Il était complètement flippé. La réaction de Jane Hewitt, c'était exactement l'inverse de ce à quoi il s'attendait. »

Duncan fronça les sourcils. « Peut-être n'aime-t-elle pas qu'on mette en cause son autorité. Ou qu'elle craint, si cette affaire explose au grand jour, que ça donne une mauvaise image de la SEC.

— C'est ce que je me suis dit, au début. On s'est penchés sur les agissements de ces gars-là ces dernières années, mais personne n'a jamais été plus loin que ça. En fait, on a plutôt fait preuve d'une attitude moutonnière. Ça, c'est un des aspects du problème. Mais au final, enterrer une histoire de fraude de cette ampleur, c'est tout simplement trop risqué.

— Logiquement, elle devrait se lancer à fond dans l'enquête. C'est ce qu'on voit tout le temps : des procureurs et des juges qui montent au créneau juste avant une élection ou un avancement. Mais elle, non.

Étrange, en effet, poursuivit Duncan en pianotant des doigts sur ses lèvres.

— Je sais que ce n'est pas très élégant, comme suggestion, mais tu ne crois pas qu'elle pourrait être corrompue ? Il y a un avocat – Scott Stevens – qui a été le seul à la SEC en dehors de David à s'intéresser à ce fonds. Un jour, il a démissionné, et l'enquête a été enterrée. Ce gestionnaire avec lequel David a parlé lui a dit que Stevens s'est littéralement volatilisé. D'après lui, on l'aurait poussé à abandonner l'enquête, exactement comme David.

— Vous lui avez parlé ?

— Non. On a rapidement essayé de retrouver sa trace, sans avoir le temps de faire plus. On devrait.

— Moi, je peux le retrouver », dit Duncan.

Alexa leva vers lui un regard plein d'espoir. Puis son visage s'assombrit à nouveau, comme quand un nuage passe devant le soleil. « Je ne t'ai pas dit le pire dans l'histoire. Le mandant de ce fonds – et là, je te demanderai de n'en parler à personne, c'est Morton Reis. Ou plutôt, c'était. En apprenant la nouvelle hier, Jane est directement allée voir David. Elle voulait savoir à qui il avait parlé de tout ça à la SEC, ce qu'il avait fait, comme s'il était responsable. D'après lui, elle était furieuse. Elle lui a dit qu'elle allait le faire renvoyer, qu'il se mêlait de ce qui ne le regardait pas, qu'il n'avait aucune idée des dégâts qu'il causait en remuant ces histoires-là. Enfin, en sortant, elle lui a annoncé qu'elle était au courant pour nous. Qu'elle savait qu'on était ensemble. Sa façon de le dire, ça faisait peur. » Alexa porta la main à son front, se le massa. « Jamais je n'aurais imaginé que notre relation puisse être utilisée contre lui. Pas de cette manière. Il ne sait plus quoi faire. »

Duncan s'efforça de paraître calme, malgré son cœur qui s'accélérait. « Désolé d'apprendre que tu te retrouves dans ce genre de situation, dit-il lentement.

— J'ai peur pour lui, Duncan. Même s'il laisse tomber l'enquête et quitte son poste, un jour ou l'autre l'escroquerie sera révélée. Et ça ne devrait pas tarder, maintenant que Reis est mort. À ce moment-là, David risque bien de payer pour les autres.

— Pourquoi ça ne serait pas Jane Hewitt ?

— Parce qu'elle est très appréciée de la nouvelle administration. Ils veulent la mettre à la tête de la SEC. Alors ils trouveront quelqu'un d'autre à accuser, quelqu'un qui ne sera pas aussi haut placé qu'elle, tout en l'étant suffisamment. »

Elle se leva et disposa les crackers sur l'assiette à fromage sous le regard attentif de Duncan. Avec des gestes rapides, précis et nerveux, elle les aligna méticuleusement, puis plaça les grains de raisin sur le pourtour. « Tu es sûre de ce que tu dis ? demanda Duncan.

— Il est chef de service. C'est lui qui devra expliquer pourquoi la SEC a abandonné une enquête portant sur une escroquerie de plusieurs milliards de dollars. Par contre, s'il poursuit l'enquête, Jane le vire. Il est clair qu'elle veut enterrer l'affaire. La seule chose à faire pour lui, c'est de rassembler les pièces et de les remettre à quelqu'un qui travaille avec le procureur. On est en contact avec une personne qu'on connaît là-bas. Comme ça, David sort de la ligne de feu, du moins jusqu'à ce que le procureur rende l'affaire publique. Ensuite, il a l'intention de démissionner, mais au moins sa réputation ne sera pas salie. Par contre, il faut agir maintenant. Ce week-end. Avant que les journalistes ne s'emparent de l'histoire et ne nous prennent de vitesse. »

Duncan hocha la tête tout en faisant défiler dans sa tête les fiches de son Rolodex afin de déterminer qui il pouvait appeler en premier. « Je vais voir ce que je peux faire à propos de Jane Hewitt. Je la connais, vois-tu. Je l'ai interviewée pour *Press*. Une dure à cuire, cette femme. Si elle est impliquée, j'ai quelques amis journalistes prêts à fourrer leur nez dans ce genre de scandale. Ils adorent.

— Je suis désolé de te mêler à ça. Je ne sais même pas précisément ce que je te demande. Mais j'ignore vers qui me tourner sinon.

— Ma foi, je ne sais pas trop ce que je peux faire pour toi, pour l'instant. Mais il faut bien cerner l'adversaire. Si elle reçoit des pots-de-vin ou est liée d'une manière ou d'une autre à RCM, nous devons le savoir. »

À ce moment-là, la sonnette retentit dans la cuisine, les faisant tous les deux sursauter.

« Vous n'avez qu'à faire monter tout le monde, dit Duncan au portier. Pas besoin de sonner à chaque fois. »

Ils se dirigèrent vers la porte d'entrée. « Cette histoire, c'est du délire, dit Alexa.

— On va remettre un peu d'ordre dans tout ça, je te le promets. » Il posa la main sur le bas de son dos. Bien sûr, son visage s'illuminerait dès que la sonnette d'entrée retentirait, mais pour l'instant, sa voix était grave et menaçante. « Il ne faut pas croire qu'ils vont s'en tirer à si bon compte. Il y a beaucoup de gens qui me doivent une faveur. Plus que tu ne le crois. S'il y a bien quelqu'un pour lequel je me battrai, c'est toi. »

Elle mit sa main dans la sienne et la serra tandis qu'il ouvrait la porte à ses invités.

Jeudi, 11 heures 16

Le cadeau de Marion à Sol, c'était le silence. Elle était endormie quand il s'était glissé sous les couvertures la veille – à deux ou trois heures du matin – et dormait encore quand il était retourné au bureau quelques heures plus tard.

À présent, elle était réveillée depuis un bon bout de temps, Sol l'aurait parié. Mais elle traînait à l'étage, à lire ou à prendre un bain. Pour ne pas être dans ses pattes, en réalité, afin qu'il puisse travailler. C'était à cause de ce genre d'attention, délicate au point qu'un autre ne l'aurait pas du tout perçue, qu'il l'aimait toujours au bout de trente-six ans. Que son amour pour elle était profond, unique. Le corps de Marion n'était plus que bourrelets et veines apparentes, et ses cheveux ressemblaient en général à un buisson hirsute. Pourtant, il la trouvait toujours belle.

Lorsqu'il entendit son pas sur le carrelage de la cuisine, il fut pris de l'envie soudaine de la voir. Ils ne s'étaient pas quittés depuis la veille au soir, mais il n'avait pas vraiment passé une seule minute avec elle. L'affaire Morty l'avait complètement happé.

Pourvu qu'elle soit en train de préparer le café ! Bizarrement, il était moins acide quand c'était elle qui le faisait. Surtout, il devait penser à la remercier de l'avoir amené là-bas en voiture la veille au soir et d'avoir préparé le café. Il n'oubliait jamais de lui dire merci pour le café.

Quand il entra dans la cuisine, Marion était postée devant le frigo, ses fesses gainées de Lycra dépassant derrière la porte ouverte.

Il lui tapota le derrière. « Sol ! s'exclama-t-il. Tu m'as fait une de ces peurs ! Je croyais que tu travaillais.

— Je travaille, répondit-il, empli d'une affection soudaine. Mais je voulais te dire bonjour. »

Marion sourit, le regard adouci. Les petites pattes-d'oie aux coins de ses yeux chocolat avaient quelque chose de si bienveillant, songea-t-il. Il ne comprenait pas pourquoi elle menaçait de les faire gommer.

« C'est gentil de ta part, dit-elle en se penchant pour l'embrasser. Tu as bien dormi, au moins ? Tu t'es couché à quelle heure ? »

Il sourit et la serra dans ses bras pour qu'elle ne voie pas son visage. Marion devinait toujours quand il lui mentait. « Ça va, dit-il. J'ai dormi quelques heures. Tu me connais. Je dormirai après ma mort.

— C'est justement ça qui m'inquiète, rétorqua-t-elle avec un petit rire. Tu devrais prendre soin de toi. Tu travailles trop.

— Mais non. »

Elle lui lança un regard sévère. « D'accord, tu as raison, concéda-t-il.

— Je retrouve Judith pour le cours de spinning tout à l'heure, dit Marion en changeant de sujet. On ira peut-être manger un morceau après, mais tout sera fermé, probablement. »

D'habitude, quand Marion allait « manger un morceau », elle rentrait à la maison avec un sac ou deux pleins d'emplettes. Elle était incapable de passer par la grand-rue d'East Hampton sans acheter quelque chose. Elle faisait du shopping avec un abandon total. Sans doute cela avait-il à voir avec le fait qu'elle se sentait détendue. Plus tard, elle revenait à la raison, mais le mal était déjà fait. Par principe, Marion ne retournait jamais ses achats. Elle n'aimait pas faire de la peine, même à un vendeur. Chaque fois que Sol ouvrait le placard, il y trouvait quelque chose de nouveau avec le prix encore dessus.

En général, il ne disait rien. Si cela faisait vraiment partie du prix à payer pour qu'il puisse travailler comme il le faisait, alors il acceptait les cours de spinning à trente dollars et même la folie dépensière qui s'ensuivait.

« Il y a des cours de spinning le jour de Thanksgiving ?

— Il y a des cours de spinning tous les jours à East Hampton, répondit Marion sèchement. On est censés arriver chez les Darling à dix-huit heures, c'est ça ?

— Oui, dix-huit heures.

— Très bien, je serai rentrée d'ici là. J'espère que tout va bien se passer aujourd'hui. J'ai mis du café en route. » Elle l'embrassa sur la joue. « Et comment va Julianne ? ajouta-t-elle.

— Bien, vu les circonstances.

— On a des nouvelles plus… précises ?

— Non. Ils sont encore en train de draguer le fleuve. La tempête complique les choses, visiblement.

— Et la messe de souvenir ?

— C'est pas simple, dit Sol dans un soupir. Julianne ne veut rien faire tant que le corps n'a pas été récupéré. On la prépare à l'idée qu'ils ne trouveront peut-être rien.

— Mon Dieu, c'est horrible ! s'écria Marion, les yeux brillants de larmes. Quand tu verras Carter, dis-lui que je pense bien fort à eux.

— Je n'y manquerai pas. »

Marion baissa la tête, adressa à Sol un sourire triste, puis se détourna. Il la vit descendre les marches de la véranda et s'engager dans l'allée.

« Merci pour le café !

— C'est tout naturel, mon amour », répondit-elle avant de partir.

Sol ne parlait jamais à Marion de ses clients. Il était d'une nature prudente, et son boulot – et ses clients – exigeaient la plus grande discrétion. Marion en connaissait quelques-uns, et en considérait même certains comme des amis. Ils dînaient ou passaient des week-ends ensemble en famille dans les Hamptons. Elle envoyait des cadeaux pour les anniversaires des enfants. Mais elle ne se mêlait jamais des questions de travail.

Marion savait écouter les autres. Elle avait été thérapeute familiale pendant quinze ans. Elle avait pris sa retraite, mais continuait à exercer bénévolement à l'hôpital Beth Israel[1]. Bien que Sol ne parle jamais de son boulot à lui, il ne tarissait pas d'éloges sur celui de Marion, que ce soit lors d'une soirée ou devant des clients. Il était heureux chaque fois qu'elle était mentionnée dans une conversation.

Les clients de Marion avaient payé les études de droit de Sol. Leurs premières années de mariage avaient été difficiles, avec des factures qui n'arrêtaient pas de tomber. Marion ne s'était jamais plainte. Sol s'étonnait souvent qu'elle soit restée avec lui. L'une des joies que lui procurait tout cet argent qu'il gagnait à présent, c'était de la voir s'épanouir dans son travail de bénévole. D'ici la fin de l'année, l'aile Marion & Sol Penzell de l'hôpital Beth Israel serait terminée. Ils travaillaient sur le projet depuis cinq ans, et en parlaient depuis quinze ans. C'était leur bébé, disait Marion. Le bébé qu'ils n'avaient pas pu avoir. Cela le rendait heureux, de la voir s'acheter des jolies choses ; elle les méritait amplement. Elle lui avait tant donné, et il voulait le lui rendre au centuple.

Des années auparavant, il avait quitté son poste dans un gros cabinet d'avocats pour créer Penzell & Rubicam LLP, une petite boîte spécialisée dans la réalisation des sûretés, les litiges relatifs aux valeurs privées, le droit pénal des affaires et les relations gou-

---

1. Beth Israel Medical Center, hôpital fondé à la fin du dix-neuvième siècle à New York, avec pour mission, à l'origine, de soigner les immigrants juifs qui, parce que récemment arrivés, n'avaient pas accès aux soins dans les autres hôpitaux new-yorkais.

vernementales. Son associé, Neil Rubicam, dirigeait le bureau de Washington DC, c'est-à-dire, d'après Neil lui-même, le siège de la société. Neil avait, davantage que Sol, le goût du spectacle. Il adorait être interviewé sur les marches du tribunal et choisissait des costumes faits sur mesure assortis à des cravates de couleurs voyantes – parce que c'était photogénique. Il avait accroché sur le mur derrière son bureau des coupures de presse où était mentionné Penzell & Rubicam, et plus précisément Neil Rubicam – ce que Sol trouvait amusant et quelque peu puéril. Sol, lui, s'était contenté d'accrocher sur son mur une photo de Marion et son certificat d'admission au barreau de New York. Les victoires légales de Penzell & Rubicam étaient souvent, de par leur nature même, inconnues du grand public. Les grandes batailles juridiques ne devaient bien sûr pas être négligées, car elles consolidaient l'excellente réputation de la boîte. Mais son point fort, c'était sa capacité à éviter à ses clients le passage devant le tribunal – et les caméras de télévision.

Les victoires les plus lucratives de Penzell & Rubicam, c'étaient celles dont personne, en dehors du client et d'une poignée d'avocats travaillant sous la houlette de Sol et de Neil, n'entendrait jamais parler – les accords négociés dans l'ombre, où l'argent s'envolait vers les comptes anonymes de quelque paradis fiscal. Parfois, pas un dollar ne changeait de mains, si ce n'est pour passer dans celles de Sol, qui se faisait grassement rémunérer. Mais se forgeaient des relations qui valaient des milliards, des relations qui se traduisaient en termes de dettes et de faveurs. Ne pas voir son travail reconnu, pas même de sa femme, était pour Sol un petit prix à payer pour le privilège de faire ce qu'il faisait. Il aimait son métier d'avocat, mais son activité maintenant était mille fois plus complexe. C'était l'art de la négociation au niveau le plus élevé, l'échange de bons procédés hors de tout contexte légal, et cela faisait de lui un homme très puissant.

Les deux bureaux étaient gérés comme deux entités bien séparées. À Washington, Neil s'occupait de litiges au grand jour, tandis que Sol dirigeait un cabinet de conseil qui rendait discrètement service à des célébrités de Wall Street. Tout en étant fonctionnellement indépendantes, les deux entités étaient complémentaires ; Sol et Neil travaillaient souvent en tandem sur un dossier. Quand un client était menacé d'un procès, Sol mettait Neil sur le coup, et Neil faisait appel à Sol pour les négociations en coulisse, les conseils en fusion-acquisition et la gestion de crise. En public, Sol était ravi de laisser à Neil le soin de représenter le cabinet. Mais les clients les plus précieux tenaient à une discrétion absolue, et pour cela, Sol était l'homme qu'il leur fallait.

Sol était lié par contrat à Carter, qui le consultait sur tout, que ce soit ses relations avec la FINRA[1], la SEC, ou Inès, la dernière de ces entités étant, de l'avis de Sol, la plus difficile à gérer. Depuis treize ans qu'ils travaillaient ensemble, Sol avait vu Carter traverser les montagnes russes de la vie conjugale. Il avait cru à plusieurs reprises qu'Inès partirait, mais elle ne l'avait jamais fait. Aujourd'hui, c'était différent. Certes, Inès

---

1. *Financial Industry Regulatory Authority* : autorité américaine de régulation des activités des sociétés américaines de capitaux.

était une dure à cuire, mais les jours à venir auraient mis à l'épreuve même le caractère le plus trempé. Sol n'était pas sûr qu'elle puisse supporter la tempête qui s'annonçait. Il n'était pas sûr qu'une épouse en soit capable.

« Espérons qu'elle va encaisser la mauvaise surprise qui l'attend », avait dit Neil la nuit précédente. Il s'entraînait à marquer des buts avec le mini-panier de basket installé dans son bureau. Sol entendait le ballon rebondir.

« Éteins le haut-parleur. Tu sais ce que vous allez dire aux médias ?

— Relax, répondit Neil. J'ai demandé à Jim de préparer quelque chose. À mon avis, sa boîte est la meilleure dans le domaine de la contre-attaque. J'ai pas mal fait appel à eux ces derniers temps.

— Je m'en doute.

— Jim est le plus doué.

— On aura bien besoin de ses talents. »

Carter allait faire l'objet d'autre chose que de simples rumeurs. D'ici quelques semaines, voire quelques jours, les Darling seraient exposés aux intrusions des journalistes, des autorités, de leurs amis comme de leurs ennemis. Leurs vies personnelles seraient étalées au grand jour. Nombreux seraient ceux qui se réjouiraient de la chute d'une famille aussi privilégiée. Le sentiment général serait que Carter était coupable. Cela, Sol le savait.

Il était en train d'essayer de conclure un accord le plus tôt possible afin qu'on en n'arrive pas à ça. Il avait fait quelques avancées avec Eli Sohn, son contact au bureau du procureur. Mais les choses n'étaient pas encore mûres. Un accord ne serait possible que demain au plus tôt. Il faudrait que Carter vienne en personne et lèche quelques bottes. Malheureusement, ça, il ne savait pas faire.

Jeudi, 12 heures 56

Il y avait déjà quatre voitures devant la maison. Paul se demanda s'ils étaient les derniers arrivés. Bloquant entièrement le passage, la Porsche Cayenne d'Adrian et Lily était garée au sommet de la courbe que décrivait l'allée. La porte de la maison était entrouverte. En entendant le crissement des pneus sur les graviers, Bacall sortit comme une fusée en aboyant joyeusement et en faisant des mouvements d'essuie-glace avec sa queue. La journée s'annonçait typique d'une fin d'automne. Paul s'arrêta juste derrière la Porsche en essayant d'éviter Bacall, qui longeait impatiemment l'allée. King se redressa et, haletant d'impatience, posa ses pattes tachetées sur la vitre.

« On est arrivés, bébé », lui dit Merrill de cette voix chantante qu'elle utilisait quand elle parlait au chien, mais avec moins de conviction. « Tu es content ? »

Elle ouvrit la portière et fit sortir King, qui se mit à aboyer. De la vapeur sortait de ses narines et ses pattes firent craquer l'herbe gelée. Les deux chiens se reniflèrent pendant que Merrill et Paul s'extirpaient de la voiture et s'étiraient. L'air était plus frais qu'à Manhattan, plus propre et vivifiant. Paul frissonna malgré son pull en laine. Sans s'attendre à passer un week-end agréable, il se réjouit brièvement d'être sorti de New York.

La maison avait cet aspect austère que prennent les maisons en bardeaux de la Nouvelle-Angleterre à l'automne. Les précieuses jardinières d'Inès étaient vides ; l'été, elles déborderaient de géraniums roses. La façade était d'un brun noisette vieilli. Les Darling avaient fait construire la maison en 2001, mais avec son style traditionnel, elle se fondait parfaitement dans ce patchwork de corps de ferme et de saloirs qu'était Long Island. Derrière se trouvait un petit jardin à l'anglaise avec un labyrinthe rectangulaire formé de haies qu'on avait couvertes pour l'hiver.

La maison était, comme toujours, étrangement parfaite, avec son toit brisé aux corniches blanches et sa véranda idéalement placée pour profiter de la brise. Les briques des allées étaient usées sur les côtés et leurs couleurs, variées comme celles d'un chat tigré, fanées par le soleil. À l'intérieur, la maison ressemblait en tous points à une demeure familiale. Inès avait une préférence pour les vieux couverts en argent, ceux qu'on était censés se transmettre de génération en génération – et surtout pas acheter – et dont les manches étaient légèrement usés. Dans la bibliothèque étaient accrochés un tableau du grand-père de Carter et, sur le mur d'en face, un titre d'un fabricant de voitures qu'il avait, disait-on, lui-même signé. Tout ce qui pouvait être personnalisé ou fait sur mesure l'avait été : les draps d'un blanc immaculé, les serviettes bleu ciel toutes douces, les sacs en toile L.L. Bean qui servaient pour tout, que ce soit à la plage, sur le terrain de golf ou au marché. Pourtant, tout cela avait quelque chose de fabriqué, comme si Inès avait un jour ouvert les pages d'un magazine de décoration et décrété : « Je veux ça. »

Tous les objets de famille et les vieilles photos venaient de Carter. Les histoires qu'il racontait constituaient l'histoire commune de la famille. Paul n'avait jamais entendu Inès raconter son enfance brésilienne. Par contre, il savait tout des étés à Quogue, des cousins de Grosse Pointe, dans le Michigan, des vacances d'hiver quand Carter était au pensionnat. Il savait que Charles Darling était un excellent cavalier et un tireur d'élite, qu'on avait fait construire une tente entièrement en roses pour le bal de débutante d'Eleanor. Un jour, un peu pompette, Merrill avait raconté que les histoires de son père étaient pour une bonne part enjolivées. « La famille n'était pas aussi riche que cela, murmura-t-elle alors que Carter venait d'évoquer les Noëls qu'enfant, il passait à Palm Beach. Mon grand-père faisait tout pour épater la galerie. Il y a sans doute un peu de ça chez papa. »

Il fallait choisir : vous étiez avec eux ou pas. Merrill et Paul passaient non seulement tous les week-ends d'été dans la maison des Darling, mais également toutes les fêtes. Depuis qu'ils étaient mariés, on disait souvent à Paul qu'il « était un Darling maintenant ». Il s'en réjouissait : il ne désirait rien de plus que d'être accepté par la famille de sa femme. Pourtant, ça lui faisait toujours un petit peu bizarre, comme s'il était devenu membre d'une famille déjà constituée au lieu d'en former une lui-même. Parfois, mais moins que par le passé, Paul se demandait ce que Patricia et Katie penseraient de sa relation avec les Darling. Il s'efforçait de faire taire son amour-propre – après tout, sa famille vivait en Caroline du Nord et les Darling à New York – mais il lui arrivait d'être troublé par tout ça.

Il fallait ajouter à cela le problème du nom. À leur fête de fiançailles, Adrian avait demandé pour plaisanter à Paul s'il allait prendre le nom de Merrill après le mariage.

« Non, mais moi je garde le mien », avait répondu Merrill avant qu'il puisse ouvrir la bouche. Se tournant alors vers lui, elle avait ajouté, « Lily se fait appeler Lily Darling Patterson, mais uniquement en société », comme si cela prouvait qu'elle avait raison.

« En société ? Ça veut dire quoi, ça ? » rétorqua Paul sur un ton plus hargneux qu'il ne l'aurait voulu. Merrill leva un sourcil en regardant Adrian, manière de le gronder et de l'avertir.

« Quand elle n'est pas au boulot, répondit-elle froidement, signifiant que la conversation était close.

— Alors, ça te fait quoi ? demanda Adrian en adressant un clin d'œil à Paul.

— Ça ne me dérange pas, répondit ce dernier en sentant son visage s'empourprer. Bon, je vais aller me resservir. »

Et il se dirigea vers le bar.

En s'éloignant, il entendit Adrian dire à Merrill, « Vous, les filles, faut bien que vous défendiez le capital familial, pas vrai ? » Ils éclatèrent tous les deux de rire. Paul se sentit un peu blessé, même s'il savait que c'était une simple plaisanterie, sans aucune méchanceté.

Jamais il n'aurait imaginé que sa femme n'avait pas envie de devenir Mrs Ross. « Pourquoi tu ne me l'as pas dit ? lui demanda-t-il plus tard maladroitement, après un ou deux whiskies de trop.

— Désolée. Je pensais que tu comprendrais. »

Ils déchargèrent la voiture en silence. Le vent ébouriffait les feuilles des arbres le long de l'allée. Adrian apparut enfin sur le seuil, une bière Sam Adams à la main. Il siffla Bacall et les deux chiens entrèrent en bondissant dans la maison. Paul ressentit une pointe d'irritation en constatant que son propre chien obéissait aussi volontiers à Adrian, avant de se dire que c'était puéril de se vexer pour si peu.

« Salut les enfants, dit Adrian en s'approchant de Merrill pour la prendre dans ses bras. Vous avez besoin d'aide ?

— Vous venez juste d'arriver, non ? fit Paul en désignant le coffre ouvert de la Porsche.

— Eh oui, on est partis un peu tard. À cause de cette histoire avec Morty. Lily est un peu secouée. »

Adrian avait la voix rauque, comme s'il avait parlé toute la nuit. À première vue, il était aussi détendu que d'habitude, avec ses mains fourrées dans ses poches et un pan de chemise dépassant de son pantalon – une vraie image de catalogue chic. Mais Paul le connaissait suffisamment pour percevoir l'inquiétude dans sa voix. Les deux hommes échangèrent un regard. L'espace d'un instant, Paul trouva qu'Adrian n'avait jamais paru aussi vieux.

« Je m'occupe de Lily, déclara Merrill.

— Ils sont tous dans la cuisine, sauf Carter. Il est chez les Penzell, je crois. »

Merrill disparut dans la maison sans un signe pour Paul. Préférant ne pas la suivre, il décida de monter leurs bagages dans leur chambre.

Une fois en haut, Paul commença à défaire sa valise, puis ferma les yeux un instant, recru de fatigue. Il ne faisait que retarder l'inévitable : tôt ou tard, il devrait aller dire bonjour à la famille. Une fois qu'il aurait quitté la chambre, le week-end commencerait véritablement. Cette pensée oppressante le cloua sur le lit.

De toute façon, il n'avait pas vraiment besoin de défaire les bagages. À Beech House, les sacs que l'on laissait dans les chambres étaient silencieusement et miraculeusement défaits par Veronica, la gouvernante, qui donnait un petit coup de fer aux vêtements avant de les ranger soigneusement. C'était l'un des nombreux détails que Paul trouvait dérangeants chez les Darling. Cela créait une relation étrangement intime avec Veronica. Elle pliait vos maillots de corps, posait votre roman d'espionnage sur la table de nuit et votre shampoing sur l'étagère de la salle de bains ; mais elle ne touchait pas aux dossiers que vous aviez mis dans votre sac, manière de dire qu'il y avait tout de même certaines choses qui demeuraient privées dans cette maison. Ce qui, en fait, était faux. Veronica touchait sa brosse à dents, voyait ses capotes sous le lavabo. La relation était inégale, l'information ne circulant que dans un sens. Paul ne savait même pas le nom de famille de Veronica. Parfois, il avait l'impression que le personnel de maison connaissait mieux les Darling qu'ils ne se connaissaient eux-mêmes.

Il était en train de ranger une chemise dans le placard lorsqu'une voix derrière lui fit : « Ne te donne pas cette peine. Veronica est ici aujourd'hui. »

C'était Merrill, les bras croisés sur sa poitrine et appuyée sur le montant de la porte d'une façon tout à la fois attirante et distante.

« Salut, dit Paul, je commençais à me dire que tu ne voudrais plus jamais me parler. » Il venait de se rendre compte qu'elle ne lui avait pas adressé la parole depuis Milk Pail, une ferme de Water Mill devant laquelle ils passaient sur la route et où il leur arrivait de ramasser des pommes et des citrouilles à l'automne. Cette fois-ci, quand ils s'étaient garés sur le parking, Merrill n'avait pas desserré les lèvres. Son visage était un masque ravagé par les larmes et la colère. Ils avaient acheté deux gâteaux, une douzaine de donuts à la cannelle et une bouteille de cidre – leur contribution au repas de Thanksgiving.

Elle afficha un sourire crispé, sans pour autant quitter son poste d'observation. Son visage s'anima un instant, comme si elle allait dire quelque chose. Puis elle se ravisa. « Pourquoi tu dis ça ? » lui demanda-t-elle.

Ils se firent face.

« Tu n'as pas ouvert la bouche depuis Milk Pail.

— Papa adore ces donuts. Je suis contente qu'on en ait pris.

— Tout le monde les aime, ces donuts.

— Tu descends ? On regarde le match à la télé dans le bureau. Veronica s'occupera de tes valises.

— On ne finit pas la conversation ? J'aimerais te parler avant de voir ton père. »

Merrill poussa un long soupir, et sa poitrine se creusa comme sous un poids. Elle ferma la porte derrière elle et s'allongea en travers du lit. Son visage prit une expression lisse et vide. Ses yeux fixés sur le plafond clignèrent. Ils changeaient de couleur quand elle était fatiguée ou qu'elle pleurait, prenant alors des reflets argentés.

« Tu m'as balancé beaucoup de choses nouvelles, dit-elle enfin. Je ne suis pas en train de t'ignorer. Simplement, j'ai besoin d'un peu de temps pour tout digérer.

— Oui, je peux comprendre.

— Je ne suis pas fâchée contre toi, ajouta-t-elle – alors qu'il n'avait rien suggéré de tel.

— J'espère bien que non. Tu as lu les mails ?

— Oui. Je comprends que tu sois inquiet, mais…

— Mais ?

— Rien. »

En dépit de sa voix calme, Paul vit qu'elle réprimait sa colère.

« Écoute, dit-elle en se redressant. Il est hors de question que je te dise, OK, va raconter à la SEC ce que tu sais de l'entreprise de mon père. Tu le ruinerais, et tu le sais. Et je doute fort que ça te sauve. Ça reviendrait plutôt à se jeter dans la gueule du loup. »

Paul s'écarta d'elle. Ils contemplèrent tous les deux les murs rayés bleu caraïbes et crème, comme toute la pièce. Les rayures lui faisaient mal aux yeux quand il les fixait trop longtemps.

Il y avait toujours eu chez Paul la crainte que s'il lui fallait choisir, Merrill lui préférerait sa famille. Il n'avait jamais exprimé cette peur, bien entendu, mais le couple avait maintes fois tourné autour de la question, se disputant bêtement, et parfois sérieusement, à propos d'engagements familiaux, de séjours dans la maison des Hamptons ou du refus de Merrill de quitter New York. Au bout de six ans de mariage, Paul pensait avoir dépassé le problème. Mais la question exerçait à présent une telle pression sur lui qu'il crut que son cœur allait éclater.

« Merrill, dit-il, tu me suggères de faire quoi ? D'attendre qu'ils m'arrêtent ? J'ai menti à la SEC. Putain, ça n'est pas rien ! »

Elle resta silencieuse à se ronger l'ongle du pouce.

« Tu n'as pas menti, répondit-elle à voix basse. Tu as simplement dit ce que l'entreprise t'avait demandé de dire. C'est ce que tout le monde fait.

— Tu ne comprends donc pas ? *Nous n'avons jamais demandé à RCM qui étaient leurs contreparties*. Je n'ai pas menti au sens strict du terme, peut-être, mais je n'ai pas non plus dit la vérité. "Pas de problème. Nos contreparties ont toutes le triple A, voire plus" : voilà le genre de conneries que je leur ai racontées, qu'on a balancées à nos investisseurs, que j'ai refourguées à David ! Pire encore, je l'ai écrit dans un putain de mail ! Alors maintenant, ils peuvent me coincer. Tu ne vois donc pas ? Ils peuvent me coincer s'ils le veulent. »

Merrill se leva. Paul fut brièvement saisi par la peur qu'elle le quitte. Au lieu de cela, elle alla prendre le dossier posé sur sa valise. Il la regarda lire le mail, celui qu'il avait parcouru un million de fois depuis la veille, celui où il resservait à David la doctrine officielle et lui disait en gros d'aller se faire foutre. De cesser de poser des questions. Il ne pensait pas mentir alors. C'était cela, le plus effrayant dans l'histoire, la façon dont les choses lui avaient échappé. Le mail était si dédaigneux, si arrogant, que Paul avait peine à croire que c'était lui-même qui l'avait écrit. Il avait l'impression de lire le message d'un inconnu, de quelque petit connard prétentieux qui travaillait pour un fonds spéculatif, le genre qui allait se réfugier derrière les jupes de sa femme avant de se faire arrêter pour faute professionnelle. Ce n'était pas lui. Du moins, il n'aurait jamais cru que ça pouvait être lui.

Merrill rangea le mail, puis revint s'asseoir sur le lit, le dossier à la main. Il posa la main sur sa cuisse, sentit les muscles se tendre sous la peau froide. Il s'en voulut de s'être fâché contre elle, d'avoir juré. Elle détestait ça.

« J'ai l'impression que nous sommes en présence de deux équipes adverses, dit-elle lentement, le visage crispé. Et je sais à laquelle tu appartiens. Pour moi, c'est clair. Si bien que quand je t'entends parler de changer d'équipe, ça me gêne. »

Comme il ne répondait pas, elle poursuivit.

« Delphic a de toute évidence commis des erreurs. Mais au bout du compte, il s'agit de Morty et de RCM. Ce n'est pas parce qu'il est parti que vous devez payer pour lui. C'est facile de critiquer après coup, de dire "Vous auriez dû savoir" ou "Vous n'auriez pas dû laisser faire ça". Mais le vrai problème n'est pas là. Le vrai problème, ce n'est pas papa, ou toi, ou même

Delphic. Le problème, c'est qu'ils cherchent un bouc émissaire parce qu'ils ont besoin d'un responsable. Si tu vas les voir en déposant les armes, tu justifies leur position. Par contre, si tu soutiens Delphic et papa, tu es sur une ligne claire. Il s'agit de défendre la famille maintenant. »

Ses paroles avaient une logique réconfortante. Le plus grand souhait de Paul, c'était que les intérêts de tous convergent : ceux de sa femme, ceux de son beau-père, les siens. Il avait toujours souhaité faire partie de leur famille. Pas à cause de leur argent ou de leur statut social. Ni même de leur éducation et de leur aisance dans le monde. Non, ce qu'il désirait plus que tout, c'était leur proximité, leur esprit de clan. Ils faisaient preuve entre eux d'une loyauté féroce, même à des moments comme celui-ci. C'était la famille avant tout. La famille sans conditions.

Jusqu'à ce qu'il rencontre les Darling, Paul ignorait que ce genre de famille existait. La sienne était un ensemble décousu de personnes liées par la génétique. Ils avaient été une vraie famille autrefois, mais il y avait tellement longtemps que Paul avait oublié la sensation que ça procurait. Ils étaient cinq au début. À quatre ans et demi, Casey s'était noyée dans une piscine. Paul et Katie, âgés à l'époque de huit ans, étaient invités à l'anniversaire d'un copain. Personne n'était venu les chercher à la fin de la fête. Sous un ciel devenu gris derrière les arbres, ils restèrent assis à la table de pique-nique avec leurs chapeaux en papier et leurs langues de belle-mère tandis que la mère du garçon dont c'était l'anniversaire passait une série de coups de fil pour savoir où étaient leurs parents.

Paul se souvenait avoir eu froid à cause du vent : son maillot de bain était mouillé et il avait de l'eau dans les oreilles. Craignant que sa sœur ne s'enrhume à cause de ses cheveux humides, il lui donna sa serviette. Le corps minuscule de Katie frissonnait. Les banderoles s'étaient détachées des arbres et s'agitaient autour de leurs têtes tandis que s'amoncelaient à leurs pieds les papillotes de bonbon vides.

Après, la famille Ross tomba dans le silence, comme une radio débranchée. Quelques mois après les funérailles, leur père partit, préférant recommencer à zéro plutôt que vivre avec le fantôme de Casey. C'était lui qui s'occupait des enfants le jour de l'accident, lui qui avait emmené Paul et Katie à l'anniversaire et Casey à la piscine, Patricia assurant la permanence du week-end au bureau. Il ne tarda pas à se remarier avec une femme de Savannah. Les quelques fois où Paul et Katie allèrent le voir dans sa nouvelle maison, ils se retrouvèrent assis sur le canapé à manger de la glace dans des bols en plastique orange tout en s'efforçant d'être polis, comme le leur avait dit Patricia. Un an plus tard, la belle-mère tomba enceinte, et la famille partit s'installer à New York.

Patricia expliqua à Paul et Katie que leur père était banquier. Ses affaires marchaient bien, et il devait partir parce que c'était le mieux pour sa carrière. Il les appelait pour leur anniversaire, pour Noël, leur disait qu'il les aimait, qu'il était très occupé par son nouveau boulot et le bébé. Paul essayait de prolonger la conversation au maximum, l'assaillant de questions sur New York, l'équipe des Yankees, le temps qu'il faisait dans le Nord. Il l'imaginait vivant dans une grande maison avec une voiture gris métallisé garée devant, travaillant dans un bureau avec vue sur Central Park. Dès que l'occasion s'en présentait, il racontait à ses copains que son père était *banquier à New York*. Les affaires de son père marchaient peut-être bien, mais cela ne se traduisit pas en termes de pension alimentaire. La banque saisit la maison un mois après que les jumeaux avaient fêté leurs treize ans. À partir de là, Paul refusa de parler à son père quand il l'appelait pour son anniversaire.

Patricia était tombée enceinte de Paul et Katie à seulement vingt et un ans. Elle avait connu leur père au lycée. Il avait trois ans de plus qu'elle et, comme elle le disait, « irait loin ». Elle était si jeune qu'elle était parfois pour les enfants plus une amie qu'une mère. Katie et elle se développèrent ensemble, comme le tronc et la branche d'un même arbre. Quand Patricia était en forme (ou Katie fatiguée), il arrivait qu'on les prenne pour des sœurs. Elles étaient toute les deux de ces femmes qui n'ont jamais vraiment été belles mais qui donnent l'impression de l'avoir été il y a longtemps. Leurs traits quelconques, grossiers, faisaient penser à la bouillie d'avoine.

Paul ne les avait pas vues depuis son mariage. Merrill s'en inquiétait : elle avait l'impression d'être d'une certaine façon responsable de la séparation. Pour Paul, il n'en était rien. À ses yeux, il n'y avait pas eu de désaccord, mais simplement un éloignement naturel qui avait augmenté avec les années, avec une telle lenteur qu'il en était presque imperceptible, comme la dérive des continents.

Paul se sentait coupable, forcément. Patricia refusant son argent, il envoyait des cadeaux excessivement chers et totalement inadaptés à la vie quotidienne de sa mère et de sa sœur : des foulards Hermès, des bracelets Tiffany. La seule chose utile qu'il pouvait vraiment leur offrir, c'étaient des conseils financiers. Il avait constitué pour elles des petits pécules à Vanguard. Avant, elles n'avaient que des comptes d'épargne et des hypothèques dépassant de loin leurs capacités budgétaires. Cela lui fournissait un prétexte pour les appeler au moins une fois par mois, et lui donnait de quoi alimenter la conversation. Elles se montraient toutes les deux excessivement reconnaissantes. Katie lui envoyait des cartes pendant les vacances, lui donnait les dernières nouvelles de ses neveux et le remerciait avec profusion, dans son écriture ronde et enfantine, de « tout ce qu'il faisait pour eux ». Les enfants de Katie lui écrivaient des lettres : « Merci, tonton Paul, pour la PlayStation » ou « Merci du fond du cœur pour les billets pour le match ». Il recevait encore ce genre de lettres, même après avoir expliqué à Katie que c'était inutile, qu'il était leur oncle après tout, et qu'on n'avait pas besoin de s'envoyer des mots de remerciement entre gens de la même famille.

La vérité, c'est qu'il détestait ces lettres. Le fait que des sommes aussi ridicules puissent avoir cette importance pour Katie et Patricia le tourmentait. Elles paraissaient si vulnérables, incapables de prendre la moindre décision financière sans l'appeler avant. Bien sûr, ce qui pour lui était une petite décision prenait pour elles des proportions monumentales. Elles n'avaient pas la moindre idée de combien d'argent Merrill possédait, ignoraient que les Darling avaient accès à toutes sortes de ressources dépassant de loin leur imagination : des fonds d'investissements de capitaux privés avec des droits d'entrée d'un demi-million de dollars, les services de gestionnaires, de fiscalistes, de conseillers en patrimoine. *Cela ne leur est pas volé*, se raisonnait-il. *Nous ne sommes pas dans un jeu à somme nulle.* Pourtant, certains jours, la culpabilité le rongeait, s'infiltrait dans sa poitrine comme l'eau de pluie.

À présent, c'était comme si tout s'inversait. Au cours des dernières vingt-quatre heures, il avait plus d'une fois été pris de l'envie de décamper à Charlotte et d'emmener Merrill avec lui. À Charlotte, ou dans un endroit complètement nouveau – Hong Kong, Londres, Paris, São Paulo. Un endroit rien qu'à eux, qui n'appartiendrait pas aux Darling.

Le téléphone de Paul sonnait. Ils le virent tous les deux s'allumer sur la commode.

« Tu vas répondre ou quoi ? demanda Merrill.

— Non. Ils n'ont qu'à laisser un message.

— C'est Alexa ?

— Je ne sais pas. » Paul s'approcha de Merrill et la prit dans ses bras. Son corps se raidit, avant de s'abandonner. Il enfouit son visage dans son cou, l'embrassa, les yeux fermés. « Je t'aime, dit-il. Je m'excuse de l'avoir vue sans te le dire tout de suite. Je voudrais tant faire les choses bien. »

Elle se blottit dans ses bras, poitrine contre poitrine. « Je sais, dit-elle en l'embrassant sur le front. Je sais. Tu ferais n'importe quoi pour moi, je sais. » À sa façon de le regarder, il comprit que c'était tout à la fois une déclaration, une question et une affirmation.

« Oui, c'est vrai.

— S'il te plaît, parle à papa avant de décider de ce que tu vas faire. Je t'en prie. »

Collés l'un à l'autre, ils entendirent une voiture avancer sur l'allée.

« On va nous attendre, dit-elle.

— Je t'aime, répéta-t-il. Plus que tout au monde. » Mais, déjà debout, elle ne répondit pas.

En bas, on préparait la table. Les assiettes en porcelaine qu'Inès réservait pour Thanksgiving, avec leur bordure en or et leurs minuscules dindes, avaient été sorties de leurs sachets en mousseline et disposées sur une nappe en dentelle. Le reflet des bougies scintillait sur les couverts en argent. Au centre de la table trônait une corne d'abondance laissant échapper des pommes, des poires, des grappes de raisin, des oranges et des châtaignes aux couleurs appétissantes, mais faits en cire. Carmela avait pour instruction de disposer chaque fruit avec précision, pour donner une impression d'« élégance décontractée », comme disait Inès. La première année, Veronica avait placé les fruits de manière trop uniforme, si bien qu'Inès avait été obligée de changer leur disposition en catastrophe avant d'autoriser quiconque à s'asseoir. Depuis, la tâche était confiée à Carmela. John avait reçu instruction de descendre l'une des neuf chaises au sous-sol, hors de vue de tous. Personne, lui avait déclaré Inès sévèrement, ne tenait à ce qu'on lui rappelle qu'un convive serait absent. De toute façon, la table était prévue pour huit, la dernière chaise ayant été ajoutée juste pour Morty. Qui plus est, elle n'était pas vraiment assortie aux autres.

Sur une petite desserte se trouvait une pile de bristols. Inès réfléchissait déjà à la manière de placer ses invités.

Jeudi, 17 heures

Qu'est-ce qu'elle foutait à Brooklyn ?

Elle détestait Brooklyn, détestait prendre le métro, détestait ces petits immeubles tassés. Elle détestait cette façon qu'avaient les habitants de se comporter comme si leur décision de vivre là leur conférait un avantage ou une supériorité morale. Mais surtout, ce qu'elle détestait à Brooklyn, c'était cette impression d'arrachement qu'elle ressentait en quittant Manhattan et en débarquant sur le quai du métro. Cela lui donnait le sentiment de revenir en arrière, de quitter le centre de rotation de la terre. Marina était venue à Manhattan directement après l'université, avec en tout et pour tout mille dollars sur son compte en banque, quelques cartons dont elle avait indiqué le contenu au feutre, et la ferme intention de ne plus jamais vivre en banlieue. Cette décision, elle était fière de s'y être tenue. Elle s'était installée à Chinatown dans un appartement avec deux colocataires, appartement qui, pour une raison mystérieuse, embaumait le curry. Mais le jeu en valait la chandelle : elle habitait désormais à Manhattan.

Si Max vivait à Brooklyn, ça ne pouvait qu'être un choix. Marina savait qu'il existait des appartements de rêve dans certains quartiers – Brooklyn Heights, Williamsburg, Park Slope. Mais tout ce qu'elle avait vu jusque-là, c'étaient des logements merdiques à Prospect Heights et à Fort Greene. Parce que, se rendait-elle compte après coup quand elle était pompette, tous ses amis cool étaient pauvres, et tous ses amis riches trop chiants pour vivre à Brooklyn.

Mais Max n'était ni pauvre, ni chiant. Voilà qui l'étonnait. Elle ne l'avait vu que deux ou trois fois, en général lors de fêtes si bruyantes qu'elle n'entendait rien. Il ne lui avait pas fait une impression grandiose. Elle s'était dit que Georgina aurait pu trouver mieux. Après tout, c'était une fille épatante, dotée de cette désinvolture parfaite, naturelle et enviable qui semblait l'apanage des citadines jeunes et riches, au même titre que les cheveux longs et lisses et les dents parfaitement alignées. Georgina avait le métabolisme d'un lévrier. Tout ce qu'elle portait lui allait à ravir : les robes de couturier, les joggings, les chemises d'homme. Elle avait été élevée dans une maison de ville sur la 11e Rue avec un jardin à l'arrière et un tableau de Cy Twombly au-dessus de la cheminée. Elle était le fruit des amours d'un ancien mannequin devenue photographe et d'un guitariste qui avait joué avec Bob Dylan. Elle avait vingt-quatre ans et faisait au moins 2,5 centimètres de plus que Max. Pourtant, elle était complètement folle de lui.

Georgina aurait dû lui expliquer que Max, plus qu'un concepteur de logiciels, était un concepteur de logiciels de trente-six ans ultra-riche, ultra-heureux en affaires, qui avait en fait inventé l'iPod (ou un truc du genre). Et que son père, un spécialiste du capital-risque milliardaire, possédait la maison voisine de celle de Carl Icahn.

Si bien qu'on pouvait la comprendre.

Mais Marina ne savait rien de tout cela quand elle avait appelé Georgina la veille pour lui raconter en geignant les détails de sa soirée chez les Morgenson. Pour elle, Max était simplement le copain joufflu et frisé de Georgina, un type avec une petite bedaine et des tennis rouges éraflées – le genre qui rit bêtement, avec un temps de retard, et joue encore aux jeux vidéo. Ainsi, il fallait vraiment qu'elle ait été dans un état désespéré pour accepter cette invitation au repas de Thanksgiving chez Max.

Le problème, c'est qu'elle n'avait pas de plan B. Cela ne lui ressemblait pas. Marina était toujours extrêmement organisée, méthodique, prudente (les adjectifs le plus fréquemment cités par ses parents pour la persuader d'aller en fac de droit). En dépit de son intelligence, elle était hélas sujette à des crises de romantisme désespérantes. Et de même qu'elle avait enjolivé le boulot à *Press* (des collègues élégants, des fêtes merveilleuses, les conseils d'une icône du journalisme), elle avait enjolivé Tanner.

Petit à petit, elle s'était livrée aux dangers d'un amour obsessionnel pour le plus jeune des petits-fils de William Morgenson. Ce faisant, elle avait tranquillement ignoré les défauts de Tanner. La chose s'était produite insidieusement, sur une période de plusieurs mois, jusqu'à ce qu'un jour, elle soit convaincue en le voyant entrer dans la pièce qu'il était le prince charmant.

En dépit de son intérêt avoué pour les pedigrees prestigieux, Marina avait cessé d'être rebutée par le fait que Tanner n'avait fréquenté que des établissements de niveau passable. Elle avait accepté son choix de quitter au bout de quatre mois le programme de formation d'analyste à Morgan Stanley, ainsi que sa décision de passer les deux années suivantes à « chercher le boulot idéal ». Parfois, même si elle ne l'aurait jamais reconnu ouvertement, Marina se réjouissait de l'oisiveté de Tanner. Il était toujours disponible pour l'emmener à un vernissage, à une réception ou à un gala de charité, ce qui n'était pas une mince consolation dans une ville où les hommes passaient tous leur vie au bureau. Et s'il pouvait payer les tickets et le smoking, où était le problème ? Non, décidemment, Tanner était parfait.

Les amis de Marina commençaient à s'inquiéter discrètement. Pour tous, il était clair que Tanner n'avait aucune intention de l'épouser. En fait, d'après la rumeur, le couple était au bord de la rupture et Tanner cherchait quelqu'un de mieux. Marina était certes très jolie et très cultivée, mais elle n'était pas un bon parti pour un Morgenson. Elle avait étudié à Hotchkiss parce que ses parents y enseignaient. Elle était allée à Princeton avec une bourse obtenue grâce à son rang de major de sa promotion à Hotchkiss. Ses parents, des gens adorables, n'avaient absolument aucune relation. Marina avait eu beau dissimuler ces nuances subtiles, elles n'avaient pas échappé aux langues perfides de ses rivales. Certaines des amies de Tanner pensaient qu'il pouvait trouver mieux, et ne s'étaient pas privées de le lui dire.

Les parents de Marina s'étaient fait engager à Hotchkiss pour garantir à leur fille les meilleures études. Ils avaient atteint leur but, mais avec un effet secondaire fâcheux – celui d'exposer Marina à un monde de privilèges et d'excès obscènes auquel elle rêvait d'appartenir plus que tout. Comme elle était jolie, elle devint très populaire, et se fit par conséquent des amies généralement très riches. Elle passa les vacances dans leurs chalets d'Aspen, emprunta leurs vestes Chanel pour les fêtes de l'Ivy Club, constata qu'elles prenaient des boulots glamour (créatrice de bijoux, romancière) qui ne rapportaient rien, au lieu de se préoccuper de leur salaire. Un jour, Marina décida qu'elle aussi méritait tout cela. Simplement, il faudrait qu'elle se batte pour le genre de vie que ses amies s'étaient vu offrir. Un tel plan devait être préparé et exécuté avec minutie. Mais Marina réussissait toujours à obtenir ce qu'elle voulait. Elle établit un plan de carrière.

La fac de droit était exclue. Un tel choix aurait paru raisonnable pour une diplômée en arts libéraux, et la perspective d'un salaire de 160 000 dollars annuels en début de carrière était certes alléchante. Mais, après mûre réflexion, Marina décida que s'ensevelir sous une montagne de documents légaux en compagnie de collègues mal fagotées qui n'étaient jamais invitées nulle part reviendrait à gâcher ses talents. Elle était intelligente, bien sûr. Diligente, logique et dotée de tout ce qui faisait une bonne avocate. Mais ce qui la distinguait véritablement des autres, c'était, elle en était consciente, sa beauté, son esprit, et son sens inné de l'élégance. Des qualités dans lesquelles elle excellait.

Ce que Marina comprit, et que ses parents ne virent jamais, c'est qu'aller en fac de droit était une ambition trop provinciale pour elle. Elle adorait ses parents, mais pour des raisons qui lui échappaient en partie, Richard et Alice vivaient dans un monde aux horizons bornés. Choisissant de passer leur vie dans un anonymat discret, ils s'étaient installés dans une jolie petite ville du Connecticut, avaient enseigné l'histoire européenne (Richard) et le français (Alice) dans un lycée alors qu'ils auraient pu tous les deux obtenir des postes de maîtres de conférences dans de grandes universités, voire faire une carrière de consultant ou d'avocat. Ils portaient des bottes en plastique et des vêtements en laine polaire, et traînaient toujours avec eux une odeur de poils de chien. Leur break jaune – une antiquité qu'ils surnommaient affectueusement Jojo – soufflait comme un vieil accordéon quand on retirait la clé du contact. Il avait trimbalé la famille partout, depuis les matches de Marina au collège jusqu'à sa cérémonie de remise de diplôme à l'université. Périodiquement, Richard et Alice parlaient de remplacer Jojo. Mais Alice en avait la larme à l'œil, comme s'il s'agissait non pas de mettre à la casse un vieux break de dix-sept ans aux sièges tout collants et sans autoradio, mais de faire piquer l'un de leurs chiens. Marina savait qu'ils garderaient Jojo jusqu'à ce qu'il expire au bord de la route.

Ses parents étaient heureux, et c'était la seule chose qui comptait réellement. Il n'empêche, Marina était fermement convaincue que sa propre vie atteindrait une dimension plus prestigieuse et cosmopolite. Il était hors de question de remettre en cause ses choix de vie, sa carrière, et surtout le beau mariage qu'elle comptait bien faire.

Pendant un an à peu près, tout se passa comme prévu. Marina décrocha un poste convoité en tant qu'assistante de Duncan Sander, boulot pour lequel la plupart des jeunes mondaines se seraient fait arracher les dents de sagesse. Elle se fit inscrire aux comités de deux ou trois bonnes œuvres, s'afficha dans les soirées où il fallait se montrer. Surtout, elle fit une bonne prise – Tanner en l'occurrence.

Tanner Morgenson était à bien des égards une bonne prise, en effet. Il n'était pas beau, sans pour autant être laid. Il était apprécié. Il s'habillait avec goût. Personne ne l'aurait qualifié de drôle, mais il était gai et avait des amis amusants. Sa compagnie était agréable. Pour lui, se faire des amis était une affaire sérieuse. Il n'était pas rare qu'il passe des journées entières à aller de club en club : un déjeuner prolongé avec son père au Knickerbocker Club, un match de squash et un sauna au Racquet Club, un dîner dansant à Doubles. Tanner fréquentait une bande de noceurs, pratiquement tous des New-Yorkais des beaux quartiers qui se connaissaient depuis leur naissance et avaient beaucoup d'argent et de relations. Moins cependant que Tanner, vu qu'il avait pour grand-père William Morgenson Sr. (fondateur de Morgenson Gas & Electric) et pour mère Grace Leighton Morgenson (héritière de Leighton & Leighton Pharmaceuticals).

Marina s'intéressait à Tanner depuis la fac. Il venait de temps en temps à Princeton voir sa sœur Clay, en général pour draguer ses copines. Par une soirée de printemps saturée de rosée, en pleine saison de remise des diplômes, Tanner fit une apparition impromptue sur le campus. À minuit, il se retrouva debout sur une table de l'Ivy en compagnie de deux joueurs de crosse qui avaient réussi à le convaincre de chanter « *You've lost that loving feeling* » en soufflant dans une bouteille de bière. Son pantalon rose était taché et son regard égaré. Clay confia à Marina que Lily Darling, avec laquelle Tanner avait une relation épisodique, avait épousé un type plus âgé qui travaillait pour son père. Bien que n'ayant jamais été capable d'un quelconque engagement avec Lily, Tanner était anéanti. Flairant l'odeur du sang, Marina se mit à rôder autour de sa proie.

À la fin de l'été, Marina s'était installée à New York et Tanner lui appartenait. Du moins, presque. Elle comprit rapidement que Tanner ne souscrivait pas au concept d'engagement. Elle s'efforça de ne pas se sentir personnellement attaquée. Après tout, Tanner refusait tout engagement quel qu'il soit. Il avait quitté deux camps d'été où ses parents l'avaient inscrit (un stage de hockey dans le Maine, un stage de squash à Newport), possédait une multitude d'objets dont il ne savait pas se servir (une guitare, un saxophone, une raquette de ping-pong). Il n'avait jamais gardé un boulot plus de quatre mois consécutifs (JPMorgan détenant le record). Il annulait souvent une réservation dans un restaurant à la dernière minute, décidait sur un caprice d'aller passer un week-end à Aspen ou à Palm Beach. À son arrivée à New York, Marina se plongea pendant quatorze mois dans une délicate partie de poker amoureux avec lui, jouant successivement la carte de la séduction, de l'indifférence feinte, de la patience, de l'impatience, de l'ultimatum, se faisant faire une épilation maillot, flirtant devant lui avec d'autres hommes, passant un week-end très arrosé avec plusieurs autres couples dans la Napa Valley.

Au bout du compte, elle ne savait plus où elle en était. Jamais auparavant elle n'avait échoué, et ce n'était pas avec Tanner Morgenson qu'elle allait commencer. Elle voulait tellement croire que ses sentiments étaient réciproques qu'elle passa outre une règle capitale en matière de relations amoureuses. Tanner lui ayant dit que sa famille serait ravie qu'elle passe Thanksgiving avec eux, elle le crut (avec empressement, en toute innocence) et téléphona immédiatement à ses parents pour leur annoncer, à leur grande déception, qu'elle ne pourrait pas rentrer à la maison de Lakeville cette année. Décision malheureuse, qu'elle aurait pu éviter si seulement elle s'était souvenue qu'il ne fallait jamais croire les promesses d'un ivrogne.

« Ne jamais, jamais croire un homme quand il a bu ! » décréta Georgina en secouant vigoureusement ses boucles blond miel. « Surtout quand il s'apprête à te sauter dessus. C'est la règle numéro 1 ! » Elle lança un regard sévère à Marina, laquelle détourna les yeux et s'affaira avec les pantalons en cuir et les bustiers qu'elles étaient censées descendre au studio photo. Quelques minutes plus tôt, elle se sentait euphorique. Puis Georgina était arrivée et avait entrepris de lui ouvrir les yeux.

« Je sais, dit-elle sans grande conviction. Mais il n'était pas si saoul que ça. Et tout va si bien entre nous ! Je suis convaincue qu'il souhaite sincèrement ma présence.

— Tu étais nue ?

— Qu'est-ce que ça a à voir là-dedans ? souffla Marina en jetant un coup d'œil dans le couloir pour s'assurer que personne ne les entendait.

— Tu l'étais, oui ou non ? Réponds.

— OK. Oui. Et alors ?

— Il t'a fait cette proposition avant, c'est ça ? Avant que tu ne couches avec lui ?

— Ça va, j'ai compris.

— Je te donne simplement mon avis, poursuivit Georgina en haussant les sourcils d'une telle façon que Marina eut envie de la gifler. Fais attention. Tu avais décidé de passer Thanksgiving chez Richard et Alice, non ? Ils vont être tellement déçus.

— C'est bon, le sujet est clos, déclara Marina froidement en s'acharnant sur le bouton de l'ascenseur.

— OK », fit Georgina en levant les mains en signe de reddition.

Marina mijota pendant toute la journée, incapable de décider ce qui l'agaçait le plus : le fait que Georgina appelait les parents de ses amies par leurs prénoms ou le fait qu'elle avait raison à propos de Tanner.

Son humiliation fut donc à son comble lorsqu'elle en fut réduite (1) à faire bonne figure lors du dîner de Thanksgiving des Morgenson tout en se rendant graduellement et douloureusement compte que non seulement ils ignoraient qu'elle sortait avec leur fils mais également qu'ils n'avaient aucune intention de la recevoir le lendemain, et (2) à appeler Georgina pour avouer ce qui s'était passé. Elle n'avait personne d'autre à joindre.

« Il m'a présentée à sa mère comme "l'amie de Clay à Princeton" ! Quant à sa mère ! Si tu avais vu sa tête !

Complètement hagarde. Pas la moindre idée de qui j'étais.

— Mon Dieu ! N'en dis pas plus. Quitte-le. Tout de suite. En fait, tu l'as déjà plaqué, c'est fini. Viens fêter Thanksgiving à Brooklyn avec Max et moi. On va bien s'amuser. À la fin, tu auras complètement oublié ton Theo Merdenson III ou IV. Qu'il aille se faire foutre. *Tu mérites mille fois mieux.* »

En bruit de fond, Marina entendit la voix de Max suppliant Georgina de raccrocher et de venir au lit.

Elle voulut protester entre deux sanglots, mais n'en trouva pas le courage. « Tu es – *snif !* – sûre ? Je ne voudrais pas m'imposer.

— Ça suffit. De toute façon, Max ne sait même pas qui vient. On va bien s'amuser. Enfile une jolie petite robe. Au fait, tu pourrais apporter un gâteau aux noix de pécan ? J'étais censée en faire un, c'est-à-dire en acheter un et faire croire que je l'avais fait moi-même, mais j'ai oublié. »

Les ricanements de Max furent étouffés pour un bruit que Marina identifia comme étant celui d'un oreiller s'écrasant sur un visage.

« J'apporte quelque chose, dit-elle d'une toute petite voix. Merci Georgina. Je t'adore. »

Marina se retrouvait donc sur la ligne 4 du métro le jour de Thanksgiving, après avoir passé la matinée à errer dans SoHo en quête d'une boulangerie ouverte. En se levant ce matin, elle avait voulu aller à la salle de sport, qui était fermée. À présent, elle se tenait toute raide sur son siège, son sac et son gâteau se disputant l'espace réduit de ses genoux. Elle avait pris un gâteau aux myrtilles, parce que c'était tout ce qu'il restait. Elle se dit que personne ne remarquerait. En fait, elle était convaincue que personne ne la remarquerait de toute manière.

Trop déprimée pour faire attention à ce qu'elle mettait, elle avait enfilé un amalgame de vêtements noirs formant un ensemble indistinct et tristounet qui n'attirerait pas, elle en était bien consciente, les regards sur elle. Juste avant de sortir de chez elle, elle avait pris ses boucles d'oreilles gitanes en or avec l'idée de les mettre chez Max si les invités avaient l'air plus festif qu'elle. En marchant vers le métro, l'idée que des boucles d'oreilles gitanes puissent, comme de petites bouées de secours, la sauver de l'anonymat lui parut risible et carrément déprimante. Il n'y avait rien à faire : elle avait un air affreux. Pas affreux, en vérité. Pire que cela : quelconque.

Les gens passèrent devant elle en la bousculant sur le quai, la forçant à s'accrocher à son gâteau comme un écureuil à sa noisette. Bizarrement, New York lui procurait tout à la fois une sensation de claustrophobie et de grande solitude. Elle était entourée de gens du matin au soir, dans la rue, dans le métro, au bureau. Les bruits que faisaient ses voisins de l'étage d'en dessous montaient jusque dans sa chambre la nuit ; les rires de ses colocataires traversaient les murs fins comme du papier ; sa fenêtre donnait directement sur la chambre d'un jeune couple chinois avec un bébé. Cette absence de distance physique avait quelque chose d'intime. Mais ça ne remplaçait pas la famille et les relations avec ses amies de fac ou ses petits copains. La proximité de tant d'inconnus lui donnait l'impression d'aller à la dérive. Elle se rendit compte que New York était une mer emplie de bateaux qui glissaient les uns à côté des autres en entrant ou en sortant du port.

Marina observa les gens avec lesquels elle passait Thanksgiving en cet instant. En face d'elle se trouvait un SDF qui parlait tout seul en se balançant, les mains tellement gercées qu'on aurait dit qu'il les avait roulées dans la craie. Un gamin en baggy qui portait un sac à dos était affalé à côté d'elle, complètement absorbé par son iPod. Les seules personnes qui croisèrent son regard étaient un couple de touristes obèses (du Middle West, sans doute) portant des sweatshirts assortis. En les voyant consulter une carte, elle fit le pari qu'ils se feraient agresser d'ici la fin de leur séjour à New York.

Fermant les yeux, Marina essaya d'imaginer ses parents seuls pour la première fois à Thanksgiving. La maison de Lakeville serait silencieuse, en dehors du grincement de la porte s'ouvrant et se fermant au passage éclair de Murray et Tucker, les chiens. Sa mère porterait un jean à pinces, un pull à col roulé avec une broderie de feuilles d'automne. Elle aurait mis aux chiens leurs colliers « spécial fêtes ». Ou peut-être pas, puisque Marina ne passerait pas Thanksgiving avec eux. Son père resterait dans son bureau jusqu'à ce que le repas soit prêt, l'estomac gargouillant parce que, ainsi qu'il le leur rappelait chaque année, il avait l'habitude de manger à heures fixes (7 heures 30, midi, 18 heures 30), et pas de faire un gros repas au beau milieu de l'après-midi. Ses lunettes auraient glissé jusqu'au bout de son nez et il corrigerait des copies en plissant les yeux et en utilisant surtout le gauche, l'œil droit étant plus faible. Pendant des années, Richard Tourneau avait utilisé des lunettes bon marché en répétant qu'elles lui convenaient parfaitement. Il y a cinq ans, Alice avait réussi à le traîner chez l'ophtalmologiste qui lui avait prescrit des lunettes (« cent cinquante dollars ! » avait-il bredouillé – mais elles lui donnaient vraiment un air distingué). Depuis, il n'y était pas retourné. Sa vue avait bien sûr baissé – il allait sur ses soixante ans. Il avait donc pris l'habitude, quand il lisait ou regardait un film, de fermer un œil, tel un pirate.

En sortant de la station de métro, Marina se rendit brusquement compte que rien ne pourrait plus faire plaisir à ses parents qu'une visite surprise à Thanksgiving. Georgina ne se vexerait pas. Max ne remarquerait même pas son absence. Elle ne se faisait aucune illusion sur la probabilité d'un coup de fil ou d'une invitation de dernière minute de la part de Tanner. Ses parents, comprit-elle avec une acuité soudaine et violente, étaient les seules personnes au monde qui l'aimaient vraiment. Plantée à l'angle de Montague et de Henry Street à essayer de se repérer, elle sentit ses yeux se gonfler de larmes. Et si elle faisait demi-tour et rentrait chez elle ? Une douleur profonde lui ravagea la poitrine, un sentiment atroce qu'elle n'identifia que plus tard : le mal du pays.

Si elle abandonnait son rêve new-yorkais et rentrait dans le Connecticut la queue entre les jambes, qui le remarquerait ? Ses amis se demanderaient où elle était passée, mais brièvement, comme quand on soupire à la fin d'un bon film. Elle pourrait vivre à Lakeville, préparer l'examen d'entrée à la fac de droit (vérifier s'il était encore possible de s'inscrire pour la session de décembre). Son père pourrait peut-être lui trouver un boulot de tutrice à temps partiel à Hotchkiss. Cette simple possibilité, au lieu de lui donner la nausée, l'emplit d'un étrange soulagement qui la libéra.

Instinctivement, elle composa le numéro de ses parents.

Dès que sa mère décrocha, Marina sut qu'elle serait incapable de faire cela. Du moins, pas maintenant.

« Alors, comment s'est passée la fête chez les Morgenson hier ? demanda Alice Tourneau d'une voix enthousiaste. Tu as vu les ballons de la parade ? Vous étiez déguisés ?

— C'était chouette, répondit Marina sans entrer dans les détails. Il y avait du caviar et des blinis, ajouta-t-elle, histoire d'égayer la chose.

— Super. Ton père est dans tous ses états ce matin parce que j'ai décidé de ne faire qu'une tarte aux pommes cette année, et pas de tarte aux noix de pécan. Une tarte, c'est toujours largement assez, et en plus cette année, on ne sera que tous les deux. Tout le monde préfère la tarte aux pommes de toute façon. » Derrière, Murray et Tucker faisaient les fous dans la cuisine en poussant des petits hurlements. « Ça suffit ! Assis ! »

La voix d'Alice s'éloigna pendant qu'elle tournait la tête pour gronder l'un des chiens.

« Comment vont Murray et Tucker ? demanda Marina en sentant les larmes venir. Je leur manque ?

— Oh, ils vont bien. En fait, Murray vient d'avaler quelque chose de pas bon pour lui. Il va le vomir, c'est sûr, d'une minute à l'autre, mais sinon, tout va bien. Ils ont sept ans cette année, tu sais. Ce ne sont plus des bébés.

— C'est eux, vos enfants, maintenant.

— Ma foi, oui. La maison est silencieuse sans toi. Mais ils nous en donnent, du boulot, ces loustics ! » Alice s'efforçait d'avoir l'air gai, mais Marina connaissait sa mère suffisamment pour déceler le tremblement de sa voix. Elles se turent un instant, guettant avec bonheur le souffle de l'autre.

« Et papa, ça va ?

— Très bien. Il passe le semestre à bougonner, comme d'habitude. Tu lui manques, tu sais. Certes, il n'aime pas trop papoter au téléphone, mais ça lui ferait vraiment plaisir si tu lui passais un coup de fil de temps en temps.

— Lui aussi il me manque », dit Marina. Elle se sentit envahie par une sensiblerie qui lui donna envie de passer à travers le fil du téléphone pour aller se blottir sur les genoux de sa mère. « Vous me manquez tellement. Je me disais que je pourrais peut-être venir passer un week-end à la maison un de ces jours.

— Ça nous ferait vraiment plaisir ! C'est si joli à cette époque de l'année ici. Tu as manqué la saison des pommes. Dommage. Cette année, la récolte a été bien maigre. Je n'avais jamais vu ça. On a eu un temps vraiment instable. Notre petit verger n'a pas aimé. » Alice soupira. « Les dernières viennent tout juste de tomber. J'ai fait des bocaux avec ce que je pouvais récupérer. Et tu sais quoi ? Ces petites pommes, elles sont délicieuses. On a fait de la compote et une tarte, et j'ai préparé un strudel pour mes élèves. Je n'avais jamais mangé des pommes aussi sucrées. Ou peut-être qu'on les a vraiment appréciées parce qu'il y en avait si peu. »

Alice éclata de rire, et Murray aboya une fois.

« Peut-être ce week-end, dit Marina. Samedi, par exemple.

— Samedi ? Ça serait super ! Regarde les horaires des trains et appelle-moi. Oh ! Il faut que j'y aille. Murray vient de vomir dans la cuisine. *Murray !* » Elle raccrocha, et Marina se retrouva seule à Brooklyn.

Pendant le dîner, la conversation porta rapidement sur l'état déclinant de la presse magazine et, plus généralement, du monde. À gauche de Marina était assis un homme au visage parfaitement ciselé du nom de Franklin qu'elle crut tout d'abord être gay. Sa chemise était ouverte un peu trop généreusement, révélant quelques centimètres de pectoraux musclés. Il s'avéra que Franklin vivait avec Isabelle, la très jolie femme installée en bout de table. Ils étaient tous les deux photographes. Franklin venait de Trinidad, avait un très léger accent chantant et un rire mielleux. Il regardait Marina dans les yeux quand ils se parlaient, comme pour fixer son image dans son esprit.

Marina mangea peu, et but sans modération. À mesure qu'elle s'abîmait dans les brumes de l'alcool, elle trouva Franklin de plus en plus attirant. Ses dents étaient parfaites, d'un blanc hollywoodien qui ressortait avec sa peau foncée. Il parlait de choses qui lui étaient complètement étrangères : les écrivains contemporains des Caraïbes, le mariage de son frère à Bombay. Il avait fait lui-même le pain de forme irrégulière et enveloppé dans une serviette en papier que l'on faisait passer dans un panier en osier. Comme accompagnement, il y avait du chutney de mangues, que plusieurs convives étalaient sur leur morceau de dinde en lieu et place de la traditionnelle sauce aux airelles. Marina se resservit, alors qu'en général elle ne prenait pas de pain.

Le dîner était un assemblage de plats fantaisistes. Georgina avait oublié ce qu'elle avait demandé aux invités d'apporter. Il y avait trois types de pommes de terre (à chair ferme, à chair jaune et à peau rose), mais un seul plat de légumes (des betteraves confites). Marina était la seule à avoir apporté un gâteau – pour seize convives. Un écrivain barbu venu du quartier d'Astoria avait apporté trois douzaines de cookies sans gluten qui s'étaient effrités en chemin. Et en guise de salade, il y avait, apportés par Isabelle, la purée de citrouille (délicieuse) et l'amaryllis écarlate qui trônait au centre de la table et ouvrait ses pétales en corolles.

Très vite, Marina prit ses aises. La cuisse collée contre celle de Franklin, elle sentait le tissu épais de son jean frotter son collant. Elle mit ses cheveux en arrière pour dégager ses épaules. Il se montra poli, mais refusa de répondre à ses avances. Ses coups d'œil en direction d'Isabelle se firent de plus en plus fréquents. Marina n'avait jamais jusque-là été attirée par un Noir, pas plus qu'elle n'avait ouvertement dragué le copain d'une autre. Mais le vin coulant à flots, elle prit de l'assurance, sentit s'évanouir toutes ses certitudes, et le monde lui parut d'une nouveauté brute, comme mis sens dessus dessous. Toutes les audaces étaient permises.

« Marina ne viendrait jamais s'installer à Brooklyn ! s'exclama Georgina, assise en face d'elle. Jamais ! Mais moi, peut-être. J'aime bien ce quartier. J'étais persuadée de ne jamais quitter Greenwich Village tant que je serais vivante, mais j'ai changé d'avis. Comme quoi, tout est possible. » Elle sourit coquettement à Max, qui finit son verre d'un trait et posa la main sur ses genoux.

« Waouh ! dit Franklin en gloussant. Manhattan risque de perdre son *It Girl* à cause de toi, Max ! Jusqu'où iras-tu ? »

Georgina eut beau lever les yeux au ciel, Marina vit qu'elle savourait son titre d'*It Girl* de Manhattan. Elle attrapa une bouteille de merlot et entreprit de resservir tout le monde. *Elle est convaincue de vouloir l'épouser*, songea Marina avec amertume. *Elle pense qu'il va l'épouser parce qu'à trente-six ans, il trouve que c'est le moment.*

« Max n'y est pour rien », dit Georgina avec majesté. La bouteille qu'elle tenait fut vidée. Debout derrière Max, elle le regarda en ouvrir une autre en lui caressant la joue avec le dos de la main. « En fait, je suis tombée amoureuse de Brooklyn. Ou peut-être que je n'aime plus Manhattan. » Elle recommença à servir le vin.

« Oh, Georgina, je suis sûre que non ! s'exclama Marina, se rendant compte au passage que sa voix devenait pâteuse.

— Tu ne trouves pas la ville déprimante ? Les restaurants sont tous vides. Les bons magasins sont en train de fermer. Quelle horreur ! »

Isabelle éclata de rire.

« Je trouvais tout ça déprimant, dit-elle, jusqu'à ce que j'entre dans Barney's la semaine dernière. Tout est à moins quarante pour cent ! C'est la première fois que je peux y acheter quelque chose !

— Chaque fois qu'un article est soldé à moins quarante pour cent, on devrait rajouter une étiquette pour te rappeler que ta retraite aussi est à moins quarante pour cent », déclara Malcolm. Malcolm était juriste, l'unique représentant du monde de l'entreprise parmi les convives. Les rires fusèrent autour de la table, rebondissant sur les plafonds hauts de quatre mètres. Dans l'obscurité naissante, on apercevait tout juste les ombres des cimes des arbres à travers les vitres. « Et que personne n'aura de prime de fin d'année…

— On n'en espérait pas autant, cher maître, dit Franklin en souriant benoîtement. Auriez-vous oublié que nous sommes tous artistes ou écrivains ?

— Ou travailleur indépendant, ajouta Max en levant son verre. Si jamais vous voyez mon patron, dites-lui que je mérite d'être augmenté ! »

Et, tous de fort bonne humeur, ils trinquèrent à leur triste sort.

Marina trouva cette forme d'humour étonnamment rafraîchissante. Les amis de Tanner travaillaient tous pour des fonds spéculatifs ou des fonds de pension et pour eux, la crise était une affaire sérieuse, un sujet sur lequel on revenait souvent dans les dîners. Untel avait annulé un week-end à Aspen, tel autre vendu sa maison de bord de mer ou renoncé à partir en vacances.

« J'ai du mal à plaindre les banquiers qui habitent dans ton quartier, Georgina, dit Isabelle. Certes, leurs fonds spéculatifs ferment et ils perdent leur boulot. Mais c'est la même chose dans la presse magazine.

— Et eux, ils sont responsables de ce qui se passe en ce moment. La grande différence entre un magazine qui se porte mal et Lehman Brothers, c'est que Lehman mérite la faillite. Ils sont tout de même à l'origine du problème », expliqua une écrivaine du nom d'Elise.

L'ambiance commençait à s'assombrir. Les sourcils se froncèrent et plusieurs convives hochèrent la tête en signe d'approbation.

« Je crains que ça ne soit pas tout à fait juste, suggéra Marina prudemment. Ce que je veux dire, c'est qu'un analyste de chez Lehman n'est pas plus responsable qu'un journaliste de *Press*. Ce n'est pas eux qui prennent les décisions importantes. Ils font simplement ce qu'on leur demande de faire. C'est vrai, certains sont payés trop grassement. Mais pourquoi refuser l'argent qu'on vous offre ? » Ses paroles risquaient fort de ne pas être bien accueillies par cette assemblée progressiste, mais l'alcool altérait son jugement. Elle avait la tête qui tournait et, mal éclairés par les bougies, les murs aux couleurs vives lui donnaient vaguement l'impression d'être prise au beau milieu d'un défilé de carnaval. Elle se rendit compte qu'elle était complètement saoule. C'est alors qu'elle entendit une sonnerie lointaine traverser le brouillard.

« J'ai l'impression que ton sac t'appelle », lui dit gentiment Franklin à l'oreille. Se penchant, il attrapa son sac qu'elle avait accroché derrière sa chaise.

« Merci », bafouilla Marina. Elle se leva brusquement et chercha frénétiquement son portable, qui avait eu la malencontreuse idée de se planquer dans un coin de son sac. Personne ne remarqua quand elle s'éclipsa par la porte la plus proche pour s'éloigner du vacarme ambiant. Elle ferma derrière elle, parcourut la pièce du regard, et se rendit compte qu'elle était dans le bureau de Max. Ne sachant pas si son intrusion ne posait pas de problème, elle resta plantée là sans oser allumer la lumière.

Elle ne reconnut pas le numéro. Le code indiquait que l'appel provenait d'un téléphone fixe à Manhattan. L'espace d'une seconde, son cœur s'emballa. C'était Tanner qui l'appelait depuis chez ses parents.

« Allô ? » dit-elle, en s'efforçant de prendre une voix désinvolte. Elle fut tentée d'ouvrir la porte pour laisser entrer le bruit des festivités.

« Marina ? C'est Duncan. » Il attendit qu'elle réponde, et le silence s'installa.

Marina sentit son cœur faire un bond. Duncan. Qu'est-ce qu'il pouvait bien vouloir, celui-là ?

Incapable de parler, elle resta là à attendre, le combiné plaqué contre son oreille, les lèvres entrouvertes.

« Joyeux Thanksgiving », dit-il avant de s'éclaircir la gorge. Il paraissait nerveux. « Allô ? Vous êtes toujours là ?

— Oui, répondit Marina d'une voix rauque. Joyeux Thanksgiving à vous aussi. Désolée, mais je suis à Brooklyn et je ne vous entends pas bien.

— Comment ça à Brooklyn ? Vous n'habitez tout de même pas là-bas ?

— Non. Je fête Thanksgiving chez une amie. »

S'il m'appelle pour me demander de faire quelque chose, je démissionne sur-le-champ, se promit Marina.

« Je peux faire quelque chose pour vous ?

— Oh, désolé, vous êtes en plein dîner. Vraiment, je m'excuse. Je ne devrais pas vous retenir. »

Sa voix avait pris un ton penaud qui ne lui ressemblait pas. Marina regretta sa brusquerie. Il ne lui demandait rien : il voulait simplement lui souhaiter un bon Thanksgiving. C'était vraiment une attention délicate de sa part, et voilà qu'elle le rembarrait !

Tu es en train de virer mégère, songea-t-elle. *En plus, tu es saoule.*

« En fait, il y a quelque chose que j'aimerais vous demander. Puisque vous m'y faites penser. »

Marina resta muette.

« Ça peut être fait plus tard, quand vous aurez le temps. Demain peut-être. »

L'une des expressions que Marina détestait le plus, c'était « quand vous aurez le temps ». Duncan l'employait souvent après lui avoir demandé de faire quelque chose dont il avait laissé entendre le caractère urgent.

« Bien sûr. Avec plaisir.

— Pourriez-vous me ressortir l'interview de Jane Hewitt que j'ai faite cet été, ainsi que toutes les notes et autres documents que j'ai utilisés pour la préparer ? J'ai aussi besoin de mon emploi du temps le jour où elle est venue ; vous le trouverez dans mon agenda électronique. J'aimerais faire un petit article de fond sur elle, alors je veux que vous me trouviez l'organigramme de la SEC et les noms des responsables. Ne vous basez pas sur ce que nous avons fait cet été : ça n'est plus valable. »

Marina s'était mise à pleurer. Les larmes glissaient en silence sur ses joues, des grosses larmes abondantes. Elle sut qu'elle n'allait pas tarder à sangloter. Elle posa la main sur le combiné dans l'espoir d'étouffer le bruit tout en s'essuyant du revers de la main. Elle entendit de l'autre côté du mur des éclats de rire assourdis et le tintement d'une fourchette sur un verre, comme si quelqu'un s'apprêtait à porter un toast.

« Ça a l'air intéressant », dit-elle. Ce qui était déjà beaucoup pour quelqu'un à qui son patron donnait des ordres au beau milieu du repas de Thanksgiving.

« Pendant que j'y pense, rassemblez aussi ce que nous avons sur Morton Reis et sa boîte, RCM, et sur Delphic, la boîte de Carter Darling. » Il observa une pause d'une fraction de seconde et ajouta : « Mais, mon petit, vous pleurez ? »

Elle pensait ne pas avoir fait de bruit, mais elle avait certainement laissé échapper un gémissement.

« Désolée », répondit-elle en reniflant. Elle eut l'impression qu'elle n'avait à présent plus rien à perdre. « Oui, je pleure. Je sais que ça n'est ni le lieu, ni l'heure. Simplement, mon petit ami m'a laissé tomber hier et j'avais déjà annulé le repas de Thanksgiving avec mes parents parce que je comptais le passer avec lui, alors c'est pour cela que je suis chez une amie. Et en plus, il faut que je travaille. Bref, je m'excuse. »

Dans le silence qui suivit, Marina se mit à taper nerveusement du pied sur la moquette épaisse.

« Ma foi, rien ne vaut une petite confession imprévue », dit enfin Duncan. Il se mit à glousser, faisant des petits bruits nerveux et étrangement aigus. « Quel est le nom de votre petit ami ?

— Tanner, répondit Marina, qui commençait à se mordre les doigts d'avoir évoqué le sujet. Tanner Morgenson.

— Eh bien, Marina, je connais beaucoup de gens et je peux dire que je sais juger une personne. Ce que je vais vous dire n'est certainement pas approprié – mais, bon sang, je crois que nous avons oublié ce qui était approprié il y a quelques minutes – Tanner Morgenson m'a l'air d'être un fieffé imbécile. Vous êtes belle, intelligente et équilibrée pour quelqu'un de votre âge. Vous êtes vouée à un bel avenir chez nous, Marina, j'en suis convaincu. Rares sont les personnes qui peuvent me supporter, vous savez. Vous êtes sûre de vous, coriace, et c'est absolument indispensable dans une ville comme celle-ci.

— Merci. Venant de vous, ces paroles sont précieuses.

— Soit, dit-il – et elle l'imagina s'empourprant légèrement, je crois que vous devez considérer toute cette histoire comme une chance. L'occasion de vous libérer d'un avenir voué à la médiocrité. Je suis certain que ce garçon ne fait pas le poids face à vous. Il ne s'agirait pas par hasard du petit-fils de William, fils de Bill, si ce n'est pas trop indiscret ?

— Si, en effet. »

Elle se douta qu'il allait lâcher quelque critique cinglante contre les Morgenson, mais ne put toutefois réprimer une certaine fierté à l'idée d'être associée à une famille si prestigieuse. Elle allait peut-être monter d'un cran dans le carnet mondain de Duncan.

« Eh bien, Marina, je vais vous raconter un petit secret, peut-être mal gardé, mais pas plus ni moins que d'autres. Les Morgenson sont absolument, complètement, irrémédiablement fauchés. Depuis un bon bout de temps. Je tiens l'information de source sûre. »

Marina écarquilla les yeux. « Non ! Impossible ! J'ai vu leur maison – plusieurs de leurs maisons. Hier soir, j'étais chez eux. Leur appartement est magnifique.

— C'est peut-être vrai, mais le jeune Tanner risque d'être bien déçu s'il s'attend à récupérer quelques dollars. Son grand-père a gagné une fortune, mais a presque tout donné à des œuvres caritatives. Le reste, il l'a réparti entre ses quatre enfants. Le père de Tanner est un crétin fini. Bill Morgenson n'a jamais rien fait de sa vie, à part miser du fric dans des projets immobiliers farfelus. En quelques années, il a perdu pratiquement toute sa petite fortune, et est maintenant aux abois. Il y a un an et demi, alors que le marché était au plus haut, il a englouti le peu qu'il lui restait dans cette immense tour en verre au centre de Manhattan – vous voyez de quoi je veux parler, le nom va me revenir – un vrai fiasco. L'un de mes très bons amis qui a suivi l'affaire de près m'a raconté que les trois investisseurs principaux – dont notre ami Bill Morgenson – s'étaient personnellement portés garants. Ce qui bien entendu est une idiotie comme on en fait peu. Si bien que la famille est ruinée. D'ici peu, Tanner travaillera comme serveur dans un bar.

— Mais, et la mère ? s'exclama Marina. Grace a de l'argent, non ? C'est ce que tout le monde dit.

— Pas du tout. Son père détestait Bill. Il n'est pas venu à leur mariage, d'après ce qu'on m'a dit. Il l'a déshéritée.

— Incroyable ! On peut dire qu'ils font sacrément illusion.

— En effet. Maintenant, si vous alliez finir votre dîner ? Ensuite, vous pourriez m'aider à faire quelques recherches sur Jane Hewitt. Et Morton Reis. Et Carter Darling. Comme ça, on verra qui tient vraiment les cartes.

— Avec plaisir », répondit Marina.

Elle attrapa un carnet sur le bureau de Max et écrivit les noms à toute vitesse.

« Appelez aussi Owen Barry du *Wall Street Journal*. Dites-lui que je veux lui parler, que c'est urgent, et que je le contacte bientôt. Donnez-lui ces trois noms. Il sait tout ce qu'il y a à savoir sur eux. Voyez aussi si vous trouvez les coordonnées de Scott Stevens. Il travaillait pour la SEC à Washington et a à un moment donné supervisé une enquête sur les activités de RCM. D'après ce que j'ai compris, il est parti brusquement – fin 2006 je crois – et l'enquête a été abandonnée. Ce serait intéressant de pouvoir lui parler.

« Owen Barry. Scott Stevens. OK. Autre chose que je peux faire ?

— Pas pour l'instant. Si je pense à autre chose, je vous appelle. On va bien s'amuser sur ce coup-là, Marina. Ça sera la revanche des petits.

— Vous voulez que je l'appelle peut-être, ce Scott Stevens…

— Ne mettez pas la charrue avant les bœufs, répondit Duncan après un temps de réflexion. Ses coordonnées suffiront.

— Très bien. Dites-moi si je peux vous aider pour les recherches ou pour autre chose. C'est le genre de boulot que j'aime bien faire. »

Une fois qu'elle eut raccroché, elle parcourut du regard le bureau de Max et sourit. Voilà quelqu'un qui avait réellement accompli quelque chose, en dépit du fait qu'il était né avec une cuillère en argent dans la bouche. La table était couverte de papiers, et l'ordinateur brillait dans la pénombre, comme bouillonnant d'idées. Tout d'un coup, elle se rendit compte qu'elle aimait beaucoup Max. En rejoignant les autres, elle passa machinalement la main sur sa joue. Sa peau était sèche à présent. Elle avait cessé de pleurer.

Jeudi, 18 heures 02

« Asseyons-nous », dit Carter en invitant les autres à entrer dans la salle à manger. Derrière lui, Carmela attendait nerveusement les instructions. La table était parfaite. La lumière douce des bougies éclairait les murs couleur pêche. Les assiettes en porcelaine étincelaient. Ils s'installèrent, sentant la faim monter et leur bouche saliver. Dehors, le vent nocturne agitait les lampes de la véranda.

Lorsque tout le monde fut placé, Carmela dit à Carter, « Tout est prêt. Désirez-vous que je serve ? » Ils jetèrent tous les deux un œil discret à la table de service, sur laquelle un véritable festin attendait : carottes glacées au beurre, pommes de terre fumantes, légumes d'automne rôtis et enduits d'une couche chatoyante d'huile d'olive, farce *à la Carmela* – une symphonie de couleurs automnales présentée dans des plats en terre cuite. Au centre trônait une magnifique dinde bien dodue. Au signal de Carter, Carmela la ramènerait discrètement dans la cuisine pour que John la découpe. Puis Carter la servirait, déposant délicatement les morceaux dans les assiettes à l'aide de pinces en argent, et tout le monde lui dirait qu'elle était vraiment superbe cette année.

« Pas encore, dit brusquement Carter. Vérifiez que tout le monde a bien été servi en vin. » Carmela fit un signe de tête et commença à remplir les verres.

Sol retourna le sien avant qu'elle ait eu le temps d'arriver à lui. « Pour moi, ça sera de l'eau, ou bien la même chose que lui », dit-il en désignant le Canada Dry de Carter.

« Bien, monsieur. Madame, je vous sers ? demanda Carmela à Marion.

— Oui, s'il vous plaît. Quel festin ! Chaque année vous nous gâtez. »

Carmela la remercia d'un signe de tête puis détourna les yeux, comme si elle n'était pas sûre de mériter le compliment. Une fois les verres remplis, elle se réfugia dans la cuisine. Un silence embarrassé se fit. On entendit un bruit de casseroles derrière les portes battantes, quelques accords de musique classique, puis plus rien – Carmela avait éteint la radio.

Adrian rompit le silence en bâillant sans aucune discrétion. Il se pencha pour prendre un morceau de pain dans la corbeille, fit signe à Lily de lui passer le beurre. Les oreilles rouges de colère, elle s'exécuta en le fusillant du regard. Faisant mine de ne rien remarquer, il commença tranquillement à beurrer sa tartine.

« À ton avis, elle va descendre bientôt ? demanda Merrill à son père.

— Je pense, oui », répondit Carter, les mâchoires serrées. Puis, se tournant vers les autres : « Et si on discutait un peu ? » dit-il dans l'espoir d'alléger l'atmosphère.

Son ton bourru donnait l'impression qu'il était furieux. Merrill baissa la tête comme une petite fille qui se fait gronder.

« Quelqu'un a parlé à Julianne ? s'enquit Adrian.

— Changeons de sujet », le coupa Carter d'un ton brusque.

Carmela entra avec une cruche d'eau. « On va commencer le repas, lui dit Carter. La dinde refroidit.

— Qui a gagné le match ? demanda Marion en adressant aux autres un sourire encourageant.

— Les Lions se sont fait écraser », répondit Adrian qui avait commencé à dépiauter la croûte de son morceau de pain, étalant au passage des miettes sur la nappe. « Ils ont été décimés : 47 à 10.

— Eh bien ! Contre qui ?

— Les Tennessee Titans.

— Au fait, pourquoi êtes-vous tous pour Detroit ? »

Les têtes se tournèrent vers Adrian, comme lors d'un match de tennis. Personne n'osait se servir en pain. « J'en sais foutre rien », répondit Adrian. Puis, avec un désintérêt affiché, il enfourna un bout de pain dans sa bouche.

Quand il eut fini de mâcher, il s'essuya avec sa serviette et se tourna vers Lily, dont les yeux lançaient des éclairs. « Ben quoi ? Il a dit qu'on commençait, non ? J'ai faim, moi.

— Et si tu attendais que tout le monde soit servi ? » rétorqua Lily sèchement. Assise le dos bien droit, les doigts sagement croisés au bord de la table, elle

299

ressemblait étrangement à Inès. L'érection qui cha-
touillait Adrian depuis le début de la soirée disparut
instantanément.

« Mon grand-père était l'un des premiers proprié-
taires du club des Lions, expliqua Carter, attirant
les regards vers son bout de table. Il était ami avec
George Richards, qui a fait venir l'équipe à Detroit
en 1934.

— Intéressant, dit Marion en dépit du fait qu'elle
connaissait, comme tout le monde, l'histoire par cœur.
Vous avez encore de la famille dans le Michigan ?

— Cette histoire, elle est vraie, au moins ? »
demanda brusquement Merrill avec dans la voix une
acidité que Paul n'avait jamais entendue quand elle
s'adressait à son père.

Il fut le seul à s'apercevoir que sous la table, elle
s'acharnait jusqu'au sang sur les petites peaux de son
pouce. Il voulut l'en empêcher, mais elle éloigna sa
main et enveloppa discrètement son doigt dans une
serviette.

« Bien sûr », répondit Carter, visiblement désar-
çonné par le ton de Merrill. Leurs regards se croisèrent un instant, comme si le reste de la table avait
disparu et qu'il ne restait plus qu'eux deux. Paul et
Adrian se figèrent, incapables de prévoir ce qui allait
se passer.

« Parce que tu nous as toujours dit que la moitié de
ce que ton père racontait était faux. Cette histoire, ça
m'a tout l'air d'un truc qu'il a inventé.

— Merrill, avertit Lily d'un ton sévère. Arrête. »

D'un regard, elle rappela à sa sœur la présence des
Penzell. La sécheresse de sa voix, les rides provoquées

par ses sourcils froncés exprimaient une inquiétude qu'Adrian trouva visiblement très drôle. Il partit d'un rire aigu qui retentit dans un silence total.

Comprenant brusquement qu'ils se retrouvaient au beau milieu d'une querelle familiale, les Penzell firent mine de ne rien voir. Depuis le début de la soirée, ils s'efforçaient vainement de ne pas attirer l'attention. Malheureusement, Sol avait commis l'erreur de porter une cravate avec une chemise à carreaux et à col mou qui n'allait pas du tout. L'ensemble donnait l'impression qu'il y avait eu une dispute de dernière minute avec Marion au sujet de sa tenue, dispute que Sol avait perdue. À présent, il tirait sur sa cravate pour la desserrer, tout en prétendant ne rien percevoir de la tension entre les Darling.

Il se pencha en arrière et, à la stupeur générale, se retrouva en équilibre sur les pieds de sa chaise.

« Attention ! » couina Lily en plongeant vers lui comme pour le rattraper. Sol retomba illico en avant.

« Désolé, dit-il à Lily en rajustant sa cravate. Je ne voulais pas vous faire peur.

— Bon sang, Lily ! » rugit Merrill. Puis, se tournant vers Sol et Marion : « Désolée, ajouta-t-elle, mais je ne pense pas que ça soit bien de commencer sans maman. »

Posant sa serviette en lin et dentelle sur son assiette, elle se leva. Une petite tache de sang de la taille d'une pièce de monnaie apparut sur le tissu.

« Assieds-toi, Merrill, ordonna Carter. Ta mère descendra quand elle sera prête. Souviens-toi que nous avons des invités.

— Je vais voir si elle va bien. »

Elle se leva et sortit. La porte se referma délicatement derrière elle.

« Maman ? » La voix de Merrill rebondit sur les murs de la salle de bains. « Tu es en haut ? »

Inès se figea pendant une minute, le temps de décider si oui ou non elle allait répondre. Depuis quand attendaient-ils qu'elle descende ? Comment ? Il était déjà dix-huit heures ? Tout le monde se fichait qu'elle ait regardé le match ou pas. Elle avait cru entendre la voiture des Penzell arriver dans l'allée. Dehors, le ciel s'était assombri. Des petites lumières soulignaient l'allée menant à la maison.

Le dîner devait être prêt. Inès imagina ce qui se passait en bas – dans les moindres détails. Adrian commençait à avoir faim. Lily, confuse à l'idée que sa mère négligeait ses invités, s'inquiétait des places des convives, ou bien tournait nerveusement autour des Penzell en lançant des regards outrés à Adrian. Carter aussi avait faim, mais il ne laisserait pas le repas commencer sans elle. Les filles avaient sans doute parlé de la situation et convenu que quelqu'un devrait venir voir ce qu'elle faisait. Merrill s'était peut-être portée volontaire, mais il était plus probable qu'elles aient tiré à la courte paille. Petites, quand il y avait quelque chose de déplaisant à faire – sortir la poubelle ou bien aider à laver la vaisselle – elles posaient l'index sur le nez et la plus lente à exécuter ce geste était désignée. Généralement, c'était Merrill, la plus âgée et la plus rapide, qui gagnait.

Merrill avait peut-être perdu cette fois-ci. Ou bien elle s'était portée volontaire. Merrill la diplomate. Merrill la pacificatrice.

Inès l'imagina grimpant les escaliers en se demandant pourquoi sa mère se montrait si difficile. En son absence, la conversation prendrait un tour guindé. On parlerait de football, de la tempête qui s'annonçait, en évitant soigneusement les sujets délicats : Morty. Delphic. Julianne. Inès. À cette pensée, Inès ressentit une brève pointe de culpabilité.

Depuis le début de la journée, elle luttait pour faire bonne figure. Sa trousse de maquillage s'était renversée, répandant son contenu sur le sol de la salle de bains. Des fragments de poudre de soleil et des morceaux de miroir avaient ricoché sur le carrelage. Son fond de teint de luxe avait giclé partout, formant comme des taches de peinture beige. Des échardes de verre luisaient entre les fibres du tapis de bain. Inès avait essayé de les ramasser, d'abord avec des Kleenex, puis à la main. Mais il y en avait partout. À présent, agenouillée par terre, elle tentait désespérément de les récupérer avant de se blesser. Écrasés contre la surface dure du carrelage, les os délicats de ses pieds lui parurent encore plus fragiles. Des petites marques rouges commençaient à apparaître sur ses genoux à l'endroit où les bords des carreaux s'étaient imprimés sur sa chair, comme les lignes qui apparaissent sur les mollets de quelqu'un portant des chaussettes trop serrées. La douleur n'était pas vraiment déplaisante. Elle lui rappelait ces heures qu'elle avait passées à l'église agenouillée sur un prie-dieu inconfortable.

La douche était en train de couler. Inès avait ouvert le robinet pour couvrir le bruit de ses sanglots. Les larmes ruisselaient sur ses joues, chaudes et salées.

Son nez coulait aussi. Un filet de morve claire lui cha-touillait le menton. La poubelle étant trop loin d'elle, les Kleenex froissés jonchaient le carrelage, s'ouvrant en corolle comme autant de fleurs. Le martèlement constant et régulier de l'eau sur le marbre avait quelque chose de purificateur, de rassurant, d'infini-ment terre à terre.

Elle était trop fatiguée pour se laver aujourd'hui. La simple idée de devoir se sécher les cheveux et se maquiller l'accablait. De toute façon, personne ne remarquerait. En tout cas, pas Carter. Cela faisait des mois qu'elle ne décelait plus le moindre intérêt sexuel dans son regard, ni même la moindre appré-ciation physique. C'était comme s'il ne la voyait plus du tout.

Inès était loin d'être idiote. Elle avait la tête suffi-samment vissée sur les épaules pour se rendre compte que sa valeur inhérente se dépréciait. Son énergie autrefois inépuisable diminuait. C'était à peine si elle parvenait à garder les yeux ouverts passé vingt-deux heures trente, même au spectacle ou lors d'un dîner entre amis. Elle oubliait plein de choses. Pire encore, son corps se détériorait à un rythme quasiment incontrôlable. Cela la rendait folle. Chaque année, elle en était réduite à envisager des opérations de plus en plus radicales – lifting, régime draconien, lipo-succion – ne serait-ce que pour éviter toute dégrada-tion supplémentaire. Elle ne pouvait pas dire qu'elle ne comprenait pas le désintérêt de son mari. Mais cela ne rendait pas la chose plus facile à accepter.

Inès savait qu'une rivale avait pris sa place dix ans auparavant. Peut-être plus, mais elle n'avait pas envie d'envisager cette éventualité. Entre quarante-huit et cinquante-deux ans, elle avait appris à s'avouer vaincue. Elle en était arrivée à un stade où elle n'avait plus besoin que Carter lui accorde ce genre d'attention, et s'était résignée à une admiration de type platonique, le genre qu'Hollywood réserve à ses actrices vieillissantes. Ce n'était pas assez, mais cela lui permettait de vivre. Peut-être traversaient-ils une période difficile. Peut-être était-ce temporaire.

Au moins Carter n'avait jamais ressenti de haine à son égard. Il avait toujours considéré que l'argent gagné leur appartenait à tous les deux. Pour cela, Inès lui était reconnaissante. Elle n'aurait pas supporté d'être surveillée comme certaines de ses amies, qui devaient remettre à leur mari leurs reçus de carte bancaire – comme de simples employées de maison. Cela la choquait toujours d'entendre ces amies se plaindre des reproches faits par leur mari au sujet de leurs dépenses. Visiblement, ça empirait avec l'âge, en dépit du fait qu'en général ces mêmes hommes s'enrichissaient d'année en année. On aurait dit que, passé l'âge d'avoir des enfants, une épouse devenait fonctionnellement inutile. Ces femmes déjeunaient ensemble, recevaient du monde, achetaient des vêtements, mais elles n'étaient plus sexuellement désirables. Leurs enfants exigeaient peu, voire pas du tout d'attention maternelle. Leurs maris les considéraient comme des gouffres financiers, des postes de dépense supplémentaires.

Peut-être s'était-elle éloignée en premier. Cela s'était passé de manière insidieuse, entre la naissance de Merrill et celle de Lily. Son attention, auparavant consacrée à Carter, s'était tournée vers ses enfants. Elle ne faisait pas partie de ces femmes qui idéalisent la maternité. Il lui était arrivé d'en avoir assez de passer des heures à nourrir les bébés, à soigner leurs bobos, coupée de toute conversation adulte. Mais elle s'était efforcée de faire les choses bien, et les filles lui appartenaient comme jamais personne ne lui avait appartenu, pas même Carter. Souvent, quand il rentrait, elle dormait déjà. Si bien qu'un jour, sa vie de couple était passée à l'arrière-plan, devenant une toile de fond derrière les visages de ses filles.

Les mauvais jours, Inès se disait qu'elle était restée pour Merrill et Lily, pour qu'elles aient tout ce dont elle-même avait été privée. Pas simplement les écoles, les belles maisons, les cours de tennis et les jolies robes, mais la vraie famille, un père aimant. Son propre père était mort quand elle avait huit ans. Sa mère, tombée dans une profonde dépression, avait été jugée incapable de s'occuper d'elle, si bien qu'on avait confié Inès à ses grands-parents de Rio. Le peu de souvenirs qu'il lui restait de son enfance, c'étaient la gentillesse et l'étourderie de son grand-père, le silence de la maison avec ses meubles en bois sombres et ses sols pavés. Elle avait passé son adolescence le nez dans des magazines de mode ou de cinéma américains, résolue à quitter le Brésil dès que possible. À dix-sept ans, elle avait débarqué à New York avec le projet de devenir mannequin. Elle s'aperçut qu'elle n'avait ni la taille, ni la beauté suffisante pour mener ce genre de carrière. Par contre, elle était élégante, intelligente et prête à tout pour arriver. Elle se dégota un boulot de secrétaire au grand magazine féminin *Women's Wear Daily*. À vingt-cinq ans, elle était rédactrice de mode pour *Harper's Bazaar* et travaillait avec Anna Wintour.

À cette époque, elle allait de fête en fête et ce fut justement à une fête qu'elle rencontra Carter Darling. Elle sortit de leur premier rendez-vous en se disant qu'il était quelque peu snob, mais qu'elle tomberait fatalement amoureuse de lui. Ce qui fut le cas. Ils se marièrent à la mairie de New York, puis fêtèrent cela à La Grenouille avec des amis au cours d'un long déjeuner où le champagne coula à flots. Elle portait une élégante robe blanche de chez Valentino avec une veste assortie et était persuadée de ressembler à Mia Farrow lors de son mariage avec Frank Sinatra à Las Vegas. Il n'y eut pas de lune de miel, Inès étant enceinte de Merrill et ayant trop de nausées pour voyager.

Un temps, elle eut peur que son amour pour Carter disparaisse ou que lui cesse de l'aimer. Ils s'étaient mariés si vite, si jeunes, et venaient de mondes tellement différents. Pourtant, au fil des ans, se forma entre eux un partenariat qui fonctionnait mieux et plus harmonieusement que les mariages de leurs amis. Ils ne se disputaient jamais à propos d'argent, de leur maison ou de l'éducation à donner aux filles. Ils auraient peut-être dû : ils se seraient alors sentis davantage amants qu'associés.

Lorsque Carter finit par tomber amoureux de quelqu'un d'autre, Inès n'envisagea jamais sérieusement de partir. Où irait-elle ? Comment pourrait-elle faire subir cela aux filles ? Ils formaient une famille. Son choix de rester avec Carter était une décision désintéressée. La meilleure. Du moins se disait-elle.

Et maintenant, la crainte que ni l'un ni l'autre de ces adjectifs ne soient vrais lui perçait le cœur.

« Maman ? »

Inès coupa la douche.

Quand elle entra dans la chambre, Merrill était juchée sur le bord du lit comme un pigeon, le visage rose, fraîchement lavé. Elle portait une queue de cheval impeccable et enfantine. Elle avait l'air reposée, comme s'il s'agissait d'un week-end à la campagne ordinaire. C'était une illusion, bien sûr, dont Inès lui fut gré. À cet instant précis, elle n'aurait pas supporté de voir ses enfants souffrir.

Par contre, elle-même avait l'air ravagée.

« Comment ça va ? » Merrill attendit sa réponse en clignant des yeux, l'air sincèrement inquiète. « Je crois que le dîner est prêt. »

Inès poussa un soupir et disparut dans son dressing. « Je sais, dit-elle. J'en ai pour une minute.

— Tu vas quelque part ?

— Comment ça ?

— Je vois que ta valise est sortie.

— Je n'ai pas encore décidé. »

Inès sentit que Merrill allait dire quelque chose mais qu'elle préférait se taire.

« Tu irais où ? finit par demander Merrill. À New York ? Ailleurs ? »

Comme sa mère ne répondait pas, Merrill poursuivit : « Maman, tu pourrais sortir de la penderie s'il te plaît ? Tu as parlé à papa ? »

Inès émergea, un pull à col roulé en cachemire dans les mains. Elles contemplèrent toutes les deux la valise ouverte sur un tréteau près du lit. Le couvercle était appuyé contre le mur, révélant des affaires rangées à la va-vite. L'air absent, Inès enfila le pull sans même mettre de soutien-gorge. Dans la lumière crue du soleil, son corps parut vieux, comme si une force extérieure l'avait vidé de sa substance jusqu'à ce que la peau se détache.

La vérité, c'est que l'idée de quitter Beech House la terrifiait. Carter comptait rentrer à Manhattan le lendemain matin, et avec Sol, ils lui avaient fait bien comprendre à quel point il était important qu'elle rentre avec lui. « J'ai besoin de toi, Inès », avait dit Carter. Cela faisait si longtemps qu'il ne lui avait pas accordé une telle importance qu'elle en avait eu le cœur réchauffé. C'est alors que Sol avait ajouté : « Ça ferait mauvais effet si vous n'étiez pas ensemble. De toute façon, qu'est-ce que vous feriez à East Hampton toute seule ? » Les deux hommes formaient une équipe soudée. Elle comprit alors qu'ils avaient répété leur petit discours avant. Son cœur se referma. Elle n'était qu'un pion dans l'exécution de leur plan.

La question la plus intéressante, pour elle du moins, c'était de savoir comment elle s'occuperait à Manhattan. Elle n'en avait pas la moindre idée. En serait-elle réduite à se planter devant la télé en attendant que Carter rentre pour lui dire que leur vie était finie, que les frais d'avocats allaient les ruiner, qu'il allait se réfugier dans un pays où il ne risquait pas l'extradition et qu'elle ne le verrait plus qu'à la télé ?

Elle pourrait aller au club de gym ou au Starbucks. Là, elle ne manquerait pas de rencontrer des amies qui lui demanderaient des nouvelles de sa famille et, pour celles particulièrement dénuées de tact, exprimeraient leurs condoléances pour la mort de Morty. Ou bien, une fois diffusée l'inévitable interview de la maîtresse de Carter, elles se tairaient et, tête baissée, passeraient devant elle comme si elles ne l'avaient pas vue. C'est ainsi qu'elle agirait à leur place. Que pouvait-elle donc raconter aux gens à présent ?

Elle comprit en envisageant tous ces scénarios, ces fils qui composeraient le tissu de sa vie, qu'il n'y avait pas une seule personne au monde qu'elle désirait voir. Elle passerait sa vie entière à éviter ceux dont elle avait si chèrement gagné l'amitié. Le simple fait de prendre un café au coin de la rue serait une véritable épreuve. Elle serait obligée de porter un chapeau et d'entrer et de sortir aussi discrètement que possible. Elle ne se sentirait bien nulle part, ni même au Starbucks, à l'instar de l'héroïne de la *Lettre écarlate*[1]. Et la presse n'avait même pas encore eu vent de l'affaire. Ça ne faisait que commencer.

Il lui serait plus facile d'éviter tous ces désagréments à la campagne. Elle pourrait passer tranquillement ses journées à Beech House, à contrôler la chaudière, à donner des ordres aux employés, à tailler les haies. À East Hampton, Inès avait toujours l'impression d'avoir quelque chose d'important à faire. Non pas que les tâches à accomplir soient essentielles ou qu'elles ne puissent être réalisées que par elle (elle devait reconnaître que généralement, elle les délé-

---

1. *The Scarlet Letter*, roman de Nathaniel Hawthorne (1804-1864) dont l'héroïne, Hester Prynne, est condamnée à porter un A écarlate cousu sur ses vêtements en rappel du péché qu'elle a commis, celui d'avoir un enfant adultérin.

guait : à Carmela, à John, à un décorateur d'intérieur, au jardinier). Non, leur valeur tenait au fait qu'Inès les réussissait, et le souvenir de ce qu'elle avait accompli et la vue des résultats tangibles lui procuraient un immense plaisir. L'appartement de New York, situé dans un immeuble avec tout le personnel nécessaire, n'avait pas besoin qu'on s'occupe de lui. Ce qui était un soulagement la plupart du temps, mais il arrivait, les jours où elle était seule, que cette autosuffisance lui donne l'impression de ne plus servir à rien, comme une vieille cafetière reléguée au fond d'un placard.

Avec ses pelouses impeccables, ses portiques et ses greens, Beech House était un endroit où la réalité était suspendue. Comme toutes les maisons de vacances, elle n'avait pas vraiment de raison d'être. Pendant la saison estivale, ceux qui l'occupaient pouvaient faire semblant d'être exclusivement préoccupés par des questions telles que le choix entre une partie de golf ou de tennis. Les caprices de la météo – les averses, les chutes de température – provoquaient des réunions de crise affolées. Même les tâches qu'elle s'entêtait à considérer comme importantes étaient en général artificielles. Au fond, quel besoin avait-on d'une tonnelle, et fallait-il vraiment repeindre les meubles du débarras aussi souvent ? Ces banalités avaient pour seul but de l'occuper, afin que le temps passe tranquillement. Elle pouvait se laisser happer par la maison pendant des jours, voire des semaines, comme Alice tombant dans le terrier du lapin blanc.

Cette maison, Carter l'avait achetée rien que pour elle. À l'époque où il aurait fait n'importe quoi pour elle. Elle aurait pu en avoir une beaucoup moins chère, ou qui exigerait moins de travail. Mais c'était celle-ci qu'elle voulait. Et ce que Carter voulait, du moins avait-il dit à l'époque, c'était qu'elle soit heureuse.

Si elle avait le choix, elle resterait ici à perpétuité.

« Ton père rentre à New York demain matin », annonça-t-elle à Merrill. Puis elle s'assit devant sa coiffeuse. Le triptyque de miroirs lui renvoya son visage, sombre et anguleux, sous trois angles différents. Elle se regarda, puis se tourna vers sa fille. Leurs yeux se croisèrent. « Il veut que je rentre avec lui.

— C'est sans doute une bonne idée. »

Inès soupira. Elle jeta un coup d'œil à la fenêtre aux vitres assombries. « J'espérais qu'on allait tous profiter de ce week-end à la campagne, dit-elle en commençant à se brosser les cheveux. On est si rarement tous ensemble. »

Merrill se leva. Les sourcils froncés, les bras croisés, elle bouillait. « Inutile de faire semblant d'ignorer tout ça.

— D'ignorer quoi ?

— Les problèmes que ça va créer pour Delphic. Je ne suis pas idiote. Je suis avocate. Les journalistes ne vont pas tarder à s'intéresser à cette histoire, et les mises en accusation vont pleuvoir.

— Je vois. Merci, Merrill, de me faire profiter de tes connaissances en matière légale », déclara Inès en haussant les sourcils et en se faisant un chignon strict.

Merrill cilla, mais ne mordit pas à l'hameçon. « Il faut vraiment qu'on soit avec papa, insista-t-elle. Que la famille fasse bloc.

« — Comment oses-tu insinuer que je ne soutiens pas ton père ! Il y a vraiment des choses que tu ne comprends pas !

— Alors explique-moi. Je t'en prie, maman. Si tu ne rentres pas à New York, où iras-tu ?

— Serais-tu en train de me demander si j'ai l'intention de quitter ton père ?

— Je peux deviner certaines choses, fit Merrill en détournant le regard. Ce n'est pas comme si je ne comprenais rien. »

Inès se sentit assaillie par une vague de culpabilité, comme quand Merrill était petite et que Carter et elle se disputaient. La pointe d'agacement qu'elle avait éprouvé jusque-là à l'égard de sa fille laissa place à une tristesse tendre. « Tu sais que je vous aime tous énormément, dit-elle. Mais je ne suis pas sûre – pas sûre de pouvoir supporter ce qu'il me fait endurer en ce moment. »

Et là, sans prévenir, elle fondit en larmes. Merrill s'efforça de dissimuler sa stupéfaction. Elle se rendit compte qu'elle n'avait pratiquement jamais vu sa mère pleurer, sauf pendant un film. Inès ne pleurait pas pour des raisons personnelles. Elle était trop efficace pour cela. Elle avait assisté aux mariages de Merrill et de Lily avec encore plus de détachement que le traiteur.

Sa mère se confiait rarement. Merrill s'était demandé plus d'une fois si elle voyait un psy – Dieu sait qu'ils le faisaient tous – mais se doutait qu'il valait mieux ne pas poser la question. Si jamais sa mère avait eu besoin d'un psy, c'était maintenant.

Inès s'approcha du lit et mère et fille s'assirent côte à côte. Elles n'avaient pas besoin de se regarder pour se sentir proches. Inès essuya ses larmes, puis tapota la cuisse de Merrill. « Je me suis promis il y a longtemps qu'il y avait deux choses que je ne vous ferais jamais subir, à Lily et toi : premièrement, que je ne dirais jamais du mal de votre père, quoi qu'il arrive ; deuxièmement, que je ne partirais jamais, quoi qu'il arrive. Ça n'a pas toujours été facile avec lui, tu sais. C'est un père extraordinaire, mais en tant qu'époux…

— Pourquoi tu es restée avec lui, alors ? Pas pour nous, quand même…

— Si, pour vous. »

Merrill s'essuya les yeux. « Je voudrais tant que tu sois heureuse, maman. Et je sais que papa n'a pas toujours été un bon mari. Franchement, il y a eu des fois où je me suis dit que tu allais le quitter, et où j'étais étonnée que tu ne le fasses pas. Mais en ce moment… Disons que ce n'est vraiment pas le moment de lui faire payer ses… ses égarements. Les journalistes vont s'acharner sur lui quand ils vont apprendre à propos du fonds de Morty. Si tu le quittes, ça sera du plus mauvais effet.

— Si je quittais ton père, ça n'aurait rien à voir avec RCM, répondit Inès en se raidissant. Pas vraiment. » Elle hésita, mais l'envie de poursuivre fut plus forte. Cela faisait si longtemps qu'elle n'avait pas parlé de tout cela à quelqu'un. « Il aurait dû en discuter avec toi. Tu promets de garder tout ça pour toi ? Lily n'a pas besoin d'être mise au courant, sauf si ça devient sérieux. Mais toi, je veux que tu saches. Peut-être par égoïsme, mais je veux que quelqu'un comprenne. Je n'ai personne à qui parler.

— Comprenne quoi ? »

Inès ne répondit pas tout de suite. Lorsqu'elle ouvrit la bouche, ses yeux étaient fermés et sa main posée sur ses lèvres, comme si ce qu'elle disait la gênait. « Que ton père a une liaison. Depuis longtemps.

— Je sais, maman », dit Merrill en rougissant.

Elles n'en avaient jamais parlé jusque-là, même par allusions.

« Tu sais avec qui ?

— J'ai toujours pensé… Pour être honnête, je me suis parfois demandé si ce n'était pas avec Julianne. » Elle se tut un instant, puis son visage s'éclaircit, comme si elle venait de comprendre quelque chose qui lui avait échappé jusque-là. « Oh, je vois. Les choses sont plus compliquées que ça.

— Oui, ma chérie, répondit Inès avec un petit rire amer, c'est bien plus compliqué que tu ne le crois. »

Ce qui frappa Merrill au cours de la conversation qui suivit, ce fut le ton de sa mère. Un ton qui n'était ni violent ni blessé, mais simplement pragmatique, comme si elle expliquait l'ordre du monde à un enfant.

Quand elle fit enfin son entrée dans la salle à manger, les cheveux tirés en arrière, le visage impeccablement maquillé, les pommettes soulignées par des touches de blush et de poudre de soleil, Inès était radieuse, pleine de vie. Elle portait autour du cou un foulard soigneusement noué dont les plis écarlates apportaient une touche de couleur à sa robe entièrement noire. Si elle avait pleuré, personne ne pouvait s'en apercevoir. « Désolée de vous avoir fait attendre », dit-elle gracieusement à Sol et Marion.

Les autres étaient si soulagés de la voir que la conversation reprit avec un entrain inédit, comme s'il s'agissait d'un Thanksgiving comme les autres. Inès fut celle qui parla le plus, bavardant avec Sol et Marion, déplaçant sa chaise pour aller discuter avec Lily et Adrian. Carter fut le seul auquel elle ne s'adressa pas directement.

À la fin du dîner, il se leva et fit tinter sa fourchette contre son verre. « Merci à vous tous d'être venus », commença-t-il en regardant Inès. Elle fixait un point dans le vague en esquissant un sourire acerbe, comme une actrice qui sait qu'on la photographie de loin. « Je voudrais pendant quelques instants penser à ceux qui ne sont pas avec nous ce soir, et remercier Dieu pour ceux qui sont ici avec moi. En des moments pareils, poursuivit-il en baissant la tête, il est facile d'oublier à quel point nous avons de la chance. Thanksgiving est un moment de réflexion. Plus que jamais, je remercie Dieu de m'avoir donné une telle famille. »

Carter parcourut la table du regard. Ses filles évitèrent ses yeux. Seul Sol lui fit face et lui sourit gentiment. Carter le remercia d'un signe de tête, puis se rassit lentement. Carmela ne tarda pas à apporter le gâteau, et les discussions résonnèrent à nouveau dans la pièce.

Jeudi, 21 heures 20

Inès était enfin couchée, les filles à l'étage, Marion en train de repartir en voiture. À l'autre bout de la maison, les bruits faits par Carmela et John en ramassant les assiettes et en les mettant à tremper dans l'évier en inox avaient cessé. Sol ferma la porte de la bibliothèque et se tourna vers son ami. Carter paraissait vieilli de quinze ans. Rien qu'à le regarder, Sol sentit la fatigue le gagner. Il avait déjà du mal à lutter contre cet épuisement qui envahissait son corps, se logeant au niveau de ses tempes, de ses articulations et de sa poitrine comme de l'eau stagnante. Aussi difficile que cela puisse paraître au bout de vingt ans de collaboration, ils étaient peut-être bien arrivés au bout du chemin.

« Des nouvelles sur la recherche du corps ? demanda Carter quand Sol se fut assis.

— Non. J'ai parlé à l'inspecteur en chef avant de venir. Ils n'ont rien trouvé. La tempête leur complique sacrément la tâche. Le vent a créé une sorte de contre-courant dans le fleuve.

317

— On avance, pour ce qui est de la messe de souvenir ?

— Julianne commence à se faire à l'idée. Elle voudrait de vraies funérailles, mais… » Sol haussa les épaules, laissant sa phrase en suspens. Ces haussements d'épaules, ces gestes vagues, ces sous-entendus, ils y avaient souvent recours en ce moment pour faire allusion à la dure réalité de la situation. « Soyons réalistes : on ne trouvera peut-être jamais rien. Surtout vu la façon dont les choses se présentent. On parle maintenant de mercredi prochain.

— Je devrais vraiment l'appeler.

— Tu n'es pas obligé. Elle comprendra que tu es très occupé.

— Ça doit être atroce pour elle.

— C'est sûr. Mais à mon avis, tu ferais mieux de penser à toi pour l'instant. »

Carter s'agita sur sa chaise, incapable de trouver le calme.

« Tu as eu Eli au téléphone ? demanda-t-il au bout de quelques instants.

— Oui, on s'est parlé deux ou trois fois. Après tout, il a une petite dette envers moi. Il va personnellement s'impliquer.

— Bien. Parfait. Ça ne peut que nous aider. »

Carter s'affala dans son fauteuil, les bras derrière la tête.

Irrité par cette posture nonchalante, Sol fronça les sourcils. Eli pouvait les aider, mais il ne ferait pas de miracle. « Voilà en deux mots la situation, dit-il d'un ton bourru. Nous savons que Robertson veut se présenter au poste de gouverneur. Et que certains l'incitent vivement à mettre de l'ordre dans le secteur financier. Il faut qu'une tête tombe,

— Si je comprends bien, ils vont se servir de moi pour faire un exemple.

— De toi ou de quelqu'un d'autre. Ils ne peuvent pas se permettre de ne rien faire. Les investisseurs de RCM vont perdre des milliards de dollars, à un moment où le pays tout entier reproche au monde de la finance d'être corrompu. Et au gouvernement d'être incapable d'empêcher de telles dérives.

— Je ne suis pas un demeuré, Sol. Je sais bien ce qui se passe. C'est Morty qui a causé toute cette merde. Donc, logiquement, ils devraient s'en prendre à lui, mais comme c'est impossible, c'est moi qu'ils vont attaquer. C'est ça, en gros, non ? »

Sol soupira et remonta ses lunettes. Elles n'arrêtaient pas de glisser sur son nez, soit parce qu'elles étaient déformées par l'usage, soit parce qu'il avait maigri du visage. En fait, il avait maigri de partout ces derniers temps. Généralement, il portait des pulls pour dissimuler sa bedaine, mais ladite bedaine avait disparu et son pull flottait, formant des plis autour de sa taille. « Oui, mais pas que toi. C'est justement ça que je voudrais que tu comprennes. Toi et toute personne soupçonnée d'être impliquée à Delphic. Mais aussi les types de la SEC qui ont fait preuve de négligence.

— C'est ce que t'a dit Eli ? De lui-même ?

— Oui. Il a mentionné Adrian et Paul nommément.

— Mais Paul est entré dans la boîte il y a deux mois ! rugit Carter. C'est à peine s'il sait où se trouve l'imprimante.

— Le degré d'implication de ces personnes-là importe peu. Delphic est une entreprise familiale, Carter. Ils s'en prendront à la famille de toutes les manières possibles. Souviens-toi du procès Adelphia. Ils s'en sont pris au père et aux deux fils. John Rigas a été condamné à vingt ans de prison. La bonne nouvelle, c'est que le bureau du procureur de New York ignore l'existence d'une relation, disons, "spéciale" avec la SEC. Mais si jamais on devait apprendre qu'il existe entre Delphic et la SEC un lien qui n'est pas exactement professionnel, je peux te dire que ce serait un vrai carnage. Je ne pense pas avoir besoin de m'expliquer davantage, mais nous en sommes arrivés à un stade où nous devons nous parler franchement, toi et moi. Tu ne crois pas ? »

Carter répondit d'un signe de tête en détournant les yeux.

« Écoute, voilà en deux mots la proposition d'Eli. De notre côté, on explique qu'Alain se chargeait des relations avec RCM et qu'il était responsable de tout manquement constaté à Delphic dans ce domaine. Toi, tu n'es qu'un vendeur, ce dont Eli veut bien convenir. Par contre, c'est quand même toi le P-DG, si bien qu'on doit trouver un moyen de leur montrer que tu es de leur côté. Je leur ai fait comprendre que tu es tout aussi choqué et indigné qu'eux. Delphic, tu y as consacré une bonne partie de ta vie. Tes investisseurs vont être ruinés. Et patati, et patata. Tu te feras un plaisir de faciliter leur enquête, même si cela menace des collaborateurs proches. Pigé ?

— Et Alain, bon sang ! Il est passé où ? explosa Carter en se levant brusquement. Tu le sais, toi ? Il est en vacances avec sa copine ? Il n'a pas répondu à un seul de mes appels ! Merde ! »

Il s'approcha de la cheminée. À ses pieds se trouvait un seau en cuivre qu'Inès remplissait de bois à l'automne pour faire joli. Il prit une brindille et se mit à la décortiquer, laissant tomber des petites lanières d'écorce brune sur le tapis. Il la dénuda entièrement, révélant l'intérieur doux et crémeux, puis la jeta dans le foyer. « Se tirer comme ça ! Quel trouillard !

— Il est quelque part en Suisse, et il y restera s'il est intelligent », répondit Sol. Cela l'avait toujours énervé, de voir Carter faire les cent pas. Il avait l'impression de se trouver devant un animal en cage. « Je suppose que son avocat lui a conseillé de ne pas te parler. Mon avis, c'est qu'il vaut mieux que tu n'aies aucun contact avec lui. C'est lui ton adversaire à présent.

— Son avion a décollé quand, à ton avis ? Une heure avant que la nouvelle tombe ? Deux heures ? C'est comme s'il savait. J'ignore comment, mais il savait. »

Je suis en train de le perdre, se dit Sol en le voyant dépiauter une autre brindille. L'état mental de Carter s'était détérioré depuis la veille. Il avait une mine affreuse, l'air de quelqu'un qui n'a pas dormi – ce qui était fort regrettable. Sol fit le calcul : Carter n'avait pas fermé l'œil depuis au moins quarante-huit heures. La fatigue combinée au choc émotionnel causé par la mort de Morty commençait à affecter ses capacités de raisonnement. Ils allaient devoir prendre des décisions rapidement, et il faudrait que Carter se repose à un moment ou un autre, avant qu'ils ne rencontrent Eli.

Sol avait déjà vu ça. Lorsqu'ils étaient confrontés à une mise en accusation, à une faillite, à la perspective d'une condamnation, les clients se laissaient emporter par l'émotion, adoptaient un comportement erratique, passant de la colère à la soumission et vice-versa, parfois en l'espace de quelques minutes. L'épuisement physique et mental ne faisait qu'amplifier le phénomène. Grâce à toutes ces années d'expérience, Sol avait appris à garder le contrôle de la situation dans les moments de stress intense. Il se disait souvent que c'était cela qui faisait de lui un excellent négociateur. Ce n'était pas toujours facile, les clients s'en prenant souvent à lui alors qu'ils s'étaient eux-mêmes mis dans le pétrin.

« Ce n'est pas grave, reprit Sol. Il est en Europe, point final. Ce qui ne nous dérange pas. En fait, c'est même mieux, parce que ça donne clairement l'impression qu'il est coupable. » Quelque chose en lui rechignait à imposer ce plan au forcing, sans laisser à Carter le temps de réfléchir. Quand tout serait terminé, Carter aurait vendu Alain, son ami et associé depuis plus de vingt ans, et tout retour en arrière serait impossible. Il n'était pas exclu que d'autres têtes tombent. Paul par exemple se trouvait dans la zone de tirs. Sol chassa ces pensées de son esprit. Il n'y avait qu'une seule personne dont il devait protéger les intérêts, et cette personne, c'était Carter. Le remède était cruel, mais nécessaire.

« Donc tant pis, c'est ça que tu veux dire ? On n'attend pas qu'Alain nous contacte ? On n'envisage même pas de faire face à la situation en tant qu'associés ?

— Écoute-moi bien. Tu es le P-DG de Delphic. Soit il n'y a qu'une tête qui tombe, soit il y en a plusieurs. Mais si une seule tête doit tomber, ça sera la tienne. En gros, c'est toi ou lui. Il va falloir que tu t'habitues à l'idée. »

Sentant Carter hésiter, Sol soupira et s'assit sur le bureau. « Quand j'étais petit, nos parents nous emmenaient passer la journée à la plage. Mes frères étaient plus âgés que moi, et je n'avais pas le droit de me baigner avec eux, sauf si le drapeau était vert, bref, si la mer était parfaitement calme. Comme j'étais un gosse plutôt chétif, vraiment pas sportif, j'étais ravi de pouvoir rester sous le parasol avec un bouquin. Mais la fierté est un ressort puissant. Alors je suppliais ma mère – *je suis suffisamment grand, laisse-moi y aller, s'il te plaît.* Un jour, ma mère a cédé. Et là, je me suis retrouvé coincé. Mes frères entraient directement dans l'eau, ils nageaient très loin, surfaient sur les vagues avec leurs body-boards. Moi, j'avais la trouille. Alors je suis resté près du bord. Une grosse vague est arrivée. Je me suis figé sur place, absolument paralysé. J'ai été happé, aspiré jusqu'au cœur de la vague, si longtemps que je me suis évanoui. La vague m'a rejeté sur la plage comme un crabe mort. Les sauveteurs ont mis trois minutes à me ranimer. Ma mère a eu la peur de sa vie. Après, elle me disait tout le temps : "L'inaction, c'est l'action, Sol." Chaque fois que je dois prendre une décision difficile, je pense à cette histoire. Plonger, ça n'est pas drôle, mais c'est mille fois mieux que de se noyer. »

En guise de réponse, Carter enfouit son visage dans ses mains. L'espace d'un instant, Sol se demanda s'il était en train de pleurer. Parler, il devait continuer à parler. Ils ne pouvaient pas se permettre de laisser s'installer ce genre de paralysie. Sinon, tout serait terminé. « Écoute, poursuivit-il, la nouvelle va éclater dans moins de soixante heures. Hors de question pour moi de gâcher ces précieuses heures, ou de te dorer la pilule pour atténuer le choc ! »

Carter n'était pas habitué à se faire commander, que ce soit par Sol ou un autre. En temps ordinaire, le fait que quelqu'un s'adresse à lui sur ce ton l'aurait rendu furieux, mais aujourd'hui, tout ce qu'il ressentait, c'était un épuisement accablant. Il s'enfonça dans le cuir doux du fauteuil. Pendant quelques minutes, il garda la même position, tête appuyée contre le dossier.

Fermant les yeux, il vit apparaître l'image de Merrill. Aussi surprenant que cela puisse paraître, c'était elle qui le hantait depuis des mois, pendant que les catastrophes s'accumulaient autour de lui. Le visage minuscule et déterminé de Merrill, âgée de six ans, le suppliant d'enlever les petites roues de son vélo. Merrill collégienne, pleurant dans le taxi qui la ramenait d'une fête parce que le garçon qu'elle aimait avait préféré une autre fille. Merrill faisant des crêpes dans la cuisine, vêtue de son uniforme de Spence. Merrill devant le tribunal après son admission au barreau, dans son impeccable tailleur noir qui lui donnait l'air incroyablement adulte. Plus qu'aucune autre femme, Merrill le captivait depuis sa naissance.

Cela faisait des années qu'il crevait à petit feu, insidieusement, sans même s'en rendre vraiment compte. Le sentiment l'avait saisi une première fois, au printemps dernier. Il se souvenait de la date précise – le 2 mai. Le Dow Jones était remonté à 13 058 après un plongeon à 11 900. Il avait pensé en apprenant le chiffre : *Ça y est, c'est le sursaut de la bête à l'agonie.* Ensuite il s'était dit, sans raison particulière : *Je suis en train de crever. Je le sais.* Ce qui était étrange, puisqu'il avait le matin même reçu les résultats de son check-up annuel, lesquels étaient excellents. Pourtant, il ne s'était pas trompé, du moins sur le premier point. En effet, le marché était parti en chute libre, pour ne plus jamais atteindre les 13 000. Depuis, lui-même se comportait comme un chien à l'agonie recherchant la solitude dans les bois. On lui avait dit un jour que les chiens agissaient ainsi pour cacher leur peur. Mais lui, c'était par lâcheté.

« Qu'est-ce que tu veux que je fasse, alors ? » demanda-t-il. Sa voix avait retrouvé sa fermeté, la fatigue cédant devant la montée de sa détermination. « Tu proposes de procéder comment ?

— Pour l'instant, il n'y a rien d'officiel. C'est juste entre Eli et moi.

— Je vois.

— Il s'agit de limiter les dégâts dans un premier temps. Il faut qu'on s'active auprès du bureau du procureur pour que l'accord soit déjà conclu quand la nouvelle éclatera. Alors, tu seras sûr qu'au moins eux ne chercheront pas à te coincer. Je n'en dirais pas tant des journalistes. Attends-toi à des attaques en règle. Ils te guetteront à la sortie, publieront des vieilles photos de famille. Des photos de tes filles à cheval, au bal des débutantes, bref, tout ce sur quoi ils pourront mettre la main. Et ils ressortiront tous les petits ragots

– absolument tous – possibles et imaginables, qu'ils aient quelque chose à voir avec l'affaire ou pas. Ça devrait commencer lundi, mardi au plus tard.

— Il va falloir préparer Inès.

— Inès tiendra le coup. C'est une femme d'affaires ; on va la mettre en condition pour que, à court terme, vous donniez l'impression d'être un couple uni. Ça ne sera pas facile pour elle, mais à long terme, ça paiera. Aucun d'entre vous ne tient à ce que la presse fasse circuler des rumeurs de relation extraconjugale, n'est-ce pas ? Pense à l'image que ça donnerait d'elle.

— Bien sûr que j'y pense ! coupa Carter. Tu me prends pour un rustre ou quoi ?

— Désolé, je me suis mal fait comprendre. Je voulais simplement dire que vos intérêts à tous les deux se recoupent. »

Les deux hommes se regardèrent en silence. Puis les épaules de Carter se voûtèrent : ce n'était pas contre Sol qu'il devait se battre. En fait, il ne devait pas se battre du tout. « D'accord. Donc, on commence par Alain, dit-il. J'imagine qu'ils vont nous réclamer des preuves écrites, tout ce qui peut montrer que c'était lui qui gérait nos relations avec RCM.

— Oui, et certains de mes collaborateurs y travaillent déjà. Ça ne devrait pas être difficile à établir ; on va leur fournir des infos qui montrent clairement qu'Alain leur laissait vraiment la bride sur le cou. Qu'il n'avait même pas accès à leurs comptes, qu'il ne cherchait pas à savoir qui étaient leurs contreparties, ne vérifiait pas la réalité de leurs opérations auprès de courtiers extérieurs. En gros, il leur filait du fric sans poser la moindre question. Les comptables de RCM pourront dire qu'Alain et son équipe n'ont jamais cherché à les contacter, ce qui nous sera très utile.

— Bon. Et moi alors ? Qu'est-ce que je faisais pendant ce temps-là ? Je me tournais les pouces ?

— Tu étais en semi-retraite. Ce qui est vrai. Tu continuais de t'occuper de quelques gros clients, mais c'est tout. Tu supposais, comme l'aurait fait n'importe qui dans ta position, que ton équipe d'investisseurs surveillait les opérations des gestionnaires extérieurs. Ça nous aiderait bien d'avoir quelques courriers entre vous deux – Alain et toi – montrant que tu comptais sur lui pour t'informer.

— Je suis sûr qu'on dénichera ça. Par contre, il y a certainement des documents qui ne plaideront pas vraiment en ma faveur.

— Naturellement, comme toujours. S'il y a des choses dont tu te souviens précisément, dis-le-moi ; ça facilitera la tâche de mes collaborateurs quand ils devront faire le tri dans tes mails. Écoute, tes documents de travail n'ont pas été saisis. Et j'espère bien que si nous coopérons, ils ne le seront jamais. Il faut donc leur montrer ce que nous voulons bien leur montrer pour l'instant.

— Et le reste de la boîte ? Je ne veux pas que mes jeunes collaborateurs se retrouvent pris dans les mailles du filet. Ça ne serait pas juste.

— Ils veulent un bouc émissaire. Peut-être un vendeur, tu sais, quelqu'un qui a des pratiques un peu douteuses.

— Pas Markus. Lui, il n'a pas cessé de tirer sur Alain. Un chieur.

— OK. Pas Markus.

— Richard ?

— Peut-être. On va voir ce qu'en dit Neil d'abord, puis Jim. C'est lui qui s'occupe de ce qu'on va dire aux médias. »

Carter hocha gravement la tête, plissa le front. « Et pour Jane ? »

Jane. Enfin son nom avait été prononcé.

Sol serra puis desserra les poings avant de répondre. « Je ne peux pas négocier pour elle, Carter. Si je leur parle de votre relation, c'est foutu. Elle est trop importante. Elle est sur le point de prendre la direction de la SEC. Par contre, je te propose autre chose : de leur donner la tête d'un autre membre de la SEC. Comme ça, on empêche une enquête. Là encore, il s'agit d'attaquer pour ne pas avoir à se défendre par la suite. »

Carter hésita un instant. Son regard croisa celui de Sol. « Je ne suis pas sûr de bien comprendre, dit-il en balbutiant. Tu proposes de faire croire à tout le monde qu'on est, si tu veux bien me passer l'expression, comme cul et chemise avec la SEC ? »

— Oui, parce que ça nous permettra de contrôler le flux des informations. C'est ça qui nous intéresse. On va voir le procureur et on lui dit : "Nous nous sommes rendu compte qu'Alain non seulement ne faisait pas bien son boulot, mais qu'en plus il soudoyait quelqu'un à la SEC pour ne pas faire l'objet d'une enquête." On leur donne un nom, on leur montre comment il opérait. Et ensuite, on leur dit : "Vous voyez, nous vous offrons le coupable sur un plateau d'argent. Mais c'est tout ce que vous aurez. Maintenant, vous abandonnez votre enquête et tout rentre dans l'ordre." Je te promets qu'ils accepteront.

— Ce n'est pas un peu risqué ? demanda Carter en s'agitant nerveusement. Pourquoi en resteraient-ils là ?

— Parce que eux aussi ils veulent que cette histoire soit réglée au plus vite. Ils veulent une victoire rapide et facile. Si on coopère, c'est ce qu'ils auront. Sinon, l'affaire va traîner pendant des années, et ça, ils ne peuvent pas se le permettre. Ils n'ont pas les ressources suffisantes, et franchement, les médias se lasseront vite. Un procès qui s'étire sur dix ans – tu imagines ? Ils auront l'air de parfaits incapables. Si on fait comme je dis, tout le monde sera content ; ils auront leur victoire, et nous la nôtre. En gros, on jette un os au chien pour qu'il ne voie pas le bon gros steak sur la table. »

Un frisson parcourut l'échine de Carter. Tout cela n'était qu'une partie d'échecs pour Sol, il le voyait bien à présent. Une partie de haute volée. Très risquée, bien entendu, et totalement illégale. Mais en cas de victoire, ils gagneraient beaucoup et ne perdraient qu'un tout petit peu. Le sacrifice classique – celui du pion pour sauver le roi.

« Tu penses à quelqu'un en particulier ?

— Oui. Il s'appelle David Levin. Il dirige le bureau de la SEC à New York. Il enquêtait dans son coin sur RCM. »

Il avait dit cela d'un ton calme, mais bien sûr, il savait que c'était la bonne décision. Du moins, sur le plan tactique. Le genre de décision pour laquelle on le payait.

« Jamais entendu parler de ce type », dit Carter. Il regretta un instant d'avoir posé la question. Des dommages collatéraux, il y en aurait, forcément. Mais le fait de connaître le nom de la personne le mit mal à l'aise. « Il connaît quelqu'un chez Delphic ?

— Non, mais c'est lui qui travaille directement sous Jane, si bien qu'il avait la capacité d'annuler une enquête. Logiquement, c'est à lui qu'on aurait affaire, si on se lançait dans ce type de chose. D'après nos renseignements, c'est le genre qui serait prêt à collaborer avec nous si on le poussait un peu. Il est pratiquement sans le sou. Sa femme est morte d'un cancer il y a quelques années, et les frais médicaux l'ont pour ainsi dire mis à sec. La combine ne serait pas difficile à mettre en place. On a déjà ouvert un compte dans une banque des îles Caïmans, qui permettra facilement de remonter jusqu'à lui. On leur donne le code bancaire, le solde précis. On alimente le compte, mais en faisant croire que les versements datent de plusieurs mois. Les transferts sont déjà mis en place. Ils ont été antidatés. Les sommes seront suffisamment importantes pour valider la thèse de la corruption, sans être exorbitantes. J'ai les chiffres quelque part, mais pas ici. Mon avis, c'est qu'on devrait déposer ce fric sur le compte maintenant. Même si on n'en voit plus jamais la couleur, c'est un investissement qui vaut le coup. »

Devant l'air stupéfait de Carter, Sol ajouta, les bras croisés : « Ce n'est pas vraiment le moment de jouer au Père La Morale.

— Tu l'as trouvé comment, ce David Levin ?

— Ça fait un certain temps qu'on s'intéresse à lui. Il a commencé à poser des questions il y a quelques mois. Je sais bien que Jane contrôle tout ça au niveau de la direction, mais on a toujours eu peur qu'un subordonné se montre un peu trop curieux. Paul lui a parlé, il me semble. Plusieurs fois, même.

— Ah oui, son nom me dit quelque chose, répondit Carter en fronçant les sourcils. Ne mêlons pas Paul à tout ça.

— Je crains que ça ne soit pas très réaliste. Ni même possible.

— Je connais Paul. Il n'acceptera pas. Il est tout ce qu'il y a de plus loyal mais c'est un avocat. Il n'a pas l'instinct du tueur. Je ne dis pas ça pour toi, Sol, mais tu vois ce que je veux dire.

— Tout à fait. Mais moi, ce que je te dis, c'est que ça ne serait pas très réaliste ni vraiment possible. Paul n'est pas stupide. Il a accès à un tas d'informations précieuses, peut-être sans même le savoir. Des informations qui peuvent être accablantes pour toi. S'il joue perso, ça sera la catastrophe. Il nous fera tomber.

— Ce n'est pas son genre. Tu sais ce qu'il me doit ? Non, ce n'est vraiment pas son genre.

— Je vais lui parler. Mais il a intérêt à se montrer coopératif.

— On s'occupera de ça le moment venu.

— Comme tu veux. Mais il faudra bien que je lui parle de ses conversations avec David Levin.

— Je comprends. » Carter poussa un long soupir et resta silencieux un moment. Il savait à quel moment battre en retraite devant Sol. « Mais il ne va pas se laisser faire. Je parle de David Levin, pas de Paul. Accuser un avocat de la SEC de corruption et d'escroquerie, c'est un peu comme jeter de l'eau sur un nid de frelons et attendre de voir ce qui va se passer.

— C'est vrai. Au début je suppose. Mais il comprendra vite qu'il n'a ni le temps ni les ressources nécessaires, et on va lui proposer de s'en sortir avec une simple petite tape sur la main. On a un truc contre lui. Il a été renvoyé du cabinet où il travaillait avant d'arriver à la SEC. Juste avant de devenir associé. Le cabinet n'a jamais porté plainte, mais d'après nos sources, il s'agirait d'une histoire de possession de marijuana. Il va sans dire qu'il doit s'estimer heureux de n'avoir pas été rayé du barreau.

— Il se drogue ? Super ! Et dire que tout le monde s'étonne que la SEC n'arrive à rien !

— En fait, c'est un peu plus compliqué. Il affirme que le produit était destiné à des fins médicales, pour sa femme. Bref, quelques-uns de ses collègues l'ont défendu, et on l'a laissé partir sans faire de vagues. »

Carter baissa la tête. Ce David Levin, il s'apprêtait à ruiner sa vie. Quelle lâcheté, de le dépeindre comme quelqu'un qui le méritait. Carter était sûr que c'était loin d'être le cas.

« Et il sort avec une collègue, ajouta Sol.

— Qu'est-ce que ça a à voir dans l'histoire ?

— Ça lui donne une bonne raison de démissionner. C'est ce que j'ai suggéré à Jane il y a un mois environ, au moment où il posait toutes ces questions. Bref, ce qui compte, c'est que David Levin a lui aussi quelques casseroles. Il s'est tiré d'une sale histoire qui aurait dû le faire chuter. »

Sol regarda Carter absorber ce qu'il venait de lui dire. C'était l'un des moments qu'il n'aimait pas dans son boulot. Généralement, quand il définissait une stratégie de sortie, le client était déjà tellement enfoncé dans la jungle qu'il ne voyait plus la lumière du jour. Le boulot de Sol, c'était de le faire sortir des ténèbres. C'était pour cela qu'on l'engageait. Et parfois, il fallait abattre quelques arbres.

« Tu me donnes du temps pour réfléchir ? » demanda Carter avec l'air d'un enfant têtu, comme écrasé par la complexité du problème.

Non, tu es trop intelligent, se dit Sol. *Tu sais exactement pourquoi nous sommes ici et ce qui va se passer maintenant.*

« Non. Tu as tout le temps d'y penser, mais la décision, il faut la prendre maintenant.

— Et si je ne me laisse pas faire ? Ils portent plainte, si vraiment ils y tiennent, et on va jusqu'au tribunal.

— Tu perdras.

— Parce que les jurés me détesteront.

— Parce que les jurés te détesteront, en effet.

— Ils auront vu les photos de ma maison d'East Hampton, d'Inès et moi à un gala de charité, de mes filles en train de faire du cheval, et c'est sur ça qu'ils me jugeront. Quand ils me regarderont, ils verront un type avec un costume fait sur mesure, des chaussures John Lobb et toute une équipe d'avocats. Ils auront envie de me lapider.

— Je te conseille en effet d'éviter les chaussures John Lobb, répliqua Sol sèchement.

— Tu te souviens de ces photos de Martha Stewart[1] débarquant au tribunal avec son sac Birkin ? » Le

_____

1. Femme d'affaires et personnalité médiatique américaine qui a construit un empire autour du marché des arts de la maison, condamnée dans les années 2000 à quelques mois de prison pour escroquerie.

visage de Carter était de marbre, mais pour la première depuis plusieurs jours, Sol crut déceler dans sa voix une pointe de gaieté. « Et son manteau de fourrure ! Merde ! Elle aurait pu au moins faire preuve d'un peu d'humilité. Ses avocats, on aurait dû les fusiller.

— C'est sûr, on ne peut pas dire qu'elle a été bien conseillée. » Ils partirent tous les deux d'un fou rire. Un rire qui, contenu jusque-là chez Carter par un barrage, perça celui-ci, libérant des torrents de larmes. Il se sentit mieux, comme si son corps tout entier, transformé pendant plusieurs jours en bassin d'eau stagnante, redevenait vivant. Il s'essuya les yeux d'une main tremblante. « Je dirai à Inès de bien choisir sa garde-robe si jamais il y a un procès.

— Qu'elle porte ce qu'elle veut, dit Sol en souriant. Parlons plutôt de cet accord.

— OK. Eli est sûr que je pourrai partir tranquillement ?

— Oui, si on ne fait pas de faux pas.

— Et Paul et Adrian ?

— Adrian ne compte pas. Il se contente d'accompagner les clients. Personne ne s'attend à ce qu'il sache quoi que ce soit. Quant à Paul, ma foi, on verra plus tard. Occupons-nous d'abord de toi. Tu ferais une belle prise pour eux, Carter. Ça va nous coûter cher.

— Hors de question que je leur livre Paul. Ça détruirait Merrill. Donc c'est non.

— J'ai dit qu'on verrait plus tard. J'ai besoin de certaines informations avant de pouvoir parler de ça. Désolé, mais c'est tout ce que je peux dire pour l'instant. C'est trop tôt.

— Et ensuite ?

— Ensuite ?

— Je suppose que je ne pourrai plus travailler dans la finance. Ça serait une partie de l'accord, non ? Qu'est-ce que je vais foutre de mon temps ?

— Je ne sais pas si ça sera inclus dans l'accord. Mais si c'est le cas, tu as suffisamment d'argent à l'étranger pour ne pas te faire de soucis. Ils n'y toucheront pas. Et à deux, on trouvera bien quelque chose.

— Ce n'est pas une question d'argent.

— En fait, si, répondit Sol, qui commençait à s'impatienter. On ne peut pas écarter l'éventualité de la faillite, Carter. Je sais que c'est difficile à entendre, mais c'est quelque chose dont tu dois tenir compte quand tu prendras ta décision, pas simplement pour toi, mais aussi pour ta famille. Si jamais tu refuses l'accord, il n'est pas impossible que tu passes le restant de tes jours en prison et que tu perdes tout ce que tu possèdes.

— Arrête de me parler de fric, Sol. Le fric, le fric, ça suffit ! »

Typique, songea Sol. *Crois-moi, la question du fric deviendra essentielle quand tu n'en auras plus.*

« Ce qui m'intéresse, c'est comment j'occuperai mon temps, au quotidien. Je me réveille le matin et qu'est-ce que je fais ? Qu'est-ce qui me restera ? Mes amis ne seront plus là. Je ne pourrai plus montrer le bout de mon nez à Wall Street. La moitié des membres du Knickerbocker Club nous ont confié leur argent.

— Tu dramatises. Les gens ont la mémoire plus courte que tu le crois. Et puis, tu auras tes filles. Des petits-enfants. Achète une maison à Gstaad pour leur apprendre à skier.

— Mes filles, ce n'est pas sûr. Et si elles se retournent contre moi ? Qu'est-ce que je deviens ?

— Elles ne se retourneront pas contre toi.

— Qu'est-ce que tu en sais ? répliqua Carter en songeant à son propre père.

— Je les connais. Ce sont des filles bien. Elles ne te laisseront pas tomber. Je n'ai jamais vu des enfants lâcher leurs parents, même dans des situations pires que la tienne. »

Carter jeta des regards inquiets autour de lui. « Je ne veux pas perdre mes filles. Et si quelque chose arrive à Paul, je perdrai Merrill.

— Je te dis que tu ne perdras pas tes filles.

— Inès me quittera. Bon Dieu, après ce que je lui ai fait vivre, ça se comprendrait.

— Elle avait l'air d'aller bien hier soir. J'ai été impressionné par la manière dont elle prenait les choses en main.

— Il lui manquait une boucle d'oreille. Tu n'as pas remarqué ? Elle n'avait que la droite. » Il ajouta d'une voix adoucie : « Ce que je lui fais subir, c'est vraiment dégueulasse.

— Je n'ai rien remarqué pour les boucles d'oreilles. Écoute, il se fait tard. Tu dois prendre un peu de repos. Procédons étape par étape.

— Quand est-ce qu'on voit Eli ?

— Samedi. On rentrera à New York dès que tu seras prêt. Neil arrivera en avion de Washington. Il a fait avancer son repas de Thanksgiving pour pouvoir venir plus tôt. Sa femme est furax. Bref. On le verra en premier, et ensuite Eli dans l'après-midi.

336

— Il faudrait que je parle à Jane. Je l'ai eue ce matin au téléphone, avant d'arriver.

— Tu ne dois avoir aucun contact avec elle. Pour l'instant.

— Elle est concernée, Sol. Elle mérite qu'on lui explique ce qui se passe.

— Occupons-nous d'abord de cet accord, Carter. Chaque chose en son temps. D'accord ? » Ils se levèrent. Sol tapa sur l'épaule de son ami. « J'ai bien aimé ce que tu as dit pendant le dîner à propos de Morty.

— Je ne savais pas quoi dire.

— Personne ne sait jamais quoi dire dans ce genre de situation. »

Au moment où Sol s'éloignait, Carter ajouta : « Merci pour tout ce que tu as fait pour moi. »

Sol tendit la main. Carter s'avança et lui donna une rapide accolade. Un moment rare pour les deux hommes. Silencieux, ils mesurèrent à quel point ils avaient plus que jamais besoin l'un de l'autre.

Sol fit un pas en arrière. Carter s'éclaircit la gorge. « Écoute, je sais que tu as fait un boulot extraordinaire, surtout vu les circonstances. Honnêtement. Mais je pense qu'au stade où on en est, il n'y a pas d'accord avantageux. Pour qui que ce soit. »

Et même s'il se félicitait du travail accompli, Sol fut tenté d'acquiescer.

Vendredi, 6 heures 03

Paul aurait été incapable de dire s'il s'était réveillé tôt ou s'il n'avait tout simplement pas dormi. Merrill était recroquevillée en position fœtale, comme un bébé, la main posée sur sa cuisse à lui, la paume offerte. Il se sentit étrangement piégé par ce petit morceau de chair. Il avait tenté de bouger sans le déranger, pour finalement sombrer dans un état crépusculaire, quelque part entre sommeil et conscience.

Il faisait encore sombre quand il se glissa hors du lit. Il ne savait pas trop quelle heure il était, mais le soleil n'allait pas tarder à se lever. C'était idiot de rester là allongé à regarder le plafond, surtout quand il y avait tellement de choses à faire. Les chiens agitèrent joyeusement la queue quand il entra dans la cuisine. Quelqu'un y était passé peu de temps auparavant ; il y avait une lumière allumée, et l'odeur du café flottait encore. Dans la semi-pénombre, il se versa un bol de céréales.

C'est alors que les lumières s'allumèrent en clignotant au-dessus de sa tête. Carter apparut dans l'embrasure de la porte, vêtu d'un jogging, d'une polaire et de tennis. Il portait un bonnet et des gants, le genre de modèle utilisé par les joggeurs sérieux. L'air matinal avait empourpré ses joues. Il frappa les mains l'une dans l'autre, sans paraître particulièrement ravi de voir Paul.

« Vous vous êtes levé tôt.

— Je n'arrivais pas à dormir. »

Carter rapprocha un tabouret et ôta ses gants et son bonnet. Le froid avait raidi ses doigts, si bien qu'il eut du mal à défaire les lacets de ses tennis. Bacall vint se frotter contre son mollet. Instinctivement, les deux hommes le caressèrent.

Après avoir gratouillé affectueusement le chien, Carter demanda : « Merrill dort ?

— Oui, je crois. Du moins elle dormait quand je suis parti.

— Comment va-t-elle ? »

Carter se leva pour aller se verser du café. Le breuvage était tiède. Il grimaça, le versa dans l'évier et commença à en préparer du frais.

« Difficile à dire. Tout s'est passé en si peu de temps.

— Elle avait l'air bouleversée quand vous êtes arrivés.

— Oui, je sais. Ça fait beaucoup d'un seul coup. Je ne sais pas trop quoi dire sans la bouleverser davantage.

— Vous savez, Paul, un rien les bouleverse. »

Debout devant le plan de travail le dos tourné à Paul, Carter dosa méticuleusement le café en surveillant le niveau comme un scientifique son éprouvette. Quand la machine commença à chantonner, il versa une cuillère de sucre dans deux tasses et ajouta le café pile au moment où il finissait de passer. Saisissant les deux tasses d'une seule main, il les posa sur la table. *Quelle efficacité, dans tout ce qu'il fait*, songea Paul.

« Merci », dit-il.

Carter l'observa en silence, puis lui demanda : « Vous avez parlé à Sol avant le dîner hier soir ? »

Paul sentit peser sur lui le regard de son beau-père. Incapable de croiser ses yeux, il tourna le visage et continua à boire son café. Il avait l'impression d'être un agent double enfoncé en territoire ennemi. Il n'avait rien promis à David Levin. Absolument rien. Pourtant, la graine de la trahison était bien là, prête à germer. Comment pouvait-il s'asseoir à côté de cet homme et encourager ses confidences alors qu'il était convenu de s'entretenir au téléphone avec David Levin dans moins d'une heure ? Il aurait aimé pouvoir adresser un signe à Carter, comme un phare indiquant des rochers à un bateau. *Attention à ce que vous dites à partir de maintenant. Vous ne devez rien me confier d'important.*

« Oui, brièvement, répondit-il, surtout à propos de mes relations avec David Levin à la SEC. Il m'a donné un aperçu du genre d'enquête qu'ils risquaient de lancer sur RCM.

— Nos investisseurs ne vont pas aimer, c'est sûr.

— En effet. Le contraire m'étonnerait.

— Nous sommes tous menacés par cette histoire, Paul. Certes, c'était le domaine réservé d'Alain. Et Sol va tout faire pour nous protéger des conséquences. Mais ils veulent notre peau, à nous autres P-DG et avocats généraux. S'ils nous font tomber, ça sera bon pour leur image.

— Sol a été parfaitement clair sur ce point.

— Et Merrill ? Qu'est-ce qu'elle sait ?

— Je lui ai expliqué les grandes lignes, en essayant de ne pas l'inquiéter.

— Elle vous a demandé ce que ça aurait comme conséquences pour Delphic ? Et pour la famille ?

— En fait, monsieur Darling, elle n'a pas dit grand-chose. Je suis certain qu'elle est parfaitement consciente des risques. Mais elle vous soutient à cent pour cent. »

Carter posa lentement sa tasse sur la table puis, les yeux baissés, se mit à ricaner.

« Parfaitement consciente de quoi au juste, Paul ? Du fait que son père n'est pas un escroc ? » Les premières lueurs de l'aube s'étiraient sur le plan de travail, leur permettant de mieux s'observer à présent. Le visage bienveillant de Carter était tordu. Stupéfait, Paul vit derrière ce front ridé la question que son beau-père se retenait de poser : *Dites donc, vous vous prenez pour qui ?*

« Désolé, dit-il. Je ne me serais pas permis de supposer la famille ne vous soutiendrait pas. Nous sommes tous derrière vous, c'est évident. »

Carter contempla la pelouse par la fenêtre. Quatre daims se tenaient là, leurs robes pommelées fondues dans le brun de l'herbe. Ils avaient l'air bien nourris, comme toujours à cette époque de l'année. C'était nécessaire pour survivre aux rigueurs hivernales. Ignorant qu'ils étaient observés, le plus petit s'écarta des autres, le nez enfoui dans l'herbe. Le mâle leva la tête pour le regarder, puis recommença à brouter. Trouver de quoi se nourrir à cette époque de l'année semblait une affaire sérieuse. La pelouse, épaisse l'été, n'était plus qu'une étendue brune et dégarnie avec des plaques luisantes de gel. Les daims avancèrent silencieusement, à l'unisson, agiles et vigilants. Paul devina que si jamais Carter ou lui esquissait le moindre mouvement, les bêtes, sentant qu'elles étaient observées, décamperaient derrière les haies.

« Vous aimez Merrill, je le sais, dit enfin Carter, d'une voix paisible. C'est ce que j'ai toujours voulu pour elle. Quelqu'un qui l'aimerait pour ce qu'elle est. J'espère qu'un jour vous aurez des enfants. Parce que, quel que soit votre amour pour elle, je vous assure que ce n'est rien comparé au mien. Vous pensez sans doute que vous feriez n'importe quoi pour elle. Ce n'est pas vrai. Vous ne feriez pas ce que moi je ferais pour elle. »

Paul se retint de protester.

La première fois qu'il avait vu Carter, il l'avait battu au tennis. Il sortait avec Merrill depuis plusieurs mois, depuis le début de leur deuxième année de droit. C'était en juillet. Ils travaillaient tous les deux à New York, lui comme stagiaire à Howary, et elle pour un juge du district sud. Ils ne vivaient pas encore sous le même toit, mais passaient plus de nuits ensemble que séparément, et toujours dans son appartement à elle parce qu'il était plus agréable. L'invitation à venir passer le week-end dans la maison d'East Hampton était venue tout naturellement, lors d'un dîner chez des amis de Merrill, invités eux aussi. Paul n'aurait jamais imaginé que les parents de Merrill seraient là. Mais de toute façon, il aurait accepté de passer le week-end dans le plus minable des motels si elle le lui avait demandé.

Le week-end commença sous de mauvais auspices. En arrivant au parking de l'immeuble de Merrill, Paul comprit qu'il avait déjà tout faux. Les yeux baissés vers les lacets de ses New Balance, il regretta amèrement de porter un jean. Josh, l'autre jeune homme invité, s'était mis sur son trente-et-un. En fait, pas tout à fait, mais il portait des Nantucket Reds, une chemise, des mocassins sans chaussettes, et un magnifique pull en cachemire bleu vif sur les épaules. Rachel, sa femme, et Merrill étaient toutes les deux en pantalon blanc, avec des tuniques en coton pratiquement identiques. On aurait dit qu'une note interne sur la tenue exigée avait circulé, mais que Paul l'avait loupée.

Pour couronner le tout, il y avait les trois sacs de tennis que Josh mettait dans le coffre.

« Où est ta raquette ? » demanda Merrill. Les regards convergèrent vers lui. « Je t'avais dit de l'apporter. On a un court de tennis là-bas. »

Paul était certain qu'elle ne lui avait rien dit, mais ne voulut pas donner l'impression de l'agresser. Sans lui laisser le temps de répondre, Josh dit : « Il n'a qu'à emprunter la mienne », en lui lançant un petit clin d'œil qui lui donna envie de lui enfoncer son poing dans le ventre.

« Tu as des vêtements pour jouer, n'est-ce pas ?

— Bien sûr », répondit Paul avec désinvolture, tout en songeant à son maillot de bain et à son tee-shirt Patagonia.

Merrill s'installa gaiement derrière le volant de sa berline Mercedes. « Vous êtes prêts ? Je parie que papa nous attend en piaffant sur le court. » Elle arborait encore cet éclat de la jeune femme qui a un nouveau petit copain, ce *tu es parfait, pourquoi je ne t'ai pas trouvé plus tôt ?* qui illumine les traits des femmes au début d'une relation. Si le jean la chagrina, elle n'en dit rien. Par contre, Paul s'en voulait toujours. Le week-end commençait de travers.

À leur arrivée, Carter ouvrit la porte de la maison en leur adressant un signe de la main. Bacall sortit en trombe, se précipita vers la voiture et dansa joyeusement autour des jambes de Merrill en bavant à qui mieux mieux. Paul reconnut Carter grâce à la photo de lui récemment publiée dans le magazine financier *Barron's*. Il avait toujours pris soin de ne rien dire à Merrill qui puisse lui indiquer qu'il savait qui était son père. Il ne voulait pas qu'elle le croie bêtement fasciné par les célébrités, si tant est que cela existe dans la finance. Toujours est-il que même à la fac de droit, il avait entendu les autres étudiants murmurer que le père de Merrill était une star des fonds spéculatifs, que sa mère faisait partie du Tout-New York, et que sa sœur, Lily, était une *It Girl* qu'on voyait partout dans les carnets mondains.

Merrill ignorait-elle poliment les cancans ou n'en avait-elle même pas connaissance ? Impossible de le dire. Au-delà des commérages, il était difficile de passer à côté de Carter Darling quand on lisait la presse économique. Conclusion : soit Merrill pensait qu'il était trop bête pour savoir qui était son père, soit – pire encore – elle le soupçonnait d'être plus intéressé par Carter que par elle. Si bien qu'il se contentait de hocher la tête quand elle le mentionnait.

Au début, Merrill avait été très discrète sur sa famille, ce que Paul admirait en elle. Sa façon de s'habiller, ses amis, son sourire chaleureux et franc – tout en elle était raffiné et raisonnable, soulignant sa bonne éducation, mais aussi son intérêt sincère pour les autres. Contrairement à presque tout le monde à New York (Paul était bien conscient de faire partie de cette majorité imparfaite), Merrill n'était ni impressionnée, ni gênée par ses origines. Certaines de ses amies affichaient leur richesse, d'autres, moins nombreuses, dissimulaient la leur – ce que Paul trouvait tout aussi déroutant. Mais ce qui rendait Merrill si attirante, c'était cette façon toute naturelle de se comporter. Elle était à l'aise dans sa propre peau. La première fois qu'il l'avait vue, Paul s'était dit qu'il tomberait amoureux d'elle malgré sa famille. Avec le temps, il en vint à considérer les Darling comme elle-même le faisait : ni comme une chance, ni comme une malédiction, mais simplement comme un fait.

Avec son polo soigneusement rentré dans son short assorti, Carter était déjà prêt pour le tennis quand ils arrivèrent. Il salua Paul avec une familiarité chaleureuse, à sa grande surprise. « J'ai besoin d'un adversaire, dit-il. Le mien vient de me faire faux bond. Ça ne vous embête pas trop, de vous amuser à faire galoper un petit vieux pendant une heure ou deux ? Merrill m'a dit que vous avez participé au championnat universitaire. Elle vous aidera à trouver quelque chose à vous mettre si vous êtes partant. Nous sommes équipés. »

Josh et Rachel dirent rapidement bonjour à Carter, puis se retirèrent dans la chambre d'invités à l'étage, laissant Paul se débrouiller tout seul.

Paul n'avait jamais vu une maison aussi belle. Jamais en vrai. Les proportions surtout étaient déroutantes. Tout paraissait énorme, majestueux : les fourneaux de marque Viking étaient dignes des plus grands restaurants ; le nombre d'assiettes et de verres aurait convenu pour un mariage princier. Quant à Carter, il donna à Paul l'impression d'être un nain. Ils se retrouvèrent côte à côte dans la cuisine, Paul portant la valise de Merrill. La porte était maintenue ouverte par un butoir en fonte ouvragée de la forme d'un chien. Les murs de la cuisine étaient couverts de minuscules carreaux de faïence bleus et blancs. La pièce sentait l'herbe fraîchement coupée et les balles de tennis – les odeurs de l'été. Paul entendit le ronronnement distant d'une tondeuse à gazon.

« On y va ? proposa Carter. On va commencer par quelques balles. »

Paul le battit, non sans s'être demandé au préalable si c'était judicieux. Mais Carter lui avait paru le genre d'homme à préférer une défaite honorable qu'une victoire non méritée. Paul le laissa prendre quelques points ici ou là, mais seulement quand il avait fait un service ou une reprise de volée particulièrement bonne. Au second set, une petite foule s'amassa autour du court – Merrill, Inès, Josh et Rachel, qui les applaudirent autant l'un que l'autre. Les filles avaient enfilé des maillots de bain et des shorts, et tous buvaient des Bloody Mary dans des gobelets en plastique tout en agitant leurs tiges de céleri et en s'esclaffant.

À la fin du match, Carter et Paul se serrèrent la main au-dessus du filet.

« Beau match, dit Carter en hochant la tête sans la moindre trace de dépit. Vous n'avez pas été tenté de me laisser gagner, hein ?

— En effet, monsieur Carter.

— Parfait. Vous êtes un type bien. Le genre de gars qui comprend que même un vieux croûton comme moi refuse qu'on l'aide à gagner. »

« Paul ? » Carter redressa la tête, comme saisi par une pensée. « Je sais que nous n'avons jamais évoqué ce sujet, mais est-ce que vous vous entendez bien avec votre père ? Merrill m'a dit un jour – il y a longtemps – que vous ne parliez pas beaucoup de lui.

— Je ne l'ai pas vu depuis l'âge de huit ans.

— Il vous arrive de lui parler ? Vous savez où il est ? »

Paul alla se verser une autre tasse de café. « Vous en voulez ? » demanda-t-il en brandissant la cafetière.

Carter fit signe que oui. « Nous ne sommes pas obligés de discuter de cela si vous ne voulez pas.

— Non, ça ne me gêne pas. On s'est parlé juste avant le mariage. Il avait vu le faire-part dans le *Times*. Il travaille au guichet d'une banque à Westchester. Quand il est parti, ma mère nous a dit à Katie et moi qu'il allait devenir banquier à New York. Elle le disait comme si c'était une chance unique, quelque chose d'exceptionnel. Et moi, je racontais ça à mes copains, que mon père était banquier à New York.

— J'aurais plutôt pensé que vous étiez le fils d'un génie des maths, vu votre intelligence.

— Oh, je ne tiens pas grand-chose de lui.

— Je vois ça. » Carter se pencha en arrière et s'étira. « J'imagine que ça a été dur, de grandir sans père.

— Oui, surtout au début. Après, on s'y fait. Vous comprenez ce que je veux dire, j'en suis sûr.

— Oui, je comprends. Perdre un parent, c'est une expérience qui marque. Surtout quand on est jeune. Ça vous rend différent des autres. J'avais dix ans quand mon père est mort. Et à vingt et un ans, j'ai perdu ma mère. J'aurais aimé qu'elle me voie diplômé de Harvard.

— Ça a été difficile, pour ma mère, que mon père ne soit pas là pour ma remise de diplôme. C'est une des rares fois où elle a pleuré à cause de lui.

— Nous avons beaucoup de choses en commun, vous et moi. »

La lumière éclaira les traits de Carter. Paul discerna les poches sous ses yeux, l'affaissement des joues. Il avait l'air fatigué. Le visage tourné vers la pelouse vide, le ciel qui s'éclaircissait et les arbres encore endormis, il semblait avoir le regard plongé dans le vide.

« Je ne vous ai jamais demandé ce qui s'est passé à Howary, Paul. J'aurais pu, lorsque vous êtes venu me voir pour ce poste. J'aurais pu exiger que vous me racontiez. Je ne l'ai pas fait. Vous savez pourquoi ? Parce que j'avais conscience que vous étiez comme moi, que la famille serait toujours prioritaire. Pour moi, cela signifiait que vous ne feriez jamais de bêtise, jamais rien qui puisse compromettre votre position. Vous ne pouviez pas vous permettre d'être viré. Ne serait-ce qu'à cause de Merrill. Si bien que vous n'avez pris aucun risque ; vous ne vous êtes jamais aventuré sur des terrains dangereux. Et c'est pour cela que vous avez résisté aussi longtemps, que vous avez tenu tout cet automne. Je me trompe ?

— Non, en effet, répondit Paul. Je suis ravi de vous entendre dire que je n'ai jamais commis d'erreur. Parce que des erreurs, il y en a eu. »

Paul s'apprêtait à en dire plus, mais se retint. Il avait passé des mois entiers à souffrir en silence, assailli par les questions de ses amis, de sa mère, de vagues connaissances tel Raymond, le portier, ou Leo, le cireur de chaussures.

Que s'était-il passé à Howary ?

Tout le monde savait dans la boîte, non ?

Impossible de ne pas savoir quand on travaillait là-bas.

Que ces questions soient sincères, accusatrices, inquisitrices ou bienveillantes, Paul était incapable d'y répondre. Pas simplement parce qu'il s'y refusait. Mais il en était tout bonnement incapable. Un simple « je savais » ou « je ne savais pas » ne suffisait pas. La frontière entre ce qu'il savait et ce qu'il avait relégué dans un coin obscur de sa conscience s'était estompée depuis longtemps.

Et au fait, qu'aurait-il dû savoir ? Honnêtement, qui pouvait répondre à cette question ? Personne n'était plus proche que lui des personnes impliquées – il était le collaborateur de Mack, après tout, et pourtant il n'arrivait toujours pas à distinguer ceux qui étaient responsables de ceux qui ne l'étaient pas. Responsables au sens vrai du terme, et pas simplement parce qu'ils n'avaient rien empêché. Responsables par lâcheté, ils l'étaient tous, si on allait par là. Pourtant, il avait beau savoir que ce genre de position n'était guère défendable, aucun d'entre eux n'était responsable à ses yeux. De la même manière que ces types qui travaillaient chez Lehman, Bear Stearns ou AIG. Ou chez Delphic. Ils s'étaient contenté de suivre le mouvement, avaient accompagné l'emballement du marché le plus longtemps possible. C'était devenu un jeu, un concours, la seule chose importante étant de gagner de l'argent. Paul s'était simplement accroché en essayant de ne pas se faire éjecter.

Les décisions à prendre étaient si complexes. Il se souvenait des plus importantes, bien entendu. Celles-là, il les revivait encore et encore au moment de s'endormir, se reprochant au réveil de n'avoir pas agi différemment. Mais il savait que c'étaient les petites décisions, ces minuscules points de basculement aussi inconséquents que le choix d'un sandwich pour le déjeuner (*votre patron a commandé le même ; vous en avez discuté ; plus tard, il est devenu votre mentor*), le destinataire de vos mails (*les mails sont conservés pendant des lustres dans les serveurs, et peuvent être utilisés hors contexte à n'importe quel moment*), ou le chemin à prendre pour rentrer chez vous (*vous étiez en retard ce jour-là, si bien que vous avez décidé de partager les frais du taxi avec un collègue au lieu de prendre le métro*). Toutes ces petites choses constituaient les fils de la corde qu'ils s'étaient passée au cou. Pas simplement à Howary, mais dans tout le secteur financier.

« Attention, poursuivit Carter, je n'ai pas dit que vous n'aviez jamais commis d'erreur.

— Pardon ? »

Carter lança à Paul un regard inquiétant. Paul ressentit la même chose que quand une transaction se passait mal ; sans savoir exactement comment, il comprit qu'il s'était fait avoir.

« Je n'ai jamais dit que vous n'aviez pas commis d'erreur, répéta Carter. J'ai simplement dit que vous ne feriez jamais de bêtise. Ce qui n'est pas la même chose.

— Excusez-moi, mais la différence, c'est quoi ?

— Ne vous sentez pas attaqué. Vous et moi, nous sommes taillés dans la même étoffe. Pour nous, la famille vient en premier. Ce qui veut dire que nous respectons les règles.

— Soit, dit Paul, bien en peine de comprendre où tout cela menait.

— Nous restons dans la partie pour pouvoir faire vivre notre famille. C'est la meilleure chose à faire. Le problème, c'est quand la partie se déroule selon des règles que le reste du monde ne comprend pas. Prenez le secteur des prêts immobiliers. Tous ceux qui y travaillaient connaissaient les règles. Tout le monde les suivait. Le problème, c'est que Monsieur Tout-le-monde, lui, ne les connaissait pas. Si bien qu'il s'est fait plumer. La même chose vaut pour l'évasion fiscale aux îles Caïmans. Vous me suivez ?

— Oui. Mais certaines règles n'étaient pas respectées. Il y avait des compagnies-écrans. De l'argent qu'on transférait d'un endroit à l'autre juste pour le faire disparaître. Ce genre de truc n'aurait jamais dû se passer.

— D'accord. Mais vous ne donniez pas là-dedans, n'est-ce pas ?

— Bien sûr que non. Je n'étais pas fou à ce point.

— Mais vous avez vu la chose se faire. Et il y avait une règle tacite qui vous obligeait à faire comme si vous n'aviez rien vu. Pas vrai ? Ça vous aurait servi à quoi de défier le système ?

— Exactement, dit Paul d'un ton légèrement exaspéré. Vous pouvez toujours dire que telle ou telle autre transaction n'aurait pas dû être acceptée, mais qu'est-ce que vous faites dans ma position ? Vous mettez votre veto ? La première fois, vous vous faites renvoyer. La deuxième fois, vous êtes carrément banni pour toujours de la profession. Et ensuite ? Ça n'aura rien changé. »

Paul vibrait de colère, les poumons chauffés à bloc. « Vous voulez que je vous dise si je savais, hein, c'est ça ? Bien sûr que je savais ! Certaines choses. Pas tout, mais une partie. Mais il arrive un moment où vous baissez la tête et où vous vous dites, si quelqu'un veut donner un coup de pied dans cette fourmilière, c'est son problème. Et vous savez quoi ? J'avais tort. Parce que maintenant, c'est le problème de tout le monde. Oui, je savais. Vous êtes content ? Et maintenant, vous me méprisez ?

— Non, Paul, répondit Carter en ricanant, bien au contraire. » Il lui adressa un grand sourire. Il avait le regard fou, l'air délirant. Paul se dit un instant qu'il était en train de craquer. Peut-être l'étaient-ils tous. Carter se dressa d'un bond et commença à arpenter la cuisine. Paul entendit alors une petite musique rythmée – les B-52's ? – provenant de la poche de jogging de son beau-père. Il se rendit compte que son iPod sonnait depuis le début de leur conversa-

tion, mais si bas qu'il n'y avait prêté aucune attention.

« Vous faites tout pour votre famille, Paul. Même si
au final le monde entier vous le fera payer. Je vous l'ai
dit, nous nous ressemblons. Mon père aussi était un
minable, et dès que j'ai été suffisamment grand, je me
suis dit : "Ce n'est pas ce genre d'homme que je veux
devenir." Je me suis occupé de mes enfants, moi. Je leur
ai donné tout ce que j'avais. Tout ! Les gens diront que
je suis avide – les journalistes, les avocats, nos soi-disant
amis. Et ça, dès demain. Lundi au plus tard. Jusqu'à
la fin de ma vie peut-être. Mais ils n'auront rien pigé.
Avide, moi ? Non, *désintéressé*. À cent pour cent. »

Les mots restèrent suspendus en l'air, et la cuisine
devint froide et silencieuse. Malgré le soleil presque
levé, il traînait encore une sensation de crépuscule,
d'heure intermédiaire. Pour la première fois depuis
qu'il le connaissait, pour la première fois depuis qu'il
avait entendu parler de lui, Paul se félicita de ne pas
être Carter Darling. D'ailleurs, il n'avait aucune envie
d'être un Darling.

Pourtant, il se rendit compte le cœur serré que son
beau-père avait raison. Ils étaient semblables. À cent
pour cent.

« Qu'est-ce que vous comptez faire ? » demanda-
t-il, d'une voix aussi douce que possible, comme s'ils
se trouvaient à l'intérieur d'une tasse en porcelaine,
dans un monde si fragile que les échos de sa voix suf-
firaient à le briser.

« C'est très simple », répondit Carter, et ils s'assirent
tous les deux à la table de la cuisine.

Lorsque Alexa décrocha, elle avait la voix de quelqu'un qui a pleuré. La matinée venait tout juste de commencer.

« Tu es réveillée ?

— Tout juste. Je me suis couchée tard.

— Tu as fait la bringue pour Thanksgiving ?

— Pas vraiment, répondit-elle avec un rire aigre. Ils ont mis David à pied. Il n'est pas censé aller au bureau. Il est sous le choc. C'est un peu l'affolement. La matinée a été, on va dire, un peu chaude.

— Le jour de Thanksgiving ? demanda Paul au bout de quelques secondes de silence. Ça n'est pas très chrétien, ça. »

Il avait tendance à plaisanter quand il était nerveux.

Elle rit à nouveau. S'il ne la connaissait pas, il aurait pu croire, à sa voix rauque, qu'il l'avait réveillée. « Je ne te le fais pas dire. En gros ils lui ont demandé de prolonger ses vacances. Jusqu'à ce qu'ils aient terminé leur petite enquête interne à son sujet. Ça se présente mal. Ils ont déjà tout arrangé pour pouvoir l'accuser lui. Je te l'ai dit, ces gens-là ne sont pas des anges.

— Ils ont – ou plutôt elle a dit ce dont il était accusé au juste ?

— Pas vraiment. D'après ce que j'ai compris, ça aurait à voir avec son enquête sur RCM. "Initiative personnelle sans ordre exprès" : je crois que ce sont les termes précis. Et c'est bien de cela qu'il s'agit, puisque les ordres étaient d'étouffer l'affaire. Bref, comme tu le vois, je suis furieuse. » Elle poussa un long soupir, puis ajouta : « Tu comptes aller voir David aujourd'hui ? Il doit rencontrer Matt Curtis, notre contact au bureau du procureur, en fin de journée. Tu devrais vraiment y aller. David travaille sur les termes de sa démission maintenant. »

Paul ferma les yeux, hésita un instant. Puis il se lança, sachant que ce qu'il allait dire le hanterait jusqu'à la fin de sa vie.

« Je rentre à New York. Pour être aux côtés de ma famille. Désolé, mais je ne suis pas en position de parler avec David. Surtout s'il ne fait plus partie de la SEC. »

Un silence suivit. Il n'en fut pas surpris. Un instant, il crut qu'Alexa avait raccroché. « Essaie de comprendre, ajouta-t-il. Il s'agit de la famille.

— Ne sois pas idiot, Paul. Si tu viens parler au procureur avec nous, tu ne tomberas pas avec les autres. Tu le sais bien.

— Je comprends ce que tu me dis. Mais je soutiens mon beau-père. On ne peut pas causer la ruine de toute une boîte à cause des erreurs d'une poignée de personnes.

— Tu te trompes.

— Je dois y aller, Alexa. Bonne chance, à toi et à David. Ne vous trompez pas d'ennemi, d'accord ? »

Son cœur battait la chamade. Il aurait voulu laisser la porte entrouverte, mais le temps lui manquait.

« L'idée que tu sois avec eux, dit-elle, ça me fait horreur, vraiment. »

Mais il avait déjà raccroché.

Il se dirigea droit vers la chambre. Son seul désir, c'était se glisser dans le lit à côté de sa femme et la serrer dans ses bras. Mais quand il ouvrit la porte, il constata que les draps étaient rabattus et que Merrill n'était pas là. Il s'assit au bord du lit et prit son visage entre ses mains en se demandant s'il n'avait pas fait le mauvais choix. Le stress des trois derniers jours lui tomba dessus. Il eut l'impression d'être submergé, comme emporté par la marée. Le rivage s'éloignait de plus en plus.

Vendredi, 7 heures 50

Paul était parti.

En voyant l'oreiller vide près du sien, Merrill fut prise de terreur. Elle passa la main deux fois sur le côté du lit où dormait Paul. Où était-il passé ?

Il est juste descendu dans la cuisine, se rassura-t-elle. *Il n'a pas voulu me réveiller.*

Elle laissa aller sa tête sur l'oreiller, tout en sachant que le sommeil dont elle avait tant besoin lui échapperait. Une agitation constante avait fait vibrer la maison pendant toute la nuit. Quelqu'un avait fait les cent pas à l'étage en dessous jusqu'à l'aube, et le craquement du parquet l'avait tirée de ses rêves agités. À un moment, elle avait cru entendre des voix dans la véranda ; et plus tard, un bruit de roues sur les graviers. Les deux fois, se redressant, elle avait jeté un coup d'œil par la fenêtre, sans rien voir d'autre que l'obscurité. Le vent maritime s'était renforcé depuis la veille, soufflant par rafales sur la maison. Bizarrement, cette agitation lui avait parfaitement convenu. Sans elle, la maison aurait été plongée dans le silence, la laissant seule avec ses pensées.

Au bout d'une minute, elle se força à sortir du lit et alla faire un brin de toilette. Elle se brossa rapidement les dents, se lava le visage, mit ses lentilles de contact comme si elle devait sortir tout de suite. Sur sa valise étaient posés un jean et un pull à col roulé qu'elle enfila machinalement. En s'habillant, elle essaya de penser à autre chose – au mariage tout proche d'une amie dans le Connecticut, à un litige sur lequel elle travaillait – mais son esprit, fonctionnant en boucle tel un système de vidéosurveillance, la ramenait invariablement à son père et à Paul.

Où était passé Paul ? Était-il allé courir ? Elle refusait de donner prise à la crainte qu'il soit parti pour de bon.

Elle jeta un coup d'œil par la fenêtre. En se hissant sur la pointe des pieds, elle parvint à voir la bande d'asphalte menant à la plage. Poudrée d'une couche de givre cristallisé, elle luisait sous le soleil. Devant la haie délimitant la propriété s'étendait la pelouse, avec ses brins d'herbe gelée bruns et hérissés comme les poils d'un paillasson. La piscine dormait sous une bâche vert foncé. Des chaises longues métalliques s'alignaient sur un côté, dépourvues de leurs coussins que l'on empilait pendant l'hiver dans le pool house, transformé ainsi en immense réserve moelleuse. Une neige d'un blanc laiteux s'était amoncelée dans les creux des branches pendant la nuit.

Trois mois à peine auparavant, Merrill était installée sur l'une de ces chaises en compagnie de Lily, à boire du Diet Coke et à savourer la chaleur du soleil sur sa peau brune. Hilares, elles avaient admiré Adrian et ses frères qui crânaient sur le plongeoir, tandis que

Carter et Paul jouaient au backgammon sur la table en verre du patio, ne se départant de leur sérieux que pour esquisser un rare sourire ou une grimace selon le nombre de points marqués. Au coucher du soleil, Carmela et John avaient allumé les lampadaires anti-moustiques autour de la piscine. Tout le monde sentait la crème solaire, l'eau salée et le chlore. Ils avaient dîné dehors – poulet et maïs grillés. Les jeunes femmes avaient laissé leurs cheveux sécher dans l'air chaud de la nuit traversé par le roulement des vagues. Les soi-rées comme celle-là paraissaient lointaines à présent, comme des histoires appartenant au passé.

Merrill distingua la silhouette d'un joggeur s'appro-chant de la maison, le visage dissimulé par l'ombre des arbres. Il était grand, large d'épaules, comme Paul. Son cœur fit un bond. Elle se pencha, les cils pratiquement collés à la vitre, les mains plaquées sur le bord.

La première fois qu'elle avait vu Paul, elle n'en avait pas pensé grand-chose, sauf que ses réponses en cours de droits des sociétés étaient remarquablement claires et qu'il y avait chez lui une chaleur qui vous mettait à l'aise. Il portait des chemises bleues et fourrait les mains dans les poches avant de son jean avec une sim-plicité et une modestie qui la poussèrent, bien qu'il soit beau, à lui faire confiance.

Merrill s'était toujours montrée prudente, surtout avec les hommes. Avant Paul, elle n'avait eu que deux histoires importantes et très peu de rencontres éphé-mères entre celles-ci. Inès et Carter avaient appris à leurs filles à se méfier de tout le monde. *Ici, c'est New York*, répétait Inès, que ce soit à propos du métro ou d'un rendez-vous avec un inconnu. *On ne sait jamais qui est qui. Il faut faire très attention.* Merrill et Lily avaient beaucoup d'amis, mais peu de connaissances, et elles sortaient généralement avec des hommes qui leur avaient été présentés par leurs amis ou leur famille.

Parfois (plus souvent depuis qu'elle connaissait Paul), Merrill se demandait quel genre de femme elle serait devenue si elle n'avait pas grandi à New York. Elle-même, mais en plus ouverte, en moins circonspecte ? En plus rayonnante ? En moins sarcastique ? Avec leurs griffes acérées, leur cuirasse épaisse et leur étonnante rapidité de mouvement, les filles de Manhattan ressemblaient à des tatous. C'était une nécessité. La vie à Manhattan avait quelque chose de darwinien : seules les plus fortes survivaient. Les faibles, les gentilles, les naïves, celles qui souriaient aux passants dans la rue se faisaient éliminer. Elles débarquaient à New York après leurs études, louaient des appartements minuscules dans des quartiers moches comme Hell's Kitchen ou Murray Hill, travaillaient dans une banque ou un restaurant, passaient des auditions pour décrocher des petits rôles de figurantes à Broadway. Après le boulot, elles retrouvaient des personnes du même âge pour boire un verre dans des bars chic et sans âme, baisaient, se faisaient baiser. Elles sentaient monter en elles l'impatience, la lassitude, le cynisme, l'agressivité, l'angoisse, la névrose. Alors, baissant les bras, elles renonçaient, rentraient la tête basse dans leurs petites villes, dans leur banlieue, leur métropole de second rang (Boston, Washington ou Atlanta) avant d'avoir eu le temps de se reproduire.

Celles qui restaient suffisamment longtemps à New York pour y élever des enfants, c'étaient les dures à cuire, les tenaces, les chercheuses d'or, les gagnantes, les impitoyables, les obstinées, celles qui étaient prêtes à tout. Elles savaient se défendre, ne dormaient que d'un œil. Le fait d'être née à New York ne suffisait pas à faire de vous une New-Yorkaise : c'était dans le sang, comme une hormone ou un virus. Souvent, Merrill doutait d'avoir la capacité de tenir le coup à Manhattan quand elle aurait des enfants. Plus elle vieillissait, plus elle se demandait si elle ne serait pas plus heureuse dans un endroit moins bruyant, moins stressant, moins compétitif. Lily et elle étaient-elles vraiment prêtes à se battre bec et ongles comme l'avaient fait leurs parents ? À travailler cent heures par semaine, à vivre dans des appartements minuscules avec une cuisinière fonctionnant une fois sur deux, à payer trente-quatre mille dollars par enfant pour un an de scolarité à Spence – trente-quatre mille dollars ! Sans compter ce qu'elles auraient à dépenser pour les vêtements, la nourrice, la gym, tout ça afin que leur gosse ne se sente pas différent des autres. Et puis, l'été venu, supporteraient-elles vraiment de passer tous les week-ends avec Carter et Inès ? La chose paraissait impossible, mais il était bien sûr hors de question de forcer un gosse à passer tout le mois d'août enfermé dans un appartement alors que tous ses copains seraient en train de jouer au tennis ou de faire du cheval. Donc, en plus du prêt d'un million de dollars qu'ils avaient déjà contracté pour l'appartement, auquel s'ajoutaient les charges de copropriété, faramineuses, il faudrait envisager de prendre une location d'été dans les Hamptons. Ça leur ferait combien, ça ? Cinquante mille dollars ? Cent mille ? Et puis, était-il vrai qu'un cours particulier pour préparer le SAT[1] coûtait mille dollars l'heure ? Qui donc pouvait faire ce genre de calcul sans frémir ? Même pour les plus riches, cela nécessitait des nerfs d'acier, une volonté inébranlable de réussir. Chaque fois qu'elle voyait des enfants sur Park Avenue, des chérubins à cheveux blonds en tabliers et cols Claudine, Merrill se disait : *Ce sont les rejetons de tueurs.*

Lily était différente. Elle était new-yorkaise jusqu'au bout des ongles. Merrill était persuadée que jamais elle ne s'était demandé si elle pourrait vivre ailleurs. Sauf à la rigueur un an à Paris pour s'amuser, ou bien à Londres au cas où la carrière de son mari l'y amènerait. Mais Lily serait toujours revenue. Pour elle, le monde était divisé en deux : il y avait d'un côté New York, et de l'autre tout le reste.

Quelle chance, se disait Merrill en entendant sa sœur évoquer l'avenir. Quel mystère, et quelle chance, de ne jamais vouloir être ailleurs que là où on se trouve. Elle-même s'était toujours senti une âme d'exploratrice. À l'école, sa curiosité l'avait hissée en tête de classe. Elle passait des heures entières plongée dans un livre qui la transportait dans un autre monde, rêvait d'endroits où leurs parents ne les avaient pas encore emmenées : Paris, Prague, Istanbul, les pyra-

---

1. Test évaluant les élèves de lycée en lecture, mathématiques et expression écrite et visant à déterminer leur capacité à poursuivre des études universitaires. Sept sessions sont organisées par an.

mides d'Égypte. Son plus cher désir aurait été d'étudier Shakespeare à Oxford, mais Inès ne voulut pas en entendre parler. « C'est trop loin ! Ton père serait tout aussi fier si tu allais à Harvard. »

La vie serait plus simple si seulement elle pouvait cesser de se demander ce qu'il y avait d'autre à découvrir dans le monde.

En matière de garçons, Lily avait toujours paru se satisfaire de ceux qui croisaient régulièrement son chemin. Les fils Buckley, avec leurs tignasses blondes, leurs blazers bleus et leurs chemises débraillées ; les jeunes gens BCBG qui jouaient à la crosse, buvaient du whisky et des sodas dans les bars à la mode de l'Upper East Side ; les étudiants qui portaient des vêtements Patagonia, collaient des stickers de l'aéroport de Nantucket sur leurs voitures et planquaient une pipe à shit sous leurs lits ; les membres du Racquet Club, de l'Union Club ou du Maidstone Club ; les futurs gérants de portefeuilles, de fortune ou de fonds spéculatifs, les futurs spécialistes en fusion-acquisition. Des fils de familles riches. Les petits copains de Lily étaient interchangeables, comme pratiquement tous les garçons avec lesquels elles avaient grandi. Adrian ne dérogeait pas à la règle, même si Merrill convenait qu'il était certainement le meilleur du lot – la version haut de gamme.

En revanche, Merrill n'appréciait guère les garçons de New York. En général, elle les trouvait arrogants. Ils avaient du charme, mais aucun humour ; de bonnes manières, mais aucune chaleur ; les moyens de voyager beaucoup, mais aucune ouverture d'esprit. Ils buvaient trop, lisaient trop peu. Ils avaient été élevés dans des familles WASP froides qui considéraient tout contact physique comme gênant parce que trop intime. Merrill passait des heures avec eux dans des restaurants cotés tel Orsay ou J.G. Melon, à les écouter parler de l'équipe d'aviron d'Exeter ou du stage d'analyste financier qu'ils avaient fait chez JPMorgan pendant l'été. Elle hochait la tête, souriait, regardait les convives en se souvenant des cris d'admiration de ses copines (« Oh, il est vraiment mignon ! » « C'est un super beau parti ! ») tandis que l'ennui, après une période d'incubation, se transformait en mépris, lui rongeant les tripes comme de la moisissure. Alors elle commençait à grimacer, faisait signe au serveur en glissant discrètement un œil sur sa montre. Elle inventait une stratégie de sortie – n'importe quoi pour pouvoir rentrer chez elle se glisser dans son lit bien chaud avec un bon bouquin. On aurait dit que plus ils étaient beaux, plus vite son intérêt s'évaporait.

La première fois que Paul lui sourit, elle sentit ses joues rougir comme celles d'une collégienne. *Oh mon Dieu, qu'est-ce qu'il est beau. Sait-il qui je suis, ou bien me sourit-il uniquement par gentillesse ?* Toutes les étudiantes d'Harvard savaient qui était Paul. Il avait trop de charisme pour ne pas se faire remarquer.

Lorsque, après un cours, il lui proposa d'aller prendre un café, elle inventa une excuse. Elle s'était persuadée que les hommes beaux étaient tous affligés des mêmes défauts – l'arrogance, la lourdeur d'esprit, l'égoïsme, et la certitude affreuse qu'ils avaient tous les droits – si bien qu'il était inutile de s'intéresser à eux. Ajoutons qu'elle était mortifiée. Le visage de Paul – avec ces yeux perçants – et ses épaules larges figuraient souvent dans les relations torrides auxquelles il lui arrivait de rêver pendant les cours, si bien que, se retrouvant face à lui, elle se transforma en créature godiche et palpitante – et inventa une excuse.

Il réitéra son invitation. Elle refusa deux fois, puis finit par dire oui.

Elle se rendit au rendez-vous à reculons, refusant de porter autre chose qu'une chemise blanche et un jean. Elle se rassura en se disant que quand ils auraient passé quelques heures assis l'un en face de l'autre au Starbucks, dîné et bu une bouteille de vin, voire fait l'amour au bout de trois ou quatre rendez-vous bien arrosés, le charme de Paul Ross s'estomperait, comme pour tous les autres. Pourtant, au fond d'elle-même, quelque chose espérait que le contraire se produirait, qu'avec le temps elle découvrirait à quel point Paul était tendre, maladroit, franc, à quel point elle se sentait belle avec lui, même quand elle était malade, grincheuse ou stressée. Elle verrait qu'il ne lui offrirait pas des fleurs, mais une boîte de ses biscuits préférés, qu'il saurait exactement comment lui masser les pieds, et quelles questions lui poser sur sa famille sans avoir l'air indiscret. Ce qui impressionnerait le plus Merrill chez Paul, ce serait ce sérieux qu'il mettait dans ce qu'il entreprenait, sans rien attendre en retour. Il ne ressemblait à aucun des hommes qu'elle avait rencontrés jusque-là. Et c'était la raison pour laquelle elle l'aimait.

Pourtant, si tout cela était vrai, pourquoi l'avait-elle poussé à devenir comme son père ?

Elle ne l'avait pas fait exprès, bien entendu. Mais c'est bien ce qu'elle avait fait – elle en était consciente –

à travers mille et un détails. Des détails sur lesquels elle ne put s'empêcher de revenir. Pourquoi avait-elle poussé Paul à jouer davantage au tennis, à apprendre à jouer au backgammon, à commencer le ski ? Pourquoi lui avait-elle suggéré de devenir membre du Racquet Club ? Et puis, il y avait le coup des pulls assortis qu'elle avait achetés pour Noël, et bien sûr le boulot à Delphic. Ce foutu boulot, qui allait causer leur perte à tous.

Le joggeur sortit en flèche de la pénombre et traversa la rue, les cheveux dorés par la lumière. Ce n'était pas Paul. Les épaules de Merrill s'affaissèrent. Elle s'éloigna de la fenêtre, le cœur rongé par l'inquiétude.

Il était peut-être dans la cuisine ?

Merrill descendit les escaliers le plus discrètement possible. La maison était silencieuse, ce qui voulait dire, du moins l'espérait-elle, que tout le monde dormait encore.

En s'approchant de la cuisine, elle entendit des voix d'hommes. Elle s'apprêtait à ouvrir la porte mais, prise d'hésitation, resta derrière à écouter sans signaler sa présence.

« Non, Paul, bien au contraire », entendit-elle. Elle s'approcha de la porte, l'oreille pratiquement collée dessus.

La voix était étouffée, plus bourrue que d'habitude, mais c'était bien celle de son père.

« Vous faites tout pour votre famille, Paul, disait-il. Même si au final le monde entier vous le fera payer. Je vous l'ai dit, nous nous ressemblons. Mon père aussi était un minable, et dès que j'ai été suffisamment grand, je me suis dit : "Ce n'est pas ce genre d'homme que je veux devenir." Et je me suis occupé de mes enfants, moi. Je leur ai donné tout ce que j'avais. Tout ! Les gens diront que je suis avide – les journalistes, les avocats, nos soi-disant amis. Et ça, dès demain. Lundi au plus tard. Jusqu'à la fin de ma vie peut-être. Mais ils n'auront rien pigé. Avide, moi ? Non, *désintéressé*. À cent pour cent. »

Le cœur battant, Merrill eut un mouvement de recul. Incapable de réfléchir, elle s'éloigna pas à pas, posant le talon, puis la pointe du pied sur la moquette, et remonta les escaliers pour regagner leur chambre. Elle attendit que la porte soit fermée pour éclater en sanglots.

Les paroles de son père tourbillonnaient dans son esprit. Prise de frénésie, elle ouvrit les tiroirs, prit ses vêtements, les plia, les jeta dans sa valise. Incapable de se calmer assez longtemps pour réfléchir à ce qu'elle venait d'entendre et à ce que son père avait voulu dire, elle sut pourtant qu'elle ne lui faisait pas confiance.

Les gens diront que je suis avide.

Son père était en train de perdre pied. Elle en était certaine. Il coulait comme une pierre, et si elle ne les tirait pas de là, il entraînerait Paul avec lui.

Quand Paul la trouva, elle était dehors, en train de charger la voiture. Elle se redressa et l'aperçut. Elle secoua la tête, l'air furieuse, et se blottit sous son manteau pour se protéger du froid. Elle avait laissé le moteur tourner afin de dégivrer le pare-brise et King, installé sur le siège passager chauffé, était en train de s'assoupir. Il respirait bruyamment, le corps périodiquement secoué de tremblements comme s'il rêvait. Les chiens avaient perçu la tension régnante. Ils avaient passé le week-end à trembler, comme à l'approche d'une tempête. King ne s'était pas éloigné de Merrill de plus de trois mètres.

« Ça va ? demanda Paul. Je pensais que tu dormais toujours. Pourquoi tu n'es pas venue me chercher ?

— C'est ce que j'allais faire. Je veux me tirer d'ici.

— Tu as pris nos affaires ?

— Oui. Tu peux vérifier, mais je crois que tout est là.

— Tu préfères que je conduise ?

— Oui », répondit-elle simplement.

Elle se glissa sur le siège passager et ferma la portière. Paul fit comme elle. Il aurait voulu aller récupérer son écharpe – il l'avait accrochée dans le vestibule – mais craignait qu'elle parte sans lui.

Au bout d'un temps de silence, Paul demanda :

« Tu veux aller leur dire au revoir ?

— Non. Je veux m'en aller, c'est tout. »

Il signala qu'il avait compris et mit le contact. La voiture fit un bond en avant. En dépit des vibrations du volant qui faisaient trembler ses mains, il attendit avant de lever le pied de la pédale de frein.

« Qu'est-ce qui se passe ? demanda-t-il en se mordant la lèvre, incertain de vouloir entendre la réponse.

— C'est de ma faute », répondit-elle d'une voix creuse en regardant droit devant elle, comme si ses yeux avaient pu creuser des trous dans les murs de la maison. « Tout ça, c'est moi qui te l'ai imposé. On vient ici tous les week-ends. Tu travailles pour la boîte familiale. On passe notre temps avec ma sœur, mes cousins, mes amies de Spence. On habite dans un appartement exactement comme le leur, bon sang ! C'est de ma faute, Paul. De ma faute à moi. Je ne t'ai même pas demandé ce que tu voulais.

— Je n'ai jamais voulu rien d'autre qu'être avec toi. » Il détacha sa ceinture et se pencha pour l'embrasser. Comme elle ne tournait pas le visage vers lui, il déposa un baiser sur son épaule et enfouit son nez dans son manteau vert olive matelassé. « J'aime ta famille, ajouta-t-il, comme pour s'en convaincre.

— Moi aussi, je les aime. Et je sais que papa nous aime. Mais ça… Il a trahi maman, c'est certain. Et dans un sens, ce qu'il nous a fait, à Lily et à moi, est peut-être pire. Rien de ce que nous possédons n'est réel. Il nous a élevées en nous faisant croire que tout ça nous appartenait. » Elle fit un grand geste en direction de la maison. Il comprit qu'elle voulait dire tout, absolument tout – la maison, l'appartement, New York. « Que ça nous appartiendrait toujours. Jamais je n'avais imaginé qu'on pourrait nous le prendre. En tout cas, jamais Lily n'aurait imaginé… »

Sa voix se brisa. Elle voyait bien qu'elle se laissait emporter, mais c'était plus fort qu'elle.

« Personne ne te rendra responsable de ce qui arrive, Merrill. Quoi que ton père ait fait, il s'agit de ses choix à lui, pas des tiens. » Paul hésita un instant. Il n'était pas sûr de devoir dire ce qu'il s'apprêtait à dire. *Et puis merde ! Elle se sentira peut-être mieux après !*

« Ces choix, il les a faits parce qu'il vous aimait. Tu le sais bien.

— J'en veux aussi à maman, dit-elle. On est tous là, à s'inquiéter pour elle à cause de ce que papa a fait. Mais elle, est-ce qu'elle savait ? Peut-être que oui, et elle s'en foutait. La seule chose qui comptait pour elle, c'était que nous ne manquions de rien. Elle est comme ça, ma mère. Il lui en faut toujours plus.

— N'est-ce pas ce que tous les parents veulent pour leurs enfants ? »

Merrill répondit par un rire sarcastique, puis s'essuya le nez du revers de la main. Paul tira un mouchoir de sa poche et le lui tendit. Il était sale, tout froissé, mais il n'avait rien d'autre.

« Merci, dit-elle en se mouchant. Désolée, je me suis laissé emporter. Ce que je voulais dire, c'est qu'on devrait endosser notre part de responsabilité. C'est surtout vrai pour moi, par rapport à notre relation. On aurait pu faire les choses autrement, toi et moi. C'est encore possible. On n'est pas comme eux. On n'a pas autant de besoins.

— Je ne suis pas sûr d'avoir vraiment le choix de toute manière, répondit Paul avec un petit rire.

— Parfait, dit-elle en souriant timidement. Commençons déjà par nous tirer. »

Ils poursuivirent leur route en silence, les doigts entrelacés. La circulation étant fluide, ils roulèrent vite. En approchant de New York, la neige commença à tomber, couvrant les toits d'une fine couche blanche. Même le Queens devenait beau.

Ce fut elle qui rompit le silence : « Je veux que tu parles avec David Levin. Dis-lui que tu es prêt à collaborer avec eux, s'ils peuvent te promettre un accord.

— Tu es sûre ? C'est le genre de chose où il ne faut pas avoir de doute.

— Oui, sûre et certaine. Peu m'importe ce que tu as promis à papa, ou ce que papa attend de toi. OK ? Par contre, j'aimerais y aller avec toi.

— OK. »

Ils firent le reste du chemin en silence.

Vendredi, 21 heures 10

« J'ai localisé Scott Stevens ! » annonça Marina quand Duncan l'appela enfin. Elle se rendit compte qu'elle semblait grisée, peut-être trop pour un exploit aussi modeste. Scott Stevens n'était tout de même pas un témoin mis au secret par la police. Il n'empêche, elle était toute fière de la manière dont elle s'était débrouillée, et sa première expérience de journaliste d'investigation lui donnait le vertige. « Je l'ai même vu. À son bureau, dans le Connecticut », ajouta-t-elle en souriant au téléphone.

Sa recherche avait commencé par des faux départs. L'employée de la SEC qui lui avait répondu au téléphone ne lui avait été d'aucune aide. La SEC n'avait pas les nouvelles coordonnées de Scott Stevens, avait-elle dit sèchement avant de raccrocher. Internet n'avait donné aucun résultat, ou plutôt trop pour que cela lui serve. Marina avait tenté d'affiner la recherche en ajoutant « avocat », « juriste » ou « SEC », mais en vain. Pourtant, la tâche paraissait si simple : obtenir pour Duncan les coordonnées de Scott Stevens. Comment pouvait-elle échouer si rapidement ?

Elle faillit abandonner, puis décida d'appeler son cousin Mitchell, le seul avocat de sa connaissance, et le genre de cousin un peu ringard et désireux de plaire qui serait ravi qu'on pense à lui. Mitchell aurait peut-être accès, grâce au cabinet où il travaillait, à des ressources qui lui étaient interdites à elle, et même le lendemain de Thanksgiving il serait au bureau. Sur ces deux points elle ne se trompait pas.

Quand elle était petite, les parents de Marina la forçaient à inviter son cousin Mitchell partout parce qu'il n'avait pas d'amis. Si elle allait au cinéma avec des copines, il s'installait derrière elles avec son sachet de pop-corn. Dans la rue, il trottinait à côté du vélo de Marina, son sac à dos rebondissant sur ses fesses grassouillettes. Son bulletin scolaire était parfait. Pile poil le genre de garçon à devenir avocat.

Il ne fallut que onze minutes à Mitchell pour découvrir qu'il existait six Scott Stevens inscrits au barreau dans le pays, dont un au barreau de Washington DC. Ses coordonnées n'étaient pas accessibles, mais son profil indiquait qu'en 2006 il avait été habilité à exercer dans le Connecticut. 2006 : l'année où le Scott Stevens qu'elle recherchait avait été contraint de quitter le bureau de la SEC à Washington DC. Armée de cette information, Marina reprit ses recherches sur Internet. Elle ne tarda pas à tomber sur le cabinet Stevens & Cohgut, LLP, basé à Greenwich, dans le Connecticut. N'hésitant pas une seconde, elle prit le téléphone et appela, histoire de s'assurer que c'était le bon Scott Stevens avant de mettre Duncan sur le coup.

Elle fut quelque peu désarçonnée quand Scott Stevens lui-même répondit.

« Stevens & Cohgut.

— Bonjour. Je voudrais parler à Scott Stevens.

— C'est lui-même.

— Le Scott Stevens qui travaillait à la SEC ?

— Qui est à l'appareil ? » fit une voix bourrue et méfiante.

Elle ne sut quoi répondre. Elle n'avait pas préparé ce qu'elle allait lui dire.

« Super ! s'exclama Duncan. Il est où ?

— À Greenwich. Il tient un petit cabinet. Il s'occupe uniquement de droit des sociétés. Il l'a ouvert après avoir quitté la SEC.

— Ça n'a pas l'air folichon. Vous l'avez vu ? »

Marina hésita un instant. Elle s'était dit après coup que Duncan n'apprécierait peut-être pas son zèle. Mais les dés étaient lancés. Elle inspira.

« Oui, répondit-elle d'une voix qui se voulait assurée. Au téléphone j'ai eu l'impression qu'il refuserait de parler à une journaliste qu'il ne connaissait pas. Alors je lui ai demandé si je pouvais venir le voir. J'ai dit que c'était urgent.

— Il a accepté ? Vous êtes allée comment dans le Connecticut ? Et au fait, vous êtes où ? »

Marina se trouvait dans le bureau de son père, vêtue de son vieux jogging délavé avec en haut de la cuisse le H de Hotchkiss pratiquement effacé. Elle l'avait sorti d'un tiroir dans son ancienne chambre et il avait une vague odeur de naphtaline. Elle s'était attaché les cheveux à la va-vite. La journée avait été longue. Elle était allée à pied jusqu'à Midtown pour emprunter la voiture de Mitchell. À quinze heures, elle roulait en direction de Greenwich à la vitesse maximum autorisée. Elle avait dit à Scott Stevens qu'elle serait là-bas avant dix-sept heures, heure à laquelle il quittait généralement le bureau le vendredi.

Elle avait prévu de rentrer à New York après son entretien avec lui. Au lieu de cela, elle s'était attardée sur le parking derrière Stevens & Cohgut à regarder le soleil se cacher derrière les arbres. Après avoir réessayé le numéro de Duncan, elle avait appelé sa mère.

« Je suis sur la route, annonça-t-elle. J'espère que ça ne vous dérange pas que je vienne.

— Bien au contraire, ma chérie ! » s'exclama Alice. Ça faisait plaisir d'entendre tant de joie dans la voix de sa mère. Marina eut l'impression d'être accueillie à bras ouverts. « C'est ta maison à toi aussi. Tu comptes rester pour le week-end ? »

N'ayant rien décidé, Marina décida d'ignorer la question. « Je suis à Greenwich. J'arrive.

— On vient de finir de dîner, mais il y a quelques restes. Je vais les réchauffer pour que ça soit prêt quand tu seras là. J'ai hâte de te voir ! »

Marina roula en silence, la radio éteinte, pour pouvoir réfléchir. Elle réfléchissait si bien dans la voiture, même dans les bouchons. Elle avait résolu certains de ses problèmes les plus épineux en conduisant. La route de son Connecticut natal avait quelque chose de particulièrement apaisant. Peut-être cela tenait-il à la douce familiarité des détails : la forme et la couleur des panneaux routiers, la distance entre les sorties, cette connaissance plus instinctive que consciente qu'avait son corps des endroits où il fallait changer de vitesse ou tourner. Parfois, New York lui semblait si chaotique, si bruyant, son appartement tellement encombré par ses colocataires et leurs affaires. La voiture lui fournissait un espace où la raison reprenait ses droits. Peut-être à cause de son enfance en banlieue. Conduire, c'était comme faire du vélo : une chose qui s'apprend jeune et qui ne s'oublie pas. Tanner, comme ses amis new-yorkais, n'avait jamais vraiment appris à apprécier d'être au volant. Si bien que c'était Marina qui conduisait quand ils allaient passer le week-end dans sa maison de Southampton, bien que la voiture fût à lui. Voilà bien quelque chose qui ne lui manquerait pas.

Bien que les feuilles soient tombées, le trajet sur la Merritt Parkway était toujours aussi joli. Connaissait-elle des gens qui habitaient là, en dehors des amis de ses parents ? Les pelouses devenaient plus grandes à mesure qu'on s'éloignait de la ville, et les troncs des arbres plus imposants. À deux reprises, elle vit une colonne de fumée s'élever d'un jardin où quelqu'un faisait brûler des feuilles. Quelle paix ! Elle se demanda ce que ça lui ferait d'habiter de nouveau là. Que penseraient les gens d'elle si elle revenait vivre avec ses parents ? Pas pour longtemps, juste le temps de préparer l'examen d'entrée en fac de droit, ou après la fin de son bail en janvier. Est-ce que son retour serait remarqué ? Pas certain.

La vérité, c'était qu'à New York elle avait vécu au-dessus de ses moyens, inconsciemment persuadée qu'elle deviendrait bientôt Mrs Morgenson. Toutes les filles qu'elle connaissait vivaient sur ce mode-là.

New York était incroyablement cher. Marina consacrait plus de la moitié de son salaire à son logement, une chambre dans un petit appartement de l'East Village – pour ce prix-là, elle n'avait rien trouvé d'autre qui soit raisonnablement propre et situé dans une rue bien éclairée. Le reste partait dans la nourriture, les charges, les frais de taxi, les vêtements et tout ce qu'il lui fallait pour ses sorties. Dieu fasse qu'elle ne soit pas malade ou que l'air conditionné ne tombe pas en panne ! Elle ne pouvait pas se permettre ce genre de dépenses imprévues. Elle finissait chaque mois sur la corde raide. Il lui arrivait de ne plus pouvoir retirer d'argent avec sa carte bleue, d'être à découvert. À vingt-deux ans, ce genre d'acrobatie avait un côté excitant. Mais elle ne pouvait pas passer sa vie comme ça. Soit elle attendait que le prince charmant vienne à son secours, soit il faudrait qu'elle apprenne à s'en sortir toute seule.

Elle se ressaisit. Ce n'était pas ainsi qu'elle avait été élevée. Elle était censée être une jeune femme autonome. Sinon, à quoi lui auraient servi ses études à Princeton ?

Richard et Alice avaient l'esprit pratique, mais cela ne les empêchait pas d'être des parents affectueux. Ils voulaient qu'elle s'épanouisse, qu'elle soit vraiment heureuse. Aurait-elle accepté ce boulot à *Press* pour de mauvaises raisons ? S'était-elle laissé séduire par toutes ces fêtes ? Par ce luxe ? Par cette proximité avec les riches ? Peut-être. Toujours est-il qu'au moment d'aller voir Scott Stevens, elle s'était sentie prise d'une excitation qu'elle ne ressentirait jamais en fac de droit.

« Je suis allée à Greenwich en voiture, expliqua Marina à Duncan. J'y passe quand je vais chez mes parents. Je me suis dit qu'il serait plus disposé à me parler en face à face. Je lui ai parlé de David Levin, sans donner trop de détails, simplement ce que vous m'avez dit au téléphone ce matin. J'ai pensé que ça lui rappellerait son histoire à lui. Et puis j'ai un peu menti.

— Comment ça, menti ?

— Je lui ai raconté qu'Alexa et moi étions cousines. J'ai pensé que ça le mettrait dans de bonnes dispositions. »

Duncan sourit. « Et alors ? Il est prêt à parler ?

— Je crois que oui. Il avait peur au début, vraiment peur. Il m'a demandé vos coordonnées, ainsi que celles du contact de David et Alexa au bureau du procureur. Je ne les connaissais pas – désolée – alors je lui ai expliqué qu'il les obtiendrait auprès de vous. Il a dit qu'il avait besoin de réfléchir, et qu'il vous appellerait directement. »

Un long silence suivit. Marina sentit son estomac se nouer. « Au fait, ajouta-t-elle, il se souvenait d'avoir vu David à la SEC. Il a dit que David était un type bien, un bon juriste. Il m'a paru bouleversé d'apprendre ce qui lui tombait dessus.

— Il vous a donné l'impression de comprendre de dont vous parliez ?

— Oui, tout de suite. Je l'ai vu à son visage. »

Comme il gardait le silence, elle poursuivit : « J'espère sincèrement que j'ai bien fait. D'aller le voir. Je voulais juste me rendre utile.

— Très chère, répondit-il tranquillement, vous avez été d'une efficacité remarquable. »

Marina sentit une vague de chaleur traverser son corps. Elle frissonna. Ils observèrent un moment de silence, imaginant tous les deux ce qui arriverait si Scott Stevens pouvait corroborer la version de David Levin. Le vent tournait lentement en leur faveur. Marina s'enfonça dans le canapé en frottant ses pieds l'un contre l'autre.

« Vous êtes chez vos parents, c'est ça ? demanda-t-il.

— Oui. Mais juste pour la nuit. J'ai l'intention de rentrer tôt demain matin. Alors si je peux être d'une quelconque utilité…

— Ne rentrez pas à New York pour moi, je vous en supplie. Profitez du pont. Votre place est auprès de votre famille.

— Merci, mais j'aimerais vraiment vous aider. Si vous le voulez bien, naturellement.

— Vous n'avez qu'à m'appeler à votre retour, d'accord ? J'ignore où je serai demain, mais si vous voulez, vous pourrez m'accompagner. Je ne sais pas ce que je peux vous faire faire, mais on trouvera.

— Merci, dit-elle, émue. Merci beaucoup. Je vous appelle demain.

— Bonne nuit, Marina. Et profitez de cette soirée avec vos parents. »

Marina était en train de faire des recherches sur Morty Reis quand elle entendit un coup discret à la porte.

« Entre », dit-elle en retirant ses pieds du bureau.

Son père glissa un œil dans la pièce. Il avait remonté ses lunettes de vue sur son front. Une autre paire dépassait de la poche de sa chemise. Son col était usé. Elle reconnut avec tendresse le tissu à carreaux bleu clair. Il tenait une assiette avec une part de tarte aux pommes, une serviette et une fourchette. En la découvrant assise au bureau, sa bouche se fendit en un sourire fier.

« Je me suis dit que tu aurais besoin d'un peu de carburant, dit-il. C'est ta mère qui a fait la tarte. Alors, ça avance ?

— Humm, fit-elle.

— Désolé, je ne voulais pas…

— Non, tu ne me déranges pas. J'avance.

— Tu peux en parler ou bien c'est top secret ?

— Ce n'est pas top secret. Mais je t'en parlerai quand ça sera fini. C'est un sujet intéressant.

— Tu travailles vraiment beaucoup », dit-il. Il hésita, l'air momentanément gêné comme souvent quand il se laissait emporter par les sentiments. D'un ton quelque peu penaud, il ajouta : « Je ne te l'ai sans doute pas souvent dit, mais ta mère et moi, on est vraiment fiers de toi. Tu fais du bon boulot. »

Marina se leva et, l'enlaçant, se plaqua contre lui. L'assiette dans une main, il passa tendrement l'autre bras autour de sa taille. Les yeux fermés, la joue délicatement posée sur le sommet de son crâne, il dit : « Je ne m'en fais pas pour toi, Marina. Enfin, de temps en temps quand même. Mais tu as toujours réussi ce que tu entreprenais, et tu écris vraiment bien.

— Merci, papa. »

Elle recula légèrement, s'attardant dans ses bras un instant. Puis elle prit la tarte en lui adressant un sourire affectueux.

« Tu restes tout le week-end ?

— Juste la nuit, je pense. Je dois donner un coup de main à Duncan pour cet article…

— C'est comme tu veux. Nous sommes toujours heureux de t'avoir à la maison.

— Ça me fait toujours plaisir de venir. Mais il faut vraiment que je rentre. Pour une fois qu'on me donne la chance de bosser sur un vrai sujet. Tu sais, pas sur la couleur tendance du rouge à lèvres ce printemps. Et je suis sûre que l'article sera super. »

Quand il fut sorti, elle se jeta sur la part de tarte. La pâte était sucrée et sablée juste ce qu'il fallait, comme seule peut l'être une pâte faite maison. Une fois l'assiette bien raclée, elle s'enfonça dans le fauteuil de son père, heureuse. Pour la première fois depuis bien longtemps, elle avait passé une bonne journée.

Samedi, 6 heures 15

« On est sur la route », dit Sol. Il régla le rétro-viseur et appuya sur l'accélérateur. Les banlieues de Long Island défilaient derrière les vitres. Il détestait cette partie de l'île qui n'était plus la campagne et pas encore la ville. Tous ces concessionnaires auto, ces zones d'activités et ces stations-service où les gens venaient faire le plein de leur Honda Civic. Des gens qui vivaient en dehors de Manhattan par manque de moyens financiers ou par choix, deux raisons qui, aux yeux de Sol, se valaient. Les maisons, toutes sem-blables, s'entassaient à dix autour d'une impasse. Cela lui rappela de mauvais souvenirs.

Et dire que j'ai passé mon enfance ici ! songea-t-il en dépassant un entrepôt de meubles aux fenêtres duquel étaient accrochés des drapeaux annonçant des soldes en lettres vert fluo. Sa propre sœur et les deux frères de Marion habitaient encore dans un rayon de quinze kilomètres autour de la prochaine sortie, mais depuis plus de trois ans, Sol évitait soigneusement d'aller les voir. C'était la famille qui venait chez eux, pour les anniversaires, le seder, ou pour une simple visite. « Sol a du travail, expliquait Marion, mais ça nous ferait très plaisir de vous recevoir. » Sol soupçonnait les frères de Marion de s'offusquer en silence du procédé, mais au fond, il s'en fichait. Ils le trouvaient égoïstes ? Ils avaient bien raison. Ils pensaient qu'il avait un complexe de supériorité ? Là encore, bien vu. La vérité, c'est que Marion et lui avaient une cuisinière et du personnel de maison, qu'ils utilisaient des serviettes en tissu et pas en papier, et qu'à la fin de la soirée, personne n'était obligé de sortir le chien ou la poubelle. Faire croire que la Pâque à Great Neck avec les Schwartsman avait autant d'attraits, voilà qui exigeait un talent de comédien dont Sol était dépourvu. En outre, le plus souvent il avait effectivement du travail. Il ne serait pas allé jusqu'à dire que son temps était trop précieux pour le passer sur la route, mais il était trop précieux pour être gaspillé en visites à la belle-famille.

Sol avait l'impression d'être resté deux jours de suite dans la voiture. Encadré par de longs passages sur l'autoroute, Thanksgiving était passé en un éclair, plus comme un instant que comme un week-end férié. Combien de fois s'était-il entretenu avec Eli ces derniers jours ? Il avait perdu le compte. Il avait été au téléphone avec lui depuis New York jusqu'à East Hampton ; et rebelote pour le trajet de retour. Être au volant, désormais, c'était se farcir des heures de conversation avec Eli. Sol n'aimait pas donner l'impression d'être aux abois, mais le répit accordé par ce week-end prolongé tirait à sa fin. Chaque heure comptait. Soixante-douze étaient passées depuis que Sol avait appris la mort de

Morty. Il devait leur en rester quarante-huit avant que la rumeur concernant RCM n'arrive aux oreilles des journalistes. La seule et unique chose qui retardait sa propagation, c'était Thanksgiving, que le pays tout entier considérait comme un jour férié pendant que les avocats, eux, continuaient à travailler. Tant mieux : cela leur donnait quelques longueurs d'avance, deux ou trois mètres peut-être, mais ça n'était pas négligeable.

« Carter rentre tout seul », poursuivit-il, le pied collé à la pédale. Il roulait à un peu plus de cent trente kilomètres-heure. Instinctivement, il vérifia dans le rétroviseur qu'il n'y avait pas de policiers. « On sera tous les deux à New York d'ici une heure. On peut se voir quand ? »

Eli ne répondit pas tout de suite. Quand enfin il prit la parole, son hésitation était flagrante. « Écoutez, pourquoi vous ne venez pas demain matin ? On doit mettre un peu d'ordre chez nous avant. Je crains que notre manque de préparation vous fasse perdre votre temps.

— Bon sang, Eli, il faut absolument qu'on règle cette histoire ! Il est prêt à collaborer, mais il voudra être assuré qu'il s'en tire indemne. La situation est extrêmement difficile pour lui et sa famille. Tout le monde espère voir le problème réglé au plus vite.

— Je comprends. Mais vous m'avez fait votre proposition il y a quarante-huit heures.

— Disons plutôt soixante.

— Je fais de mon mieux. C'est un week-end prolongé. Et franchement, ce n'est pas le genre d'accord que je peux arranger tout seul. »

La voix d'Eli était devenue aiguë et nasale. Mauvais signe. Il en était presque à gémir. Sol le connaissait depuis suffisamment longtemps pour savoir qu'il n'aimait pas se sentir pressé. Mais Sol n'avait ni le temps, ni la patience de prendre des pincettes avec Eli.

« C'est une affaire à haut risque, Sol. Robertson ne va pas être ravi de laisser passer l'occasion de s'en prendre à un P-DG dont le fonds est investi à trente-trois pour cent dans une chaîne de Ponzi. Darling est-il conscient qu'il pourrait se retrouver avec une horde d'enquêteurs sur le dos ?

— Bien sûr. Robertson aura sa chance. Nous ne disons pas que personne à Delphic ne doit être tenu responsable. Simplement, choisissez bien vos coupables. Ne vous en prenez pas à Carter uniquement parce que c'est lui le P-DG. Toute complicité avec RCM est à mettre à cent pour cent au compte de son associé et de l'équipe investissements. »

Eli poussa un soupir. En bruit de fond, Sol entendit des voix d'enfants. Eli répondait depuis chez lui. Sol trouva cela agaçant. Pourquoi Eli n'était-il pas au bureau ? *Voilà ce qui arrive quand on quitte le privé*, songea-t-il. *On perd la notion d'urgence.*

Sol se demanda où Eli habitait. Probablement dans un endroit lugubre. L'un de ces immeubles en briques blanches de la 2e Avenue, avec des pièces tarabiscotées et des plafonds bas. Du plancher, un lave-vaisselle qui fuit, un gardien qui porte un marcel sous sa chemise d'uniforme et vous fait bien savoir que vous l'empêchez de regarder son match à la télé. Eli avait trois enfants. Sol leur avait tous obtenu une place dans une école privée à Manhattan. Les frais de scolarité s'élevaient à quarante mille dollars, mais les trois gosses avaient bénéficié en toute discrétion d'une bourse financée par un client de Sol qui faisait à l'époque l'objet d'une enquête pour antidatage d'action. Sol brûlait d'envie de demander à Eli à partir de quel chiffre il consentirait à se presser, mais se ravisa. Eli faisait malheureusement partie de ces gens qui préfèrent être payés avec des faveurs. Il serait très certainement outré à l'idée qu'accepter des pots-de-vin n'était pas si éloigné de ce qu'il faisait. Les gens avaient tous une limite qu'ils ne dépassaient pas. Simplement, Sol aurait aimé que celle d'Eli soit plus proche de la sienne.

Il n'avait pas fallu beaucoup pour convaincre Eli de la responsabilité d'Alain. Outre le fait qu'il était en effet coupable, Alain remplissait parfaitement le rôle de l'escroc en col blanc. Il incarnait le monde de Wall Street dans ce qu'il avait de pire. Ses mails seraient du plus bel effet dans le *Post* (*ne pas oublier d'appeler le collaborateur qui les passe en ce moment même au peigne fin*, se dit Sol) ; on pouvait en faire publier un en première page dès lundi, si Eli y tenait. Et Alain ne manquerait pas de commettre quelques coups d'éclat – par exemple, venir au tribunal avec sa Lamborghini noire, ou dire à un journaliste d'aller se faire foutre – coups d'éclat propres à attiser la haine du public. Il serait en toute probabilité arrêté dans son chalet de Gstaad, où Sol le soupçonnait de se planquer. Quelle belle prise pour les flics ! Un triomphe, même. Exactement le genre de presse préélection que Robertson recherchait – et le but principal d'Eli n'était-il pas de faire plaisir à Robertson ? Le hic, c'était de savoir si Alain seul lui suffirait.

« Le problème, gémit Eli, c'est que ce n'est pas vraiment l'un ou l'autre. Ce que je veux dire, c'est qu'on doit justifier auprès du public pourquoi nous ne poursuivons pas Carter aussi.

— Justifier auprès du public ? Ou justifier auprès du staff de campagne de Robertson ?

— Les deux, je suppose.

— Je vous ai expliqué ce qu'il fallait dire publiquement. Carter était pour ainsi dire retiré des affaires. Point final.

— OK, justifier auprès de Robertson, alors.

— Dites-lui ce que je me tue à vous répéter : mon client collabore, l'affaire vous est servie sur un plateau d'argent. Et en plus, on fait le boulot pour vous – on vous livre le coupable menotté d'ici lundi. Tout ça, sans que vous ayez eu à lever le petit doigt ! Et vous faites la fine bouche ? » rugit Sol.

Entre Eli et la circulation, il commençait à s'énerver. En plus, il avait vraiment besoin d'aller aux toilettes. Il se rappela que si Eli était du genre à accepter un minimum de risque, il ne travaillerait pas pour le gouvernement. Il tapota furieusement des doigts sur le volant, puis klaxonna le conducteur d'une Honda Civic qui lui faisait une queue-de-poisson. *Enculé !* fulmina-t-il, concentrant toute sa frustration sur le conducteur de la Honda. *Putain d'enculé !*

Eli ne disait toujours rien.

Sol avait conservé une carte en main. Il aurait préféré la jouer plus tard, mais il lui sembla qu'Eli avait besoin d'un petit coup de pouce.

« Il y a quelque chose d'autre, dit Sol. Je préférerais en discuter en personne, mais apparemment, mes collaborateurs sont tombés sur des communications inhabituelles avec la SEC. Il faudra qu'on confirme deux ou trois trucs de notre côté, mais visiblement, Alain a pensé à tout, y compris comment se débarrasser de la SEC, et en débarrasser Morty. On est prêts à vous livrer l'info. C'est-à-dire, à condition que vous acceptiez de travailler avec nous.

— Vous voulez dire qu'il a soudoyé quelqu'un ? » demanda Eli d'une voix nettement plus animée. Vous parlez de quel type de communications ? Vous avez un nom ? »

Sol sourit. D'habitude, il préférait faire les choses en tête à tête – les yeux révélaient tellement plus que la voix. Mais il savait exactement ce qu'Eli pensait à cet instant. L'éventualité qu'un membre de la SEC soit accusé de corruption serait un formidable coup de pouce pour sa carrière. S'il pouvait apporter ce genre d'information à Robertson, ma foi, tout était possible.

« Attendez. J'ai dit qu'on allait devoir confirmer certaines choses, dit-il d'un ton désinvolte. Nous aussi, on essaie de faire vite. N'oublions pas non plus qu'il n'y a aucune assignation pour l'instant. Alors, si on se voyait pour parler de tout ça ?

— OK, c'est bon, répondit Eli en s'éclaircissant la gorge. Dimanche matin, ça va pour vous ? Le plus tôt possible ?

— Sept heures ?

— Disons plutôt neuf heures. »

Sol leva les yeux au ciel. « C'est bon. Neuf heures. Mais on règle cette histoire, OK ? Ça sera beaucoup plus facile de travailler ensemble une fois qu'on sera sur la même longueur d'onde.

— Ouais. Je vous vois tous les deux demain. Appelez-moi s'il y a quelque chose de nouveau.

— Bien sûr. Pareil pour vous.

— Et vous nous donnerez les infos sur cette histoire de communications avec la SEC, hein ?

— Et vous, vous nous signerez un petit papier. Bonne nuit, Eli. »

Je l'ai ! songea Sol en raccrochant. « Appel vers le bureau », dit-il en détachant bien les syllabes. Il tripota le bouton du Bluetooth en attendant le bonjour froid du standard de Penzell & Rubicam. Les systèmes de téléphone non sécurisé avaient quelque chose qui le rendait vaguement nerveux. Il avait parlé de ses inquiétudes au concessionnaire Mercedes à qui il avait acheté la voiture l'année précédente ; le type l'avait regardé comme s'il avait affaire à un parano ou un vieux croûton. Vieux et parano. Il était tout cela à la fois, se rendit-il compte en réglant le volume du haut-parleur. Et cette histoire avec Morty n'allait pas arranger les choses. Il avait l'impression d'avoir pris cinq ans depuis la veille.

Le standard répondit à la première sonnerie. « Penzell & Rubicam. Bonjour. »

Sol poussa un soupir apaisant. « Sol Penzell à l'appareil. Passez-moi Yvonne, je vous prie. À son domicile.

— Tout de suite. »

Sol ne ressentait aucun remords à la perspective de ce qu'il s'apprêtait à faire tout en sachant qu'il aurait dû, ce qui revenait au même. Yvonne n'avait pas pris un jour de vacances depuis plus de deux ans, et elle méritait amplement ce congé. Mais elle ne se fâchait jamais contre lui, et elle réagirait certainement comme elle réagissait toujours : sans se démonter. Il lui ferait un joli cadeau quand tout serait fini.

« Notez bien que je suis fâchée contre vous, dit-elle en décrochant. J'ai quand même une vie, vous savez.

— Je sais. Je voudrais que vous me retrouviez au bureau d'ici une ou deux heures. Je promets que je vous le revaudrai. J'ai vraiment mauvaise conscience de vous demander ça.

— Mauvaise conscience ? Vous ? Allons donc ! Je n'ai pas pris de vacances depuis quatre ans.

— Je croyais que c'était deux ans.

— Quatre ans. Et demi. Mais bon, tout le monde s'en fout.

— Vous savez que je ne vous demanderais pas ça si ça n'était pas important, insista Sol, lassé d'avoir à s'excuser.

— J'ai les confirmations d'ordre », annonça-t-elle d'une voix plate et creuse.

Sol mettait sa patience à rude épreuve. S'il la poussait, elle dirait ce qu'elle disait toujours : *Sol, je ne suis pas d'humeur.*

Sol ressentit un soulagement qui le réchauffa. C'était la première chose qui se passait comme prévu depuis plusieurs jours. « Vous êtes sûre ? Tout est en place ? Ça n'a pas posé de problème ?

— Je ne dirais pas ça. Ils n'étaient pas ravis à l'idée d'antidater ces virements. Mais bon, il y a maintenant deux virements en cash du compte A au compte B, pour les montants spécifiés. Le premier est daté du

5 septembre 2008 et le second du 31 octobre 2008. Un vendredi dans les deux cas. Versés sur des comptes numérotés aux îles Caïmans. Il y a deux niveaux de sécurité, mais on peut quand même remonter au signataire originel. Et là, on apprend que le compte B est enregistré sous le nom d'un certain David Levin. Par contre, il y a un petit problème avec le compte A. Il faut que l'ordre comporte deux noms parce que techniquement, c'est un compte Delphic Europe et les transferts de cette importance nécessitent deux signatures.

— Mettez le nom de quelqu'un d'autre au bureau de Genève.

— Il faut que ce soit un mandataire social. Avant, on mettait le nom de Brian avec celui d'Alain. Sauf que Brian a démissionné de son poste de directeur financier.

— Bon. Alors mettez le nom de Paul.

— Paul Ross ?

— Ouais. Il est mandataire social, avocat général. Et il a déjà parlé à David Levin. Donc c'est logique.

— Mais Paul vient d'arriver, non ? Je ne suis pas sûre qu'il travaillait pour Delphic le 5 septembre.

— Bon. Alors changez la date. »

Yvonne ne répondit pas tout de suite.

« Qui est ce David Levin ? finit-elle par demander.

— Vous n'avez pas besoin de savoir ça », répondit Sol d'une voix tranchante. Une fine pellicule de neige commençait à couvrir le pare-brise. Il mit les essuie-glaces à la vitesse maximum. Ils se mirent à faire leurs allers et retours de plus en plus vite, comme des couteaux de grand cuisinier sur une planche à découper. « De toute manière, ce n'est qu'une formalité. Il s'agit de transferts qui auraient dû être faits il y a longtemps. Maintenant, c'est une histoire réglée. Je m'excuse de vous avoir demandé de les antidater, mais parfois ce genre d'opération est nécessaire si on veut que les affaires marchent comme il faut. Je sais que je peux vous faire confiance, comme toujours, mais aujourd'hui, je vous préviens, ça n'est pas un bon jour pour mettre mes nerfs à l'épreuve.

— Désolée.

— Ne vous excusez pas. Faites votre boulot, c'est tout. »

Comme elle ne répondait pas, il reprit d'une voix adoucie : « Je sais que j'ai l'air d'un vrai goujat aujourd'hui. Il s'agit d'une situation délicate, et j'ai besoin que tout le monde fasse ce qu'il faut, sans poser de questions.

— Jane Hewitt a rappelé hier soir. Le standard passait les appels de votre ligne sur mon domicile. Elle semblait bouleversée. Je lui ai dit que vous étiez à Long Island et ai proposé de lui donner votre portable, mais elle l'avait déjà. Elle n'a pas souhaité laisser de message.

— Merci. Pouvez-vous la rappeler de ma part et lui dire qu'on gère la situation et que je la contacterai bientôt ? Et dites-lui que j'ai conseillé à Carter de ne pas la joindre, et que si elle a besoin de parler à quelqu'un, qu'elle m'appelle moi. Je garde mon portable ouvert.

— Elle était vraiment bouleversée.

— Oui, j'ai bien compris.

— Je l'appelle tout de suite.

— Je sais ce que vous pensez : que je devrais l'appeler moi-même. Mais elle comprendra. Il s'agit de travail.

— J'ai dit que je l'appelais tout de suite. Je ne m'imaginais rien.

— Je vous connais, Yvonne. Et je sais quand vous me jugez en silence. » À présent, il redevenait ce bon vieux Sol, ce gros nounours jovial avec ses joues rouges et sa barbe de grand-père, le Sol jovial qui disait au bureau : « *Attention, je vais vous piquer tous vos M&M's !* »

Il gloussa. « Faites-moi confiance, et avec un peu de chance, on reprendra la main. Depuis mercredi, j'ai l'impression d'être dans un train fou sans conducteur. Vous avez des nouvelles de Julianne ? Elle est rentrée sans problème ? À propos, merci de lui avoir trouvé un avion.

— Elle est là demain. Ça ne sera pas le Thanksgiving idéal, seule dans cette maison. J'appellerai pour voir comment elle va.

— Vous êtes une brave fille, Yvonne.

— Je sais. Je vous vois plus tard au bureau. »

Elle raccrocha.

Le simple fait de savoir qu'Yvonne serait là soulageait Sol. Ses rares absences lui faisaient comprendre à quel point elle était indispensable. Il ne pouvait pas imaginer de vivre sans elle. Elle dirigeait sa vie. Elle tapait son courrier, prenait ses appels, s'occupait de ses rendez-vous chez le dentiste. Elle faisait ses réservations au restaurant, achetait ses billets d'avion, relisait ses contrats. Elle choisissait les cadeaux pour l'anniversaire de Marion et leur anniversaire de mariage. Elle lui rappelait de dire un petit mot gentil aux employés qui venaient d'avoir un bébé ou de se marier. Sol la payait plus que la plupart des avocats associés, mais elle le méritait amplement. Personne n'avait accès à autant d'informations – à tous ses fichiers clients, à tous ses mails, à son agenda, à sa messagerie. Yvonne, c'était son coffre-fort, la femme la plus importante de sa vie après Marion.

Elle était la seule personne au monde en dehors de lui à savoir qu'il possédait tout en double, depuis son agenda jusqu'à son registre comptable en passant par son carnet d'adresses. Il y avait l'exemplaire qui serait facilement découvert en cas de perquisition, et l'exemplaire dont seuls Yvonne et lui connaissaient l'existence. Leurs contenus se recoupaient à environ quatre-vingt-dix pour cent – parfois même à cent pour cent – mais c'étaient les dix pour cent restants qui comptaient véritablement. Des réunions tard le soir avec des membres de la commission finances du Sénat, les numéros et les contenus de comptes offshore, des transferts de fonds à certains officiels du gouvernement, tout cela, c'était dans les dix pour cent restants.

En passant le péage au niveau du pont, Sol se rendit compte qu'il ne lui avait pas souhaité un joyeux Thanksgiving.

Samedi, 10 heures 02

La pièce était beaucoup trop chauffée, surtout pour un mois de novembre. Le bouton de réglage du radiateur était cassé et la vapeur en fusait comme d'une bouilloire prise de folie furieuse. Paul regarda autour de lui, espérant pouvoir ouvrir une fenêtre. Ses yeux tombèrent sur quatre murs sans fenêtres et un plafond bas, le tout peint en gris, le genre de couleur appliquée à la va-vite dans les bureaux de l'administration. Il se demanda si les interrogatoires se déroulaient dans ce genre de pièce. C'était la première fois qu'il se trouvait dans les bureaux du procureur de New York. Sans doute cette pièce avait-elle été le théâtre de réunions déplaisantes. Il espéra que ce ne serait pas le cas aujourd'hui.

En agrippant la main de Merrill, il se rendit compte que la sienne était moite et qu'il écrasait les doigts fins de sa femme. Mais il ne pouvait pas la lâcher. Il remerciait le ciel qu'elle soit là. Elle n'avait rien dit dans le taxi. La colère ? Pourtant, son visage pensif ne révélait rien. Peut-être était-elle simplement fati-

guée. D'ailleurs, ils l'étaient tous. Même King paraissait épuisé. Ce matin, il avait fait demi-tour au bout
de cent mètres, les oreilles pendouillant comme des
feuilles de vieille salade. Au grand soulagement de
Paul : il n'avait pas suffisamment d'énergie ou de
temps pour faire une longue promenade dans le
parc.

La porte s'ouvrit sur Alexa, accompagnée de deux
hommes. Ils portaient tous les trois un jean. En se levant
pour les saluer, Paul se demanda si sa chemise faite
sur mesure avec ses initiales brodées sur la manchette
n'était pas une erreur. Il avait essayé de se pomponner
un peu, se douchant et se rasant pour la première fois
depuis plusieurs jours, juste pour se sentir de nouveau
humain. Mais il ne tenait pas à donner l'impression
d'être ce genre de type arrogant qui travaille pour un
fonds spéculatif. Jusqu'à présent, il n'avait pas vu à
quel point les carreaux violets de sa chemise étaient
criards ; il avait attrapé la première dans son placard.
Maintenant, elle lui parut plus criarde encore que la
sirène hurlant dans la rue. Quand avait-il adopté ce
style vestimentaire ? Il avait oublié. Il ne portait plus
que des pulls irlandais et des mocassins Ferragamo. Il
y avait encore deux ou trois chemises Brooks Brothers
au fond de son placard, mais il ne les mettait jamais.
Le sur-mesure lui allait si bien.

« Merci d'être venu », dit Alexa en fermant la
porte derrière eux. Le bruit de la sirène baissa, puis
s'évanouit. « Vous connaissez tous David ? » Le plus
grand des deux hommes fit un signe de tête et tendit la main. « Et voici Matt Curtis, notre contact au
bureau du procureur. »

David recula sa chaise en s'éclaircissant la gorge. « Je vous en prie, asseyez-vous. Je sais, c'est un peu précipité, et on essaie tous de rattraper le train. Matt a eu la gentillesse de nous accorder beaucoup de son temps, ainsi qu'Alexa bien sûr ; mais au départ, c'est à cause de moi que nous sommes ici. Toute cette histoire a commencé parce que j'ai voulu initier une enquête sur RCM. Je m'intéressais également aux fonds nourriciers de RCM, Delphic compris. J'approchais du but quand a été annoncée la mort de M. Reis. À partir de là, tout est parti en vrille.

— Quand avez-vous commencé votre enquête ? » demanda Paul. C'était un point qui l'intriguait depuis cet appel de David quelques semaines auparavant.

— Il y a deux mois environ. Je crois qu'Alexa vous l'a dit, mais j'ai commencé par enquêter sur un cabinet de comptables qui fournissait des investisseurs à RCM sans pour autant être répertorié comme agence de conseil en investissements. J'ai trouvé bizarre que l'un des plus gros fonds spéculatifs au monde traite avec ce cabinet minable, alors je me suis penché plus sérieusement sur RCM. Au début, j'ai soupçonné un délit d'initié. Quelque chose d'illégal stimulait la performance de RCM, mais je pensais qu'il s'agissait de deux ou trois fripouilles isolées. Franchement, j'ai mis du temps à accepter l'idée que j'avais affaire à une chaîne de Ponzi. Une escroquerie à une telle échelle, ça implique beaucoup plus de gens que simplement ceux de RCM. C'est tout un système parallèle, comprenant des cabinets d'expertise comptable externes, des fonds nourriciers, et même la SEC. »

Paul se pencha en avant, prêt à s'exclamer, mais se retint. *Ferme-la. Ferme-la et laisse les autres parler.* Merrill, remarqua-t-il, était bien meilleure que lui pour ça. Immobile mais attentive, son visage ne trahissait rien. Leurs yeux se croisèrent brièvement, et les lèvres de Merrill esquissèrent un sourire, comme pour dire : *C'est bon. Tout va bien.* Il adressa à David un signe de tête rapide.

« Alors je me suis retrouvé avec une grosse enquête sur les bras, mais aucun soutien de la part de ma hiérarchie, poursuivit David. En fait, on me poussait carrément à abandonner. Au début, je me suis dit que j'étais parano, que mes alertes se perdaient dans le labyrinthe bureaucratique. Mais ensuite, les pressions ont été plus ouvertes. La situation est devenue tellement difficile que j'ai appelé Matt, un vieil ami, et à ce stade-là de l'histoire, l'une des rares personnes en qui j'avais confiance. »

Adressant un petit sourire crispé à Paul, Matt se pencha au-dessus de la table pour confirmer. Un carnet était ouvert devant lui. Paul lutta contre l'envie de regarder les gribouillages qu'il voyait à l'envers. Quelques mots en majuscules étaient soulignés. Bon ou mauvais signe ?

« Bref, des gens très haut placés ne voulaient pas que je fourre mon nez dans leurs affaires. Comme je persévérais, ils ont commencé à vouloir me faire tomber. Hier matin, je me suis retrouvé mis à pied pour une période indéterminée. Tout ce qui était dans mon bureau a disparu – mes dossiers, mon ordinateur, tout. Je n'ai plus accès au bâtiment. Si bien que maintenant, Matt a trois affaires sur les bras. L'enquête sur RCM que j'avais commencée et dont je lui ai versé les pièces. L'affaire des fonds comme Delphic qui ont investi massivement dans RCM et des cabinets de comptables et des avocats qui ont fait semblant de ne rien voir. Et puis il y a ce que nous appelons le Dossier Numéro 3. »

David souffla en s'enfonçant dans son fauteuil. Cessant de faire tourner son stylo dans ses doigts, geste qu'il exécutait à la perfection, il le posa sur la table en face de lui. Il y avait en lui quelque chose de détendu qui surprit Paul. Les juristes qui travaillaient pour le gouvernement étaient rarement détendus. Grand – 1,90 mètre environ – et bronzé, David avait les cheveux légèrement argentés, un sourire charismatique et une poignée de main franche. Le genre de type dont les femmes sont folles. Le genre de type qui aurait pu travailler pour la télévision ou dans la publicité. Alexa était amoureuse, c'était clair. Bien que David et elle se comportent l'un envers l'autre avec une courtoisie toute professionnelle, Paul sentait circuler entre eux une électricité palpable.

Il commença à s'agiter. « Alors, ce Dossier Numéro 3…

— Ah oui, le Dossier 3. Ces derniers jours, c'était la cible mouvante, mais à présent, c'est notre priorité. Le Dossier Numéro 3, c'est l'affaire de la SEC. À ce stade, tout le monde s'accorde à dire que quelqu'un de la SEC a été soudoyé. Sans doute par une personne de RCM ou de Delphic.

— De Delphic ? Qu'est-ce qui vous fait dire ça ? demanda Paul en fronçant les sourcils.

— Je vous explique. Hier, un collègue vient me raconter une histoire pratiquement identique à la vôtre. Il affirme qu'il y a une personne à Delphic qui a déjà pris des contacts avec quelqu'un de chez nous. Non seulement ça, mais la personne en question détient la preuve concrète que Delphic a une relation particulière avec la SEC. Qu'il y a des transferts vers un compte des îles Caïmans mis au nom d'un membre de la SEC et alimenté par un compte Delphic. Mon collègue n'en savait guère plus parce que ce n'est pas son dossier. Mais il en a entendu parler parce que visiblement, c'est remonté jusqu'à Robertson. Et quand le procureur est dans le coup, tout le monde sait.

— Vous avez déjà un informateur à Delphic ?

— Qui ? s'exclama Merrill en se penchant en avant. Amenez-la, cette personne ! Qu'elle nous parle ! Peut-être qu'avec Paul elle nous aidera à comprendre ce qui s'est réellement passé à RCM. Et si quelqu'un à la SEC est responsable, alors, que ça sorte ! Un petit peu de clarté, ça nous ferait du bien, au point où on en est !

— Ça n'est pas aussi simple que cela », dit Matt en jetant un regard inquiet vers David.

Alexa fixait la moquette, ce qui donna une sensation de malaise à Paul. Elle ne pouvait même pas le regarder.

« Au début, je me suis dit qu'il y avait eu erreur, et que l'informateur dont mon collègue parlait, c'était vous, Paul. Que vous vous étiez adressé directement à quelqu'un d'autre que moi au bureau, une personne que vous connaissiez et avec laquelle vous étiez à l'aise. Il me paraissait improbable qu'il y ait deux informateurs à Delphic. Alors, j'ai mené ma petite enquête hier soir, pour comprendre ce qui se passait. Il s'avère que vous êtes bien deux à Delphic. Je veux dire, deux informateurs. L'autre, poursuivit Matt en s'éclaircissant la gorge, c'est Carter Darling. Il est en rapport par l'intermédiaire de son avocat avec une personne du bureau du procureur. Là où ça se complique, c'est que visiblement, il accuse à la fois Paul et David de faire partie du plan pour inciter la SEC à fermer les yeux. »

Le silence se fit dans la pièce. Les paroles de Matt résonnèrent dans l'air comme de l'électricité statique.

« Quoi ? » balbutia Paul. Il frappa violemment du poing sur la table, faisant sursauter les deux femmes. Le bruit le surprit lui-même, mais il n'avait pas pu se retenir. Le geste le soulagea, comme si une petite valve avait été ouverte, laissant échapper un jet de vapeur.

« Vous voulez dire que Carter m'accuse de soudoyer David pour qu'il abandonne son enquête sur RCM et Delphic ? Vous m'accusez de soudoyer David ? Moi ?

— C'est complètement dingue, marmonna Merrill en regardant ses mains croisées sur ses genoux. Désolée, mais c'est complètement dingue.

— Ils se sont fait piéger, lui dit Alexa d'une voix monocorde. Ils n'ont rien à voir dans cette histoire. Votre père est en train de négocier sa collaboration. Vous ne comprenez donc pas ? »

Levant la tête, Merrill croisa son regard. « Bien sûr que Paul n'a rien à voir dans tout ça, dit-elle la lèvre tremblante, mais la voix aussi calme que son regard. C'est mon mari. »

Alexa hocha la tête et baissa les yeux vers son BlackBerry, qui vibrait sur la table. Elle fixa l'écran une seconde, puis se leva. « Excusez-moi, un appel important. » Puis, se tournant vers David : « C'est

Duncan », dit-elle. Elle sortit et ferma la porte derrière elle. La pièce redevint silencieuse, mis à part le sifflement du radiateur.

« Personne ici n'accuse personne, déclara Matt. Nous sommes tous dans le même camp. Je ne fais que présenter les faits tels qu'ils sont. Nous sommes face à un problème sérieux.

— Il doit y avoir une erreur », dit Merrill doucement.

Elle s'était mise à pleurer. David se leva pour lui tendre une boîte de mouchoirs. Elle se moucha et chiffonna le Kleenex dans sa main.

« Merci, dit-elle en faisant glisser la boîte de Kleenex sur la table. Écoutez, je ne vois pas mon père accuser Paul de quoi que ce soit. C'est impossible.

— Il se peut qu'il y ait eu une erreur », dit Matt en haussant les épaules. Pourtant, Paul sut à sa façon de parler qu'il n'en croyait pas un mot. « Ou une mauvaise interprétation. Mais pour l'instant, Carter Darling négocie un accord. Et visiblement, cet accord l'oblige à vous donner, David et vous. La question, c'est pourquoi ferait-il une chose pareille ? Pour sauver sa tête, oui, mais encore ? »

— David… », fit Merrill. Ses joues étaient cramoisies, et jamais elle n'avait paru aussi petite aux yeux de Paul. Tous les regards convergèrent vers elle. Elle fixa la table devant elle pour ne pas avoir à leur faire face. « Votre patronne, c'est bien Jane Hewitt ?

— Oui. Du moins, était. C'est elle qui m'a mis à pied.

— Et c'était elle qui exerçait toutes ces pressions sur vous…

402

— Oui, en effet.

— Je crois… » Elle jeta un œil sur Paul et chercha sa main. « Dans ce cas, je crois que j'ai quelque chose à dire », termina-t-elle, l'air tourmenté.

Paul lui serra la main trois fois. D'habitude, le signal signifiait *Je t'aime*. Cette fois-ci, il disait *Ça va ?*

Avant qu'elle puisse continuer, la porte s'ouvrit sur Alexa. Elle brandissait son BlackBerry d'une main et souriait d'un air triomphateur. Les quatre autres la regardèrent, ébahis.

« Je crois qu'on a quelque chose. Duncan nous rejoint, avec quelqu'un qu'il veut nous faire rencontrer. »

Samedi, 11 heures 01

Les bureaux du *Wall Street Journal* bourdonnaient comme une ruche. Duncan, à présent habitué au rythme plus lent de la presse magazine, trouva l'atmosphère survoltée, comme dans les émissions pour enfants ou les salles de casino. Des néons et la lumière omniprésente des moniteurs à double écran éclairaient l'immense salle de rédaction ouverte. Des télévisions accrochées au plafond déversaient des informations en provenance de chaînes multiples. La pièce vibrait de l'énergie qu'on trouve dans le bureau d'un jeune journaliste, sauf qu'aujourd'hui, les jeunes journalistes voulaient tous travailler pour des blogs, des journaux en ligne ou des réseaux sociaux dont Duncan ne savait rien. Les journaux étaient en train de devenir des dinosaures, trop gros et trop lents pour suivre l'évolution de leur environnement. Duncan compatissait. Lui aussi avait l'impression d'être une bête préhistorique, un mammouth laineux traînant sur sa toundra en attendant le début d'un nouvel âge de glace.

L'idée qu'Owen puisse travailler là le fit sourire. Owen avait été son protégé au tout début du *New York Observer*. Un protégé aux allures de chiot, adorablement mal élevé, infiniment énergique, fourrant toujours son nez partout. « Tu vas finir taulard, ou lauréat du prix Pulitzer, lui disait Duncan. Peut-être les deux. »

Depuis, ils étaient restés en contact. Ils se retrouvaient pour boire un verre avant des dîners professionnels, grignotaient un hamburger dans un petit restaurant et, de temps en temps, Owen présentait à Duncan la jeune créature qu'il fréquentait ce mois-là. Périodiquement, Owen lui demandait conseil, bien qu'il soit devenu une star de la profession depuis belle lurette. Et aujourd'hui, c'était Duncan qui lui demandait pour la première fois de lui renvoyer l'ascenseur.

Partout dans la salle de rédaction les journalistes, l'oreille collée au téléphone, tapaient comme des fous sur leur clavier. Duncan repéra Owen immédiatement. Il faisait toujours tache. Au bout de dix ans au *Wall Street Journal*, il avait toujours l'air de sortir du *Rolling Stone Magazine*. Ses cheveux roux pendouillaient sur son front. Il portait des santiags et un ceinturon avec une grosse boucle. Duncan se demanda pour la énième fois comment il arrivait à se faire prendre au sérieux.

« Viens t'asseoir », lui dit Owen. Les deux hommes se donnèrent l'accolade. Owen installa deux chaises autour de ce que Duncan supposa être son bureau – de loin le plus fouillis de toute la salle. « Désolé de te prévenir si tard. J'aimerais te faire rencontrer une personne qui a quelque chose à nous dire, et je me suis dit que ça serait plus facile comme ça.

— Écoute, franchement, merci. J'apprécie ton aide. D'autant plus que c'est un jour férié.

— Ne me remercie pas. Tu me connais. Les jours fériés, c'est pas pour moi », répondit Owen d'une voix enthousiaste. C'était vrai. Depuis que Duncan le connaissait, Owen n'avait pratiquement pas pris un jour de vacances. « Les vacances, c'est pour les chochottes.

— Alors, qu'est-ce que tu as pour moi ?

— Sol Penzell, annonça Owen en s'enfonçant dans son fauteuil, les mains croisées derrière la tête. L'avocat de Carter Darling. Il est le signataire de toutes les notices d'offre de Delphic, tu sais, les documents qu'ils envoient aux investisseurs. Et sa boîte travaille aussi avec RCM. Tous les deux, ils sont copains comme cochons avec Morty Reis. Bref, c'est à Penzell que j'ai tout de suite pensé après notre discussion. Cela fait des années que j'ai envie de faire un article sur ce type. Mais je n'avais pas assez sur lui. Il dirige un cabinet qui s'appelle Penzell & Rubicam. Ils font plus du lobbying qu'autre chose. Beaucoup de négociations à haut niveau, de mise en relation de dirigeants de grosses boîtes influentes avec des officiels, ce genre de chose. Certains de leurs clients sont particulièrement louches

— Qui, par exemple ?

— Tu te souviens de cette enquête du département de la justice sur Blueridge, l'entreprise de sécurité privée soupçonnée de stocker des armes automatiques dans le Texas avant de les vendre à l'étranger ? Ça a fait toute une histoire dans les médias. Des types de l'armée ont expliqué qu'ils vendaient des armes aux résistants afghans.

— C'était l'automne dernier, non? Qu'est-ce qui s'est passé ensuite?

— Rien. Petit détail : Penzell est l'avocat de Blueridge. Va comprendre. Autre chose : BioReach, la plus grande entreprise d'agro-industrie du monde, ça te dit quelque chose? J'ai une amie journaliste au *National Geographic*. Leslie Truebeck. Jeune femme très cool. Jolies jambes. Bref. Elle prépare un article sur les entreprises qui font du caritatif en Afrique orientale. Et BioReach est l'une des plus importantes. Ils ont créé un partenariat avec la Banque mondiale pour distribuer gratuitement des semences aux paysans. Ça leur a valu une bonne presse. Pour faire court, Les fait sa petite enquête et elle tombe sur un cadre de BioReach qui lui explique en off que l'entreprise a truqué ses comptes. Pire, ils donnent en toute connaissance de cause des semences stériles. Les paysans qui prennent les semences gratuites rasent leurs champs et s'aperçoivent la saison suivante que les semences n'ont pas germé. Si bien qu'ils sont dépendants de BioReach. L'idée est perverse, tu ne trouves pas? Rendre ceux auxquels tu fais la charité dépendants de tes produits. Un peu comme l'industrie du tabac. Bref, Les commence à écrire son article, mais elle n'arrive pas à le finir. Tu sais pourquoi? Le cadre se volatilise. Disparaît de tous les écrans radar. Je veux dire, littéralement. Le type disparaît. Personne ne l'a jamais revu. Pas même sa femme.

— Laisse-moi deviner : Penzell est l'avocat de BioReach.

— Touché ! Et Les a beau dénoncer le crime à grands cris depuis un an, rien ne bouge. Pas d'enquête, rien. Peut-être que c'est un super-avocat, je ne sais pas. Mais je pense qu'il y a beaucoup de choses qui se déroulent sous la surface. Des types avec des attachés-cases bourrés de cash, des cadavres au fond de l'East River, ce genre de truc. Je pourrais en parler pendant des heures. Penzell & Rubicam, c'est, disons, mon dada.

— Revenons plutôt à RCM et Delphic. »

— OK, OK, fit Owen en levant les mains en l'air. Je t'expliquais simplement le contexte. Je reviens à nos moutons dans une seconde. Plus tard, tu me remercieras. En attendant, n'oublie pas ce que je viens de te dire.

— Écoute, je te remercie maintenant, d'accord ? Tu auras l'exclusivité.

— Au poil ! Ou bien tu pourrais m'obtenir un rendez-vous avec cette charmante secrétaire, celle à qui tu as demandé de m'appeler en plein repas de Thanksgiving. Tu les trouves où, ces créatures ? Sur Internénette ?

— Désolé qu'elle t'ait dérangé.

— Nul besoin de t'excuser de me faire rencontrer de jolies filles », dit Owen, les yeux pétillants en voyant la gêne de Duncan, qui se manifestait sous la forme de taches violettes sur ses joues. « Et puis, c'est tout de même une sacrée histoire.

— Je regrette simplement que ma nièce se retrouve mêlée à ça.

— C'est sûr. Ouvre grand tes oreilles : hier après-midi, je passe un coup de fil au bureau de Sol Penzell. Je me disais que je pourrais secouer un peu le prunier. Je laisse un message à sa secrétaire expliquant que je travaille pour le *Wall Street Journal* et demandant son opinion sur un petit article que je suis en train de préparer à propos des suspicions de fraude et d'escroquerie chez RCM et Delphic. Je peux te dire que cette bonne femme, ça l'a soufflée. Vingt minutes plus tard, je reçois un appel d'un numéro de portable non identifiable : Yvonne Reilly, la secrétaire.

— Tiens tiens. Une secrétaire, c'est toujours au courant de tout, non ? Qu'est-ce qu'elle voulait savoir ?

— Elle m'a assailli de questions. Qui menait l'enquête ? Est-ce que Delphic aussi était soupçonné, ou seulement RCM ? Et Penzell & Rubicam ? Elle était hyperangoissée. Bref, j'ai fait de mon mieux pour lui flanquer la trouille, tu sais, en lui en disant le moins possible.

— Comme c'est courtois de ta part…

— Oh, je t'en prie, fit Owen en levant les yeux au ciel. S'il y a une personne qui m'a appris comment faire pression sur une source, c'est bien toi. J'ai dû ajouter quelques flatteries, mais après deux ou trois tours de passe-passe, elle a accepté de me rencontrer. Elle n'a pas voulu dire grand-chose au téléphone, mais j'ai eu le sentiment qu'elle avait des éléments importants à révéler. Je me suis dit que tu aimerais venir avec moi. »

Duncan émit un sifflement. « J'ai l'impression que je te dois plus qu'une exclusivité. Elle arrive bientôt ?

« — J'ai rendez-vous avec elle dans vingt minutes. Alors, prêt pour une petite promenade dans Wall Street ?

— Et comment ! »

Plus tard, quand Duncan s'installa à son bureau pour décrire Yvonne dans l'article pour *Press*, le premier mot qui lui vint à l'esprit fut *quelconque*. Elle était de taille moyenne, avec des cheveux d'une couleur oscillant entre l'orange et le jaune, un peu délavée et roussie. On lui aurait donné entre trente-cinq et cinquante ans. Elle avait passé trop de temps à s'exposer au soleil, ce qui se voyait sur son visage et ses mains. Le bronzage semblait sa seule coquetterie. Ses ongles courts étaient rongés jusqu'au sang – des ongles de femme qui travaille. Duncan prêtait toujours énormément d'attention aux mains. D'après lui, elles révélaient beaucoup sur une personne – vanité, timidité, esprit pratique ou souci des apparences – raison pour laquelle il avait conservé l'habitude d'aller chez la manucure deux fois par mois. Yvonne était une secrétaire parmi d'autres, qui faisait l'aller-retour entre sa banlieue et Manhattan deux fois par jour en empruntant l'un des tunnels ou des ponts.

Quelconque, mais au premier coup d'œil il sut exactement qui elle était.

Ce samedi d'après Thanksgiving, le quartier des finances était quasiment désert. Duncan constata avec soulagement que le Fraunces Tavern, un pub qu'Owen fréquentait et qu'il avait sans doute suggéré, était ouvert. Pendant la semaine, il servait de lieu de rendez-vous aux banquiers de Goldman Sachs, mais le week-end, l'établissement était peu fréquenté. Surtout avant midi. Les lumières étaient allumées mais la clientèle absente. Un bon endroit pour une petite conversation en tout anonymat.

La tête rentrée dans les épaules, Yvonne finissait sa Camel sur le trottoir pavé devant le pub. Le vent qui s'était levé glaçait la peau. Il faisait trop froid pour rester dehors très longtemps. Elle était soit vraiment accro, soit très nerveuse. Les deux sans doute.

« Vous êtes Yvonne ? » lui demanda Owen quand elle leva le visage vers lui. Elle avait fumé sa cigarette pratiquement jusqu'au filtre. Après une dernière bouffée, elle l'écrasa par terre du bout du pied.

« Vous ne m'aviez pas dit que vous viendriez avec un ami », dit-elle en penchant la tête sur le côté. À contrecœur, elle tendit la main pour les saluer tous les deux, puis la remit dans sa poche avec le geste vif d'un joueur de poker de Las Vegas.

« Duncan Sander, Ms. Reilly, dit Owen. Mr Sander est un ami, mais aussi un confrère. Un grand professionnel. Il travaille sur cette affaire avec moi. Si vous n'y voyez pas d'inconvénient, il assistera à notre conversation. D'accord ? »

Les yeux d'Yvonne examinèrent rapidement le visage de Duncan. « Je sais qui vous êtes », déclara-t-elle. Elle avait un léger accent. Duncan aperçut l'éclat d'une croix en or dans l'entrebâillement du col de son chemisier. Elle ne portait pas d'autres bijoux, en dehors de son alliance. *Descendante d'immigrants irlandais installés à Boston*, songea Duncan. *Je parie qu'elle a cinq gosses. Et qu'elle va à la messe tous les dimanches.*

« Vous travaillez dans ce magazine – j'ai oublié le titre. » Elle n'avait pas l'air impressionné, mais Duncan répondit d'un signe de tête humble.

« En effet, madame. Je peux vous commander quelque chose au bar ?

— De l'eau, c'est tout, répondit-elle après une brève hésitation.

— Je prendrai une bière, une Sam Adams, dit Owen. Vous êtes sûre que vous n'en voulez pas une ? Il est toujours midi quelque part dans le monde, comme disait mon père.

— Et puis merde ! J'en aurai bien besoin après ça.

— Trois Sam Adams, alors. »

Duncan alla passer la commande.

Quand il les rejoignit, Yvonne était en train de déchirer une serviette en papier et de rouler les morceaux en petites boules blanches.

« Je voudrais que vous compreniez Sol », disait-elle d'une voix basse à Owen, penché en avant pour l'entendre. Elle se tut le temps que Duncan s'installe. « Je me doute de ce que vous pensez de lui. Ou de moi, tant qu'on y est, vu que je travaille avec lui depuis si longtemps. Mais c'est un homme bon. Du moins, qui peut l'être. Il aime les personnes qui l'entourent. Cela fait quatorze ans qu'il s'occupe de moi. Il ne se contente pas de bien me payer. Il me paye bien, ça oui, et grâce à lui j'ai pu donner plus à mes fils, plus que ce que j'aurais jamais imaginé. J'en ai deux, des enfants. » Son regard vif tel celui d'un oiseau passa de l'un à l'autre, scrutant leurs réactions. « Le plus jeune, c'était un grand prématuré. Des tas de complications. J'ai commencé à avoir

412

les contractions au boulot, à mon bureau. Ç'aurait pu très mal finir. J'ai perdu tellement de sang que j'ai failli mourir. Sol nous a fait rentrer au service gynéco-obstétrique de Mount Sinai. Avec chambre privée et tout le tralala. J'étais dans le coltard, mais je ne pensais qu'à une chose, "On n'a pas les moyens de se payer tout ça !" » Elle se mit à rire et son regard s'adoucit. « Jamais je n'avais dormi dans une aussi jolie chambre, même pendant notre lune de miel. Bref, quand je suis sortie, l'hôpital n'a pas voulu qu'on paye. Le médecin non plus. Quelqu'un m'a dit que le cabinet s'en était chargé. Moi, je savais que c'était Sol. Je lui ai posé la question, mais il s'est contenté de dire que l'assurance avait tout couvert. C'était faux, bien sûr, mais ça, c'est typique de Sol. Il fait des trucs incroyables pour les gens, et il refuse de s'en attribuer le mérite.

— Yvonne, dit Owen, si on parlait des raisons pour lesquelles vous m'avez appelé ? »

Elle poussa un long soupir. « Vous avez des enfants, l'un ou l'autre ? »

Ils firent signe que non.

« Les miens, je ferais n'importe quoi pour eux. Beaucoup de documents me sont passés entre les mains en quatorze ans de carrière. Mais les trucs que j'ai vus ces derniers temps… Et si ce que vous dites est vrai, qu'il va y avoir une enquête etc., je préférerais ne pas être prise avec les autres.

— Vous avez envisagé d'aller voir directement le procureur général ? Ou de prendre un avocat ? »

Yvonne fit la grimace. Son nez retroussé et couvert de taches de rousseur comme un œuf moucheté se plissa légèrement. Elle s'enfonça dans son fauteuil. « Écoutez, vous allez trop vite pour moi. Quand vous avez appelé, c'était la première fois que j'entendais parler d'une enquête. Je n'avais pas vraiment pensé à contacter les autorités ou quoi que ce soit. Et je ne peux pas me prendre un avocat comme ça. Les avocats, c'est cher. Je suis bien placée pour le savoir. C'est moi qui envoie leurs honoraires aux clients. »

Un sourire illumina le visage d'Owen.

« Je comprends, répondit-il.

— Il y a autre chose, poursuivit Yvonne en se penchant et en tripotant nerveusement sa croix. Je suis toute seule dans cette histoire. Mon mari a été licencié il y a neuf mois. Il travaillait pour Bear Stearns au département investissements. C'est dur. Il n'y a pas de boulot. Il a trouvé quelque chose, mais ça ne paye pas assez. Tout le monde parle de ces banquiers et de ces directeurs de fonds qui perdent leur boulot, mais nous autres, on est durement touchés aussi. On vit au jour le jour.

— Votre patron est sur le point de se faire inculper de fraude, d'escroquerie, de trafic d'influence, dit Owen, le visage impassible. Le mieux pour vous, c'est de tirer la sonnette d'alarme avant. »

Yvonne hocha la tête, les yeux baissés, tout en dépiautant la dernière serviette, qui se défit tout de suite dans ses doigts. Elle la transforma en longs rouleaux, comme des cigarettes blanches toutes fines. « Sol s'est occupé de moi, dit-elle simplement. Et maintenant, il faut que je me débrouille seule. Je ne me mets pas à table devant des journalistes par pure bonté. »

Duncan sortit un stylo de sa poche et écrivit un numéro sur une serviette. Il le posa sur la table près d'Yvonne. « Votre histoire est très intéressante, c'est clair. Ce que nous voulons, c'est faire un article dans le *Wall Street Journal* tout de suite, puis un autre plus long dans *Press*. En exclusivité. Vous ne parlez qu'à nous.

— Qu'est-ce qui me dit que personne ne m'offrira plus ? demanda Yvonne, les yeux fixés sur la serviette.

— Ce n'est pas exclu. Mais le temps, c'est de l'argent. Plus vous attendez, plus votre histoire se déprécie.

— Et l'enquête ? Vous êtes sûrs qu'elle a commencé ?

— Oui. »

Owen et Duncan hochèrent la tête.

Elle regarda le numéro, puis releva les yeux vers eux. Quand elle parla, ce fut d'une voix lourde de résignation. « Il y a ce type, un certain David Levin. À la SEC. Ils sont en train de lui tendre un piège. Sol et Carter, je veux dire. Ou plutôt c'est déjà fait. Ils ont fait verser de l'argent sur un compte offshore établi à son nom pour donner l'impression qu'il se sucrait. Les transferts ont été antidatés pour faire croire que ça s'est passé il y a plusieurs mois.

— Comment vous savez cela ? demanda Duncan, le souffle presque coupé. Vous êtes sûre qu'il ne s'agit pas d'une erreur ?

— Sûre et certaine, répondit-elle. C'est moi qui ai truqué les transferts. »

Plus tard, quand tout fut terminé et que Duncan eut payé l'addition, il lui demanda ce qui l'avait poussée à faire ça.

« À truquer les transferts ?

— Non. À accepter de nous parler.

— Je vous l'ai dit. J'ai des gosses. Puisque je vais perdre mon emploi, il faut que je pense à eux. Vous autres, vous avez intérêt à me payer rapidement. »

Elle sortit un paquet de Camel de sa poche et tira sur la languette dorée, séparant l'emballage en deux morceaux d'un geste expert. Elle sortit une cigarette du paquet. Owen lui tendit un briquet. Elle tira une longue bouffée. « Ce qui me tue, dans cette histoire, poursuivit-elle, ce qui m'a vraiment dégoûtée, c'est qu'ils s'en sont pris à Paul. Vous savez, le gendre de Carter. Je ne le connais pas trop. Peut-être que c'est un type bien, je ne sais pas. Je l'ai vu deux ou trois fois, au Noël de la boîte par exemple. Il m'a donné l'impression d'être sympa. » Elle haussa les épaules.

« Pourquoi ça vous dérangeait plus que ça soit lui qu'ils piègent ?

— Parce qu'il fait partie de la famille. Ils étaient prêts à sacrifier la famille pour sauver leur peau. C'est une limite que moi, je ne franchirai jamais.

— Vous êtes prête à parler au procureur maintenant ? La journée a été longue, je sais.

— Ça fait quatorze ans que j'attends », répliqua-t-elle.

Duncan téléphona à Alexa, puis resta immobile, l'œil sur l'appareil, à réfléchir. « J'ai un autre petit coup de fil à passer », expliqua-t-il à Yvonne. Marina répondit dès la première sonnerie. « Je suis dans un taxi qui m'emmène au bureau du procureur. Vous pensez pouvoir y être dans combien de temps ? Je peux vous prendre au passage, si vous voulez.

— J'y suis déjà », répondit-elle.

Dimanche, 8 heures 58

Un quatre-quatre noir luxueux se gara devant le numéro 120 de Broadway. Neil Rubicam en sortit, frais comme une rose. Carter lui avait toujours connu cette allure pimpante. Il avait invariablement le visage un peu hâlé et reposé, ce qui irritait Carter, même s'il savait que Neil ne dormait pratiquement pas et ne prenait jamais de vacances. Neil avait un côté superficiel qui lui donnait plus l'allure d'un acteur jouant le rôle d'une grosse huile que d'un véritable avocat.

La plupart des avocats que Carter connaissait se souciaient peu de leur apparence. Neil, lui, cultivait la sienne. Il adorait sa cravate de P-DG et son costume fait sur mesure ; il faisait exprès de regarder tout le temps l'heure chaque fois qu'il avait une nouvelle montre. Sans être beau, il était soigné de sa personne, avec le genre de charisme qui se remarquait. Les femmes l'adoraient. Selon les derniers renseignements pris par Carter, il en était à son troisième divorce et s'était déjà mis à la colle avec la future quatrième Mme Rubicam. Où trouvait-il le temps pour ce genre de chose ?

Neil s'avança vers Carter en lui adressant un sourire éclatant. L'une des particularités qui avaient toujours impressionné Carter chez Neil, c'était sa taille. Avec son mètre quatre-vingt-treize, Carter n'était pas habitué à croiser quelqu'un dont les yeux se situaient au même niveau que les siens. En plus, les dents de Neil étaient d'une blancheur improbable et il souriait facilement, même quand on essayait de l'entuber. Aujourd'hui, Carter trouva son sourire étrangement rassurant. Pour le pire ou le meilleur, Neil paraissait toujours maître de la situation.

« Quel plaisir de vous voir, Carter », dit-il en lui serrant chaleureusement la main. Puis il lui donna une petite tape sur l'épaule et l'invita à entrer dans le bâtiment. « On y va ?

— Encore une fois, merci de venir nous prêter main-forte, Neil. On n'attend pas Sol ?

— Il arrive. On peut commencer la réunion sans lui. » Percevant l'hésitation de Carter, Neil ajouta : « Je ne voudrais pas faire l'oiseau de mauvais augure, mais aujourd'hui, c'est moi qui dirigerai les débats. Sol est proche d'Eli, mais il est entendu par tout le monde que vous venez discuter en compagnie d'un avocat-conseil. Ça ne veut rien dire, sauf que nous comptons nous défendre. »

Neil s'amusait visiblement beaucoup. Les avocats étaient tous les mêmes, se rendit compte Carter. Dans une négociation, ils travaillaient deux fois plus et étaient payés quatre fois moins ; ils s'occupaient de tous les détails barbants que les banquiers n'avaient pas la patience de régler ; ils le faisaient le sourire aux lèvres parce que, au bout du compte, c'étaient les banquiers qui les payaient. Un avocat d'entreprise, c'était le gardien de but de l'équipe. Si l'équipe gagnait, le type qui avait marqué se faisait féliciter. Mais si l'équipe perdait, c'était le gardien qu'on rendait responsable.

Les rares fois où les négociations se déroulaient mal et où la balle était remise aux avocats-conseils, tout changeait. Carter avait beau payer Rubicam & Penzell, ce n'était plus lui qui occupait le devant de la scène. Tout retour en arrière était impossible : ce qui avait été une affaire entre sociétés allait finir devant les tribunaux. Carter n'était absolument pas préparé à l'effet que ça lui faisait. En fait, il ne ressentait rien, à part une impression étrange de dislocation, comme si quelque chose était allé de travers, comme si on l'avait pris pour quelqu'un d'autre et qu'il ne lui restait plus qu'à attendre, impuissant, que les choses se règlent toutes seules.

« Je comprends », dit-il.

Ils passèrent les portiques de sécurité, sortirent leurs clés, leurs pièces de monnaie et leurs portefeuilles de leurs poches, retirèrent leurs ceintures et leurs chaussures et les placèrent dans des bacs en plastique, comme dans un aéroport. Dans les halls régnait une atmosphère triste et déprimée, comme si tout était recouvert de poussière. Carter conservait de ce lieu un souvenir très personnel ; il était entré dans ce bâtiment des années auparavant, quand Merrill étudiait le droit à New York. Elle avait fait son stage au Bureau des droits civiques. Il était venu déjeuner avec elle trois ou quatre fois en profitant de réunions dans le quartier. Chaque fois que, les yeux brillants, impatiente de lui raconter sa journée, elle sortait de l'ascenseur froid et humide, son énergie illuminait le hall tout entier. Merrill avait toujours voulu être procureur. Elle avait pris ce boulot chez Champion & Gilmore parce que c'était une porte pour entrer au bureau du représentant de l'État fédéral. Elle avait promis à Carter que l'argent n'avait rien à voir là-dedans – il pouvait lui en donner autant qu'elle voulait – mais que c'était la meilleure façon de s'engager dans la carrière qu'elle souhaitait. Du Merrill tout craché, toujours prête à travailler dur dans le respect des règles. D'après ce qu'il savait, travailler ici était encore son objectif. En serait-il de même une fois toute cette histoire terminée ? Il était tellement fier d'elle – son étoile lumineuse. Il se demanda si les sentiments de Merrill à son égard resteraient les mêmes.

La pensée de ce qu'il s'apprêtait à faire libéra chez lui une vague de nausée. Ébloui par les néons, il cligna des yeux. La pièce se mit à tourner. Il hocha la tête quand le garde lui demanda s'il avait un BlackBerry, tendit l'appareil sans dire un mot. S'il ouvrait la bouche, il risquait de vomir. Neil était en train de parler, mais Carter ne l'entendait pas. Il avait l'impression de flotter. Il était là, mais pas complètement, comme s'il avait quitté son enveloppe corporelle et, rebondissant contre le plafond tel un ballon, se contemplait de tout là-haut.

Était-ce le genre de sensation qu'on avait quand on était sur le point de mourir ? Si oui, ça n'était pas si déplaisant. Il se sentait léger, presque en apesanteur, avec l'impression que la fatigue et le stress qui l'accablaient depuis plusieurs mois s'étaient étrangement évaporés. Il aurait dû avoir peur, ou du moins s'inquiéter. Au contraire, il se sentait soulagé. Peut-être parce que dans un recoin sombre de son esprit, il avait l'impression que la fin était arrivée. Il attendait cela depuis longtemps, et l'attente, c'était pire que tout.

L'ascenseur tangua légèrement quand les portes se fermèrent, ravivant sa nausée.

« Bon Dieu, marmonna Neil. Putain de bâtiments officiels ! Rien ne fonctionne. » Il se tourna vers Carter. « Ça va ?

— Ça va », répondit Carter en fourrant ses mains dans ses poches pour que Neil ne les voie pas trembler. « Je suis prêt. Qu'on en finisse. »

Neil regarda les numéros des étages défiler lentement. « À vrai dire, ça ne sera pas fini aujourd'hui. Mais on va le conclure, cet accord, pour pouvoir passer à autre chose. OK ?

— OK. »

Les portes s'ouvrirent en sonnant. « Vous vous sentirez mieux quand la journée sera passée, dit Neil en passant devant. Je vous le promets. »

Au fond du couloir, le soleil, se glissant par une porte maintenue ouverte avec une béquille à embouts en caoutchouc, jouait sur le sol. Une silhouette émergea, occultant la lumière. C'était Eli. D'autres voix sortaient de la salle de conférences derrière lui, mais Carter ne reconnut pas celle de Sol.

« Merci d'être venu », dit Eli. Ils se serrèrent la main dans le couloir. Eli ouvrit la porte en grand et

422

deux autres hommes se levèrent. « Voici mon collègue, Matt Curtis. Et je pense que vous connaissez tous les deux Bill Robertson. »

Le visage de Robertson était instantanément reconnaissable. On le voyait dans tous les journaux : les spéculations sur sa candidature au poste de gouverneur circulaient depuis plusieurs mois. Carter l'avait rencontré quatre ou cinq fois, mais doutait qu'il veuille bien s'en souvenir à présent. Bien que Robertson fût plus jeune, il fréquentait les mêmes cercles sociaux que lui. Sa fille était en dernière année à Spence, l'alma mater de Merrill et Lily. Les deux hommes avaient à plusieurs reprises fait partie du conseil d'administration de l'école. Ils avaient des amis en commun.

Delphine Lewis, la partenaire de bridge d'Inès, avait organisé un cocktail pour Robertson en septembre. Inès avait obligé Carter à aller y faire une apparition, non parce qu'elle s'intéressait au procureur, mais parce qu'elle avait hâte de voir le Rothko des Lewis qui, disait-on, valait 28 millions de dollars. Carter, lui, voulait rester au bureau. Ils s'étaient disputés, et il avait perdu. Pour dire la vérité, Carter détestait cordialement Robertson. Comme tout le monde à Wall Street. Robertson était un animal tout ce qu'il y avait de plus politique, motivé plus par le gain personnel que par le souci du bien général. Il utilisait sa position de procureur général pour gagner les faveurs de gens qui le soutiendraient quand il se présenterait enfin au poste de gouverneur et qui, en attendant, l'invitaient à dîner dans leurs luxueux appartements de Park Avenue. Par contre, pour sauver les apparences, il était capable de les laisser tomber. Carter ne comprenait pas que quelqu'un comme Peter Lewis – un patron de fonds comme lui – laisse sa femme organiser une fête pour Robertson. Autant introduire le loup dans la bergerie.

Toujours est-il qu'en ce moment précis, Carter ne pouvait que se féliciter d'avoir participé à cette fête et pris le temps de serrer la main de Robertson.

Le procureur paraissait plus mince et moins imposant qu'à la réception. Ses tempes se dégarnissaient et il avait besoin d'une bonne coupe de cheveux. Ses dents légèrement trop longues lui donnaient ce sourire de rat si distinctif. Il avait les lèvres fines, les membres minces. De près, ses joues étaient marbrées – les blessures de guerre de son acné d'adolescent. Il paraissait amaigri. Peut-être l'angoisse de l'échec lui avait-elle fait perdre du poids. Carter se demanda si Robertson pensait la même chose de lui.

« Désolé de ne pas avoir pu vous voir hier, dit Eli une fois la porte fermée.

— C'est de ma faute, expliqua Robertson en tendant la main à Carter. Je tenais à être là. Quel plaisir de vous revoir, Carter. Et vous aussi, Neil.

— Le plaisir est pour nous », répondit Neil. Malgré son sourire désinvolte, Carter vit qu'il était surpris. « Je suis content que vous puissiez vous joindre à nous.

— Inès va bien ? demanda Robertson à Carter en leur faisant signe de s'asseoir.

— Oui, autant que les circonstances le permettent. Merci.

— Et les filles ? »

Carter ne répondit pas tout de suite. Combien de temps allaient durer ces salamalecs ? « Elles vont bien elles aussi. Et votre famille ? Martha est en dernière année à Spence, non ?

— Tant mieux, dit Robertson en ignorant la question. J'imagine à quel point ça a été difficile ces derniers jours. D'abord Morty, ensuite cette enquête. Elles sont avec vous à New York ? J'ai entendu dire que vous aviez passé Thanksgiving à East Hampton.

— Nous sommes tous rentrés. Enfin, Inès est restée pour fermer la maison, mais les filles sont ici avec leurs maris.

— Leurs maris. Parfait. » Robertson hocha la tête. Il était resté debout, les bras croisés sur la poitrine. Il posa un doigt sur sa lèvre. « Paul et Adrian. Adrian Patterson. Je connais ses parents. Et Paul Ross. Paul est votre avocat général, c'est bien ça ? »

Carter commença à se sentir mal à l'aise. Neil aussi ; il le sentait. L'énergie de la pièce avait changé, d'une manière encore indéfinie. « Vous avez bonne mémoire, Bill, dit Carter. J'ignorais que vous les connaissiez.

— Oh, je ne les connais pas, ou uniquement de nom. Paul surtout. En fait… » Il s'interrompit, prit dans son attaché-case une enveloppe en papier kraft d'où il sortit des documents qu'il posa devant lui. « J'imagine que vous préférez que je sois direct.

— Oui, ça serait bien, répondit Neil, visiblement bouillant d'impatience.

— D'après ce que j'ai compris, votre associé, Alain Duvalier, était chargé de suivre au quotidien les investissements de Delphic à RCM. C'est bien cela ?

— Alain contrôle tous nos gestionnaires externes.

425

— Mais vous aviez des liens personnels avec Morton Reis, non ? Je crois que je l'ai rencontré avec vous. À un gala de charité l'an passé.

— Morty était un ami. Mais je ne m'occupais pas plus des relations avec son fonds que des autres. Alain ou son équipe me transmettaient périodiquement les rapports de diligence et les mises à jour des performances de RCM. Mon domaine à moi, c'est et ça a toujours été la relation client – ce qui représente déjà un boulot à plein temps. »

Ce petit discours avait été préparé, et Carter s'efforça de le dire le plus naturellement possible, tout en scrutant le visage de Robertson pour guetter ses réactions.

« Je comprends, je comprends, dit Robertson. Mon père faisait la même chose que vous il y a des années de cela. Vous le saviez peut-être. Beaucoup de parties de golf, de dîners avec les clients, pas vrai ? » Il adressa un clin d'œil à Carter en partant d'un rire bon enfant.

« On peut dire les choses comme ça, répondit Carter d'un ton aussi calme que possible.

— Bon. Si je comprends bien, toute cette histoire vous a plutôt pris au dépourvu. Je dois dire que vous avez magistralement mobilisé vos troupes. Pendant un week-end férié de surcroît. Et sans l'aide de Mr Duvalier qui, si je comprends bien, a quitté le pays et est injoignable. » Se tournant vers Neil, il ajouta : « Vos collaborateurs ont répondu très vite aux sollicitations des miens. Sol m'a fourni un grand nombre d'informations utiles.

— Nous avons fait notre possible, répondit Neil. Nous n'avons pas le choix. On parle de Reis partout dans les médias. Il faut répondre aux inquiétudes des clients.

— En effet. Et cette histoire avec David Levin à la SEC… Visiblement, les implications sont graves. Qu'il y ait eu fraude à RCM, c'est une chose. Mais qu'un officiel de la SEC soit corrompu, c'est autre chose. »

Carter ouvrit la bouche, mais Neil prit les devants. « Ça a surpris tout le monde, dit-il. Du moins, ça pourrait expliquer pourquoi pendant tout ce temps-là la SEC n'a pas enquêté.

— Vous saviez que David Levin était en rapport avec certains de vos collaborateurs ? Alain Duvalier et Paul Ross ?

— Non, répondit Carter. Ou plutôt, oui. Je savais qu'il avait appelé chez nous. J'ignorais qu'il était en contact avec Alain. Et je ne pense pas que Paul l'était. En tout cas, j'ignorais tout de ces transferts d'argent jusqu'à ce que Sol m'en parle.

— Bien. » Robertson fit glisser la petite pile de documents vers Carter et Neil. « Sol nous a fourni ces documents en début de matinée. Il s'agit des relevés de virements d'un compte Delphic Europe vers un compte dont on a pu retrouver le bénéficiaire – David Levin. J'ai bien compris que vous avez affirmé ne pas être au courant des transferts. Il y a deux exemplaires. Regardez-les. Vous les aviez vus avant ?

— Où voulez-vous en venir, Bill ? » demanda Neil. Carter et lui parcoururent les pages posées devant eux. « Il a dit qu'il ne savait rien des transferts. Sol vous a donné ça quand ?

— J'ai bien compris, Neil. Ce que je vous demande, c'est si l'un de vous deux avait vu les relevés avant aujourd'hui. Sol vous les avait-il montrés ? » poursuivit Robertson en fixant un regard intense sur Carter.

Petit con prétentieux, songea Carter. *Il croit qu'il m'a coincé, alors il jouit.*

« Je n'ai jamais vu ces documents, répondit-il. Écoutez, je suis parti de rien. J'ai confié il y a longtemps à Alain la gestion des investissements de Delphic pour pouvoir me focaliser sur la relation client. Ça n'a pas changé. J'avais la ferme intention de prendre ma retraite à la fin de l'année fiscale ; tout le monde à Delphic confirmera que depuis plusieurs années, je m'impliquais de moins en moins dans la gestion de la boîte. Je regrette – encore plus maintenant – d'avoir fait confiance à mon associé, mais me demander de me défendre contre les agissements d'un élément isolé, c'est ridicule ! Nous gérons plus de quatorze milliards de dollars. Ça n'est pas rien. Il faut bien que les responsabilités soient partagées.

— Le fait est qu'il ne s'agissait pas d'un individu isolé. C'est ça le problème.

— Si d'autres personnes sont impliquées dans la gestion douteuse de nos avoirs ou dans les relations d'Alain avec ce David Levin, alors, c'est très regrettable. Mais à l'heure où je vous parle, je l'ignore. Et je ne doute pas que mes collaborateurs sont des personnes à l'éthique irréprochable. Pour la plupart.

— Et Paul ?

— Paul ?

— Vous saviez qu'il était impliqué ? Dans ces "relations", comme vous dites, avec la SEC ?

— Paul n'était pas impliqué. Il est arrivé à Delphic il y a deux mois. Vos insinuations ne me plaisent pas.

— Je n'insinue rien, répliqua Robertson d'une voix froide et triomphante. J'affirme. »

Reprenant les documents, il poursuivit. « Si j'en crois les papiers que vous nous avez fournis, Paul était l'un des signataires approuvant ces transferts. »

Carter sentit sa poitrine se vider. Tout d'un coup, il se mit à avoir froid et à trembler. Il arracha les documents des mains de Robertson.

« Sur la dernière page. Vous voyez? Après la signature d'Alain.

— Il doit y avoir une erreur, dit Carter en se tournant vers Neil. Je veux parler à Sol. Pourquoi le nom de Paul figure-t-il sur ce document? »

Neil le fusilla du regard pour le faire taire. « La présence de Sol est indispensable, dit-il, visiblement troublé, en s'adressant exclusivement à Eli. Au moins qu'on puisse lui parler au téléphone.

— Il ne pourra pas se joindre à nous, déclara Robertson. Et vous ne pourrez pas le joindre non plus. Nous l'avons arrêté ce matin. »

Neil se dressa, les paumes de main plaquées sur la table. « Quoi? » Il avait l'air tellement furieux que Carter se demanda s'il n'allait pas s'en prendre physiquement à Robertson.

À présent, tout le monde était debout et la pièce s'était remise à tourner. Carter crut qu'il allait s'évanouir. Il avait beau cligner des yeux derrière ses lunettes pour tenter d'y voir clair, tout arrivait si vite, comme si quelqu'un avait appuyé sur la touche lecture rapide du film qu'il était en train de visionner et que son cerveau n'arrivait plus à traiter les mouvements des acteurs sur l'écran.

« C'est pas très joli, de piéger son associé, dit Robertson à Carter. C'est encore moins joli de piéger son gendre, vous ne trouvez pas ?

— Je n'ai pas…

— Pas un mot de plus, Carter. *Pas un mot de plus* », fit Neil d'une voix qui se voulait autoritaire, mais qui tremblait désespérément.

On frappa à la porte. « Entrez », dit Eli.

« Il faut que je parle à Sol, dit Carter à Neil. Paul n'était pas impliqué là-dedans. Il ne me l'a pas dit.

— Contesteriez-vous l'authenticité de ceci ? » demanda Neil en levant les documents en l'air.

Il les agitait, ou peut-être ses mains tremblaient-elles. Visiblement, il avait perdu son sang-froid. Carter le fixa du regard, terrifié. Les cheveux de l'avocat, d'habitude plaqués avec du gel, commençaient à voler dans tous les sens et son visage avait pris une teinte violacée.

« Je vous présente l'inspecteur Dowd », dit Eli calmement. Tous se tournèrent vers l'homme qui venait d'entrer. « Malheureusement, Carter, nous avons pris la décision de vous arrêter.

— Ce n'est pas possible », dit Neil.

Robertson se tourna vers lui, ses yeux noirs lançant des éclairs. « N'en faites pas trop, Neil ! rugit-il les lèvres retroussées. Nous avons mis les menottes à votre associé ce matin même. Nous avons des témoins, des gens qui travaillent avec vous, qui sont prêts à témoigner du fait que ces transferts ont été montés de toute pièce dans le but de faire croire qu'Alain Duvalier et Paul Ross soudoyaient David Levin. J'ai également un ancien avocat de la SEC, Scott Stevens – ce nom vous dit peut-être quelque chose – qui est prêt à raconter ce qui lui est arrivé. Il affirme avoir été contraint à quitter la SEC à cause d'une enquête qu'il avait entamée sur RCM il y a deux ans. Le fait est que nous disposons de suffisamment de preuves pour justifier l'arrestation de votre client. Nous estimons qu'il risque de prendre la fuite. Si vous n'étiez pas venus aujourd'hui, nous serions venus à vous. Remerciez-nous que les journalistes ne vous guettent pas à la sortie.

— Quelle raison Sol aurait-il de monter une chose pareille ? C'est une idée plutôt retorse, même pour vous, rétorqua Neil d'une voix hargneuse, la narine frémissante.

— Mon hypothèse – et ne vous privez pas de me dire si je me trompe, Carter –, répondit Robertson avec le sourire du chat qui a fait un sale coup, c'est que piéger David Levin faisait partie d'une tentative de dernière minute pour détourner l'attention de la personne qui, à la SEC, protégeait RCM et Delphic. Un pari intéressant. Et risqué. L'inspecteur Dowd va vous emmener au commissariat, et on reprendra cette discussion là-bas. Si vous souhaitez parler de votre relation avec Jane Hewitt, ce que je vous conseille vivement, c'est maintenant qu'il faut le faire. Sinon, je suis certain qu'elle-même nous en parlera quand nous l'arrêterons. »

Carter agrippa le rebord de la table pour se remettre d'aplomb. Tremblant de la tête aux pieds, il se sentait aussi fragile et insignifiant qu'une feuille de chêne ; d'un moment à l'autre une rafale agiterait les branches et il partirait en chute libre.

Il ouvrit la bouche pour répondre à Robertson, mais aucun mot ne sortit. Se tournant alors vers Neil, il dit :

« Appelez Inès. Appelez Merrill. Merrill en premier. Dites-lui ce qui s'est passé. Dites-lui bien que jamais je ne lui ferai du mal. »

On l'informa de ses droits, on lui passa les menottes, et le policier le guida jusqu'au véhicule. Il ne put penser à rien d'autre qu'au mariage de Merrill. Le ciel était parfaitement dégagé, bleu clair, la couleur de ses yeux, des robes de ses demoiselles d'honneur et des ceintures de smoking des garçons d'honneur. Le soir, on avait dressé une grande tente blanche et festonnée dont les parois en tissu léger voletaient vaillamment dans le vent. Ils avaient dansé toute la nuit, pratiquement jusqu'au lever du soleil.

Merrill avait toujours dit qu'elle voulait fêter son mariage à Beech House. Inès avait insisté pour que tout se déroule à New York – c'était plus facile à organiser, plus chic, plus sophistiqué – mais Carter avait tenu bon. Il voulait que cette journée soit celle de Merrill, celle qu'elle avait imaginée. S'il avait pu payer pour qu'il fasse beau, il l'aurait fait. Au final, tout avait été parfait.

Merrill et Paul étaient partis le lendemain pour passer leur lune de miel dans le sud de la France. Carter rendait grâce au ciel de les avoir accompagnés à l'aéroport, et de savoir qu'elle était déjà partie ce mardi-là lorsque les avions percutèrent les deux tours et que ce fut la fin de tout à New York.

Dimanche, 11 heures

Allongée sur le lit les yeux bien clos, Marion attendait. Elle se disait que si elle attendait suffisamment longtemps, l'une des choses suivantes se produirait : (1) elle se rendormirait et à son réveil, tout irait bien ; (2) quelqu'un l'appellerait pour lui expliquer qu'il y avait eu une terrible erreur, que tout allait être réglé ; (3) la porte s'ouvrirait et Sol entrerait en l'appelant et en pestant contre ces andouilles du bureau du procureur. Elle lui préparerait du café pendant qu'il lui expliquait les événements de la matinée, une suite d'erreurs et de confusions qui avait culminé avec son arrestation, puis sa rapide libération. Elle secouerait la tête en faisant de temps en temps un commentaire (« Affreux ! » et « Tu t'en es sorti magistralement, j'avoue »), et il s'excuserait de lui avoir fait une telle frayeur. Plus tard, ils raconteraient à leurs amis l'arrestation dans ses moindres détails, et ça ferait un beau fait d'armes à commenter à l'heure du cocktail.

Les minutes passaient. Son cœur battait à tout rompre. Plus elle attendait, plus l'angoisse la gagnait.

Tout en sachant qu'elle était parfaitement réveillée, quelque chose en elle persistait à croire que tout cela n'était qu'un cauchemar particulièrement réaliste. En se concentrant suffisamment, peut-être arriverait-elle à sortir de ce mauvais rêve.

Ouvre les yeux, Marion, se tança-t-elle. *Si tu ouvres les yeux, tu verras que Sol est en train de dormir à côté de toi, et que tout cela n'était qu'un mauvais rêve.*

C'est alors que le téléphone sonna, lui transperçant les tympans.

Elle se redressa, les paupières grandes ouvertes. La première chose qu'elle vit fut le pantalon de pyjama de Sol par terre près du placard, étalé d'une manière qui laissait imaginer qu'il l'avait abandonné à mi-course. Les détails de la matinée l'assaillirent dans toute leur précision et leur horreur. Marion décrocha le téléphone en grimaçant.

« Allô ? dit-elle, redoutant ce qu'on allait lui apprendre.

— Marion ?

— Oui, elle-même.

— Inès Darling à l'appareil. Qu'est-ce qui se passe, Marion ? J'ai vu Sol à la télé ! Je croyais qu'il était avec mon mari. »

En général, la froideur d'Inès troublait Marion. Tout en elle paraissait tellement parfait, tellement lisse : ses cheveux raides et brillants, ses vêtements impeccablement taillés, sa façon de se mouvoir et de se déplacer dans une pièce. Avec elle, Marion avait l'impression d'être redevenue la collégienne désespérément grassouillette et mal fagotée qu'elle avait été. Elle-même perdait tout le temps ses clés, ne savait jamais quoi faire de ses cheveux, se goinfrait de pain aux repas. Impossible d'imaginer la parfaite et sublime Inès se débattant contre ce genre d'imperfections insignifiantes.

Inès avait toujours été aimable avec elle. Pourtant, Marion la soupçonnait de la considérer comme un fardeau qu'elle devait supporter pour des raisons professionnelles. Inès avait pour amies des femmes telle CeCe Patterson ou Delphine Lewis, le genre de celles qui apparaissaient dans les pages du *Page Six Magazine*, le supplément potins du *New York Post*, comme disait Sol. Marion n'était pas une *Page Six Girl*, et elle n'en avait aucune envie. En vérité, elle trouvait ces femmes-là assez ennuyeuses. Elle se satisfaisait amplement des relations cordiales qu'elle entretenait avec Inès. Elles ne se voyaient qu'en compagnie de leurs maris et ne s'étaient jamais abaissées à se faire croire qu'elles mourraient d'envie de déjeuner ensemble un jour toutes les deux. Marion ne se souvenait pas d'une seule fois où Inès lui aurait téléphoné.

« Bonjour Inès, répondit-elle d'une voix rauque. Désolée, mais j'ignore où se trouve Carter. Sol... Ils l'ont arrêté ce matin.

— Mon Dieu ! Mais c'est terrible ! Ça s'est passé quand ?

— Tôt, vers six heures je crois. Sol dormait encore. Ils ont frappé à la porte, si fort que j'ai cru qu'ils allaient l'enfoncer. Je suis allée ouvrir en robe de chambre. Ils étaient cinq. Des types baraqués avec des gilets pare-balles. Ils m'ont montré vite fait un mandat et m'ont poussée pour entrer dans l'appartement. J'ai cru qu'ils faisaient erreur... »

Incapable de contrôler le tremblement de sa voix, Marion ne termina pas sa phrase. Elle pressa la main sur son cœur comme si cela pouvait l'aider à le ralentir.

« Vous êtes seule ? »

Un sanglot lui échappa. « Oui ! » Elle essaya désespérément de contenir ses émotions mais *c'était tellement affreux*... Elle retomba sur le lit, les bras serrés autour de la poitrine comme si elle avait reçu un coup de pied dans les côtes. En quarante ans de mariage, elle n'avait jamais été séparée de Sol plus de deux jours de suite. Quand ses déplacements duraient plus longtemps, elle l'accompagnait. Quand Sol tombait malade, elle tombait malade. Quand Sol était triste, elle avait le cœur brisé. Ils étaient différents des autres couples, elle le savait. Excessivement dépendants l'un de l'autre, peut-être. Mais les autres couples, du moins ceux qu'elle connaissait, avaient tous des enfants. Elle se disait que s'ils avaient pu en avoir, ils auraient évolué différemment et ne seraient pas devenus tels des siamois soudés au niveau du cœur. Sans lui, qu'était-elle ? Sans lui, eh bien... Elle ne savait pas. Elle refusait d'imaginer la chose.

« Vous avez quelqu'un que vous pouvez appeler ? insista Inès. Vous devriez appeler quelqu'un, si vous êtes seule. Ils vous ont dit quand il pourrait sortir ?

— Ils ne m'ont rien dit. Rien ! C'était terrifiant, Inès, vraiment. Il s'est avancé vers eux, en pyjama avec une vieille chemise, et ils l'ont juste informé de ses droits – vous savez, comme dans les films – et ils ont voulu lui passer les menottes, là, devant moi – *vous imaginez ?* – et il a fallu qu'il leur demande s'il pouvait au moins s'habiller. Quelle humiliation ! Ils l'ont emmené dans la chambre et il a dû enfiler quelque chose comme ça, devant eux. Dieu merci, ils ne lui ont pas mis les menottes. Et moi, je n'arrêtais pas de leur dire *"Dieu du ciel, il a soixante-deux ans"*. »

Inès se mordit la lèvre. L'image de Sol sortant d'une voiture de police devant le 100, Centre Street était fraîche dans son esprit ; elle était passée deux fois à la télévision depuis neuf heures. Il avait les mains menottées devant lui, elle en était sûre.

« C'est affreux, dit-elle. Je suis vraiment désolée. Écoutez, je suis encore à East Hampton, mais j'ai demandé qu'on vienne me chercher pour me ramener à New York. Je comptais prendre le volant moi-même mais… Nerveusement je suis à bout. Je n'ai aucune idée d'où se trouve Carter. Je croyais qu'il était avec Sol. Et puis j'ai vu les informations… »

Marion alluma la télévision en coupant le son. Au bout d'une minute à peine, le visage de son mari apparut en gros sur l'écran.

Qu'est-ce que les journalistes foutaient là ? Avaient-ils un mouchard à la police qui leur filait des tuyaux croustillants, par exemple l'heure et l'endroit où se déroulerait l'arrestation de l'un des fondateurs de Penzell & Rubicam ? Ce genre de tuyau, ça coûtait combien ?

« Ces putain de journalistes, je les déteste, marmonna Inès comme si elle pouvait lire dans les pensées de Marion. Excusez ma grossièreté, mais ce sont de vrais vautours. »

Les yeux rivés sur l'écran, Marion n'écoutait plus. *Qu'est-ce qu'il a l'air vieux*, songea-t-elle, la main toujours sur le cœur, qu'elle sentait battre à tout rompre. *Mon pauvre Sol.*

Il avait des cernes noirs, détournait les yeux des caméras, fixait le trottoir. Ses cheveux étaient ébouriffés, son col de chemise à moitié relevé. Il avait l'air de sortir du lit. La caméra recula, affichant l'image en pied de Sol entrant dans le bâtiment, flanqué de policiers. C'est alors que Marion vit : ils l'avaient menotté. Comme un vulgaire criminel.

Ils ont dû faire ça dans la voiture de patrouille. Qu'est-ce qu'ils avaient bien pu lui faire d'autre ? Ils s'étaient montrés brutaux avec lui ce matin. Non, pas brutaux mais déterminés, physiquement intimidants… Ce n'était pas bien, pas bien du tout…

« Désolée, marmonna-t-elle à Inès. Je dois raccrocher.

— Oui, je comprends. Surtout, appelez-moi si vous apprenez quoi que ce soit. Vous avez mon portable, non ?

— Oui, répondit Marion, hébétée, sans en être sûre.

— Tout va bien se passer. Ça va s'arranger. »

Marion raccrocha et se glissa dans le lit. Elle avait essayé de croiser le regard de Sol pendant son arrestation. Mais même en lui parlant (« *Garde ton calme, Marion, c'est une erreur, c'est tout* »), il avait détourné les yeux, fixant soit le plancher, soit l'un ou l'autre des policiers. Tout s'était passé si vite. Juste avant de partir, on l'avait laissé lui dire au revoir. Il l'avait serrée fort contre lui. Elle avait senti son souffle, rapide et haletant, sur son cou. Son odeur matinale musquée, son haleine, comme s'ils se trouvaient encore au lit et

438

que sa barbe lui piquait la joue. Il lui avait murmuré à l'oreille : « Je t'aime, Marion. Excuse-moi pour tout ça. » Comme il reculait, elle croisa son regard l'espace d'une seconde.

Quelque chose n'allait pas.

N'aurait-il pas dû être surpris ? Affolé ? Indigné ? Mais il avait détourné les yeux… tandis qu'on le poussait dehors, les épaules basses et résignées…

Il s'y attendait. Peut-être pas ce matin, ou cette semaine, ni même cette année, mais c'était quelque chose qu'il avait prévu.

Ce n'était pas une erreur.

Marion roula sur le ventre, enfonça le visage dans l'oreiller de Sol. Elle sentit son odeur sur le tissu. Elle laissa échapper ses larmes et, la bouche ouverte, poussa un long sanglot étouffé par l'oreiller.

« Qu'est-ce que tu as fait, Sol ? cria-t-elle tout haut. Comment te pardonner si je ne sais même pas ce que tu as fait ? »

Le son de sa propre voix lui fit honte. Elle enfouit complètement la tête dans l'oreille pour ne plus entendre le silence insoutenable de la pièce.

Dimanche, 11 heures 20

La maison était plongée dans un silence qu'elle ne trouvait pas déplaisant. Pas du tout ce à quoi on s'attendait chez une veuve. La chambre était un peu trop chaude (elle avait dit à Carmen de ne pas laisser le radiateur allumé toute la journée, mais visiblement, elle avait encore oublié), cependant cette chaleur formait un contraste bienvenu avec le froid cinglant du dehors. Sur les guéridons étaient posés des bouquets magnifiques. Les fleurs coupées étaient remplacées toutes les semaines, sauf les orchidées qui duraient un peu plus longtemps. Elle avait une préférence pour les orchidées, mais elles coûtaient cher. Morty se fâchait quand il y en avait trop. Les lys étaient de toute façon plus gais. Elle aimait les pièces qui embaumaient. Cela lui donnait l'impression d'être une femme chouchoutée. Comme si elle vivait dans un hôtel. De près, on voyait que les pétales étaient presque complètement ouverts, et certaines fleurs avaient perdu leurs étamines, saupoudrant les tables de pollen jaune. D'ici lundi, elles seraient mortes.

Elle se demanda si Carmen était venue dans la semaine. Elle ignorait ce que Morty faisait avec Carmen quand elle-même n'était pas dans les parages, mais elle le soupçonnait de la laisser partir tôt ou de lui dire de ne pas venir. Morty ne s'était jamais habitué à l'idée d'avoir une domestique à demeure.

Cette nuit, Julianne avait bien dormi, pour la première fois depuis plusieurs jours. En ouvrant les yeux, la première chose qu'elle s'était dite, c'est que c'était vraiment agréable de retrouver son lit à soi. Cela l'emplissait d'un sentiment de plénitude sublime, comme si elle allait se sentir de nouveau entière. Elle avait les idées claires et les douleurs qui la torturaient depuis sa descente de l'avion en provenance d'Aspen avaient cessé. En plus, elle portait son pyjama à elle, celui en soie blanche avec une ganse rose, au lieu de cette vieille chemise de nuit qu'elle gardait dans un tiroir du chalet au cas où. Elle se sentait, *osons le mot*, détendue.

Prise d'une sensation de paralysie, elle était restée à Aspen, comme si son retour à New York risquait de rendre tout cela réel. Et puis il était difficile de trouver un vol. Sol Penzell avait essayé de lui dénicher une place dans un avion privé et normalement, elle aurait accepté. Mais à la dernière minute, elle avait téléphoné à la secrétaire de Sol, Yvonne, et décliné la proposition. Comment occuperait-elle son temps à New York de toute manière ? À manger le repas de Thanksgiving toute seule devant la télé ? À mettre ses affaires dans des cartons ?

Le fait de se sentir si bien déclencha en elle de la culpabilité, ou du moins le sentiment qu'elle ne devrait pas. La vérité, c'est qu'elle n'avait pas vraiment réalisé que Morty n'était plus là. La maison n'était pas différente de ce qu'elle était quand Morty partait en voyage, ce qui se produisait souvent. La chambre était toujours imprégnée de sa présence. Son placard sentait son eau de Cologne parfumée au cèdre. Au dos de la porte étaient pendues six chemises habillées venues tout droit de chez le teinturier et encore sous leurs protections en plastique. Morty était sans doute allé les chercher lui-même : Carmen les aurait déballées et pendues soigneusement sur les cintres en bois. Julianne vit le rasoir de Morty sur l'étagère de la salle de bains à côté de sa brosse à dents à elle. La lame avait été retirée, comme s'il s'était rasé le matin même et l'avait jetée. Sur le rebord du lavabo, elle crut voir des petits poils. Après s'être aspergée le visage, elle lava le lavabo à l'eau froide et remit le rasoir à sa place.

Pourquoi un homme irait-il chercher ses chemises chez le teinturier et se raserait-il juste avant de se suicider ? Elle chassa vite cette idée, mais celle-ci se réfugia dans un recoin de son esprit et se tapit, comme un félin prêt à bondir sur sa proie.

Julianne s'était habituée à passer le dimanche matin seule. Le dimanche, c'était le jour où Morty rattrapait le retard qu'il avait pris dans le travail, et en général il quittait la maison avant qu'elle se réveille. Une fois levée, elle enfilait sa tenue de gym et montait sur le tapis de jogging installé au troisième étage. Puis elle allait se faire faire une manucure (les Coréennes à l'angle ouvraient à midi le dimanche) en lisant les faire-part de mariage du *New York Times*. Elle n'avait pas honte de son goût pour les faire-part de mariage – la seule rubrique dans le journal qui éveillait réellement son intérêt. Elle aimait voir des jolies femmes qui n'étaient pas sans lui ressembler en compagnie d'hommes puissants. Des types qui travaillaient pour la plupart dans la finance, avec des titres impressionnants comme P-DG, mandant, directeur. Elle s'amusait à imaginer ce qu'ils faisaient ensemble quand ils se retrouvaient seuls. Faisaient-ils de la voile ? Du tir au fusil ? La collection des souvenirs des Beatles ? Savaient-ils ce que c'était que de perdre un parent dans un accident de voiture ? de suivre des réunions aux Alcooliques Anonymes ? de grandir dans la misère ? Peut-être ne s'étaient-ils pas mariés pour les raisons que les gens imaginaient. Pour des couples comme ceux-là, se construire une vie prenait une heure, peut-être deux.

Le dimanche n'était pas si différent du reste de la semaine, même s'il y régnait un calme dont les autres jours étaient dépourvus. Julianne se livrait avec délices à ce rythme. Pas de rendez-vous, de soirées avec Morty et ses amis. Morty rentrerait dîner vers dix-sept heures. Il aimait manger dans la cuisine. Le vendredi soir avant de partir, Angela, leur cuisinière, laissait dans le frigo des Tupperware soigneusement étiquetés et contenant de la viande braisée ou du coq au vin, afin que Julianne n'ait pas à cuisiner en son absence. Morty avait eu beau lui faire prendre des cours de cuisine deux fois par semaine, Julianne savait à peine faire cuire un œuf. Au mieux, il lui arrivait d'acheter du pain chez le boulanger à côté des Coréennes – quand elle y pensait.

Ils avaient donné congé à Angela pour la semaine à cause du week-end férié, si bien que Julianne risquait de se retrouver face à un frigo vide. Elle jeta un coup d'œil à l'intérieur. Ses craintes se confirmèrent. Il y avait un tiroir rempli de bouteilles de San Pellegrino, quelques fromages à pâte molle enveloppés dans de la cellophane, du lait de soja, un bocal de cornichons (*qui donc mangeait des cornichons ?*), un melon découpé en cubes, de la bière, du ketchup et diverses sauces et condiments dont elle ne savait quoi faire. Elle sortit le melon et, bien que la date de fraîcheur soit dépassée, en prit un cube qu'elle mit dans sa bouche. Il était trop mûr, presque fermenté, et lui brûla la gorge. Elle jeta le reste dans la poubelle.

C'est alors qu'elle remarqua au fond une boîte de pizza pliée en deux. Elle se figea. C'était Morty qui l'avait mise là, elle en était sûre. Elle la sortit et l'inspecta comme si c'était une preuve. Il y avait un cercle graisseux au fond de la boîte, et le carton était froid et desséché. Il restait un bout de pizza. Morty gardait tout : les emballages cadeau, les boutons de rechange dans ces petits sachets plastique placés dans la poche d'un vêtement neuf. Le Morty qu'elle connaissait aurait gardé le morceau restant. La tristesse lui donna la nausée. Elle aurait voulu remettre le morceau dans la poubelle mais, trop accablée pour bouger, hésita une longue minute.

Le poids de tout ce qui s'était passé s'imprima dans sa chair comme une morsure. Ce n'était pas vraiment de la tristesse, mais plutôt de la peur. Ses poils se hérissèrent. Ses orteils se recroquevillèrent sur le car-relage de la cuisine. Elle aurait voulu sortir de la maison en courant, héler un taxi pour aller à l'aéroport prendre le premier avion pour le Texas, la Provence, Le Caire ou Mexico. Foutre le camp sans rien emporter, s'engouffrer dans le taxi et filer… mais elle restait enracinée dans cette pièce, la boîte de pizza dans les mains, avec le bruit des voitures au-dehors. Elle entendit le vrombissement d'une moto gagner de la puissance puis s'éloigner ; si seulement elle pouvait s'installer d'un bond derrière le conducteur, se laisser emporter au-delà des limites de Manhattan jusqu'à une petite rue déserte où elle pourrait discrètement disparaître. Que s'était-il passé ici, dans cette maison ? Elle eut l'impression d'être dans un endroit inconnu, comme si elle était entrée en cassant un carreau et était sur le point de se faire prendre.

Elle monta dans la chambre et sombra dans un sommeil sans rêves.

À son réveil, les lampadaires brillaient sur fond de ciel bleu cobalt. Elle savait quoi faire, maintenant, et se mit au travail avec une détermination farouche. Elle commença par la cuisine et, après avoir vidé toutes les étagères et les placards des denrées périssables, elle sortit elle-même la poubelle. Les céréales de Morty, son édulcorant Splenda, son café en grains. L'étagère à épices, parce que c'était lui qui la lui avait offerte. Commençant par le rez-de-chaussée, elle fit les quatre étages de la maison. Puis ce fut le tour des fleurs, celles du salon, de la salle à manger et du boudoir. Elle retira des étagères les photos de Morty et les plaça soigneusement dans une grande valise qu'elle mit dans son placard. Le bureau était étonnamment bien rangé. Elle savait que selon toute probabilité, la police viendrait l'inspecter et serait furieuse si jamais on y avait touché. Alors elle ferma la porte et laissa la pièce en l'état, figée comme un autel.

Le processus prit plusieurs heures, mais s'avéra gratifiant. Julianne ne comprenait pas vraiment à quoi elle préparait la maison, tout en étant fermement convaincue que c'était nécessaire. Après le décès de son père, sa mère avait conservé la maison telle quelle, comme s'il y vivait encore, avec ses chaussures dans l'entrée et ses bouteilles de bière et de Bloody Mary, que personne d'autre que lui ne buvait, alignées dans l'office. Il avait travaillé toute sa vie dans les chemins de fer, et le sous-sol était monopolisé par des trains miniatures et des minuscules voies ferrées décrivant des cercles sans fin sur le plateau en contreplaqué qu'il avait lui-même construit. Une façon atroce de vivre sa vie. Personne n'évoquait son père, mais sa présence imprégnait chaque pièce, comme s'il venait juste de sortir pour acheter le journal. Errant de pièce en pièce comme un fantôme, sa mère devint grise et desséchée. C'était comme si Julianne et sa sœur Caroline vivaient avec deux fantômes. Leur mère quittait rarement la maison, sauf pour aller à l'église le dimanche. Quand elle mourut trois ans plus tard, Julianne se sentit plus soulagée que triste, et devina que Caroline éprouvait la même chose. Elles l'enterrèrent près de leur père, dans le vieux cimetière de Mill Street, à la limite nord de la ville.

Enfin, le front luisant de transpiration, Julianne se retrouva dans la chambre de maître. Avec le rouleau de sacs-poubelle qu'elle avait pris sous l'évier de la cuisine, elle entra directement dans la salle de bains. Elle jeta d'abord le rasoir, puis ce fut le tour de la crème à raser, du déodorant de Morty, de son dentifrice Crest, de l'ancien boîtier de ses lentilles de contact qu'il n'utilisait plus depuis qu'il prenait des jetables. Elle hésita à jeter les lentilles elles-mêmes – elles étaient si chères – mais s'y résolut pour ne plus les avoir sous les yeux. Quand tout fut jeté, elle s'assit sur le rebord de la baignoire et laissa couler ses larmes.

Pourquoi se raser ?

Par la suite, éveillée en pleine nuit, Julianne revivrait souvent les vingt minutes qui allaient suivre. Assise au bord de la baignoire, elle se rendit compte que, malgré la minutie avec laquelle elle avait opéré, elle n'avait pas jeté les médicaments de Morty. Elle les connaissait tous : le Dilantin pour l'épilepsie, le Lipitor pour le cholestérol, l'Ambien pour dormir. Elle savait précisément quelle place ils occupaient sur l'étagère. Et elle savait qu'elle ne les avait pas jetés avec les autres articles de toilette. Elle vérifia quand même deux fois dans la poubelle.

C'était inutile. Elle savait où se trouvaient les médicaments. Plus précisément, avec qui ils se trouvaient. Morty n'allait jamais nulle part sans ses médicaments. Surtout le Dilantin. Il avait une peur panique des crises. L'incapacité à se contrôler, lui avait-il dit un jour, il n'y avait rien de pire.

Elle l'imagina planté devant l'étagère à réfléchir. Sa décision de prendre les médicaments était un risque calculé. Et si quelqu'un remarquait leur disparition ? Cela pourrait signer sa perte. Nul besoin de Dilantin au fond de l'eau… Il avait certainement pensé à ça, mais sa hantise d'une crise avait eu raison de ses hésitations. Et si ça le prenait à l'aéroport ? Ou quand il aurait quitté le pays ? Qui s'occuperait de lui, alors ? Il ne pourrait pas se présenter à l'hôpital ; il devait passer le reste de son existence dans la plus grande discrétion. C'était probablement ainsi qu'il avait justifié sa décision de prendre les médicaments.

Il avait dû se douter qu'elle devinerait. Julianne avait toujours surveillé de près son traitement médical. Elle ne pouvait pas ne pas remarquer avec étonnement la disparition des médicaments. Et quand on savait quoi chercher, nul besoin d'être un génie.

Julianne fut saisie d'un étrange mélange de tendresse et de colère. Assise seule dans la salle de bains sur le rebord de la baignoire, elle partageait un dernier instant avec lui. Morty lui avait confié son secret, sachant qu'elle serait suffisamment flattée pour le garder. Elle était toujours flattée quand il lui accordait son attention, flattée et loyale comme un chien.

Qu'il doute si peu de sa fidélité la rendit légèrement furieuse. Suffisamment furieuse pour qu'elle se dirige vers le téléphone en traînant le sac-poubelle derrière elle comme un enfant traînant une luge. Elle décrocha sans même savoir quel numéro elle allait composer. Celui de Carter Darling ? De son avocat, Sol ? De son avocat à elle, qu'elle avait consulté une fois à l'époque où elle cherchait à se faire épouser par Morty ? Il lui paraissait approprié de le dire à quelqu'un. Mais à qui ?

Elle finit par raccrocher et par sortir la poubelle. Sa colère s'était évanouie, emportée par une vague de lassitude. Plus tard dans la soirée, quand elle décrocha à nouveau, elle appela une seule personne, sa sœur Caroline, dans le Texas.

« Je rentre à la maison, dit-elle, si ça ne te dérange pas. »

Et c'est ce qu'elle fit : elle rentra là d'où elle venait. Un endroit où elle pensait ne plus aller, qu'elle avait pour ainsi dire oublié en arrivant à New York. C'était la meilleure solution, ou du moins la meilleure qu'elle puisse trouver à ce moment-là.

En souvenir de tout ce qui s'était passé entre eux, de tout ce qu'il lui avait donné, Julianne pouvait enfin donner quelque chose à Morty en retour. Elle jugea cela juste, suffisamment pour ne jamais douter de sa décision. D'une certaine manière, cela rétablissait l'équilibre entre eux. Le jour où ils retrouveraient Morty – elle était presque certaine que ce jour-là arriverait, tôt ou tard – elle voulait pouvoir dormir sur ses deux oreilles en se disant que ce n'était pas elle qui l'avait dénoncé. En attendant, il ne lui restait plus qu'à se demander depuis combien de temps il planifiait sa sortie.

Avait-il pris l'avion pour la France afin d'y rejoindre Sophie ? Son véritable amour, celle qui serait toujours sa seule et unique femme ? Avaient-ils tout planifié ensemble ? Ou bien avait-il tout bonnement disparu, abandonnant son ancienne vie comme un serpent se débarrasse de sa vieille peau ?

Julianne aurait aimé le détester mais comme souvent, elle ne put lui en vouloir très longtemps. Même les décisions égoïstes de Morty exerçaient sur elle un charme étrange. Il y avait dans sa manière de faire les choses une précision et une compétence si captivantes qu'elle ne pouvait pas s'empêcher de l'admirer. Elle n'avait jamais rencontré quelqu'un d'aussi intelligent.

Morty faisait tout mieux que les autres. Bientôt, elle sourirait discrètement en entendant son nom à la télévision. Il m'a choisie, moi, se dirait-elle. Du moins, l'espace de quelques années. Et il est plus intelligent que vous tous réunis.

Même quand ils le retrouveraient, elle demeurerait fière de lui, du fait qu'il aurait essayé. De ce qui aurait été son coup de maître.

Lundi, 7 heures 06

« La lecture de l'acte d'accusation a été avancée à dix heures », annonça Neil à l'arrivée de Merrill. Il la serra brièvement dans ses bras, comme il le faisait ces deux derniers jours à défaut de pouvoir faire davantage. « Nous sommes placés en premier sur le registre du juge.

— C'est déjà ça.

— Vous avez réussi à joindre votre mère ?

— Non. J'ai essayé son portable en venant ici. J'ai laissé un message en lui indiquant dans quelle salle l'acte serait lu, au cas où elle souhaite se joindre à nous – ce dont je doute.

— Et Lily et Adrian ? »

Merrill répondit d'un haussement d'épaules puis alla se prendre un café. Il n'y avait pas de lait, juste du Coffee-mate et des sucrettes. Le café, froid, devait dater de la veille. Il avait un goût amer. Ce qui n'empêcha pas Merrill de l'avaler à grandes gorgées et de s'en verser un deuxième. Elle aurait été incapable de dire de quand datait son dernier repas, mais ne ressentait étrangement aucune faim.

« Je pense qu'il n'y aura que nous, dit-elle en jetant le gobelet en polystyrène dans la poubelle.

— Ça donnerait une meilleure impression si votre mère venait.

— Je ne peux rien y faire.

— Je comprends. » Neil se tourna vers le jeune avocat qui disposait des documents sur la table de la salle de conférences. « Tout est prêt pour la signature ?

— Oui », répondit l'homme. Merrill se rendit compte qu'à un ou deux ans près il devait avoir à peu près le même âge qu'elle. Pourtant, il lui parut tout jeune, comme un gamin qui aurait enfilé un costume. « Et les voitures vous attendent en bas pour vous emmener quand vous serez prêts.

— Vous allez devoir signer ces papiers », dit Neil à Merrill d'une voix douce.

Éprouvait-il une sincère compassion ou bien était-ce son ton habituel dans ce genre de situation ? Elle n'avait jamais vraiment fait confiance à Neil. Cela dit, elle n'avait plus confiance en personne maintenant. Sauf en Paul.

« C'est pour le chèque de banque ? » demanda-t-elle au jeune homme. Il fit signe que oui en lui tendant le stylo.

« Ils ne vont tout de même pas nous laisser sortir d'ici sans nous faire signer quelques papiers, fit Neil en esquissant un sourire presque penaud. On a fait virer l'argent sur votre compte pour que vous puissiez signer.

— Je pourrai parler à papa là-bas ? Seul à seul ?

— Après la lecture de l'acte. Une fois la caution déposée, il aura le droit de sortir.

— Parfait. Alors, finissons-en. »

Cela faisait plusieurs jours que Merrill aurait voulu passer quelques minutes seul à seul avec son père. Elle avait tant de questions à lui poser, et il avait tant d'explications à lui donner qu'elle ne croirait jamais, mais qu'elle voulait entendre. Elle tenait à le regarder dans les yeux et l'obliger à lui répondre. Il lui devait bien cela.

Merrill assista à la lecture de l'acte assise au fond de la salle. En dépit de ses efforts pour paraître attentive, les paroles du juge se noyèrent dans le brouhaha de son cerveau affolé. Consciente des regards pesant sur elle, elle fixa les yeux sur le juge. *Qu'attendait-on d'elle ? Des larmes ? De la colère ? De l'arrogance ?*

Elle ne savait pas trop comment elle était censée se comporter, ni même ce qu'elle était censée ressentir. En vérité, elle avait du mal à voir le lien entre toute cette histoire et sa famille. Elle avait l'impression qu'il s'agissait de l'un de ces sketches qu'on leur demandait de jouer en fac de droit, dans des salles de cours transformées pour l'occasion en tribunaux. Ces exercices lui avaient toujours paru forcés, artificiels, sans rien à voir avec ce que Merrill s'imaginait alors de la réalité d'un procès. Elle n'aurait été qu'à moitié étonnée de voir le juge et ses assesseurs sortir de leur personnage pour révéler qu'ils étaient de simples étudiants en droit. Pourtant, le juge continuait à débiter son discours. Pour lui, ce n'était qu'un lundi comme tant d'autres ; et il tenait à bien le faire savoir. Le greffier tapait bruyamment sur son clavier. L'un des assesseurs piquait du nez comme une fleur fanée, à croire qu'il avait fait la bringue la veille et allait s'endormir à tout moment. Merrill chercha vainement une horloge dans la salle. Les minutes s'égrenaient avec une lenteur insoutenable.

Une fois la caution fixée (quatre millions de dollars, un montant astronomique – mais convenu à l'avance), le juge se leva et Neil se tourna vers elle pour lui signaler que c'était fini. Le cœur battant, les yeux baissés pour éviter le barrage des regards hostiles, Merrill sortit du tribunal en toute hâte. Devant elle, un essaim de journalistes s'agglutinait autour de son père et de Neil telles des mouches sur un morceau de viande. Elle attendit que Carter soit installé dans sa limousine, puis se précipita vers la portière.

À sa suite pénétra un crépitement de flashes et de voix. Enfin, la portière se referma dans un bruit sourd et elle se retrouva assise à côté de son père dans l'atmosphère silencieuse et fraîche de la voiture. Elle entendit, étouffées par les vitres teintées, des voix crier le nom de son père. Quand Carter leva les yeux vers elle, elle eut un blanc. Le silence ne dura pas plus d'une seconde, mais il la suffoqua. Elle ouvrit et referma les lèvres plusieurs fois, mais rien ne sortait. Elle était en train de couler à pic.

« Ta présence a compté plus que tout pour moi », dit Carter en se penchant pour l'enlacer. Elle était incapable de bouger. Il posa la main sur la sienne, plaquant sa paume contre le cuir doux de la banquette.

Elle regarda droit devant elle les voitures qui venaient d'en face. Un taxi klaxonna et déboîta brusquement sur leur voie pour éviter un cycliste.

Elle n'arrivait pas à regarder son père. Tout en lui paraissait diminué. Lorsqu'il était entré dans la salle d'audience, elle s'était tout d'abord dit qu'il n'avait certainement pas mangé depuis longtemps. Pas sûr qu'on vous serve un repas en prison si vous n'étiez là que pour la nuit. Et il avait dû dormir, ou du moins passer la nuit, dans ses vêtements de la veille. Vu de près, il semblait tout ridé, fatigué, crasseux. Elle ne s'était pas attendue à cela, à cette mine atroce.

« Il fallait bien que quelqu'un vienne », dit-elle sans conviction, à deux doigts de perdre son sang-froid.

« Ça n'a pas été facile pour vous, je sais.

— En effet.

— Et Lily ? Comment prend-elle la chose ?

— Je ne lui ai pas parlé. Pas depuis hier. »

La moindre parole lui arrachait la bouche. *À partir de maintenant, ils ne parleraient plus que de cela*, songea-t-elle. Ils évoqueraient plein d'autres sujets – le boulot, un film vu récemment – mais à chaque fois, il y aurait un sous-texte :

Tu nous as trahies, papa.

Je sais. Je le regrette vraiment. J'espère que vous me pardonnerez…

Un jour peut-être, mais pour l'instant je…

Merrill sentit la haine gonfler sa poitrine, les larmes perler aux coins de ses yeux. Carter lui serrait la main si fort qu'elle avait mal aux doigts. « J'imagine que vous êtes toutes furieuses contre moi.

— Je ne sais pas, papa, répondit-elle en retirant sa main. Ce que je ressens surtout, en ce moment, c'est une fatigue extrême.

— Je sais. Si tu savais comme je regrette. »

Les yeux tournés vers la fenêtre, elle laissa les larmes couler sur ses joues. Une couche de neige fine commençait à s'accumuler sur le pare-brise. Le chauffeur mit les essuie-glaces. « Et nous ? Tu n'as pas pensé à nous ? Aux conséquences que ça aurait pour nous ? dit-elle, les lèvres tremblantes.

— Merrill, je t'en prie, regarde-moi. Je pense tout le temps à vous. Tu comprendras peut-être mieux quand tu auras des enfants. J'ai fait des erreurs, mais j'ai toujours voulu tout vous donner. C'est ce que j'ai fait, non ?

— Je ne sais pas.

— J'ai essayé.

— C'est Sol, n'est-ce pas ? C'est Sol qui a voulu mêler Paul à cette histoire avec David Levin ? Dis-moi oui et je te croirai. »

Elle le fixa du regard, puis détourna les yeux en voyant qu'il pleurait. Les larmes de son père lui avaient toujours fait peur.

Il y eut un long silence, si long qu'il constituait déjà une réponse. Le feu passa au rouge et la voiture pila. Sous l'effet de la surprise, Carter lâcha : « Je lui ai dit non. J'aurais dû insister.

— Tu savais qu'il allait le faire ?

— Il s'agit de ton mari, mon cœur. Je te jure, jamais je n'aurais laissé une telle chose t'arriver à toi. Si j'avais su.

— Paul fait partie de ta famille, lui aussi, rétorqua-t-elle d'une voix froide et totalement dénuée de compassion.

— Ça ne fait aucun doute pour moi, mon cœur. Je te le jure ; je n'aurais jamais laissé quiconque lui nuire. Je t'en supplie, fais-moi confiance. »

Sa voix avait quelque chose de visqueux, de pitoyable, qu'elle n'avait jamais entendu auparavant, et qu'elle ne voulait plus jamais entendre.

« Arrête, dit-elle, dégoûtée.

— Je sais l'impression que ça fait. Ce moment où ton père n'est plus un super-héros, où tu te rends compte qu'il n'est qu'un être humain. Je me souviens de cet instant-là.

— Je ne te demande pas d'être parfait.

— Toi, tu es parfaite. À mes yeux. Tu le seras toujours. Quand on est petit, c'est ce qu'on pense de ses parents. Et de ses enfants quand on vieillit. Tu verras.

— Je te demande simplement d'être *honnête*. »

Elle prononça le mot comme si elle le soupçonnait de ne pas bien le connaître.

Elle prit quelques mouchoirs dans la boîte que le chauffeur avait placée derrière son siège puis, après les avoir utilisés, les roula en boule, les mains tremblantes. « C'est bien ce que tu m'as toujours demandé ? *"Sois honnête, Merrill*. Sois honnête et travaille. À partir de là, tout se passera au mieux." » Sa voix avait une inflexion moqueuse, presque venimeuse. Jamais jusque-là elle n'avait exprimé la colère avec autant d'aisance. C'était un sentiment revigorant, stimulant, un sentiment presque agréable. « Mais bon sang ! À ton avis, pourquoi est-ce que je me suis retrouvée en fac de droit ? Parce que j'ai été suffisamment bête pour te croire quand tu me disais que c'était comme ça que tu avais avancé dans la vie. Et j'avais tellement besoin de te plaire. Quand j'y pense, ça me rend malade. »

S'éclaircissant la gorge, le chauffeur annonça : « Nous sommes arrivés, monsieur. » Merrill se rendit compte qu'ils stationnaient devant l'immeuble de ses parents depuis un bon moment. Elle vérifia l'heure.

« Je dois y aller.

— S'il te plaît, monte avec moi. Je t'en prie. Ta mère est à la maison. Elle voudrait tant te voir. »

Merrill déglutit. Cet appartement, ce salon empli jusqu'à l'asphyxie de rideaux et de fauteuils en soie bleu roi, de vases, de chiens et de petites boîtes en porcelaine fine encombrant les guéridons, ces murs rayés, ces miroirs dorés, ce plafond voûté, ces canapés moelleux – rien qu'à y penser elle frémit. Le salon était un espace silencieux et vide qu'on n'utilisait jamais, sauf pour les grandes occasions. La famille s'y rassemblait pour fêter les fiançailles et les anniversaires, les succès scolaires ou professionnels. Et bien sûr pour les fêtes. Comment oublier les robes (à smocks et imprimés Liberty au printemps, à carreaux écossais pour Noël) et les chaussures vernies qu'Inès leur faisait enfiler quand il y avait des invités et qu'elles avaient le droit de se coucher plus tard. Inès les faisait passer d'un groupe d'amis à un autre, leur confiant parfois un plateau de canapés. Et les invités de s'extasier : *Voilà les petites Darling !* Lily adorait les fêtes organisées par leurs parents. Même à cette époque, elle savait jouer l'hôtesse parfaite. Merrill, elle, s'attardait près des fenêtres, regardant les arbres de Central Park derrière les vitres en se demandant quand tout cela serait terminé.

« D'accord, dit-elle à contrecœur, mais uniquement pour voir maman. Et quelques minutes, pas plus. »

Quand elle pénétra dans le vestibule de l'immeuble, l'odeur du sol en marbre poli, le bruit de ses talons sur le carrelage blanc et noir et la vue de la console avec sa composition florale l'envahirent d'une vague de nostalgie. Elle inspira profondément en refoulant ses larmes.

Tom, le portier, aidait un autre homme à mettre des valises dans l'ascenseur. Elle se força à lui sourire. Il travaillait dans l'immeuble depuis qu'elle était toute petite. Elle l'aimait de la même manière qu'elle aimait John et Carmela : pas tout à fait comme un membre de la famille, mais presque. Durant toute leur enfance, Tom avait eu pour les filles la bienveillance d'une sorte d'oncle, s'assurant qu'elles prenaient bien le taxi, lançant des regards sévères aux garçons qui les ramenaient à la maison et s'attardaient sous la marquise à piliers en cuivre de l'immeuble dans l'espoir d'obtenir un baiser. Même maintenant, il laissait Merrill monter sans appeler l'appartement, comme si elle y habitait encore.

« Salut, Tom », lança-t-elle en s'efforçant de paraître calme, comme si c'était un jour comme les autres.

Tom marqua un temps d'arrêt. « Bonjour, Merrill. » Au lieu de s'approcher d'elle pour échanger quelques mots, il continua de charger les valises et adressa à Carter un signe de tête hâtif. « Mr Darling », dit-il.

La voix de Tom avait une froideur qui glaça le sang de Merrill. D'habitude, il paraissait heureux de la voir ; il lui arrivait même de la prendre dans ses bras. Mais aujourd'hui, il tint la porte de l'ascenseur en détournant les yeux pendant qu'ils entraient dans la cabine. Merrill et Carter le remercièrent dans un murmure. Carter adressa à l'homme qui s'occupait des valises un sourire qu'on ne lui rendit pas.

Le trajet en ascenseur leur parut interminable. Merrill et Carter se tenaient juste devant l'employé. Consciente de son regard sur sa nuque, elle contempla en silence les numéros qui s'allumaient à mesure qu'ils passaient les étages.

L'homme descendit au sixième sans un mot. Les portes de l'ascenseur se refermèrent. *Était-ce ainsi que les choses se passeraient désormais ? Les saluerait-on toujours avec cette froideur ?* Elle regarda son père. Le visage de Carter était vide. Avait-il au moins remarqué ?

La porte de l'appartement était entrouverte. Ils traversèrent silencieusement le vestibule et entrèrent dans le salon, guidés par le bruit des voix. Merrill ouvrit la porte. Lily et Adrian levèrent la tête vers elle en lui souriant, l'air tous les deux fatigués et soulagés qu'elle soit là. Il y eut une seconde de silence. Inès se dressa brusquement.

« Mon ange », dit-elle en s'approchant de Merrill, les bras tendus, tout en faisant mine d'ignorer Carter. Pendant que sa mère l'enlaçait, Merrill contempla par-dessus son épaule ce salon qui lui était si familier. Les photos encadrées l'assaillirent de toute part – celles, quelque peu guindées, prises pour Noël par des professionnels ; les portraits en noir et blanc de sa sœur et elle à leur bal de débutantes ; quelques photos de Carter prises par des journalistes. Il y avait aussi celles prises sur le vif : les deux filles sur le remonte-pente ; en train de souffler leurs bougies d'anniversaire ; au bord de la mer les pieds dans l'eau avec leurs seaux et leurs pelles en plastique ; main dans la main devant les portes de Spence avec leurs grandes chaussettes et leurs cartables, le visage lisse et parfait, illuminé par l'innocence de leur jeunesse. Inès tenait à ce que les cadres soient parfaitement alignés et à égale distance les uns des autres, comme des soldats. Si un invité en prenait un, Inès se précipitait pour le lui confisquer poliment avant qu'il puisse y laisser ses empreintes.

Je déteste cet endroit, songea Merrill. L'idée la surprit, mais sa vérité l'emplit d'un immense soulagement. Elle aurait voulu faire demi-tour, sortir sans un mot et marcher, marcher jusqu'à ce qu'elle retrouve la sécurité de son propre appartement.

« Neil a appelé, annonça Inès sans s'adresser à personne en particulier. Il arrive. Il veut nous parler.

— De quoi ? » dit Merrill.

Elle jeta un coup d'œil à Lily et Adrian, mais ils s'étaient replongés dans la lecture du journal ouvert devant eux. Merrill tenta vainement de lire les gros titres à l'envers, avant de décider qu'elle ne tenait finalement pas à les connaître. Depuis combien de temps sa sœur et son beau-frère étaient-ils là ?

« De tout ! répliqua Inès d'un ton impatient. Nous devons tous nous préparer. Tout le monde va avoir les yeux braqués sur nous maintenant. Il faut se mettre d'accord sur un plan, pas simplement pour votre père, mais pour toute la famille. Compris ? Je sais, ce n'est pas vraiment une partie de plaisir, mais il le faut. » Elle cligna des yeux, les sourcils relevés comme pour signaler que les affaires reprenaient leur cours.

« Je vois, dit Merrill, mal à l'aise. Il faut vraiment faire ça maintenant ?

— Puisque tu es là, c'est le moment.

— Je sais, mais j'aimerais rentrer chez moi voir Paul. La journée a été longue. » Elle se tourna vers son père en le défiant de croiser son regard. Il détourna les yeux.

« Laisse-la partir, Inès, dit-il. Si elle y tient, qu'elle parte.

— Papa… », commença Lily.

Il la fit taire d'un geste de la main.

« Je sais que c'est dur pour vous. Si vous saviez comme je regrette. Impossible de dire à quel point. Il va falloir que je regagne votre confiance, petit à petit. Votre confiance à vous tous. Ça prendra du temps, je le vois bien. Mais pour l'heure, je pense que nous avons tous besoin de repos. Alors je vais m'allonger en attendant l'arrivée de Neil. Les filles, vous pouvez rester pour parler avec Neil maintenant, ou bien rentrer chez vous et on reprendra la discussion demain. Faites comme vous voulez. » Il ferma les yeux et poussa un long soupir. Le simple fait de parler semblait le fatiguer. Sa poitrine tremblait à chaque respiration.

Puis il se couvrit les yeux et commença à balancer la tête d'avant en arrière, comme s'il ne pouvait plus supporter ne serait-ce que de les voir. Dehors, le soleil jouait à cache-cache derrière les nuages, projetant des ombres étirées dans la pièce. C'était cette heure étrange de la journée, entre chien et loup. Bientôt, il faudrait allumer les lumières dans l'appartement. Mais pour l'instant, elles étaient éteintes, et les bibliothèques en bois sombre absorbaient presque toute la lumière de cette fin d'après-midi.

Inès n'avait toujours pas adressé la parole à Carter. Il s'approcha d'elle, mais elle resta assise, les bras croisés sur la poitrine. Sans même essayer de la toucher, il tomba à genoux devant elle comme un suppliant, les bras posés sur les accoudoirs de son fauteuil. Elle tourna lentement la tête. Enfin, son regard croisa celui de son mari. « J'ai besoin d'un peu de repos », dit-il à voix basse. Elle hocha la tête sans un mot, puis détourna le visage. Il se leva et sortit de la pièce.

Inès et ses filles restèrent assises jusqu'à ce qu'elles entendent la porte de la chambre se fermer au fond de l'appartement.

« Tu restes ? » demanda alors Lily à Merrill. Elle avait posé la tête sur l'épaule d'Adrian, qui lui entourait les épaules d'un bras protecteur.

« Non, répondit Merrill d'une voix ferme. Désolée, mais je suis debout depuis cinq heures. Il faut que je rentre auprès de Paul.

— Tu m'appelles plus tard, d'accord ?

— Bien sûr. »

Inès se leva.

Je pars, se dit Merrill. *Elle veut que je reste, mais je pars quand même.* Elle eut un mouvement de recul en voyant Inès s'approcher. *Elle va insister. Me cajoler, me supplier… Non, je ne dois pas céder.*

Inès tendit la main vers elle. « Je te raccompagne, si tu veux bien.

— Pas de problème », répondit Merrill en poussant un soupir de soulagement.

De la main, elle envoya un baiser à Lily et Adrian. Lily fit de même.

Devant la porte, Inès lui demanda :

« Comment va Paul ?

— Ça va. Du moins, je crois. Je vais voir.

— Tu fais bien de rentrer auprès de lui. »

Alors Inès se mit à pleurer. Les larmes ruisse-lèrent sur ses joues, firent couler son maquillage. Les traces de mascara et de poudre marbrèrent sa peau. Une mèche de cheveux s'était échappée de son chignon. Merrill tendit la main pour la coincer derrière l'oreille de sa mère, et se retrouva avec Inès dans les bras.

« Oh, maman, dit-elle en l'enlaçant, ma pauvre maman.

— Je ne sais pas comment j'en suis arrivée là, murmura Inès d'une voix étouffée, la bouche enfouie dans le pull de Merrill. J'ai passé ma vie entière avec ton père. Tout ce que j'avais, je lui ai donné. Et maintenant, tout est parti, envolé. Je sais que tout est de sa faute. Je sais que je devrais foutre le camp, le laisser se sortir tout seul de cette merde. Mais j'irais où ? Et puis, je sais que c'est fou, mais je ne peux pas le perdre, pas maintenant. Je n'ai que lui. Perdre ton père, en plus de perdre tout le reste, c'est trop… »

Merrill berça sa mère, comme on berce un bébé pour l'endormir. Sa mère qui était si petite qu'elle pouvait presque poser son menton sur le sommet de son crâne. « Chut, chut », dit-elle d'une voix douce. Elle ferma les yeux, en priant Dieu que sa sœur n'ait rien entendu. La présence de Lily n'aurait fait que bouleverser leur mère davantage.

« Tu penses que tu pourras lui pardonner un jour ? demanda Inès au bout de quelques instants. Moi, je ne sais pas si j'en serai capable. »

Merrill allait instinctivement apaiser Inès, la rassurer et lui dire *Bien sûr que je lui pardonnerai* en lui souriant, mais les mots restèrent coincés dans sa gorge. « Je ne sais pas, maman. Je crois que nous devons faire chaque chose en son temps. »

Inès s'éloigna d'un pas, et contempla sa fille attentivement. Puis elle sourit, lui serra les mains, et enfin les lâcha.

« Bien, dit-elle en reniflant une dernière fois. Merci d'être venue. Ça m'a fait du bien de te voir. Si tu savais comme je suis fière de toi, Merrill. Vraiment. Tu te montres parfaitement à la hauteur.

— Je t'aime, maman. »

Inès se mit sur la pointe des pieds et déposa un baiser sur le front de Merrill. « Moi aussi, je t'aime », dit-elle dans un souffle.

Au moment de rejoindre les autres dans le salon, Inès se retourna pour adresser à sa fille par-dessus son épaule ce sourire éclatant qu'elle offrait invariablement aux photographes. La lumière déclinante souligna le profil raffiné de ses pommettes hautes et de son nez droit. Même pâle et défaite, Inès était d'une beauté farouche. Elle redressa le menton.

« Occupe-toi de Paul. Et laisse-le s'occuper de toi. »

Puis elle partit, laissant Merrill sortir discrètement de l'appartement.

Paul avait allumé un feu dans la cheminée.

« Humm, fit Merrill en entrant dans l'appartement, encore frigorifiée, c'est bon ! »

Couché sur le canapé un livre à la main, Paul leva les yeux. La douce lumière des flammes l'avait plongé dans une somnolence apaisée. Un verre de merlot et un bol de pop-corn étaient posés sur la table basse. La pièce était chaude, gaie et accueillante.

« Salut, dit-il en lui souriant. Ça fait plaisir de te revoir !

— Merci », dit-elle en s'effondrant à côté de lui sans même prendre la peine de retirer son manteau.

Elle se blottit contre lui et lui couvrit le menton et la bouche de petits baisers.

« Du vin ? lui demanda-t-il en lui tendant son verre.

— Exactement ce qu'il me faut. Quelle journée ! »

Elle but avidement une gorgée, puis laissa tomber ses chaussures sur la moquette.

Paul lui toucha la joue. Le contact de ses doigts chauds lui fit du bien. « Alors, ça s'est passé comment ?

— Oh, ça a été interminable, éprouvant. Il a été libéré sous caution.

— Il y avait beaucoup de journalistes ?

— Oui. D'après Neil, demain tous les médias vont se ruer sur l'affaire.

— Et ta mère, elle était là ?

— Non, il n'y avait que moi à la lecture de l'acte. Franchement, le tribunal, c'était vachement impressionnant. Je suis contente que Lily ne soit pas venue. Je pense que ç'aurait été trop pour elle. Je suis passée à l'appartement ensuite, avec papa. Chez ma mère. Lily et Adrian y étaient. »

Tu aurais dû appeler, voulut dire Paul. *Je serais venu pour être avec toi.* Mais il resta silencieux. Il ne serait peut-être plus le bienvenu chez Carter Darling, et il n'était pas non plus exclu que Carter Darling ne soit plus le bienvenu chez lui.

« Je voulais rentrer ici auprès de toi », dit-elle, comme si elle lisait dans ses pensées. Ils restèrent côte à côte quelques instants à regarder tranquillement le rougeoiement du feu. La chaleur commençait à pénétrer la chair de Merrill, détendant ses muscles les uns après les autres.

« Tu as parlé à David aujourd'hui ? demanda-t-elle.

— Oui. Sa démission a fait la une du journal. Je l'ai gardé ; il est dans la cuisine. Une conférence de presse est prévue demain. David avait l'air soulagé. Fatigué, mais soulagé. » Paul allait lui parler de l'arrestation de Jane Hewitt, qui avait dominé le bulletin d'information de dix-sept heures, mais se ravisa : chaque fois qu'elle entendait prononcer le nom de Jane Hewitt, Merrill prenait un air accablé.

« Il a parlé de toi ?

— Il a juste dit que je devrai chercher un nouveau boulot », répondit Paul en riant. Puis il posa une main rassurante sur sa cuisse et ajouta : « Non, il m'a dit de ne pas m'inquiéter et de m'occuper de toi.

— C'est gentil. » Merrill se redressa et retira son manteau. « Tu sais qui m'a envoyé un mail ce matin ? Eduardo ! Il a appris la nouvelle et voulait s'assurer qu'on allait bien. Il demande s'il peut faire quelque chose pour nous.

— C'est sympa de sa part.

— Ça sera intéressant de voir qui sont nos vrais amis maintenant.

— Ne pense pas à ça.

— Peu importe. Tu te souviens de ce boulot chez Trion qu'il te proposait?

— Oui. Et alors?

— Alors, tu l'accepterais, s'il te le proposait à nouveau? »

Interloqué, Paul haussa un sourcil et posa son verre sur la table. « Honnêtement, je ne sais pas », répondit-il après un temps d'hésitation. Il se pencha et l'embrassa longuement sur la joue. « Écoute, tout va s'arranger, ma chérie. Tu verras, je trouverai un boulot à New York.

— Je sais. Mais peut-être qu'on devrait vivre ailleurs qu'à New York à présent. » Elle sourit, le visage chiffonné par la fatigue. Sa voix tremblait légèrement, tout en conservant une note d'espoir. « On sera toujours chez nous ici, mais… » Incapable d'aller au bout de sa pensée, elle laissa sa phrase en suspens.

« Je ne sais pas, dit Paul d'une voix tendre. Il y a beaucoup de choses qui vont changer. Tu auras peut-être besoin de vivre dans un endroit que tu connais.

— Je ne suis pas certaine que New York soit un endroit que je connais maintenant. »

Elle soupira.

Paul se tut. Elle avait raison. Demain, New York lui semblerait une ville complètement différente. Les portes ne s'ouvriraient pas aussi facilement devant eux. La pile d'invitations sur la table du vestibule diminuerait ; le vestibule lui-même ne serait peut-être plus le même, remplacé par l'entrée plus modeste d'un appartement plus humble. Ils choisiraient d'autres itinéraires, éviteraient certains lieux. Le tribunal, le Seagram Building, le troisième étage du MoMa. Et surtout la maison de Morty. Peut-être celle-ci serait-elle vendue, sa porte rouge vif repeinte et le heurtoir en forme de tête de cerf retiré. Mais elle resterait pour eux un lieu hanté, et si jamais ils devaient emprunter la 77ᵉ Rue, la maison surgirait devant eux comme une tornade noire, les stoppant net dans leur élan, réveillant des souvenirs endormis juste sous la surface.

Demain, ils ne seraient plus les Darling de New York.

« À quoi penses-tu ? demanda Merrill d'une voix inquiète.

— Que je t'aime et que nous avons tous les deux besoin de dormir. »

Elle baissa la tête, relâcha les épaules. « Je sais. Je suis vannée. »

Le feu n'était plus qu'un petit tas de braises. Merrill versa ce qu'il restait de vin dans le verre de Paul et but une gorgée. « J'ai hâte que cette journée s'achève.

— OK », dit-il d'un ton ferme. Il se leva et lui tendit la main pour l'aider à se mettre debout. Elle sourit, pour la première fois depuis longtemps. « Allons-y », dit Paul.

Il l'allongea sur le lit. Elle ferma les yeux, expira à fond. *Les draps sont frais*, se dit-elle. *Il a dû les chan-*

ger cet après-midi. Elle sentit qu'il lui retirait délicatement sa veste, ses sous-vêtements, et même l'élastique retenant ses cheveux. Enfin, elle fut nue. Dehors, elle entendit le bourdonnement lointain de la circulation sur la 5e Avenue. Son esprit était noyé de fatigue. À peine la tête posée sur l'oreiller, elle se sentit dériver dans un sommeil léger.

Elle se réveilla en sursaut au milieu de la nuit, le cœur battant la chamade. Sa respiration se bloqua. Ses yeux s'ouvrirent. Elle se tourna sur le côté – Paul était là, les lèvres légèrement entrouvertes et la main reposant mollement sur l'oreiller juste au-dessus de sa tête à elle.

Il avait l'air tellement apaisé quand il dormait. Le simple fait de le regarder la calma. Au bout de quelques instants, il ouvrit les yeux et sourit. « Tu as fait des rêves plutôt agités.

— Désolée, murmura-t-elle.

— Viens », dit-il tendrement en l'attirant vers lui.

Elle se lova contre sa poitrine. Pendant quelques minutes, elle resta là, le cou caressé par son souffle chaud. Enfin, un rayon de lumière s'introduisit par la fenêtre. C'était demain. Dans une heure ou deux, le téléphone commencerait à sonner, sa boîte mail à se remplir, et les journalistes à s'amasser devant leur immeuble. Les voisins murmureraient dans l'ascenseur ; les inconnus la dévisageraient ; les amis l'interrogeraient nerveusement quand elle les croiserait dans la rue. Le monde réclamerait toute son attention. Il s'immiscerait chez elle par la moindre fissure, le moindre coup de fil, la moindre émission de télévision… jusqu'à ce qu'elle finisse par affronter tout cela. Mais pour l'instant, elle restait là, dans les bras de son mari, les yeux fermés, immobile tout contre lui. Si elle ne devait conserver que cela, eh bien, ça lui suffisait.

Épilogue

Au début, il évita la région du *Litoral Norte*. C'était la côte Nord de l'État de São Paulo qui l'avait attiré vers le Brésil vingt ans auparavant. Le souvenir de ces après-midi sous un soleil voilé restait gravé dans sa mémoire. Sophie lui avait fait découvrir la région. Des amis à elle possédaient une maison au bord de la mer à Barra do Una, une bâtisse blanche toute simple avec des plafonds hauts et une immense terrasse en bois avec vue sur la mer. Il chérissait le souvenir qu'il avait d'elle à cette époque : somnolant sur une chaise longue, avec à la main un livre ouvert dont les pages voletaient au vent. Les bretelles défaites de son bikini exposaient ses épaules couleur amande grillée au soleil. Ses cheveux étaient dorés et longs. Quand elle s'éveillait, elle le découvrait là en train de l'observer ; elle souriait ; ils étaient heureux.

Il aurait eu une vie plus facile sur la côte – poisson frais et baignades dans une eau vert émeraude tous les jours – mais il se sentait plus à l'aise à São Paulo même. La ville était parfaite : immense, rugueuse, trop ravagée par la criminalité pour attirer les touristes. Le fait de vivre dans une ville dangereuse lui convenait parfaitement. À São Paulo, les gens restaient dans leur coin, derrière les murs de leur résidence surveillée, derrière les vitres teintées de leur voiture, dans leur hélicoptère privé. Même les plus riches portaient des vêtements quelconques et des montres bon marché en public, pour ne pas attirer l'attention des voleurs. Personne pour empiéter sur votre vie privée : pas de voisins curieux, pas de promeneur s'attardant devant chez vous. À São Paulo, les gens passaient d'un endroit à l'autre telles des ombres, sans qu'on les remarque.

Par contre, São Paulo attirait des hommes d'affaires en déplacement, une menace qu'il prenait très au sérieux. Ces types lisaient le *Wall Street Journal*. Ils regardaient CNBC. Plus que d'autres, ils étaient susceptibles de le reconnaître. Les six premiers mois, n'importe qui aurait pu le reconnaître : sa photo était dans tous les journaux. Depuis, il avait changé. Son nez était plus fin, ses pommettes plus hautes, ses bajoues si caractéristiques avaient fondu. Pourtant, il sursautait chaque fois qu'il se voyait à la télévision ou en première page d'un journal. Plus d'une fois, ce genre d'alerte l'avait poussé à se terrer, comme une bête en hibernation, dans le modeste appartement qu'il avait loué sous le nom de Pierre Lefèvre.

Il lui arrivait de passer des heures sur son ordinateur portable à surfer sur le Net à la recherche de ce qu'on disait sur lui. Il avait conçu une échelle de notation de 10 (pour un article sur lui en première page avec une photo) à 1 (pour deux ou trois lignes sur Inès Darling dans une feuille de chou) visant à déterminer les variations de l'intérêt que les médias lui portaient, à lui et à son procès. Plus le chiffre était élevé, plus il passait de temps enfermé chez lui. Cela lui rappelait New York dans la période qui suivit le 11-Septembre. Chaque jour, le niveau d'alerte devait être évalué, et son comportement modifié en conséquence. Si le danger devenait trop élevé, le moment serait venu de partir s'installer dans un autre appartement, ou dans un hôtel en périphérie.

Il mena ainsi une vie de fugitif, sans cesse en mouvement, obsédé par sa propre survie. L'objectif quotidien était de tenir jusqu'au lendemain. Mais deux ans et demi passèrent sans aucune alerte sérieuse. Le procès Darling s'était conclu par un accord hors tribunal. Le bruit autour de la faillite de RCM avait laissé place à d'autres scandales. Morty Reis disparaissait peu à peu des esprits, y compris du sien. Il commença à s'ennuyer.

La Bourse lui manquait.

Il avait de l'argent, beaucoup, mais son magot était planqué dans les îles Caïmans et en Suisse. Y puiser autre chose que des petites sommes représentait un risque évident. Pourtant, il ne pouvait pas s'empêcher d'imaginer des moyens de le faire fructifier. Le Brésil offrait des occasions phénoménales. S'il avait investi dans la Bourse brésilienne au cours des dix dernières années, il aurait engrangé des bénéfices de deux cent soixante-seize pour cent alors que le même genre d'opération aux États-Unis lui aurait fait perdre treize pour cent. Il aurait par la même occasion évité le fiasco RCM et se serait vu décerner le titre de plus grand investisseur de tous les temps. Il était bien conscient de ce qu'il y avait d'illogique à penser ainsi – après tout, qui se risquerait à confier son argent à un fonds dont cent pour cent des investissements se faisaient avec un pays comme le Brésil ? – mais l'idée ne le quittait pas. Il ne pouvait pas rester là, à se tourner les pouces, pendant que l'économie brésilienne lui passait sous le nez.

Alors Morty commença à déambuler dans les bidonvilles tout en réfléchissant et en faisant ses calculs. Il était bien conscient de tenter le diable, tel un alcoolique traînant autour d'un bar. Mais il n'avait rien d'autre à faire, et qu'est-ce que cela changerait s'il faisait quelques investissements immobiliers ? Exclusivement dans le coin, et en cash. Si les sommes étaient suffisamment modestes, les opérations ne laisseraient aucune trace. Il y avait également des affaires à saisir dans les villes côtières ; comme l'économie se stabilisait, les petites propriétés de bord de mer étaient de plus en plus recherchées.

Il avait besoin de rompre avec cette ville où un marché de l'immobilier en plein boom le tentait comme les sirènes avaient tenté Ulysse. Il décida de louer une maison à Juquehy, une ville plus discrète juste à côté de Barra do Una, où il pourrait faire le mort en attendant de prendre une décision. Au moins il prendrait le soleil, loin de São Paulo et de ses opérations plus ambitieuses, plus risquées et plus alléchantes.

C'était la fin du mois de mai, et le début de la saison basse. Les touristes étaient partis et les plages commençaient à se vider. Cela faisait trois semaines environ qu'il était arrivé à Juquehy. La nuit précédente, il avait plu, et un film luisant et humide recouvrait la chaussée. Les montagnes se dressaient derrière sa maison, sombres, belles et inquiétantes. Pour les traverser, on devait emprunter des routes terrifiantes, avec des virages en épingle à cheveux qui lui faisaient regretter ses voitures de course, et en particulier l'Aston Martin.

Tôt le matin, il partit se promener, le bas de son pantalon roulé pour sentir l'océan lui lécher les pieds. Comme souvent en début ou en fin de journée, il pensait à Sophie. Il aperçut un couple qui marchait au loin, main dans la main. Les cheveux de la femme brillaient dans la lumière matinale. Le soleil levant soulignait sa silhouette, dissimulant les traits de son visage.

Le couple s'arrêta au bout de la plage. L'homme plaça les doigts sous le menton de la femme et lui releva le visage pour l'embrasser. Elle se mit sur la pointe des pieds.

Puis l'homme la fit tourner sous son bras et la renversa comme un danseur de tango.

C'est alors qu'il vit son visage.

Elle paraissait plus jeune que dans son souvenir. La luminosité était telle que Morty dut mettre sa main en visière pour protéger ses yeux; c'était peut-être une illusion créée par le soleil.

Non. C'était bien elle. Il en était certain. Cette chère Merrill Darling.

Au moment où son mari l'aidait à se relever, elle croisa le regard de Morty. L'espace de quelques fractions de seconde, le temps s'immobilisa et elle se figea, comme une biche dans la ligne de mire d'un chasseur. Il aurait dû se détourner. Pourtant, pour la première fois depuis qu'il était arrivé au Brésil, peut-être même pour la première fois de sa vie, son instinct lui fit défaut.

Puis le soleil se cacha derrière un nuage, plongeant la plage dans l'ombre. Le sortilège fut brisé. La femme se tourna vers son mari, leva son visage vers lui pour qu'il l'embrasse. Elle semblait différente à présent, plus petite, plus blonde, plus massive que dans son souvenir. Il secoua la tête ; le tout n'avait duré qu'une seconde.

Ce n'est pas elle, se dit-il. *Du calme*. Pourtant, son cœur battait si fort qu'il sentit sa peau se soulever contre sa chemise.

Il regarda le couple quelques instants de plus, puis fit demi-tour vers la maison. Sa respiration avait repris normalement, son sang circulait dans ses veines. Ses pieds le portèrent du sable dur en bordure de mer au sable mou de la plage, puis jusqu'aux marches en bois de sa maison. Au-dessus de sa tête, les pales du ventilateur tournaient en faisant le même bruit continu que son cœur. D'ici midi, il serait parti, laissant sur la table de la cuisine un petit mot d'explication à l'attention de la femme de ménage : il serait absent quelque temps et rentrerait bientôt, mais il ne savait pas quand.

REMERCIEMENTS

Ce livre n'existerait pas sans le travail acharné, la grande intelligence et l'extrême tolérance des équipes McCormick & Williams et Viking Books, en particulier Pilar Queen, Pamela Dorman et Julie Miesionczek. Travailler avec vous est un plaisir et un privilège.

Des personnes merveilleuses m'ont apporté leur soutien, leurs idées, leur amour et leurs encouragements. Je voudrais remercier en particulier Lucy Stille et toute l'équipe de Paradigm ; David McCormick ; Leslie Falk ; Jamie Malanowski ; Anne Walls ; Joan Didion ; Tom Wolfe ; Ben Loehnen ; Jennifer Joel ; Sara Houghteling ; Charlotte Houghteling ; Edward Smallwood ; Lauren Mason ; Andrew Sorkin ; Andrea Olshan ; Michael Odell ; Christina Lewis ; Daniel Halpern ; Joanna Hootnick ; Sharon Weinberg ; Cristopher Canzares ; Carolina Dorson ; Redmond Ingalls ; Francesca Odell ; et enfin Jonathan Wang.

Aucun mot ne peut exprimer la gratitude que j'éprouve envers ma mère, Josephine Alger, pour tout ce qu'elle a fait pour moi. Maman, ce livre est pour toi.

Le Livre de Poche s'engage pour
l'environnement en réduisant
l'empreinte carbone de ses livres.
Celle de cet exemplaire est de :
450 g éq. CO_2
Rendez-vous sur
www.livredepoche-durable.fr

PAPIER À BASE DE
FIBRES CERTIFIÉES

Composition réalisée par Belle Page

Achevé d'imprimer en mars 2014 en France par
CPI BRODARD ET TAUPIN
La Flèche (Sarthe)
N° d'impression : 3004499
Dépôt légal 1re publication : avril 2014
LIBRAIRIE GÉNÉRALE FRANÇAISE
31, rue de Fleurus – 75278 Paris Cedex 06

31/7743/3